꽃잎을 여미다

꽃잎을 여미다 2

2021년 8월 12일 초판 1쇄 인쇄
2021년 8월 17일 초판 1쇄 발행

지은이 은리화
발행인 김정수 강준규

기획 편집 주종숙 이은정 이해인 황지인
마케팅 지원 배진경 임혜솔 송지유 이영선

발행처 (주)로크미디어
출판등록 2003년 3월 24일
주소 서울시 마포구 성암로 330 DMC첨단산업센터 318호
편집 문의 (02)6365-5156 **구입 문의** (02)3273-5135
홈페이지 rokmedia.blog.me
E-mail romance@rokmedia.com

ⓒ 은리화, 2021

값 10,000원

ISBN 979-11-354-6690-8 04810 (2권)
ISBN 979-11-354-6688-5 04810 (세트)

2

꽃잎을 여미다

은리화 장편소설

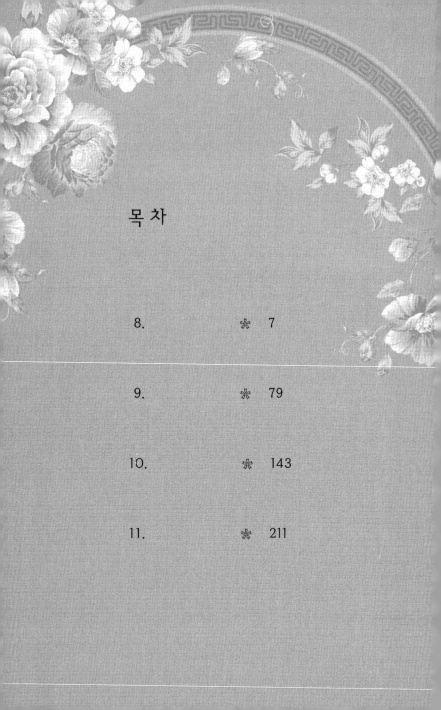

목 차

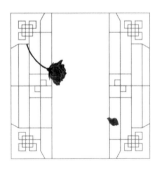

8.

행여 뉘가 제 모습을 알아볼까 싶어 겁이 났지만 어째 오늘은 유독 궁 안이 한산했다. 발길 한 번 들여 본 적 없었던 연회장에서 풍악 소리가 새어 나왔다.

야심한 밤임에도 환한 불빛 아래에서는 웃음소리가 장히 들렸다. 화려한 여인들과 함께 상석에 앉은 황제의 모습이 보였다. 그리고 곁에 앉은 여인의 얼굴이 몹시 낯이 익었다.

"저이는 분명."

아이를 안고 앉아 있는 여인은 분명 영 황후였다. 전보다 더욱 화려한 차림을 한 그녀는 보채는 아이를 도겸의 앞에 내밀었다.

제법 자란 아이가 도겸의 무릎에 걸터앉고서는 장난을 치기 시작했다. 여전히 굳어 있던 그도 아이가 혹 다치지 않도록 손을 뻗어 허리를 잡아 주고 있다. 그 모습이 꼭 다정한 부부 같아서 아리는 벽을 짚고서 애써 숨을 골랐다.

"저 아이는 설마."

"선황제 폐하의 마지막 핏줄입니다. 마마께서 떠나신 그날 태어나셨습니다."

소 태사가 군사를 일으킨 그날, 병약하던 황제가 숨을 거두고 도겸이 황위에 올랐다. 적통인 선황제의 아들을 혹시나 도겸이 해할지도 모른다며 중신들은 소 태사의 죄상을 기꺼이 덮고 나섰다.

완강한 반대 속에서 결국 소 태후는 태황태후에, 영 황후는 태후에 봉해지며 내궁은 여전히 소씨들의 천하로 남고 말았다.

"폐하께서 마음고생이 심하셨습니다."

선황제의 적자가 엄연히 살아 있음에도 서자가 황위를 이어받는 것은 불가하노라고. 원로라 칭하는 대신들은 지금도 잠자코 기회를 노리며 도겸을 끌어내릴 궁리에만 급급했다.

즉위 첫해부터 선황제의 비극적인 죽음마저 도겸이 꾸민 것이라는 소문이 파다하게 돌고 말았다. 그런 여론을 방패 삼아 소씨 가문은 소 태사의 죄상을 교묘하게 빠져나갔다.

"만약 폐하께서 물러나시게 된다면 저들은 소씨 가문의 피가 섞인 황자님을 새 황제로 올릴 생각만이 가득할 테지요."

"어찌 그런 일이……."

"아직 어리신 황자님을 대신해 태후께서 섭정을 하실 테고요. 내궁은 여인들의 영역이기에 폐하께서도 어찌하실 수 없사옵니다."

가장 우려하던 일이 현실이 되고 말았다. 황제에 오른 이후에도 줄곧 그가 혼자일 수 있었던 것은 비단 황제 본인의 뜻만은 아니었을 터.

미련이 가득하던 그녀는 자신이 형수라는 사실도 망각한 것처럼 도겸의 곁에서 환하게 웃고 있었다.

세상 모든 것을 가진 것처럼 즐거워 보이는 웃음을 마주하고서 아리는 무심결에 제 배에 손을 얹고 말았다.

아직도 소 태황태후 곁에서 귓속말을 속삭이던 모습이 선연하건만. 모두에게 보란 듯이 그의 옆자리를 차지한 그녀의 모습을 두고 아리는 참담한 심정을 가릴 길이 없었다.

이미 모든 권력을 손에 쥔 저 여인 앞에서 자신은 이제 죽어 버린 망령에 지나지 않았다.

"그래서요."

"드디어 오늘, 태후마마의 뜻대로 황태자에 봉해지셨습니다. 그러니 저리도 기쁘신 게지요."

제 아들을 차기 황제로 낙점하였으니 이제는 그 누구도 영 태후를 막을 수 없다. 정통성을 내세우는 대신들 앞에 도겸은 사실상 반쪽짜리 황제 노릇을 하며 당하지 않아도 될 수모를 겪고 있는 셈이다. 그 속을 꿰뚫기라도 한 것처럼 월 부인은 아리를 두고 차갑게 쏘아붙였다.

"지금의 마마께서는 아무것도 하실 수 없습니다. 본래대로라면 이곳에 계셔서는 안 되는 분이시니까요."

설령 살아 있다 한들 이미 죽은 사람이다. 사라진 사이 어디에서 무엇을 했는지 끝없는 추궁이 이어질 테니 다시 측비로 돌아가는 것 따위는 꿈도 꿀 수 없다. 잔인한 현실이 아리의 가슴을 찢어발겼다.

이미 알고 있었던 일이라지만 남의 입으로 들으니 더욱 가슴이 아팠다. 어차피 아무도 아리가 돌아오길 기다린 이가 없다. 그러니 다시 궁 밖으로 내친다는 말에 한숨이 절로 나왔다.

이럴 거라면 대체 저를 왜 살린 것일까. 이럴 거라면 차라리 죽게 내버려 두는 편이 나았다. 밀려드는 비참함에 아리는 옷소매를 거머쥐고서 입술을 깨물었다.

도겸의 곁마저 차지한 채 저를 닮은 아이를 안고서 만인의 우러름을 받는 영 태후와 이리 살아 있는 것마저 죄가 되어 버린 제 신세가 참혹하기만 했다.

"나는……."

허탈함에 웃음이 나고 분노가 치밀어 올랐다. 억울함을 토로할 길조차 사라지고 나니 제 무력함을 더욱 실감하기만 했다. 상처를 치유하는 능력이 다 무슨 소용이란 말인가. 부질없는 목숨을 구명 받는다 한들 그조차도 공허한 메아리가 되고 말았다. 절망하는 아리를 앞에 두고 월 부인이 입을 열었다.

"차라리 태어나지 않는 게 좋았을 아이입니다."

아직 사리 분별도 못 하는 어린아이라 서둘러 황제 자리에 올리지 못할 뿐. 병약한 형을 대신해 공무에 시달리더니, 이제는 어린 조카를 대신해 빈자리를 채우는 꼴이다.

그는 고작 3년 사이 조세를 개편하고 북방을 정벌했다. 참으로 눈부신 업적을 이루었지만 그런다 한들 태생이 서자인 점은 달라지지 않았다.

이래서야 저들에게 도겸은 그저 영 태후가 낳은 아이가 장성할 때까지 자리를 지킬 대용품에 지나지 않았다. 어차피 도겸이 아무리 잘한다 해도 저들은 그의 출신을 문제 삼아 황위에서 끌어내릴 날만 손꼽아 기다리고 있다.

그래서일까. 환하게 웃는 영 태후와 달리 도겸의 눈은 전혀 웃고 있지 않았다. 이런 상황에서 아리마저 이 궁을 나가고 나면 그는 어떻게 되는 걸까.

'이 궁에는 내 편이 없어.'

언제나 혼자였노라고. 그런 그를 이토록 옭아매는 황실이 끔찍하기만 했다.

"마마의 안위는 걱정하지 않으셔도 됩니다. 명목상 제 딸이 되시면 평생 아무런 염려 없이 편안히 사실 수 있을 테니까요."

"폐하께서는요?"

지금 중요한 건 그게 아니건만, 아리의 물음에 월 부인은 태연히 답했다.

"모르지요. 영 태후라면 분명 본인의 입김이 닿은 황후를 붙일 테고, 폐하께서 급사하시기라도 하면 그때부터는 태후의 수렴청정이 시작될 겁니다."

"뭐라고요?"

저들이 황제를 눈엣가시로 여기고 있다면 그를 해치는 것조차 마다하지 않을 터였다. 실로 바람 앞의 촛불처럼 위태로운 상황이 아닐 수 없건만 그 와중에도 도겸은 이 여인을 보내 제 안위만 챙기고 있다.

황궁을 나가라는 것이 그런 뜻이었다니. 그 말을 모두 듣고 나니 더욱 발길이 떨어지지 않았다. 망연자실할 시간조차 사치다. 아리는 서둘러 자리에서 일어났다.

"폐하를, 폐하를 뵈어야겠습니다."

"송구하오나 마마께서는 더는 폐하를 만나실 수 없습니다."

"어찌 그런……!"

"그분이 끔찍이도 싫어서 달아나셨다 들었습니다만. 아니었습니까?"

월 부인의 추궁에 숨이 막힐 것만 같았다. 그럴 리가 없다. 윤도의 손에 이끌려 동궁을 떠나던 날, 그날의 일을 단 하루도 후회하지 않은 밤이 없었다.

속았다는 걸 깨달았을 때는 이미 너무 늦어 버렸다. 다시 만날 길조차 요원하다는 걸 알았을 때는 이미 손을 뻗어 본다 한들 닿을 수 없는 사람이 되고 말았다. 아직 하고 싶은 말이 남아 있는데.

"정 그리 원하신다면. 방도가 없는 것은 아닙니다만."

처연한 달빛과 함께 월 부인이 미련이 가득한 아리를 마주했다. 월 부인의 목소리는 비파의 음색을 닮아서 한 마디 한 마디를 할 때마다 달의 악보를 연주하는 노래 같았다. 그 음에 홀린 것처럼 아리는 그녀의 말에 귀를 기울였다.

"죽은 측비가 돌아온들 이미 늦었습니다. 하지만 황후는 다릅니다."

"황후라니……."

"돌아가신 제 부군, 서문 공은 호륜 공에 버금가는 용장이셨습니다. 그런 분의 여식이라면 황후 간택에 단자를 넣는 것 정도야 우습지요."

상상치도 못한 제안에 말문이 막혔다. 월 부인의 딸 행세를 하며 황후 간택에 참여한다는 것이 정말 가능할까. 아리를 앞에 두고서 그녀는 태연히 답했다.

"서문 공께서 돌아가시며 가문은 쇠락하였으나 그 명예는 여전히 드높습니다. 마마께서 제 여식이 되시어 정식으로 간택에 나서시게 된다면 적어도 신분을 문제 삼을 이는 아무도 없을 거란 말씀을 드리는 겁니다."

참으로 완곡한 표현에 아리는 머리를 짚었다. 하지만 무슨 말인지 이해는 갔다. 측비라는 이유로 천대받은 자신과 달리 정식으로 책봉된 황후의 대우는 참으로 달랐다.

명문가의 여식으로 태어나 황제와 그 아우를 저울질하고, 제 아이를 해한 죗값도 치르지 않은 채 세상의 모든 영예를 거머쥔 여인. 그 모든 게 가능한 건 그 여인이 황후가 된 덕분이었다.

"뉘가 나를 알아보면 어찌합니까."

"마마께서는 이미 돌아가신 분이십니다. 벌써 3년이 지났거늘 누가 마마를 여전히 기억하고 있을까요."

이미 알고 있었던 일이지만 말로 들으니 더욱 아팠다. 예전에도 동궁에만 박혀 있었고 얼굴을 드러낸 적도 드무니 고작 몇 년 전에 한 번 만난 사람을 여전히 또렷이 기억할 사람이 드물긴 하다.

"하지만 나는."

색이 연해진 눈동자가 발목을 잡았다. 용모에 대해 얼버무린다 한들 각성해 버린 제힘의 증거는 족쇄처럼 따라붙어 아리를 더욱 괴롭게 했다.

향족의 존재를 모르는 이들은 아리를 불길하다 여겨 매질을 일삼았고, 제 가치를 알아본 이들은 어떻게든 이용하고자 손을 뻗었다. 이 손을 잡는 것이 과연 옳은 선택일까. 망설이는 아리를 앞에 두고 월 부인은 우아하게 속삭였다.

"마마께서만 원하신다면 저는 기꺼이 마마를 차기 황후에 어울리는 여인으로 만들어 드릴 겁니다."

참으로 달콤한 유혹이다. 그것도 분명히 의도가 있는 마음이라는 걸 알면서도 아리는 이 제안을 거절할 수 없다. 만약 그를 외면하고서 귀족이 되어 산다 한들 제 마음이 편할까. 그럴 리가 없다.

제 속을 모두 알고 있는 월 부인을 앞에 두고 아리는 단단히 마음을 다잡았다.

"제가 뭘 해야 합니까."

이것 역시 결국은 함정이라는 걸 알면서도 아리는 기꺼이 발을 내딛기로 마음먹었다.

❊ ✲ ❊

연회가 파할 즈음 아리가 월 부인과 떠났다는 보고를 받았다. 텅 빈 침소를 바라보며 도겸은 홀로 중얼거렸다.

"정말로 가 버렸군."

"폐하."

"피곤하구나."

그토록 애타게 찾아 헤맸음에도 이리 서둘러 내보낸 의도는 분명했다. 행여 영 태후가 눈치라도 챘다가는 아리는 물론 황제 자신마저 위험해진다. 예전이라면 죽어도 그리할 수 없다며 완강히 버텼을 황제도 즉위한 지 세 해가 지나니 제법 황제다운 정무적 판단을 내리게 됐다. 그러나 눈가에 맺힌 쓸쓸함만은 가릴 길이 없으니 무하는 그것이 안타까울 따름이었다.

'대체 어쩌려고 저러시는 건지.'

이제는 결단을 내려도 좋으련만. 황제가 태후를 쳐 내기를 바란 것은 제 욕심이었을지도 모른다. 그 후로 며칠이 지나도록 황제는 끝내 아리를 찾기는커녕 언급조차 하지 않았다.

황태자 책봉 이후 본격적인 간택 이야기가 오가기 시작하니 이제는 무하 쪽이 도리어 초조해졌다. 참다못한 그는 결국 이른 새벽을 틈타 월 부인의 집을 찾았다.

예나 지금이나 고요하기만 한 정경은 서문 공의 인품을 닮았다. 남편을 잃고도 홀로 꿋꿋이 가문을 지켜 온 안주인은 황제의 최측근인 호분중랑장을 앞에 두고도 달갑지 않은 손님 취급을 서슴지 않았다.

"이 이른 새벽에 여기까지 찾아오시다니. 참으로 한가하신 모양입니다."

"마마께서는 어찌 계십니까?"

애초에 환대는 기대조차 하지 않았다. 무하의 물음에 월 부인은 코웃음을 치며 되물었다.

"제 집에 마마라 불릴 분이 어디 계신다고 그러십니까? 며칠전, 병약한 제 딸이 요양을 마치고 낙양에 돌아온 것뿐인 것을요."

몇 년 전, 월 부인의 딸이 죽지 않았더라면 무하와의 인연도 생기지 않았을 터. 죽은 딸을 대신해 기꺼이 아리를 맡아 주기로 한 것이 순전히 호의에서만 비롯되었을 리 없다.

그러나 그것을 부탁한 것 역시 자신이기에 무하는 그저 아리의 안부를 살필 뿐이었다.

"다른 말씀은 없으셨습니까."

"그 꼴을 직접 보았으니 오죽했을까요. 자식 잃은 어미의 마음이 다 그런 법이거늘. 참으로 잔인도 하시지."

15

"월 부인."

아리가 출궁을 결정한 것은 영 태후의 아이를 본 이후라 했다. 황궁에 남아 보아야 좋을 것이 없다는 판단에 무하가 직접 지시한 일이었다. 태후의 손에 아이를 잃었으니 그 원한이 사무쳤음은 자명한 일이다.

그래서 월 부인을 찾았다. 신분 없는 아리를 황후에 걸맞은 위치까지 올려 줄 사람은 흔치 않다. 하물며 그 소씨 가문과 맞설 만한 가문은 더더욱 드물다.

"복수는 계획대로 하실 겁니까?"

"물론입니다. 그자의 핏줄이 황위에 오르는 꼴을 어찌 두고 볼까요."

예나 지금이나 도겸은 아리에게 물렀다. 만약 황제의 권위를 이용해 그녀를 찾아내라 일렀더라면 무하는 어쩔 수 없이 모든 수단을 동원해서라도 아리를 찾아내 그의 앞에 내밀어야 했을 것이다.

하지만 그러지 않았다. 보다 못한 무하가 직접 나서기 전까지 황제는 끝내 제 발로 돌아오기만을 손꼽아 기다렸다.

몇 년을 공들여 심어 놓은 지하 경매장을 무너트리면서까지 필사적이었으면서, 황제는 끝내 그녀의 행복을 빌며 보내 주는 길을 택했다.

누구도 알아주지 않을 어리석은 사랑이건만. 그런 황제의 순정을 그저 두고 볼 수만은 없었다. 태후가 낳은 아이를 황태자 자리에 올리는 것을 보고 알았다. 제 주인은 여전히 황제로서의 소임을 이어 나갈 뜻이 없다는 것을.

애초에 선황제는 아이를 낳을 수 없는 몸이었다. 고지식한 노신들이야 황후의 소생이라는 이유로 떠받들기 바빴다지만, 황제의 용태를 알던 이들은 황후가 낳은 아이의 아비가 누구인지 의견이 분분했다.

세 해가 지나니 이제는 눈매만 보아도 소 태사의 흔적이 완연하였으나 돌아가신 황제의 숙부라 하여 그 의혹조차 무마되고 말았다.

조정을 장악한 노대신들은 황자의 안위를 빌미로 소씨 가문을 비호하고 나섰다. 적통의 핏줄을 지킨다는 명분 아래에서 죄를 지었음에도 처벌 하나 없이 넘어가고 말았다. 월 부인은 정원을 바라보며 끓어오르는 분노를 애써 삼켰다.

"제 딸아이가 이날 이때껏 무사했더라면."

서문 공이 전사하고 월 부인은 홀로 가문을 지탱해 왔다. 서문이 아무리 명문가라 하나 여인 혼자의 몸으로 이 큰 가문을 유지하는 건 참으로 힘겨웠다.

젊은 시절, 제법 이름난 미인이었던 월 부인이 홀몸이 되었으니 무도한 자들이 덤비는 것도 예사였다. 하물며 호색으로 소문난 소 태사가 그 소식을 흘려들을 리 없었다.

끔찍했던 그날의 기억은 아직도 생생했다. 용장의 아내답게 깊은 밤 찾아온 무뢰한을 마주하고서 월 부인은 기꺼이 검을 들었다. 달빛 아래 익숙한 얼굴을 마주하고서 월 부인은 경악하고 말았다. 여인 홀로 잠든 침소라 우습게 보고 들른 소 태사는 검에 베인 상처를 부여잡고 대노하고 말았다.

'이년이, 감히 나를!'

관군을 부르라 일렀지만 소 태사의 입김이 닿은 탓에 쥐새끼 하나 보이지 않았다. 반항하는 월 부인을 내버려 두고 소 태사가 향한 곳은 별당이었다.

입을 틀어막힌 월 부인이 보는 앞에서 소 태사는 겁에 질린 소녀의 머리채를 끌고 나왔다. 차라리 나를 죽이라며 그토록 울부짖었건만, 그마저도 아무 소용이 없었다. 차라리 혀를 깨물고 죽고 싶었다.

떠올리는 것만으로도 참혹한 기억에 월 부인의 눈에는 다시금 눈물이 고였다. 살려 달라 외치던 가엾은 딸은 잔인하게 짓밟힌 채 소 태사의 손에 숨을 거두고 말았다.

'네 이놈! 차라리 나를 죽여라!!'

숨을 거둔 딸의 시신을 끌어안고서 울부짖는 월 부인을 두고 소 태사는 히죽 웃었다.

'그러게 진즉 고분고분하게 나섰으면 좋았을 것을.'

부하들의 손에 포박된 월 부인을 내려다보며 소 태사는 싸늘한 비웃음을 날렸다. 하늘이 용서치 않을 거라는 월 부인의 호령에도 그는 눈 하나 깜짝하지 않았다.

"이 땅에 법도 따위는 아무짝에도 쓸모없다는 것을 그때 알았지요."

아무리 억울함을 호소해 본들 황후의 오라비인 소 태사의 권세는 이미 나는 새도 떨어트릴 만큼 비대해졌다. 관아에 호소해 본

18

들 아무 짝에도 쓸모가 없으니 월 부인은 해가 밝는 대로 황궁을 찾았다.

'아무리 월 부인이라 하셔도 폐하를 만나실 수는 없사옵니다.'

용무를 말하기도 전에 소 태사가 심어 놓은 내관과 시녀들이 그녀의 앞을 가로막았다. 딸의 원수를 갚기 위해 검을 들고 나서니 집사와 유모가 월 부인의 치맛자락을 부여잡았다.

'마님마저 해를 당하신다면 서문가는 끝이옵니다.'

어설프게 검을 들어 본들 계란으로 바위 치기다. 만약 참으로 칼부림이라도 하게 된다면 남편이 남긴 서문의 이름에 먹칠을 하는 것은 물론, 온갖 고난 속에서 제 곁을 지킨 식솔들만 모조리 해를 입을 터였다.

월 부인의 어깨에 남편이 남기고 간 서문가의 명예가 달려 있다. 억울하게 죽은 딸의 시신을 부여잡고서 그녀는 손에 쥔 검을 내려놓고 말았다.

이 일은 철저히 비밀에 부쳤다. 장례조차 치르지 못할 딸의 시신을 앞에 두고서 월 부인은 단검을 들었다.

이런 어미의 아래에서 태어난 탓에 이런 꼴을 당한 것이다. 홀로 남은 딸마저 죽고 나니 억장이 무너진 탓에 더는 살 의욕조차 나지 않았다. 그렇게 손목을 끊으려던 차에 누군가 들어와 그녀의 손에서 검을 빼앗았다.

'그러지 마십시오.'

눈물에 가린 시야 너머로 반듯한 얼굴을 한 사내의 얼굴이 낯이 익었다. 황후의 눈치를 보느라 나서지 못하는 황제를 대신해 황자 도겸이 월 부인을 찾았다. 그는 참혹한 시신을 앞에 두고서 월 부인의 사정을 잠자코 들어 주었다.

'화무십일홍이라. 그 권세가 얼마나 갈 것 같습니까.'

그러니 버티라고, 이리 죽어 본들 소 태사가 눈 하나 깜짝하겠냐는 말에 오기가 생겼다. 황자가 건넨 위로금을 자본 삼아 월 부인은 가세를 일으켰다. 도움을 받았다 하나 그때까지만 해도 월 부인은 도겸을 좋게 보지 않았다.

황제가 병약한 황태자 대신 서자인 도겸을 황제로 만들고 싶어 한다는 소문은 익히 들었다. 하지만 정작 본인은 그런 데는 전혀 흥미가 없어 보였기에 그 말조차도 자조하는 것이라 믿어 의심치 않았다.

그리고 얼마 후 병약한 황태자가 황위에 올랐다. 이제는 그야말로 만천하를 제 앞에 무릎 꿇릴 소 태사의 세상이 오고 말았으니 월 부인은 진심으로 천지신명을 원망했다.

"그런 자가 그리 쉬이 숨을 거둘 줄 누가 알았을까요."

세상을 다 가진 것 같던 소 태사의 기세가 꺾인 건 도겸이 돌아온 이후부터였다. 그가 황태제 자리에 오르고 측비가 회임까지 하니 기세등등하던 소씨 가문도 한풀 꺾였다. 병약한 새 황제의 씨가 말랐다는 것은 저잣거리의 거지들도 모두 아는 사실이었으니까.

이대로 몰락을 지켜보려 했건만, 난데없이 황후의 회임 소식이 들렸다. 아리 앞에서 한 말은 모두 진심이었다. 태어나지 말았어야 할 아이. 그 아이 때문에 모든 것이 어그러지고 말았다. 소 태사의 죽음 이후로 멸문 직전에 몰렸던 소씨 가문도 적통 황자를 빌미로 다시금 세력을 키우고 있었다.

아무리 외숙이라 하나 그 아이가 소 태사를 심히 닮은 것은 우연이 아닐 터. 다른 이라면 섣부른 추측일랑 삼가라 일렀겠지만, 제 딸을 그리 농락한 사내라면 더한 짓도 서슴지 않을 것이 자명했다.

소 태사가 죽었다 해도 그 위세에 기대 함께 배를 불리던 자들은 여전히 살아남아 황가에 뿌리를 내리고 있다.

만약 그 황자가 정말로 소 태사가 남긴 씨라면. 그런 것이 장차 이 단월국의 황제 자리에 오르게 된다면.

제 손으로 원수를 갚지 못했으니 그 잔재라도 모두 죽여 없애야 마땅하다.

"폐하께서 저를 이용하시듯, 저 역시 황제 폐하를 이용하는 것뿐입니다."

아리를 받아 준 것은 복수를 위해서였다. 황제가 그리도 미련이 남은 여인을 제게 맡기고 싶다 하였을 때 월 부인의 머릿속에 묘안이 스쳤다.

아직 세간에는 제 딸의 죽음이 알려지지 않았다. 그러니 만약 이 여인을 제 딸로 둔갑해 황실의 대를 잇게 한다면. 내궁을 장악해 소씨들을 모조리 몰아내는 것도 불가능한 일은 아닐 터.

"그분이 견뎌 내실지 나는 모르겠습니다."

"이 자리까지 밀어 넣으신 분이 하실 말씀은 아닌 것 같습니다만."

염려하는 무하를 앞에 두고 월 부인은 코웃음을 쳤다. 애초에 두 사람을 갈라 둔 것도 모자라 궁 밖에서 온갖 수모를 당하는 것을 내버려 둔 건 무하 역시 마찬가지다.

황제의 눈과 귀를 가리고 나 몰라라 할 때는 언제고 이제 와 걱정하는 척하는 것이 오히려 우스웠다.

아리는 오직 월 부인에게만 모든 사정을 털어놓았다. 월 부인의 눈에는 결국 무하 역시 공범으로밖에 보이지 않았다. 그리도 비참하게 아이를 잃고도 억울함 하나 호소하지 못한 채 궁에서 쫓겨난 가엾은 아이. 설움 가득한 그 처지가 남 일 같지 않기에 월 부인은 기꺼이 아리를 비호하고 나섰다.

"자식 잃은 어미의 한을 호분중랑장께서는 이해하지 못하실 겁니다. 그리 걱정이 되면 왜 내게 맡기셨습니까."

싸늘하게 쏘아붙이는 말에 무하도 더는 입을 뗄 수 없었다. 차디찬 축객령에 그는 아리의 얼굴조차 보지 못한 채 서문가를 나섰다.

"폐하께서는 이 모든 사정을 알고 계신 걸까."

자신의 반대를 무릅쓰고 목숨보다 소중한 여인을 월 부인에게 맡긴 속셈이 이것이었다면 제 주인은 이미 자신을 의심하고 있을지도 모른다.

버려졌다 오해하고 있을 아리는 월 부인의 속도 모르는 채 복수심에 불타오르고 있을 터. 만약 정말로 월 부인의 손에 아리가 다시 황궁에 들어오게 된다면 그때는 황궁에도 한바탕 피바람이 불 것이 자명한 일이다.

그 폭풍에 휘말리기에는 너무나 여린 여인이건만, 월 부인은 기꺼이 그녀를 사지로 몰아넣고도 남아 보였다.

"차라리 돌아오지 않았으면 좋았을 것을."

한 번 판에 발을 들인 이상 헤어 나갈 길이 참으로 요원했다. 앞으로의 일이 어찌 돌아갈지는 이제 각자의 손에 달린 셈이다. 아쉬운 한숨을 내쉬고서 무하는 황궁을 향해 발길을 돌렸다.

❅ ✻ ❅

아리가 월 부인의 집에 온 지도 반년이 지났다. 이미 죽은 월 부인의 딸을 대신하리라는 말을 듣고도 그것이 가능할지 의구심을 품었다. 하지만 검게 변한 제 눈동자를 마주하고 나니 이제야 비로소 실감이 났다.

"이런 것이 가능할 줄이야."

그토록 저주해 온 이능을 봉인해 준 것은 향족의 노파였다. 그녀 역시 아리의 부모처럼 산속에 숨어 살다 사냥꾼들에게 덜미를 잡혀 오랜 노예 생활을 이어 나갔다 했다.

"이리 살아 있어 주어 참으로 고맙습니다."

노파를 처음 만난 날, 안타까운 미소를 띠며 그녀는 몇 번이고 아리의 손을 보듬어 주었다. 노파의 따스한 손길이 닿자 오래된 흉터가 아물어 갔다.

이 하늘 아래 저와 같은 이가 또 있다는 사실이 참으로 신기해서 아리는 노파를 부여잡고 긴 통곡을 쏟아 냈다.

"가족들은 모두 어찌 되었습니까."

멸망한 향족의 생존자들은 뿔뿔이 흩어져 생사조차 알 수 없었다. 벌써 백 년이 지난 지금, 향족의 생존자가 남아 부부의 연을 맺은 것은 아리의 부모님이 마지막일 것이라 했다.

"모두 돌아가셨습니다."

그렇게 어렵게 이어 온 핏줄이라 하나 이제는 모두 이 세상 사람이 아니다. 특히나 동이의 죽음을 입에 담는 건 아직도 쉽지 않았다.

저를 지키다 숨을 거둔 아우를 떠올리며 아리는 애써 눈물을 닦았다. 더는 울지 않겠노라 맹세했음에도 무참히 죽은 제 아우를 떠올리니 자꾸 못난 눈물이 쏟아졌다.

저를 지키고자 몸을 내던진 가여운 아이인데. 애써 흐느낌을 참아 내려는 아리의 손을 잡고 노파는 떨리는 어깨를 보듬어 줬다.

"어차피 태어난 것은 어차피 죽는 법입니다. 이른 이별에 너무 슬퍼하지 마십시오."

"할머니."

향족의 비전을 이어 온 노파는 아리의 힘을 봉인하는 방법 역시 알고 있었다. 다른 것은 모두 속이더라도 금빛으로 빛나는 눈동자만은 어찌할 길이 없었건만, 그마저 해결되고 나니 조금은 길이 보이는 듯했다.

"모든 것은 순리대로 돌아갈 것입니다. 그러니 귀인께서는 그저 뜻하시는 바대로 하십시오."

"내가 바라는 건……."

그의 곁으로 돌아가고 싶었다. 제 행복을 모조리 짓밟고서 세상을 제 발아래에 놓은 채 환히 웃던 태후의 모습을 떠올리니 분이 절로 치밀었다. 최 대감의 배후에 누가 있었는지도 아리는 궁을 나간 후에야 알았다.

제 아이를 잃게 만든 소 태황태후의 오라비이자 영 태후가 낳은 아이의 아비라 했다. 장본인은 이미 죽고 없다지만 그 권력에 기생하던 이들은 여전히 고개를 빳빳이 들고서 제 세상인 양 권력을 틀어쥐고 있다.

만약 이대로 내버려 뒀다가는 황제라 한들 무사치 못하리라. 사방이 적인 그를 지키기 위해서라도 합당히 맞설 수 있는 권세가 필요하다.

"황후가 되고 싶습니다."

월 부인은 소씨 가문의 몰락을 원했다. 영 태후가 낳은 황태자가 소 태사의 소생임을 밝히기만 한다면 그때는 모자 모두 목숨을 부지하지 못할 터. 아리가 황후에 올라 저들을 실각시키는 것만으로도 그녀의 복수는 완성된다. 공통의 목표를 세우고 나니 무엇을 해야 할지는 명확해졌다. 그렇게 저들이 죗값을 치르고 나면 그때는 모든 사실을 고백할 수 있을 것이다.

이리도 허무하게 헤어지고 다시는 만날 수 없다 하니 이제 그를 만날 수 있는 길은 하나뿐이다. 정말로, 정말로 이 계획이 성공한다면 그때는 모두 되돌릴 수 있을 것이다.

저 궁에 홀로 남은 그가 기댈 수 있는 건 자신뿐이건만, 이대로는 그의 곁으로 돌아갈 길이 한없이 요원할 뿐이다.

이미 한 번 절망을 맛보았기에 두 번 다시 실패하고 싶지 않았다. 더는 그의 뒤에 숨어 힘없이 울고만 싶지 않았다. 황제를 향한 미련이 남은 아리를 바라보며 노파는 다정히 웃어 주었다.

"언젠가 시간이 흐르면 스스로 다스릴 수 있는 날이 올 것입니다. 그러니 지금은 조금만 참으십시오."

갓 깨어난 힘을 다룰 줄 몰랐던 아리도 노파를 만나 통제하는 법을 배워 나갔다.

각성한 힘을 감추는 법을 배우며 아리의 눈동자 색도 점점 옅어져 갔다. 역류하는 힘을 억누르기 위해 매일 밤 고통에 시달렸지만 그래도 좋았다.

그렇게 월 부인의 집에 오고 반년 간, 아리는 황후 후보가 되기 위해 수없이 많은 것들을 익혀야만 했다.

혹여나 제 모습을 기억하는 이가 있을지도 모르니 눈꼬리를 깊게 빼는 화장을 하고 진한 입술을 발랐다. 다른 황궁 여인들처럼 머리를 여미고 나니 면경 속의 제 모습이 스스로도 한없이 낯설어졌다.

"너는 이제부터 내 딸이다. 조금이라도 소홀함이 있다면 결코 그냥 넘어가지 않으리라."

월 부인은 참으로 무서운 스승이었다. 완벽한 황후감이 되기 위해 반년 간 아리는 숨도 제대로 쉬지 못하고 맹렬한 교육에 시달렸다. 지난 3년간 영수에게 배우고, 어깨너머로 지켜본 것은 많은 도움이 되었다.

"황후가 된다는 것은 모든 궁중 여인들의 본보기가 되어야 함이니. 한 치의 소홀함도 없어야 한다."

시조를 외우고 비단의 종류를 구분하는 것은 기본이었다. 풍부한 교양을 익히는 데는 그에 걸맞은 노력이 필요했다.

비파를 타다가 손이 미끄러지자 월 부인 손에 들린 회초리가 아리의 손등을 후려쳤다.

"제대로 할 생각이 없는 게냐!"

간택이 시작되기까지 이제 시간이 얼마 남지 않았다. 상처투성이가 된 손을 부여잡고서 아리는 월력의 날을 보았다.

아리가 준비를 시작하고 얼마 후, 황제는 정식으로 황후를 들이겠노라 뜻을 밝혔다. 태후는 탐탁지 않은 기색을 내보였다 하나 호륜 공을 비롯한 친황제파 신하들은 황제의 뜻을 기꺼이 받아들였다.

"호륜 공이 제 딸을 황후로 삼고자 함이겠지만, 오히려 그러니 더 기회가 생긴 셈이지."

황후 간택은 전적으로 태후의 소관이다. 황제조차도 함부로 간섭할 수 없는 내궁의 영역이기에 지금은 적의를 숨긴 채 기회를 엿보아야 한다. 죽을 만큼 싫은 원수를 함정에 빠트리기 위해서라면야 이 정도는 얼마든지 감수할 수 있다.

모든 것은 복수를 위해. 월 부인은 딸을 위해서라면 뭐든 했다.

"목소리도, 표정도, 숨 쉬는 습관 하나조차도 모두 바꿔야 한다."

"염려 마십시오. 어머니를 실망시킬 리 없을 겁니다."

걸음걸이마저 한 점의 오차가 없도록. 삼단 같은 머리를 곱게 빗고서 아리는 자색의 예복을 걸쳤다. 숙련된 월 부인의 시녀가 손수 화장을 시켰다. 걷는 걸음조차 월 부인을 빼다 박았다.

날카로운 월 부인과 닮아 보이도록 눈꼬리를 길게 빼고 눈썹도 다시금 다듬었다. 하루에도 수차례 눈웃음까지 연습하니 월 부인과 나란히 섰을 때의 표정조차 제법 닮기에 이르렀다.

"내가 시집올 때 가져온 것들이다."

월 부인은 자신의 패물마저 아낌없이 내어 주었다. 칠보로 장식한 비녀를 꽂고 남해에서 난 흑진주로 귀를 장식하니 마냥 수수하기만 하던 예전과 달리 이제는 독을 품은 꽃처럼 화려한 자태가 실로 눈이 부셨다.

공을 들인 보람이 있다며 노파와 월 부인은 나란히 고개를 끄덕였다.

"설아. 그게 바로 네 이름이다."

서문가의 가주 서문갈과 월 부인의 사이에 난 외동딸, 서문설아. 돌아가신 아버지의 죽음에 큰 충격을 받고 낙양을 떠나 산속에서 요양을 하다 이번 간택을 위해 돌아온 소녀. 가엾은 아리의 기억은 모두 버리고서 그녀는 완전히 다른 이로 다시 태어나고자 마음먹었다.

"아씨, 필요하신 것은 모두 챙겼나이다."

설아의 정체를 아는 것은 소수였다. 만에 하나 정체를 들킬 것을 대비해 월 부인은 죽은 설아의 몸종을 그녀에게 붙여 주었다. 같은 젖어미를 두고 자매처럼 자란 미오는 설아에 대해서 모르는 것이 없었다.

"네가 있어 주어 고맙구나."

"별말씀을요. 아씨 덕에 황궁 구경도 하게 되고, 제가 더 영광인 것을요."

설아의 자리를 차지했음에도 불구하고 미오는 기꺼이 그녀를 진짜처럼 대해 주었다.

죽은 설아는 젖형제였던 미오를 친자매처럼 아꼈다 했다. 소중한 이를 잃은 상처가 얼마나 아픈지는 아리 자신이 더욱 잘 알고 있다.

"우리 아씨는 그리 가실 분이 아니었는데……."

새삼 어깨가 무거워짐을 실감했다. 서문가의 명운이 제 어깨에 얹히고 나니 새삼스레 그의 심정을 조금은 알 법도 했다.

‘그이도 이런 기분이었을까.’

이제는 도망치려야 도망칠 수도 없게 되어 버렸다. 미오마저 방을 나서고, 홀로 침상에 누워 아리는 창 너머의 하늘을 바라보았다. 쏟아지듯 펼쳐진 별하늘은 예전 그대로건만, 길고 긴 밤은 참으로 외롭기만 했다.

너른 그의 어깨에 기대 잠이 들면 세상 그 무엇도 두려울 것이 없었는데. 그를 떠올리며 입술을 깨물던 중 창 너머에서 낯선 인기척이 눈에 띄었다.

“무하 공?”

눈에 익은 그림자가 저를 보고 있는 줄은 꿈에도 몰랐다. 흐트러진 옷가지를 여미고서 아리는 눈에 익은 침입자를 마주했다.

❋ ❋ ❋

처음 황제의 계획을 들었을 때부터 무하는 이 모든 일이 불가능하다 여겼다. 감시 중인 부하에게서 입궁 준비가 착실히 진행되고 있다는 보고를 받았음에도 그는 여전히 우려를 거두지 못했다.

“뜻대로 하게 내버려 두어라.”

“폐하.”

황제는 모든 것을 태후에게 일임하고서 아리의 안위조차 살피지 않았다. 대체 사정이 어찌 돌아가는지 그간 몇 번이나 서문가를 찾아가 아리의 근황을 물었으나 월 부인은 단 한 번의 만남도 허락하지 않았다. 덕분에 아리의 입궁이 코앞으로 다가온 지금, 가장 초조해진 것은 무하 본인이었다.

소리도 없이 찾아든 무하가 아리의 앞에 무릎을 꿇었다.

"이제는 누구도 나를 마마라 부르지 않건만. 참으로 과분한 칭호십니다."

"마마."

"설아라 불러 주십시오."

유약하던 제 모습이 싫다며 그녀는 이제 제 이름조차 버리기로 마음먹었다. 더는 예전의 자신이 아니라며 추상같은 그녀를 앞에 두고 무하는 안타까움을 애써 삼켰다.

"앞으로 어찌하실 작정이십니까."

"어쩌긴 어쩐단 말입니까. 간택에 참여할 작정입니다."

내궁은 어디까지나 태후의 영역이기에 자칫 잘못했다가는 그녀의 목숨조차 보장할 수 없다. 수하들을 푼다 한들 목숨을 보장할 수 없음에도 불구하고 사지로 걸어 들어가겠다는 결심을 이해할 수 없었다.

만류하는 무하를 앞에 두고 그녀는 뜻밖의 이름을 꺼냈다.

"그자는 지금 어디에 있습니까."

이 모든 일을 벌인 장본인. 그가 만약 낙양에 돌아오게 된다면 아리의 모든 계획은 수포가 될 것이다. 그녀를 황궁에서 빼돌린 윤도의 행방을 묻는 아리를 앞에 두고 무하는 어렵사리 입을 열었다.

"대화국으로 교빙을 떠났습니다."

아리를 지키지 못한 죗값을 치르겠노라며 그는 기꺼이 낙양을 떠나겠노라 자청했다. 그 속내가 무엇인지 아는 이는 무하 정도였지만 그 역시 굳이 황제에게 진실을 알리지 않았다.

도겸이 진실을 알게 된다면 한바탕 피바람이 불게 될 것이다.

만약 그가 돌아오게 된다면 황후 간택 역시 뜻대로 되지 않을 공산이 컸다.

"사절의 파견 기간은 5년이니 그 염려는 아니 하셔도 괜찮습니다."

한동안은 돌아오지 않을 거라고. 무하의 말을 듣고서도 좀처럼 마음이 가라앉지 않았다. 화평공주가 죽은 후에도 윤도는 도겸이 가장 총애하는 측근 중 하나였다. 작정하고 황제마저 속인 후 자신을 쫓아낸 그가 이번 간택을 알게 된다면 그때는 또 무슨 짓을 할지 모른다.

"자격이 아니 된다고 했지요."

어디 감히 그를 넘보느냐며 비아냥대던 말들이 비수가 되어 아리의 폐부를 헤집었다. 만약 간악한 자들의 손에 넘어가 목숨을 잃었다 해도 그자라면 제 죄가 드러나지 않았다며 안심할 터였다.

두려워하지 않으리라 그리도 다짐했건만, 진심으로 안도하는 제 모습이 한편으로는 우스워졌다. 만약 그자를 다시 보게 된다면 더는 주눅 들지 않으리라.

경홍무만으로도 버거워하던 시절과 달리 이제는 예상우의무霓裳羽衣舞도 충분히 익히고 요금瑤琴도 켤 줄 알게 되었다. 황궁의 여인이라면 응당 익혀야 할 소양이라 했다. 자비 없는 월 부인의 손에 시달리며 아리는 이제 누구에게도 지지 않을 자신이 있었다.

"더는 누구도 나를 동정하게 내버려 두지 않을 것입니다."

무하 역시 마찬가지였다. 언제나 저를 가엾다는 듯이 바라보는 저 눈빛이 싫었다. 처음 태남산을 떠날 때에도, 초야를 치르던 날에도 그랬다. 애영에게 속아 겁도 없이 따라나선 철없는 저를 물가에 내놓은 어린애 보듯 본 것도 이해는 가지만 그것도 거기까지다.

"제가 그분 곁에 있는 것을 내버려 둔 건 결국 제힘 때문이었겠지요."

"그것은……."

"압니다. 힘을 봉인할 수 있다는 걸 알게 된 후 평범하게 살아볼까 고민하지 않은 건 아니니까요."

그토록 동경하던 산 아래 세상은 제게만 유독 시리고 아팠다. 만약 이 능력이 없었더라면, 그랬다면 제 아우도 죽지 않았을까. 참으로 오랜 밤을 고민했지만 곰곰이 돌이켜보면 그것도 아니었다.

고모라 자처하던 이는 아리를 헐값에 팔아넘기기 위해 혈안이 되어 있었고, 애초에 이미 벌어진 일을 두고 억울하다 외쳐 본들 누구도 귀를 기울여 주지 않는다. 동이가 그렇게 죽은 것도, 아이를 그리 떠나보내야 한 것도 하늘의 뜻일지도 모른다.

"그렇다면 앞으로 제 손으로 하게 될 모든 일들 역시 하늘의 뜻일 터. 아니 그렇습니까?"

제 생에 주어진 마지막 기회다.

제 이름조차 버리겠다 각오한 탓이었을까. 무하는 참으로 그녀가 낯설어졌다. 딸을 잃은 원한에 눈이 뒤집어진 월 부인만큼이나 아리 역시 독기를 품은 게 눈에 보였다. 태후를 향한 분노를 가득 품고서 그녀는 한참 뜸을 들인 후에야 조심스레 입을 열었다.

"그분은 잘 계십니까."

무하는 고개를 저었다. 아리가 떠나고 제 주인은 단 하루도 편히 잠들지 못했다. 지금도 뜬눈으로 밤을 지새우고 있을 주인은 참으로 미련하기 짝이 없는 외사랑을 하고 있었다. 애써 내색하지 않으려 노력하는 것이 오히려 안타까웠다.

"만나고 싶으시다면 모셔다드리겠습니다."

아리를 위해서가 아닌 제 주인을 위해 한 말이었다. 한순간도 놓지 못하리라 결심하고서도 미련한 주인은 기꺼이 위험한 제 곁에서 내보내는 길을 택했다.

만약 그녀가 원한다면 그때는 뜻대로 하게 해 주라고. 아리가 그를 저버렸다면 제 주인은 다시는 그녀를 찾지 않을지도 모른다. 참으로 미련한 외사랑을 하는 제 주인을 이해할 수 없었다. 그런 무하를 앞에 두고 아리는 고개를 저었다.

"아직은 때가 아닙니다."

야속하리만치 단호한 답이 돌아왔다. 그녀는 입술을 깨물고서 무하의 눈동자를 올려다보았다.

"죄를 지은 것도 아니거늘. 야밤을 틈타 남몰래 만나러 가지 않을 것입니다."

"그렇다면."

"언젠가 한낮의 태양 아래 당당히 그분을 뵈러 갈 것입니다. 저는 더 이상 가엾기만 한 아리가 아니니까요."

불행한 과거를 가슴에 묻고서 그녀는 제게 주어진 새 삶을 택했다. 엄격한 어머니의 아래에서 귀하게 자란 서문가의 외동딸. 황후의 자리에 오르기에 부족함이 없는 이 신분이라면 그 누구도 제게 토를 달지 못할 것이다.

더 이상 망설임 따위는 보이지 않는 아리를 앞에 두고서 무하는 착잡한 심정을 애써 숨겼다. 그러고는 제 품에 지니고 있던 가락지를 꺼내 보였다.

"이것은……."

"부하를 시켜 찾아왔습니다."

장물로 넘겨진 물건이 주인의 손에 돌아왔다. 죄인들을 취조한 결과 아리의 몸에 새로 난 매질의 흔적은 모두 반지를 지키기 위해 버티다 생긴 것이라 했다. 어쩌면 미련한 외사랑을 하고 있는 것은 이 여인도 마찬가지일지 모른다.

아리는 기꺼이 가락지를 받아 들고서 호젓하게 무하를 배웅했다.

"제가 그분 곁으로 돌아갈 때까지 부디 누구도 그분을 해치지 못하게 잘 지켜 주십시오."

"명심하겠습니다."

천하를 다스리는 황제라 해도 모든 것을 멋대로 할 수는 없다. 서로가 서로를 이토록 그리워함에도 두 사람은 기꺼이 이 어려운 길을 선택한 모양이었다. 언젠가 태양 아래에서 당당히 다시 만나겠노라고. 그래도 얼굴 한 번만 비춰 준다면 제 주인이 숨이라도 쉬기 수월할 터인데.

'대체 연심이 무엇이기에.'

그토록 그리워하면서도 억지로 끌고 오라 명하지 않는 주인도, 당당히 제 힘으로 돌아가겠노라 결심한 아리도 무하의 눈에는 지독할 따름이다.

황제가 손을 쓰고자 해도 간택은 엄연한 내궁의 일이니 그 누구의 도움도 청할 수 없다. 분명 쉽지 않을 것이다. 자칫 목숨을 잃을지도 모른다는 것을 알면서도 정면 돌파를 택한 그녀를 두고 무하는 좀처럼 쉬이 발걸음이 떨어지지 않았다.

✳ ✳ ✳

태황태후전에서 소 태황태후는 황후 후보자의 명단을 훑어봤다.

"이제야 계집을 붙여 달라고 하는 걸 보니 그놈도 사내긴 한가 보구나."

자칫 엉뚱한 여인이 황후 자리에 오르면 황손의 목숨을 노릴지도 모르는 일이다. 그러니 다음 황후 자리는 무조건 소씨 가문에서 나와야 한다. 미리 심어 놓은 명단을 잘 훑어보고서 소 태황태후는 제 며느리에게 황후 후보자 명단을 보냈다.

"태후라면 어련히 내 뜻을 알아보실 것이다."

태황태후전의 시녀는 그런 주인의 명을 받들고서 태후전으로 발걸음을 옮겼다.

요즘 들어 더욱 기고만장해진 태후전의 시녀들과 알게 모르게 신경전이 오가던 중인지라 시녀는 영 태후 앞에 대놓고 제 주인의 뜻을 들이밀었다.

"어련히 결과가 정해져 있으니 이대로만 하시라는 분부십니다."

자신이 점찍은 여인을 고르라 명하는 이유는 능히 짐작코도 남았다. 오만한 태황태후전의 시녀를 앞에 두고 영 태후는 기꺼이 미소로 화답했다.

"어찌 태황태후마마의 뜻을 거역할까. 내 어련히 알아서 할 터이니 심려치 마시라 말씀 올리게."

영 태후의 속내도 모르는 채 태황태후전의 시녀는 제 소임을 다했노라 화색이 만연했다. 그 꼴을 지켜보던 영 태후의 심복은 답답한 속을 다스리며 제 주인을 탓했다.

"저 꼴을 대체 언제까지 보실 참이십니까."

"어쩌겠느냐. 아직은 시어머님이신 것을."

속이 없는 것인지 사람이 좋은 것인지, 그저 웃고 마는 영 태후는 내버려 두라 이르고서 제 아들의 머리를 쓰다듬었다. 참으로 힘겹게 얻어 낸 이 아들은 그녀의 목숨을 구하는 동아줄이 되어 주었다.

"태자."

"예, 어마마마."

"오늘은 태황태후마마의 곁에서 주무세요. 재롱을 부려 드리면 할마마마께서도 기뻐하실 거랍니다."

태황태후는 제 손자에게 참으로 끔찍하게 여겼다. 이 아이가 태어나지 않았더라면 제 아들이 불능이라는 소문은 사실이 되었을 테니까.

태황태후는 물론 조정의 중신들까지, 언제 쫓겨날지 모르던 그녀의 처지는 고작 아들 하나 낳았다는 것만으로도 단숨에 국정을 쥐락펴락하는 처지가 되었다.

"암. 감사할 따름이지."

누구를 밀어 넣든 실권은 제게 있으니 제 입맛에 맞는 상대를 선택하면 될 일이다. 괜히 황제의 편을 들겠노라 나서는 위인이라도 나타난다면 그때는 제가 걸어갈 길에 걸림돌이 될 뿐이다. 어느 여인을 제 꼭두각시로 삼으면 좋을까. 후보들의 초상을 보던 중 태후의 고운 미간이 일그러졌다.

"이 여인은……!"

다시는 볼 일이 없을 줄 알았던, 눈에 익은 여인이 그녀 앞에 모습을 드러냈다.

"마마!"

사색이 된 태후를 보고 시녀들이 달려와 안위를 살폈다. 초상화 속의 여인을 본 순간, 측비가 살아 돌아온 줄 알고 심장이 떨어지는 줄 알았다.

분명 화평공주가 죽던 날, 사가에 나가 있었던 측비는 소 태사의 손에 불타 죽었다고 똑똑히 들었다.

그런 여인이 살아 돌아올 리가 없건만. 고개를 저으면서도 좀처럼 마음이 가라앉지 않아서 영 태후는 서문가에서 올린 초상화를 꼼꼼히 살폈다.

"서문 공의 딸이라."

서문 공의 죽음과 동시에 쇠락했다 해도 호륜 공의 명성에 버금가는 명문 가문이다. 마땅한 뒷배도 없고 흠을 잡아 쫓아내기도 좋으니 꼭두각시로 삼기에 참으로 적합하긴 하나. 얼굴, 저 얼굴이 유독 마음에 들지 않는다.

"잔꾀를 쓴 모양입니다."

"그러게 말이다."

처음에는 측비를 떠올리게 하나 자세히 보니 닮지 않은 구석이 보였다. 이목구비의 위치를 맞추었어도 인상이 전혀 다르다. 날렵하게 다듬은 눈썹과 고양이처럼 뻗은 눈매. 마냥 겁에 질려 어쩔 줄 모르던 그 미천한 계집과 달리 월 부인을 닮은 화폭 속 소녀는 세련된 귀족의 품위를 지녔다.

"마마?"

"이 일을 어찌한다."

만약 다른 이가 보았다면 가볍게 넘길 수 있는 정도겠지만 그래도 어쩐지 쉬이 넘기기가 어려워졌다. 어쩌면 황제의 눈에 들고자 일부러 측비의 모습을 흉내 낸 걸지도 모른다는 생각이 머리를 스쳤다.

영 태후는 시녀들이 가져온 두루마리를 차례로 펴 보았다. 마흔 가까이로 추려진 1차 명단에서 제일 눈에 띄는 건 역시 호륜 공의 여식, 희미였다.

소 태사 이후 사실상 제1실권자. 소씨 가문을 좋게 보지 않는 세력과 화평공주의 잔여 세력, 그리고 현 황제를 지지하는 세력들은 모두 호륜 공을 지지하고 있다.

"우리 태황태후께서는 이이로 낙점을 하신 겐가."

그리고 태황태후의 오촌 조카 소씨 가문의 딸, 선양이 눈에 띄었다. 만약 이이가 황후 자리에 오른다면 태황태후는 미련 없이 저를 버리고서 제 오촌 조카에게 실권을 넘길 것이 불 보듯 뻔하다.

조정의 이목이 집중된 지금, 가장 유력한 두 후보를 밀어내기 위해서는 그에 걸맞은 명분이 필요하다. 저 둘을 견제할 수 있을 만큼의 자격을 갖추고, 제 꼭두각시가 되어 허울 좋은 황후 노릇을 해 줄 만한 여인이 있다면 좋을 텐데.

"쯧. 이리도 인재가 없어서야."

간택을 앞두고 예민해진 탓이라며 영 태후는 제 손에 들린 초상화를 다시금 살펴보았다. 정말로 황제의 눈에 들어서 측비를 잊게 해 준다면 그것도 나쁘지 않다.

이미 죽은 계집 대용품을 써서 황제의 마음을 뒤흔들 수만 있다면 소선양을 밀어내는 좋은 명분이 되어 줄 것이다. 명예만 있고 권력은 없는 서문가 따위는 바람 앞의 등불이나 다름없으니 뒷배 없는 황후 따위는 태후인 제 앞에서 평생 말대답 하나 하지 못할 터.

"그 못난 것을 닮은 것도 그것의 죄이니 말이다."

제 손이 닿기도 전에 죽어 버린 측비 대신 보복 대상으로 삼는 것도 나쁘지 않을 것이다. 더도 말도 덜도 말고 제가 당한 만큼만 피 말리는 게 뭔지 맛보여 주는 것도 좋을 것 같기도 했다. 이빨 빠진 소 태황태후가 뒷방으로 물러난 이상 이제 영 태후는 그 무엇도 두려울 게 없다.

'다만……'

어딘지 모르게 석연치 않을 뿐. 너무 구미에 딱 맞는 먹이라서 더 마음에 안 드는 걸지도 모른다. 섣부른 판단을 내리기에는 아직 이르다. 황후 후보자들의 명단을 펼쳐 놓고서 태후는 긴 고민에 빠졌다.

❄ ✳ ❄

황후 후보에 올랐다는 소식이 전해졌다. 월 부인은 설아의 초상을 앞에 두고 흐뭇한 미소를 지었다.

"그이라면 분명 제 눈으로 확인하려 들 것이라더니. 과연 네 예상대로구나."

"의심이 많은 이니까요."

아리가 기억하는 영 태후는 그런 여인이었다. 그 누구보다 남의 눈을 신경 쓰는 여인이니 차라리 대놓고 자신을 불러 확인하려 들 거라는 예측이 정확하게 맞아들었다.

입궁일이 잡힌 이후로는 하루하루가 더욱 분주해졌다. 눈꼬리를 길게 빼고서 입술에 연지 바르는 것이 익숙해지고 나니 면경 속에는 이제 참으로 낯선 여인이 앉아 있다.

강단 있어 보이는 눈빛을 마주하니 3년 사이 참 많은 일이 있었다는 사실을 실감하게 됐다. 거울에 손을 얹고서 그녀는 제 자신에게 몇 번이고 되뇌었다.

"힘내렴. 서문설아."

이제는 아리라는 이름조차 잊어야 한다. 설아. 설아. 몇 번이고 제 이름을 곱씹고서 그녀는 굽이 높은 화분혜에 제 발을 밀어 넣었다. 이리 불편한 신을 신고도 흐트러짐 하나 없이 걸어 내는 것 또한 황가 여인의 덕목이라 티끌 하나도 흠을 잡힐 수 없다.

"준비는 다 되었느냐."

월 부인의 물음에 설아는 기꺼이 고개를 숙였다. 마지막 기회를 얻은 대신 서문가의 장래 역시 제 어깨 위에 얹힌 셈이다. 숨을 가다듬고서 그녀는 기꺼이 어머니에게 인사를 올렸다.

"서문가의 명예를 드높일 수 있도록 목숨을 걸고 최선을 다하겠나이다."

"너를 믿으마."

저곳이 어떤 곳인지 알면서 제 발로 돌아가는 꼴이 우습다지만 그래도 물러날 생각 따위는 손톱만큼도 없다. 일가의 배웅을 받으며 서문가의 문장이 새겨진 마차가 황궁을 향해 달려 나갔다.

후문에 도착할 즈음, 문 앞에 선 소녀 무리가 서문가의 문장을 보며 웅성거리는 모습이 보였다. 마차에서 내리고 고개를 들자 저편에서 한 소녀가 그녀를 알아보고 다가와 알은척했다.

"서문가라면…… 혹시 설아?"

처음 보는 여인이지만 일부러 내색하지 않았다. 미오가 한발 먼저 살그머니 귀띔해 준 덕분에 그녀가 누구인지는 쉬이 알아차릴 수 있었다.

"오랜만이구나, 애란아."

"역시 설아로구나! 몸이 아파 요양을 떠났다더니 드디어 낙양으로 돌아온 모양이야!"

눈치가 없는 것인지 아니면 일부러 견제하는 것인지 굳이 요양에 대해 언급하는 것을 보며 속으로 혀를 찼다. 명문인 서문가의 딸이 오랜만에 얼굴을 보인 것만으로도 벌써 견제하는 기세가 역력하건만, 어차피 눈에 띄게 될 거라는 건 익히 각오한 일이기에 설아는 태연히 답했다.

"돌아가신 아버님의 명복을 빌고 있었는걸. 아픈 것은 아니었단다."

병이 있는 여인은 간택에서 밀려날 공산이 크다. 병이 있는 여인을 들였다 꼬투리를 잡힐지 모르니 설아는 기꺼이 자신의 요양을 지극한 효심으로 포장했다. 홍조를 띤 뺨에다 한여름에 과즙을 머금은 복숭아처럼 화사한 미소까지. 병색의 기질이라고는 조금도 보이지 않는 모습에 애란도 더는 토를 달지 못했다.

그래도 이 아이는 제 소중한 장기짝이다. 설아는 애란의 손을 꼭 잡고서 달콤하게 눈웃음을 흘렸다.

"낙양을 오래 떠나 있어 외로웠는데, 오랜만에 반가운 이를 보아 참으로 기뻐."

"그, 그럼. 참으로 반갑지 뭐야."

살갑게 먼저 반가운 뜻을 보이자 애란도 덩달아 웃었다. 모두가 경쟁자라 하나 간택이 끝난 후에도 교류가 이어져야 하니 굳이 서로 언짢은 기색을 보여야 할 이유는 없다. 어차피 진짜 견제해야 할 대상은 따로 있는 법. 해묵은 이야기를 나눌 즈음 저편에서 검은 마차 하나가 모습을 드러냈다.

"매의 문장이잖아."

마차에 탄 이가 누구인지 알아본 이들이 절로 숨을 죽였다. 묵직한 바퀴 소리와 함께 검게 칠한 마차가 문 앞에 멈춰 섰다.

"소문으로 익히 듣긴 했지만……."

그녀가 이번 간택전에 참전한다는 소문은 조정에서부터 새어 나오고 있었다. 조금이라도 눈에 띄기 위해 색색의 비단옷을 갖춰 입은 다른 이들과 달리 마차의 주인은 검은 화복을 입고 있다.

황후 간택을 위한 자리임에도 불구하고 이런 무모한 짓을 할 수 있는 이유는 단 하나, 그녀가 북방의 맹주 호륜 공의 딸이기 때문이다. 매서운 눈빛을 품은 도도한 소녀, 희미가 모습을 드러내자 몇몇 여인이 다가가 먼저 허리를 숙였다.

'신기하구나.'

다들 기세에 눌린 모양이지만 설아는 저 모습이 낯설지 않았다. 동이와 가끔 어울리던 사냥꾼들 중에도 분명 저런 이들이 있긴 했다. 늑대가 나타나든 토끼가 나타나든 놀라는 법 하나 없이 활을 날려 목을 따 버리는 천생 사냥꾼이라 했다.

옷소매 아래로 드러난 손을 보니 굳은살이 단단히 잡혀 있었다. 월 부인과 마찬가지로 검을 잡는 여인임이 분명했다.

범접하기 힘든 기세에 모두가 자연스레 고개를 숙였지만 설아는 굳이 그러지 않았다. 희미는 그런 설아를 한 번 힐끗 보고서 한 발 먼저 후문으로 발을 들였다.

검은 그림자가 모습을 감춘 후에야 다들 안도의 한숨을 내쉬었다.

"하아. 죽는 줄 알았네."

투덜대는 애란을 보고도 설아는 왜들 이리 겁을 먹는 건지 이해가 가지 않았다.

"저이가 왜?"

"그걸 몰라서 묻니?"

산속에 갇혀 사느라 그런 것도 모르는 거냐며 애란은 목에 핏대를 세우며 쓴소리를 쏟아 냈다.

"어려서부터 호륜 공과 함께 전쟁에 나간 것은 예사라고 하지 않니. 지난 북방 정벌에서는 적장의 목도 베었다 하고!"

"그게 왜?"

"사람을 죽였다니까!"

태연한 설아를 앞에 두고 애란은 답답함에 가슴을 쳤다. 어릴 때는 벌레 하나 못 죽이고 그렇게 겁이 많던 아이였건만, 설아는 그마저도 대수롭지 않은 듯 어깨를 으쓱하고 말았다.

"얼마나 용맹한지는 알아들었지만, 내게 칼부림을 하지만 않으면 그게 뭐가 대수겠어."

"너는 무섭지도 않니?"

"산에 있을 때는 온갖 것들이 다 나왔는데 그깟 사람이 뭐가 무서울 게 있겠니."

괜히 제 발 저려 겁을 내면 더 수상해 보일 뿐이다. 태연한 대답에 애란은 혀만 끌끌 찼다. 애써 내색하지 않았지만 가장 강력한 황후 후보 중 하나라 하더니. 과연 그럴 법도 했다.

"이만 들어가야지."

"잠시만, 저건……."

곧이어 또 다른 마차가 소녀들을 향해 달려왔다. 이번에는 분명 설아의 눈에도 익숙한 문장이었다. 어찌 저 문양을 잊을까. 소태황태후의 장신구에 화려하게 새겨져 있던 국화는 분명 소씨 가문의 인장이다.

기세와 달리 비교적 수수한 차림이었던 호희미와 달리 금박을 닮은 연노란빛 화복 차림의 소녀가 모습을 드러냈다.

금강석을 쪼개어 만든 귀걸이와 함께 목에도 황금으로 만든 목걸이를 걸쳤지만, 화려한 얼굴선은 누가 봐도 소 태황태후와 판박이였다.

'저이로구나.'

소 태황태후의 오촌 조카이자 가장 강력한 황후 후보라 일컬어지는 소선양이 도착하자 곁에 선 이들조차 나란히 물러나 길을 터 주었다. 오뚝한 코와 긴 속눈썹, 커다란 눈망울이 참으로 화려한 외모다. 어디다 내놓아도 눈에 띌 미인이기에 걸음걸이 하나조차 자부심이 넘쳐흘렀다.

"이리 오렴."

구경할 생각이 가득한 애란의 팔을 잡아 뒤로 물렸다. 어째 유독 고집스러워 보이는 저 입매가 마음에 걸렸다. 눈에 띄지 않는 게 좋겠다고 한 걸음 물러날 즈음이었다. 주변 한 번 돌아보지 않던 소선양이 갑자기 걸음을 멈췄다. 곁에 선 이들을 한번 훑어보고서 그녀는 곁에 선 소녀 하나의 앞에 섰다. 고개를 숙인 채 겁에 질린 이는 영문도 모른 채 덜덜 떨었다.

"발을 내 보라."

갑작스러운 하대에 소녀가 번쩍 고개를 들었다. 그러나 선양의 시선은 줄곧 소녀의 화분혜에 닿아 있었다.

"이런."

소녀의 발이 드러나자 설아의 입에서도 안타까운 신음이 흘러나왔다.

"무엄한지고. 감히 간택 자리에 금사당초문을 새긴 화분혜라니!"

소선양의 일갈에 지켜보던 이들조차 고개를 갸우뚱했다. 기껏해야 금사 비단에 자수를 놓은 것일 뿐인데, 당사자조차도 제 발에 신은 것이 무엇인지 모르는 눈치였다.

사정을 모르는 애란은 벌벌 떨며 설아의 팔을 부여잡았다.

"뭐야, 대체 왜 저러는 것이야?"

황후가 되기 위해 들어온 이들이라 하나 아직 식견이 부족한 것이 훤히 보였다. 저이가 왜 저러는 것인지 아는 것은 저뿐인가 싶어 설아는 목소리를 낮춘 채 애란에게만 알려 주었다.

"저 덩굴무늬를 잘 보렴."

얼핏 보면 눈에 띄지 않았겠지만 비단 위로 촘촘하게 새겨진 것은 결코 쉽게 볼 수 있는 문양이 아니었다. 분명 가문에서는 간택을 앞두고 공을 들인 거겠지만 그것 때문에 오히려 시비가 걸리게 됐다.

"당장 무릎을 꿇지 못하겠느냐!"

소선양의 곁에 선 시녀가 죄인 취급을 하고 나서니 겁에 질린 소녀의 몸이 덩달아 떨렸다. 저도 제법 내로라하는 가문의 딸이겠지만 그래도 막상 소씨 가문 앞에 맞서 대적하기에는 역부족으로 보였다.

'어지간해서는 나서지 않으려 다짐했건만.'

아무도 나서지 않을 모양새를 그냥 두고 볼 수는 없다. 어쩔 수 없이 설아는 긴 한숨을 쉬고 저들이 보는 앞에 한 걸음 나섰다.

"낭자의 뜻은 이해하나 그쯤 하십시오."

"얘, 설아야!"

말릴 짬이 늦어 버린 터라 겁이 난 애란도 물러나고 말았다. 황후 후보라 불려 온 소녀들이 지켜보는 가운데 두 사람은 나란히 서로를 마주 보고 서게 된 꼴이 되어 버렸다.

"어디 감히 우리 아씨께!"

날이 선 시녀를 소선양이 막았다. 그러고는 오만한 얼굴로 설아를 내려다보았다.

"그대는?"

"서문설아라 하옵니다."

서문가의 이름을 대고 나니 소선양은 물론 둘러싼 이들조차 자신을 보는 시선부터 달라졌다. 태생이란 것이 이리 중요한 것이다. 방금 전까지 저를 한없이 가소롭게 바라보던 소선양의 시녀도 서문의 이름을 대고 나니 눈빛부터 바뀌었다.

그러니 설아의 잘못은 곧 서문의 이름에 먹칠하는 결과가 되는 셈이다. 권위란 결국 양날의 검이다. 함부로 이름을 팔아서는 아니 된다지만 이 힘을 어찌 쓰느냐도 결국은 제 손에 달렸다.

서문의 딸이 직접 나서자 시녀를 대신 부리던 소선양은 설아에게 친히 물었다.

"태후께서 보셨다면 발목을 잘라 버리셨을지도 모를 터인데요?"

"사, 살려 주십시오!!"

영문을 모르고서 울음을 터트리기 직전인 소녀를 비롯해 다들 소선양의 뜻을 이해하지 못한 것으로 보였다.

과연 황후 후보로 손꼽히는 이는 다르구나. 날이 선 뜻은 이해하지만 설아는 화사한 미소를 지으며 소선양의 말을 받아쳤다.

"농이 과하십니다. 뻗어 가는 덩굴과 영근 열매는 태평성대를 뜻하니 모든 것은 폐하의 치세를 기리는 뜻이 아니겠습니까."

좋은 뜻이니 이만 넘어가라는 설아의 설득에 소선양은 일언반구 없이 그저 가만히 그녀를 바라만 보았다. 위아래로 훑어보는 시선이 참으로 소 태황태후를 닮아서 불편하지만 애써 내색하지 않았다.

어색한 침묵이 흐르니 다들 숨소리조차 흘리지 못한 채 긴장한 기색이 역력하다.

"꿈보다 해몽이라더니."

한참 입을 다물고 있던 소선양이 먼저 입을 열었다. 그러고는 제 앞에 겁먹은 소녀를 힐끗 내려다보며 시녀에게 눈짓을 보냈다. 그러자 시녀는 아직 서 있는 소씨 가문의 마차에 들어가 갈색의 화분혜를 내밀었다.

"서문 소저의 체면을 보아 한 번은 눈감아 주겠지만 두 번은 없을 것이니 똑바로 처신하시는 게 좋을 겝니다."

하대를 하며 잡아먹을 듯 굴던 소선양은 언제 그랬냐는 듯 낯빛을 바꾸고서 예를 차렸다. 미소기 하나 없이 건네는 그 말에 소녀는 몇 번이나 고개를 끄덕이고서 서둘러 신을 갈아 신었다. 쏟아지는 시선조차 아랑곳하지 않고서 소선양은 제 할 말만 모두 전하고 자리를 떴다.

"죽는 줄 알았네."

소선양이 떠난 후에야 자리한 여인들은 다들 안도의 한숨을 내쉬었다.

"이게 대체 무슨 일이야!"

저 멀리 떨어져 있던 애란은 뒤늦게야 설아에게 다가왔다. 졸지에 공들인 화분혜를 못 쓰게 된 소녀는 바닥에 주저앉아 억울함을 호소했다. 다른 소녀들이 나서 그녀를 부축하고 나섰다.

"분명 태황태후마마를 믿고 저러는 것이지."

"그러게 말이야."

"이 신은 어찌하려고."

공들여 수를 새겨 놓은 화려한 신이라 지켜보는 소녀들의 눈에도 욕심이 보였다. 아무래도 소선양이 어찌하여 그리 나선 것인지 참뜻을 이해한 이가 없어 보였다.

"고작 금사 신을 신었다고 발목을 자른다니. 유난도 정도껏 해야지."

애란마저도 저 무늬의 정체를 못 알아본 모양이다. 설아 역시도 소선양이 말하기 전에는 못 알아볼 정도긴 했다. 만만치 않은 상대다.

울먹이는 소녀에게 다가가 설아는 기꺼이 먼저 손을 내밀었다.

"너무 서러워하지 마십시오. 자칫하면 참으로 큰일이 날 뻔하였으니까요."

"고작 당초무늬를 트집 잡아 이러다니. 이런 무례를 어찌 두고 볼까요!"

"평범한 당초무늬가 아니니 드리는 말씀입니다."

저 신을 만든 이는 아마 의미를 알고 만들었을 것이다. 이 신을 신은 소저가 황후가 되기를 바라는 마음으로 한 땀 한 땀 새겨 넣었을 테지만 때로는 과한 정성이 독이 되는 법이다.

"그게 무슨 말씀이십니까?"

"수많은 당초무늬가 있다지만 여기에 새겨진 꽃은 우리가 아는 흔한 꽃이 아닙니다."

덩굴을 품은 보상화寶相華는 이 세상에는 없는 신의 꽃이라 일컬어졌다. 그런 것을 간택 자리에서는 선보였다가는 자칫 모두를 누르고서 황후 자리에 오르겠노라는 야심으로 보일 수도 있다. 황실을 집어삼키려는 사특한 간계라는 모함이라도 쓰게 된다면 소선양의 말대로 발목이 잘릴지도 모른다. 설아가 아는 태후라면 그러고도 남을 위인이었다.

"어찌 그런……."

"차라리 지금 수모를 당하시는 것이 소저에게는 더 나았을지도 모르는 일이란 겁니다."

하얗게 질린 소녀들의 얼굴을 바라보며 설아는 한숨을 쉬었다. 그럴 리 없다 부정하면서도 다들 수긍하는 것을 보니 태후의 악명은 이미 세간에 알려진 지 오래로 보였다. 앞에서는 곱디고운 미소를 띠며 뒤에서 무엇을 꼬투리 잡을지 모르는 이였다. 그런 이가 권세를 쥐었으니 이제는 조금만 제 심기를 거슬러도 용납지 않으리라.

'이래서야 어찌 저들을 견제할까.'

소 태황태후가 제 오촌 조카를 황후로 삼을 속셈이라는 것은 허투루 나온 자신감이 아니었다.

고작 한순간, 눈이 스치는 것만으로도 저것을 알아본 솜씨는 결코 하루 이틀 만에 얻을 수 있는 것이 아니다. 황궁 생활을 해 본 설아조차도 영수와 월 부인에게 배웠으니 망정이지, 궁 밖에서 고이 자란 탓인지 이들은 제 앞에 닥쳐올 위협조차 인지하지 못했다.

"고맙습니다."

신을 갈아 신은 소녀는 애써 울음을 참으며 설아에게 감사를 표했다. 제게 고마워할 일은 아니라지만 그러려니 했다. 모두가 황후 자리를 노리고 모인 셈이니 알아보았다 해도 굳이 말하지 않아도 좋았을 텐데, 굳이 사서 적을 만드는 소선양의 덕이다.

'한 사람이라도 내 편으로 만들어 두는 편이 나을 테니까.'

호의로 나선 것은 아니었다지만 결과적으로 설아를 보는 눈빛들이 달라진 게 느껴졌다. 설아는 우아한 발걸음으로 황궁에 첫걸음을 내디뎠다.

❋ ✳ ❋

수도의 명문가는 물론 지방 호족을 비롯해 타국에서 온 이들도 눈에 띄었다. 색색의 옷을 곱게 차려입은 소녀들은 모두 긴장한 기색이 역력하다.

간택은 전쟁이라더니. 복잡한 정세로 인해 황후 자리가 이렇게까지 공백인 경우는 특히나 이례적이긴 했다.

"어차피 황후 자리는 소 낭자의 것이라 정해진 것을 누가 모를까."

뒤쯤에서 간드러진 비아냥이 들려왔다. 태황태후가 오촌 조카를 황후로 만들겠노라 공언한 것은 이미 유명한 이야기다.

"우리는 그저 소 낭자를 돋보이게 할 장식일 터이니. 아버님께서는 그것도 모르시고 어찌나 성화이신지."

아까 전, 신을 트집 잡은 일로 꼬투리를 잡은 것인지 몇몇이 나서 대놓고 비아냥을 쏟아 냈다. 그 광경을 바라보던 설아는 호희미의 반응부터 살폈다. 다른 이들에 대해서는 들은 바가 있다지만 변방에서 온 호희미에 대해서는 아직 아는 바가 없다.

수군대는 웅성임을 목전에 두고도 그녀는 기꺼이 귀를 닫고 있다. 형형한 살기가 주변으로 피어 나온 통에 곁에 다가서는 이가 없다. 제 일이 아니니 절대 나서지 않겠다는 무언의 의지나 다름없다.

그렇다면 당사자인 소선양은 어떻게 나오게 될까. 대놓고 걸어온 시비에 그녀는 우아하게 몸을 틀어 뒤에서 수군대는 무리를 바라보았다.

"어찌 저리 경망스러우신지. 이 사람이 내정자인지 아닌지는 겨루어 보아야 알 것을."

"뭐라고요?"

"책임질 수 없는 말은 하지 않으시는 게 좋을 겝니다. 방금 한 그 말, 태후마마 앞에서도 할 자신이 있는 겝니까?"

태후를 언급하자 발끈한 이들도 쉬이 입을 열지 못했다. 소선양이 한마디를 덧붙이려던 차 내관이 황제의 방문을 알렸다.

"황제 폐하 납시오!"

"폐하께서 오시다니?"

명단을 살피던 태후의 시녀들마저 당황하였다. 간택을 주관하는 것은 내전의 일이기에 황제 본인이 나설 일이 아니다. 그런 이가 제 황후가 될 후보들을 직접 보러 왔다 하니 태후의 시녀들도 쩔쩔매며 황제를 맞이했다.

"황제 폐하를 뵈옵니다."

예를 갖추기 위해 소녀들은 각 열로 나란히 선 채 황제의 앞에 허리를 숙였다.

"고개를 들라."

침묵을 지키는 와중에도 소녀들의 시선이 자연스레 금포를 걸친 그를 향했다. 만약 알은체라도 했다가는 곤란할 터인데, 그리 염려를 하면서도 설아의 시선은 자연스레 도겸을 좇았다. 참으로 오랜만에 보는 그의 모습이 참으로 낯설면서도 반가웠다.

'이런 분이었구나.'

몇 년 사이 더욱 날카로워진 턱선과 함께 눈동자에도 깊이가 더해졌다. 처음 만났을 때는 제법 소년 같은 면모가 남아 있었건만, 그런 그도 이제 앳된 티를 벗어 버리고 완연한 사내가 되었다.

애타는 그녀의 시선을 아는지 모르는지 황제는 앞에 선 소녀들에게 눈길조차 주지 않고서 곁에 선 내관에게 일렀다.

"이번 간택은 국본을 세우기 위한 초석이 될 터이니 내전의 뜻에 따라 한 치의 소홀함도 없이 공정히 처리해야 할 것이다."

"그리 전하겠나이다, 폐하."

소선양이 내정되었다 외치던 이들은 무안함에 고개를 숙였지만, 사정을 아는 이의 눈에는 황제의 말이 누구를 향해 하는 말인지 판단하기 쉽지 않다.

국정 최고의 실세인 호륜 공의 딸 호희미. 아니면 소씨 가문을 등에 업은 태황태후의 오촌 조카 소선양. 그것도 아니면 어쩌면 신분을 숨기고 여기까지 온 자신을 향해 하는 말일지도 모른다.

"백성들의 어머니이자 황제의 반려가 되는 자리는 많은 책임이 따르게 될 것이오. 그럴 각오가 없다면 탓하지 않을 터이니 기꺼이 돌아가도 좋소."

지금이라도 물러날 기회를 주겠노라는 경고에도 불구하고 누구 하나 움직이는 이가 없다. 애초에 각오가 없었더라면 여기까지 오지도 않았을 테지만 그 말이 오히려 과정이 얼마나 험할지 일러 주는 듯했다.

무하는 분명 경고했었다. 내궁의 일에는 황제라 해도 개입할 수 없노라 하였으니 그가 자신을 걱정하는 것도 충분히 이해할 수 있다. 아무것도 하지 못한 채 지켜보는 게 얼마나 고통스러운 건지는 이미 뼈저리게 느꼈다.

제 발로 돌아온 자신을 그는 어떻게 보고 있을까. 잠자코 지켜봐야 할 그를 보는 것만으로도 심장이 아렸다. 이대로는 절대로 물러나지 않으리라. 미동도 없는 그녀를 앞에 두고 황제는 무심히 돌아섰다.

"그대들의 뜻은 잘 알겠네. 무운을 빌지."

"황공하옵니다, 폐하."

그의 뒷모습이 사라질 즈음에야 겨우 소녀들 사이에서 안도의 한숨이 나왔다. 배수의 진을 친 이상 물러날 길이 없다. 이번 간택으로 그의 곁에 돌아갈 초석을 다지게 되는 셈이다. 그런 그녀의 속도 모르고 삼삼오오 모인 소녀들은 설렘을 감추지 못했다.

"어쩌면 저리 멋있으실까."

"그러니 말이야."

낙양의 여인들이 그의 눈길을 한 번 받아 보고자 그리도 속앓이를 했다더니. 그가 등장하니 모두 황제의 눈치를 보느라 입이 쏙 들어갔다. 물론 황제가 떠난 후에도 시선을 떼지 못하는 건 설아 역시 마찬가지지만.

그 모습을 본 애란이 그녀를 놀리고 나섰다.

"관심 없는 척하더니. 설아 너는 아주 혼이 나갔구나."

"저리 멋진 분이신 줄은 몰랐는걸."

쉽지 않을 싸움이 될 테지만 그래도 두렵진 않다. 몸가짐을 정돈하고 주변을 둘러보던 중 드디어 태후가 도착했다.

"폐하께서 오셨다고?"

"예, 태후마마."

소녀들 간에 오간 언쟁은 금세 태후에게 전해졌다. 황금빛 비단을 겹겹이 걸치고서 찰랑이는 금관을 쓴 영 태후에게서 예전의 움츠러든 모습 따위는 조금도 보이지 않았다.

사람이 저리 변할 수도 있구나. 도겸의 곁에서 알량한 미소를 짓고 있을 때는 멀리서 본 탓에 알 수 없었으나 드높은 단상에 올라 내려다보는 시선 하나하나에 오만함이 가득 배었다.

권세란 사람을 이리도 변하게 하는 모양이었다. 예전에는 소 태황태후의 뒤에 숨어만 있던 주변의 눈치를 살피며 싫은 소리조차 나서서 하지 못하던 사람이었건만.

궁 주변을 맴돌며 설움이 가득하던 모습을 보고 한때나마 가엾다는 생각을 품은 적도 있었다. 그 역시 섣부른 동정이었다. 태후의 뒤에 숨어 제 아이를 해하고 나서야 그녀의 실체가 보였다. 앞으로 상대해야 할 적은 그런 사람이다. 어찌 된 일이냐 추궁하는 태후를 앞에 두고 소선양은 능숙하게 상황을 수습했다.

"일말의 오해가 있었으나 별일이 아니었사옵니다. 괘념치 마소서."

어린 시절부터 궁을 드나들며 유달리 소 태황태후의 귀여움을 받았다더니, 영 태후 앞에 긴장한 다른 이들과 달리 타고난 여유가 보였다. 그런데 어쩐지 태후가 소선양을 보는 눈빛이 달갑지 않았다.

"별일인지 아닌지는 내가 판단할 일이거늘. 그대가 무엇이기에 그것을 판단한단 말인가?"

남들 앞에서 대놓고 무안을 주는 태후와 그 앞에 선 소선양 사이의 기류가 심상치 않았다. 본인이 경솔했노라 한발 물러난 소선양을 내려다보며 일부러 들으라는 듯 영 태후는 모두의 앞에서 똑똑히 일렀다.

"이번 간택은 폐하께서 본후에게 일임하신 일이거늘. 어느 누가 감히 이 사람이 하는 일에 함부로 말을 얹는단 말인가."

"망극하옵니다."

"폐하의 반려를 맞이하는 간택입니다. 응당 황가의 격에 맞는 여인을 모셔야 할 터. 황가에 속한 여인의 덕목이 무엇인지 똑똑히 새기도록 하세요."

자리한 소녀들 모두가 황후의 앞에 허리를 숙였다. 소선양이 낙점되었다 수군대던 이들도 냉랭하기 짝이 없는 태후를 두고 언제 그랬냐는 듯 입을 닫았다.

"식사를 들이거라."

황궁에 들어오고 첫 식사가 마련되었다. 아침부터 굶은 이들에게 내어 주는 황궁의 첫 손님 접대인 셈이다. 호화로운 상이 들어오자 소녀들은 각각 제 가문의 이름이 적힌 방석 위에 앉고서 늦은 식사부터 하게 되었다.

"식사를 마치고 나면 정식 간택 절차를 시작할 것이오."

태후가 떠나고 식사 수발을 드는 시녀들만 남자 곳곳에서 탄식이 피어올랐다. 황궁에서 받는 첫 식사는 매우 호화로웠다. 고기를 얇게 저며 부쳐 낸 육전이며 진하게 우려낸 어선까지. 제 앞에 놓인 상을 보며 설아도 수저를 들었다.

육전을 보니 윤도 생각이 나 거북하지만 하나라도 남겼다가는 트집을 잡히게 된다. 식사하는 모양새까지 까다롭게 살피는 것이 간택의 절차인지라 너무 빨리 먹어서도 안 되고 너무 느리게 먹어서도 안 될 터인데.

밥공기를 반쯤 비워 나갈 즈음, 어느새 호희미는 식사를 마치고서 자리에서 일어났다.

"벌써 다 드신 겝니까?"

"전장에서는 촌각을 다투는 일도 빈번하니까."

태생이 다르다는 것은 저런 것을 말할 터. 눈치 따위 보지 않는 건 호륜 공의 딸이니 가능한 일이다. 다른 이라면 진작 내쳐질 테지만 시녀들은 토 하나 달지 않고서 그녀를 다음 시험 장소로 데려갔다.

남은 시녀들은 궁중의 예법에 따라 씹는 모습, 젓가락을 쥐는 손 모양을 세심히 관찰했다. 먹는 순서와 양까지 모든 것은 정해진 법도를 따라야 한다. 이 식사가 끝나면 몇 명이나 남게 될까. 돌을 씹는 기분으로 설아는 식사를 이어 나갔다.

❈ ✱ ❈

"태후께서 드셨습니다."

도겸은 보던 상소를 내려놓고 자리에서 일어났다. 황후 간택 자리에 한발 먼저 들렀으니 사실상 월권을 범한 셈이지만 태후는 만개한 미소를 품고서 언짢은 기색 하나 없이 기꺼이 황제의 곁에 자리했다.

"간택 자리에 다녀오셨다 들었습니다. 제가 뽑은 이들은 어떠셨습니까?"

"태후께서 어련히 알아서 하시리라 믿습니다."

일부러 찾아간 것은 분명 꿍꿍이가 있을 터인데. 속내를 보이지 않는 무심한 태도를 보며 영 태후는 슬그머니 운을 띄워 보았다.

"세간에 허무맹랑한 말이 돌고 있다 하여 안 그래도 속이 상하였는데, 폐하께서 그리 단언해 주시니 얼마나 감사한지 모릅니다."

"추후에 시비를 가릴 일이 있어서는 아니 되니 말입니다."

황제가 공정이란 단어를 입에 올렸다지만 태후는 그런 것에는 흥미가 없었다. 경합의 과정은 모두 제 사람을 걸러 내는 도구가 될 뿐. 그런 줄도 모르고서 태황태후를 등에 업고 주제넘게 나서는 소선양은 절대로 황후의 자리에 오를 수 없다.

'그리고 한 사람 더.'

초상화를 보고도 반신반의해서 장고 끝에 불러들인 서문가의 여식을 본 순간 숨이 멎을 뻔했다. 처음에는 측비를 흉내 내 눈에 띄고자 하는 술책으로 여겼건만, 용모만은 참으로 빼다 박은 듯이 닮았다.

물론 무심한 표정하며 눈썹과 눈매를 보아하니 월 부인을 닮긴 했지만 그래도 죽은 측비를 떠올리기에는 충분했다. 과연 황제는 그 여인을 발견했을까. 자신이 들기 전 황제가 들렀다는 말에 가슴이 철렁 내려앉았다.

소선양도 소선양이지만 태후가 진정으로 궁금한 건 이쪽이었다. 속을 떠보기 위해 부리나케 달려왔으나 정작 황제는 그 여인에 대해 그다지 관심이 없어 보였다.

"항간에서는 미리 내정을 해 놓았다며 이 사람을 음해하는 말이 오가는 듯하옵니다."

곤란한 제 처지를 알아 달라는 듯이 말을 꺼내자 도겸은 그런 영 태후의 속을 기꺼이 헤아려 주었다.

"태황태후께서는 아무래도 마음이 그리 기우시겠지요. 하지만 저는 태후께서 모쪼록 공정한 평을 내려 주시리라 믿습니다."

"아무렴요. 여부가 있을까요."

이미 3년이란 시간이 지났다. 도겸의 태도로 보아하니 황제는 끝내 죽은 제 아우에게 아무 말도 하지 않은 모양이었다. 유복자로 태어난 제 아들을 황태자로 삼기까지 했으니 이 아이의 아비가 누군지 안다면 그럴 수는 없었을 터.

'이 사내는 내 것이다.'

비록 정식으로 맺어질 수는 없다 하나 두 사람은 벌써 3년 가까이 함께 정국을 꾸려 왔다. 아무리 새 여인이 들어온다 한들 지금의 두 사람의 사이보다 가까울 수는 없을 것이다. 아니, 그렇게 만들 것이다.

"그래도 황상께서 마음에 두신 이가 있다면 언질을 주세요. 내심 눈여겨보겠습니다."

"뉘가 되든 어떻겠습니까. 황실에 도움이 될 여인이라면 그것으로 충분합니다."

"폐하."

긴 한숨과 함께 그는 애써 고개를 떨궜다. 한자리에 머물지 않고 부는 바람처럼 그 어느 여인에게도 곁을 허락한 적이 없는 사내였다. 측비의 죽음과 함께 도겸은 그야말로 영혼 없는 황제 노릇만을 이어 나가고 있다.

간간이 보여 주던 미소도 온데간데없이 그는 지금도 제 집무실과 침소에 측비의 흔적을 남겼다. 집무실 어귀에 걸어 둔 여인의 장포가 태후의 심기를 건드렸다.

만약 새 황후가 들어오면 그때는 저것부터 태워 버리리라. 망령처럼 달라붙은 측비의 원혼을 떼어내기 위해서라도 차라리 황후 책봉을 서두르는 편이 나아 보였다.

"너무 염려치 마십시오. 저는 언제나 폐하의 편입니다."

조심스레 어깨에 손을 올리려던 찰나 도겸은 오늘도 슬그머니 몸을 빼 버렸다. 어찌 이리 틈조차 주지 않는지. 태후는 애틋한 외사랑을 마음에 담은 채 그의 긴 속눈썹을 바라봤다.

❀ ✻ ❀

식사가 끝나고 나니 벌써 다섯이 넘는 소녀들이 사라졌다. 아마 저들은 밥알을 씹어 넘기는 것마저 자질을 평가하는 과정이란 사실을 몰랐을 가능성이 제일 높았다. 숨 쉬는 것조차 조심스러운 이곳은 그야말로 살얼음판이나 다름없다. 하물며 각 가문의 명예를 걸고 입궁하였건만 이런 연유로 떨어지고 말았으니 몇몇은 울음을 터트리고 말았다.

"저 아이는 정혼자가 있어 제 발로 나가는 모양이지만, 황후 간택에 이리도 수준이 낮아서야."

서글피 우는 이들을 앞에 두고 애란은 태연히 코웃음을 쳤다. 설아는 무심하게 그 모습을 보고서는 시녀들을 따라 다음 장소로 걸음을 옮겼다. 다음 단계는 신체 검사였다. 태후궁의 시녀들이 우르르 들어와 설아의 앞뒤로도 두 명의 시녀가 붙었다. 그들은 매듭지어 둔 옷을 벗기고서 팔과 다리의 길이를 재기 시작했다.

"가슴이 크니 이리도 둔해 보이지."

대놓고 하는 품평질에 무안해진 소녀 하나가 입술을 깨물었다. 그들은 장차 후계자를 낳기 위해서라며 가슴의 크기와 어깨의 모양, 허리의 둘레와 둔부를 확인했다. 이조차도 절차라 감내하라 하긴 했지만 그래도 저리 입을 함부로 놀리는 것이 마음에 들지 않았다.

그러던 중 저편에서 소란이 일었다. 훤칠한 키의 호희미는 소녀들 사이에서도 유난히 눈에 띄는 존재다. 상의를 벗은 그녀의 팔이 드러나자 곁에 선 소녀 몇몇이 겁에 질려 소리를 질렀다.

"저건……!"

팔 어귀에 난 기다란 검상이 드러나자 시녀들도 덩달아 당황하고 말았다. 몸에 흉이 있는 여인은 응당 간택에서 결격 사유이지만 호희미는 당당히 시녀 앞에 제 팔을 드러내고서 태연히 되물었다.

"요월족과의 전투에서 얻은 상처인 것을. 이것이 뭐가 문제인가?"

지난번 북방 정벌을 나설 때 호희미는 분명 황제와 함께 친히 전투에 참전했었다. 황제가 직접 치하한 영광의 상처라고 하니 저들도 함부로 입을 열지 못했다. 마치 물건을 다루듯 태후궁의 시녀들은 소녀들을 두고 훈수를 놓았다. 그래서일까, 당당하기만 한 호희미의 모습이 어딘지 모르게 통쾌했다.

애써 웃음을 삼키던 중 뒤에 선 시녀가 설아의 허리를 잡았다.

"초경은 언제 시작하셨습니까?"

"열다섯이었네."

노파의 도움으로 설아의 몸엔 상처의 흔적 하나 남지 않았다. 유독 뽀얀 피부를 훔쳐보는 소녀들의 시선이 곤란했다. 회임까지 했던 몸이니 행여나 들키지 않을까 불안하던 차 제 앞에 선 중년의 시녀가 살포시 미소 지었다.

"풍염한 둔부는 다산을 뜻합니다. 너무 염려치 마십시오."

다행히 들키지 않고 넘어갈 수 있었다. 옷가지를 다 갖춰 입을 즈음 또다시 조건이 맞지 않는 몇몇이 그 자리에서 쫓겨나고 말았다.

그 후로 몇 가지 절차를 더 거치며 고작 하루 사이에 절반 가까운 이들이 궁을 나가야 했다. 그렇게 남은 것은 약 서른 정도. 태후궁의 수석 시녀는 남은 소녀들을 앞에 두고 각자의 이름을 호명했다.

"오늘부터 다섯 후보가 한 처소를 쓰게 될 것입니다."

서문설아의 이름이 불리고 곧 소선양의 이름도 함께 불렸다. 우연일까 싶던 찰나 곧 아침에 화분혜로 시비가 걸렸던 소녀와 그 친우들 역시 나란히 한 조가 되고 말았다. 다분히 악의적인 배정이 아닐 수 없다. 대체 무슨 꿍꿍이인가 싶던 찰나, 시녀는 태후의 말을 전했다.

"오늘 밤에는 태후께서 내리신 특별 과제가 있습니다. 모든 후보는 내일 아침까지 무슨 수를 써서든 자수 하나를 완성해 제출하도록 하십시오."

갑작스러운 침선 과제에 당혹감이 서렸다. 그 어떤 조건도 없이 자수를 내라 하니 어느 도안을 할지, 그것에 무슨 의미를 담을지 전적으로 본인의 역량에 달린 셈이다.

"내일 아침 태후마마께서 손수 장원을 뽑으실 터이니 다들 황후의 소양을 보이실 수 있도록 최선을 다하십시오. 재료는 각 전각의 시녀들이 가져다 드릴 터이니 서두르십시오."

그렇게 오늘의 일과가 끝났다. 재료를 챙기기 위해 다들 분주하던 중, 뒤에서 대기하던 미오가 활짝 웃으며 설아의 곁으로 달려왔다.

"다행입니다, 아씨. 침선하면 또 이 미오 아니겠습니까."

분명 시험을 낼 때 반드시 제 손으로 하라고 한 적은 없으니 침선 솜씨가 뛰어난 미오가 대신 해 준다면야 장원은 따 놓은 당상이다.

물론 아무리 미오라 한들 하룻밤을 꼬박 새워야 할 터. 먼저 시작하라 이르고서 설아는 밤 산책을 겸해 처소 밖으로 나와 다른 후보들을 살펴보았다. 깊은 밤이 지나도록 다들 환하게 불을 밝히고 있건만 호희미의 처소에는 벌써 어둠이 내렸다.

침선과는 거리가 먼 이니 분명 시녀에게 대신 시킬 테지만 하는 시늉조차 아니 낼 줄은 꿈에도 몰랐다. 무어라 말을 걸 분위기가 아니라 애란의 처소도 그냥 지나쳤다.

혹시나 싶어 소선양의 처소에 다가가 보니 창문 너머로 그림자가 비쳤다. 한 점의 흐트러짐도 없이 꼼꼼하게 수를 놓는 모습이 제법 진중했다.

"대체 저이는 뭐가 아쉬워 저리도 필사적일까."

똑같이 뒷배를 둔 처지임에도 불구하고 이번 간택에 임하는 자세가 판이하게 달랐다. 특혜 따위 없다 부르짖던 소선양이 무슨 속셈인지는 좀 더 두고 봐야 할 터.

'황후의 소양을 보기 위해서라고 했지.'

시녀가 남긴 말이 마음에 걸렸다. 최선을 다하라 사족을 붙인 탓에 소녀들은 울며 겨자 먹기로 어떻게든 머리를 굴리고 있지만 설아의 생각은 달랐다. 침선 실력으로 장인을 뽑기 위한 자리가 아니라 황후를 뽑기 위한 시험이라 못을 박은 것도 분명 그 때문일 것이다.

결국 이 시험에서 보고 싶은 건 침선 솜씨가 아닐 터. 내일 아침에 제출할 때까지 모든 과정은 결국 시험인 셈인데, 얼핏 보아 하니 다른 방들도 쉬이 불이 꺼지지 않는 게 보였다.

"미오야. 그래서 말이다만."

설아는 슬쩍 사정을 보고서 미오를 불러 누가 들을까 귓가에 나직이 속삭였다. 설아에게 장원을 안겨 주리라 기세등등하던 미오는 난데없는 설아의 제안에 눈을 휘둥그레 뜨고서 당황한 기색을 숨기지 못했다.

"아씨? 그게 무슨 말씀이십니까."

"한 번만 내 말을 믿어 보렴."

영문을 모르는 채 미오는 어쩔 수 없다는 듯 고개를 끄덕였다.

※　✲　※

바느질은 어머니께 직접 배웠다. 아버지가 동이와 함께 장작을 다듬으러 간 사이 어머니는 새로 지은 아버지의 옷을 꼼꼼히 말렸다. 아리는 어머니의 다리를 베고 누운 채 쉼 없이 움직이는 손을 보았다. 바늘이 드나든 자리의 구멍이 메워지고 흔적이 남지 않게 자수를 더했다.

'이것은 무엇이어요?'

　산중호걸이라 태남산의 범조차 물리치기를 바라며 어머니는
아버지의 옷소매에 기꺼이 용의 문양을 수놓았다. 행여 남이 보
면 시비가 트일지 모른다며 아버지는 핀잔을 주곤 했지만, 어머
니가 돌아가신 후에도 아버지는 다 해진 옷을 몇 번이나 기워 입
었다. 만약 그 문양을 제가 새겨 드렸더라면, 그렇다면 아버지는
돌아가시지 않으셨을지도 모른다.

　행여나 횡액을 당하지는 않을까. 어머니의 심정조차 알지 못하
고서 그때는 철없이 제게도 꽃을 수놓아 달라 떼를 썼다. 병상에
누운 어머니는 그 점을 못내 아쉬워했다.

　병상에 누운 채 끝내 미안하다 울먹이던 어머니를 떠올리니 속
이 아렸다. 그리 허무하게 돌아가실 줄도 모르고서 철없이 굴던
제가 싫어서 아리는 그날 이후로 우는 소리 하나 하지 않고서 아
버지와 동이를 챙겼다.

'산 아래는 위험하단다. 절대로 내려가서는 안 돼.'

　금빛으로 빛나던 어머니의 눈동자가 그녀를 마주했다.
　"아."
　가쁜 숨을 몰아쉬며 불현듯 고개를 들었다. 오랜만에 어머니의
꿈을 꾼 탓에 이곳이 어디인지도 잊을 뻔했다.
　정신이 들자마자 자수부터 챙겼다. 이른 새벽까지 꼬박 공을
들인 덕분에 제법 번듯한 자수를 완성했다. 조금이라도 눈을 붙
이라는 미오의 권유에 잠시 눈을 붙였었는데 시간이 얼마나 지난

것인지 가늠할 길이 없었다.

"조금 더 주무셔도 괜찮은데."

"아니야. 잠이 다 깨 버린걸."

길게 기지개를 켜고서 세숫물을 받아 얼굴을 씻었다. 평소에는 설아의 흉내를 내고 있긴 하지만 이리 보니 영락없이 익숙한 제 얼굴이다.

길게 눈꼬리를 뽑아 그리고 연지로 입꼬리를 다듬자 사람이 이리 달라 보일 수 있는 게 신기할 따름이다. 오늘도 부족함 없이 단장을 마치고 나니 이제야 좀 마음이 놓였다.

"무슨 소리니?"

아침상을 들이기 전이건만 침소 밖이 소란스러웠다. 요란한 언쟁 소리에 설아는 기꺼이 문밖을 나섰다.

"위병들은 분명 오간 이가 없다 하지 않습니까."

"전각을 나선 이가 없다 하였지요. 그대들이 아니면 뉘가 이런 짓을 한단 말이오!"

머리끝까지 화가 난 소선양과 다른 소녀 셋이 다투고 있다. 이러다가는 참으로 손을 올릴 기세라 설아는 당장에라도 멱살을 잡으려 달려드는 소선양의 앞을 가로막았다.

"이게 어찌된 일입니까?"

소선양은 대답 대신 구겨진 천 조각을 들이밀었다. 정교하게 수놓인 봉황이 자리 잡은 수틀 위로 시커먼 먹물이 쏟아져 있다. 군데군데 칼로 찢어 놓은 흔적까지 가득하니 아무리 태황태후의 뒷배가 좋아도 이런 것을 제출할 수는 없을 터.

"우리가 했다는 증거라도 있습니까?"

대놓고 아니라 부정하면서도 세 소녀의 표정을 보니 대강 돌아가는 사정이 알 만하다. 신발 일로 앙심을 품은 세 사람이 소선양의 과제물에 먹물을 흩뿌린 모양이다. 설아는 말없이 혀를 찼다. 가장 강력한 황후 후보인 그녀가 경계당하는 건 당연한 수순이라지만 이리도 속이 뻔히 보이는 짓거리를 저지를 줄은 몰랐다.

'저들도 필사적이겠지.'

먹히지 않으면 잡아먹혀야 하는 곳이니 저들은 기꺼이 짐승이 되는 길을 택했다.

곧 태후궁의 시녀가 찾아올 터. 소선양은 찢어진 자수를 들고서 주먹을 불끈 쥐었다. 어쩌면 저리들 생각이 짧은 것인지. 설아는 혀를 차고서 미오를 불렀다.

"가져오렴."

설아의 지시에 미오는 제가 놓은 자수를 소선양에게 내밀었다. 만에 하나 제게 닥칠 위협에 대비하기 위해 준비한 것이지만 이렇게 빚을 지워 두는 것도 나쁘지 않다.

"소 낭자께서는 이것을 제출하십시오."

봉황만큼 화려하지 않아도 정교함만은 그것보다 훨씬 더 촘촘하다. 지금 입궁한 황후 후보들 중 누구도 저것보다 좋은 것을 만들지는 못했을 터인데 그런 것을 선뜻 건네는 설아를 보며 소선양은 당황한 기색을 숨기지 못했다.

"서문 낭자. 제게 어찌 이것을 주시는 겝니까."

"곧 태후마마께서 사람을 보내실 겁니다. 묻는 건 나중에 하시고 받으세요."

태후가 내건 조건은 다음 날 아침까지 자수를 제출하라고 했지, 그 외에는 어떤 조건도 달지 않았다. 그 말인즉슨 본인이 만든 걸 직접 제출하든 아니면 뭐든 상관없다는 점이다.

대부분은 알아서 눈치를 보느라 제 손으로 만드는 모양이지만 애초에 태후는 후보들의 자수 실력 따위는 관심도 없었을 터.

'호희미는 분명 눈치챈 거겠지.'

분명 이 방뿐만 아니라 다른 방에서도 비슷한 일이 벌어졌을 것이다. 과연 완성본을 제출하는 이가 몇이나 될까.

"기침하셨습니까."

태후의 시녀가 자수를 제출하라며 찾아왔다. 낯익은 얼굴을 보니 분명 황후 시절부터 측근에서 모시던 시녀로 보였다. 제 얼굴을 아는 자이니 설아는 일부러 한 발짝 물러나 미오에게 제 것을 대신 제출하게 했다.

소선양의 손에 들린 미오의 자수를 마지막으로 태후의 시녀는 제 손에 들린 다섯 장의 자수를 살펴보았다.

"다섯 분 모두 무사히 제출하신 곳은 이곳이 처음입니다."

역시나 다른 궁도 별반 사정이 다르지는 않은 모양이었다. 한 장 한 장 훑어보던 태후의 시녀가 설아의 것을 유심히 바라보았다.

"이것은 분명……."

자수를 한 번 보고서 시녀는 설아의 얼굴을 빤히 바라보았다. 죽은 측비를 꼭 빼닮은 제 얼굴을 한 번 보고 다시 손에 들린 자수를 보았다.

"솜씨가 좋으십니다."

"과찬이십니다."

줄곧 처소를 감시하던 저들이 이 일을 모를 리가 없다. 어찌할 바를 모르는 소선양을 내버려 두고서 태후의 시녀는 잠자코 물러났다.

"서문 낭자! 어찌 이러는 겝니까!"

잔뜩 독이 오른 소녀 무리가 설아를 추궁하고 나섰다. 신발을 빼앗겼던 소녀는 대뜸 설아의 손목을 잡고서 원망하는 눈초리로 노려보기까지 했다.

"제가 무엇을 했다고 그러십니까. 이거 놓으십시오."

단단히 잡힌 손목을 뿌리치고서 설아는 태연히 제 방으로 돌아갔다. 태후가 오후 즈음에나 후보들을 다시 모을 거라고 하니 그 사이에 잠시 눈이라도 붙여 두어야 한다.

길게 기지개를 켜고서 침상에 앉던 차에 소선양이 설아의 방을 찾았다.

"저를 왜 도와주신 겝니까."

곤경에 처한 것도 처음이라 도움을 받는 것도 낯선 것인지 고맙다는 말 전에 왜냐는 물음부터 나왔다.

"만약 태후께 이 일이 알려졌다가는 방 모두의 책임이 될지도 모르지요. 이리하면 우리 방에서 누락자가 나오지 않을 테니 이것은 나에게도 도움이 되는 일이지, 딱히 낭자를 위해 한 일이 아닙니다."

"서문 낭자께서 이리 여유를 부릴 때가 아닐 텐데요?"

제게 이런 기회를 주는 것은 오히려 설아에게 불리하게 돌아갈 것이라고. 제 속도 모르고서 이리 오만한 물음을 던지는 소선양의 모습이 우습기 그지없다. 우물 안 개구리처럼 제가 보는 세상이 전부인 줄 아는 소선양은 설아의 정체도 모르는 채 자신이 우위를 점했노라 자신하고 있다.

"그러는 소 낭자는 왜 저이를 도와준 겝니까?"

어차피 도와준다 한들 이런 대접을 받을 걸 알면서도 오지랖을 부린 것은 소선양이 먼저다. 태후가 그 신을 보았다면 발목을 잘 랐을 거란 말에는 십분 동감했지만, 결국 소선양이 한 행동은 지 금 설아가 베푼 호의와 별반 다르지 않은 셈이다.

"미련하기는 매한가지인 것을."

저 대단한 자존심에 이리 무안을 당했으니, 소선양은 끝내 고 맙다는 한 마디도 남기지 않고서 방을 나섰다. 아까부터 줄곧 입 술이 맷 발로 튀어나와 있던 미오는 공들여 만든 자수를 소선양 에게 줘 버린 설아의 뜻을 조금도 이해하지 못한 듯했다.

"대체 왜 그러신 겝니까?"

"그거야 두고 보면 알게 될 거란다."

영문 모를 미소를 머금은 채 설아는 끝내 제 뜻을 알려 주지 않 았다.

잠시 눈을 붙이고 나니 태후전에 들라는 전갈이 왔다. 지금쯤 이면 물고기가 미끼를 물었을 터. 설아는 거울 속 제 모습을 한번 바라보고서 싱긋 미소 지었다.

✤ ✸ ✤

자수 시험이 끝나고 나니 그사이 또 대여섯 정도가 사라졌다. 간밤에 이런 일이 벌어진 것은 역시나 제 처소만이 아니었던 모 양이지만 그 누구도 사라진 이들에 대해 언급하는 바가 없다.

소녀들이 모두 자리하고 곧 태후가 들어왔다. 뒤에 선 시녀의 손에 소복이 쌓인 자수를 가리키며 그녀는 온화한 미소로 고개 숙인 후보들을 바라봤다.

"폐하께서 공정을 기하라 하셨으니. 뉘가 제출한 것인지는 나

69

도 알지 못합니다. 오늘 장원은 오직 실력으로만 선발할 것이오."

"망극하옵니다."

공정이라는 말을 다시금 언급하는 모습을 보며 설아는 속으로 쓴웃음을 삼켰다. 억울하게 자수를 제출하지 못한 이도 분명 있을 터인데 일말의 언급조차 없이 그들은 아예 처음부터 없는 사람이 되어 버렸다.

소리 없는 이 전쟁터에서 살아남는 건 쉽지 않은 일이다. 한없이 어리숙하기만 했던 예전의 제 모습을 애써 묻어 두고서 설아는 제 앞에 앉은 태후를 올려다보았다. 봉황이 날개를 펴는 형세 아래로 찰랑이는 금장식이 드리웠다.

세상의 권세를 모두 거머쥔 저 자리에 앉는다는 건 과연 어떤 의미일까. 소 태황태후의 등쌀에 고개도 쉬이 들지 못하던 황후 시절과 비교하면야 이제 세상에 두려울 게 없을 테지만 그런 그녀라 한들 그토록 사모하는 사내만은 결코 손에 넣을 수 없다.

자만은 금물이다. 그런 그녀의 복잡한 속내를 모르는 채 태후는 각 방에서 올린 자수를 느긋하게 훑어보았다.

"규수들의 솜씨가 이리 좋으니 과연 우리 단월국의 미래가 참으로 밝은 것이지."

줄지어 선 소녀들을 앞에 두고서 태후의 손끝이 움직일 때마다 희비가 갈렸다. 보기 드문 보랏빛이 희끗 비칠 때는 설아조차 심장이 두근거렸다.

"호오."

커다란 찬사는 아니지만 지금은 그것으로 충분하다. 어떻게든 눈에 띄고 기억에 남게 된다면 이 간택 승부에서 살아남을 수 있다. 고운 천 조각들을 한 장 한 장 넘기던 태후의 시선이 한곳에 내리꽂혔다. 드디어 장원이 결정됐다.

"솜씨가 참으로 뛰어나구나."

태후가 화려한 장미와 나비가 수놓인 천 조각을 내보이자 안타까운 한숨이 흘러나왔다. 예상대로 소선양에게 건네준 자수가 장원이 되었다. 여기까지는 계획대로다.

"나비가 살아 있는 듯하니 참으로 고와. 이것은 누구의 것이지?"

공정하라는 황제의 경고답게 태후는 자수의 주인이 누구인지도 모르는 듯했다. 뒤에 선 시녀는 당혹감을 감추지 못하고서 헛기침을 했다. 하지만 고고한 자존심 때문인지 소선양은 자신이 했노라 나서지 못했다. 기다리다 못한 시녀가 결국 한 발 나서 소선양을 지목했다.

"장원은 소 낭자, 차점은 서문 낭자와 이 낭자의 것이옵니다."

"이것이?"

태후의 얼굴에 당혹감이 스쳤다. 제 입으로 황제의 명에 따라 공정을 기하겠노라 단언하였건만 하필이면 소선양의 것을 골라 버렸다.

분명 자수 자체만 보아서는 장원을 주고도 남을 실력이라 하나 하필이면 공정을 논한 때에 소선양을 뽑는다면 불필요한 오해를 피할 길이 없다. 그렇다고 이 자수보다 못한 것을 장원에 올리는 것도 꼴이 우스워지게 된다. 자충수를 놓은 셈이다.

과연 이 함정을 어떻게 넘어갈까. 곁에 선 시녀가 귓속말을 건넸다. 제 것이 아닌 다른 이에게 받은 것을 제출했다는 말을 듣고 나면 분명 태후는 그것을 구실로 삼을 테지만, 황후 자리에 대한 열망이 깊은 소선양이 순순히 물러날 수는 없다.

"소 낭자. 이것이 참으로 그대의 것이 맞는가?"

영 태후의 화살이 소선양을 향해 날아들었다. 만약 이 자리에서 자신의 것이라고 거짓을 말한다면 위선자가 될 테고, 설아에게 받았다 인정하게 된다면 그녀의 자존심은 바닥을 치게 된다.

어느 쪽을 택하든 태후는 제 손으로 소선양을 떨어트릴 수 있는 빌미가 생긴다. 영악한 영 태후가 이 좋은 기회를 놓칠 리 없으니 설아는 기꺼이 두 여인의 전쟁을 관전하기로 마음먹었다. 자, 너는 어느 쪽이니.

설아가 깔아 놓은 시험대 위에서 소선양은 묵묵히 침묵을 지켰다.

"왜 저러는 것이야?"

태후의 물음에도 묵묵부답이니 기다리다 못한 소녀들 사이에서 수군거림이 일었다. 사정을 묻는 애란을 곁에 두고도 설아는 애써 웃음 지을 뿐 아무 말도 하지 않았다. 진퇴양난의 상황이다. 한참을 고민한 끝에 소선양의 입술이 벌어질 즈음이었다.

"저것은 소 낭자의 것이 아닙니다!"

앙칼진 외침과 함께 모두의 시선이 뒤에 선 소녀에게 꽂혔다. 자수를 없앤 세 사람은 독이 잔뜩 오른 채 소선양 쪽을 노려보았다. 난데없는 불청객의 등장에 잘 짜 놓은 판이 흐트러졌다. 소녀들의 고변에 태후의 고운 미간에 주름이 졌다.

"저게 무슨 말인가?"

겨우 입을 열고자 했던 소선양이 입을 다물어 버렸다. 별다른 반박도 없이 침묵을 지키고 있으니 저들은 아예 대놓고 앞에 나서 소선양을 지목했다.

"저것은 소선양이 아니라 시녀가 만든 것이옵니다."

"그렇습니다. 남이 만든 것을 들이밀었으니 장원 따위 가당치도 않습니다. 아니 그렇습니까, 서문 낭자?"

언성을 높이는 소녀들이 설아에게 동의를 구했다.

만약 여기서 소선양이 떨어지게 된다면 차점인 설아는 장원을 받을 수 있다. 너는 우리와 공범이라고, 경쟁자를 제거하면 모두에게 이익이라며 동의를 구하는 눈빛들이 참으로 난감할 따름이다. 지목을 당했으니 물러날 길이 없어서 설아는 결국 태후의 앞에 머리를 조아렸다.

"소녀, 태후마마께 아뢸 것이 있사옵니다."

태후의 곱지 않은 시선이 설아의 얼굴에 꽂혔다. 기억 속 측비를 빼다 박은 제 얼굴을 마주하는 것만으로도 불편한 기색이 역력하다. 그러니 더욱 제 뜻을 똑바로 전할 수 있다. 태후를 앞에 두고서 설아는 차분히 입을 열었다.

"이번 과제를 출제하실 때 분명 그리 들었습니다. 모든 후보는 자수 하나를 다음 날 아침까지 제출하라고요."

"그것이 무슨 문제라는 건가?"

"저 시녀의 전언을 듣고 알아차렸습니다. 제출하라는 말씀은 하셨지만 직접 만들라는 말씀은 하시지 않았다는 것을요."

"어찌 그런……!"

"계속해 보거라."

말꼬리를 잡아내는 형태로라도 화두를 바꾸는 것부터가 시작이다. 과제를 전한 시녀가 변명하려는 걸 태후가 말렸다. 일부러 던져 준 구명줄이니 내칠 이유가 없다.

당장 소선양을 제 손으로 뽑아 버린 이상 태후 본인도 구설을 피하기는 어렵다. 일타쌍피를 놓고 파 놓은 함정이 아깝기는 하지만, 일이 틀어졌으니 설아는 기꺼이 차선책을 들고 나섰다.

"분명 태후마마께서 그런 과제를 내신 데에는 응당 의미가 있을 거라 여겼습니다. 후보자들에게 직접 하라 명하시지 않았고, 실제로 후보 몇은 시녀들이 대신 하거나 도왔을 테니까요."

언질을 주고서 설아는 힐끗 호희미 쪽을 바라보았다. 간택 과정에서의 행보도 보았고, 일찌감치 불이 꺼진 것도 제 눈으로 확인했다.

"이 자리가 언제부터 한낱 침모를 뽑는 자리가 되었습니까."

"호 낭자. 무례하오!"

과제를 낸 태후 앞에서도 호희미는 눈치 따위 보지 않았다. 제 아비의 권세를 믿고 당당하기만 한 그녀의 태도에 태후궁 시녀들은 속이 타지만 정작 영 태후 본인은 눈썹 하나 미동도 없다. 그래서 저 여인이 무서운 것이다. 속내를 내비치지 않는 저 속에 똬리를 튼 독사가 얼마나 지독한지는 설아 자신이 가장 잘 알고 있다.

"호 낭자의 말씀은 다소 과격하나 틀린 말은 아니옵니다. 저희가 이리 모인 것은 황궁의 안주인이 될 소양을 선보이기 위해서니까요."

살벌하게 얼어붙은 회랑 안에서 낭랑한 설아의 목소리가 울려 퍼졌다. 등 뒤에는 호희미, 눈앞에는 태후를 앞에 두고도 그녀는 해사한 미소를 머금은 채 태연히 말을 이어 나갔다.

"어떤 하명이 내리든 무사히 봉명하는 것. 그것이 황궁 여인의 미덕이지요."

그러니 태후의 명에는 아무런 문제가 없었노라고. 한껏 꼬리를 내린 설아의 말에 대놓고 태후의 눈꼬리가 한결 누그러졌다.

무어라 입을 열까 하던 호희미도 나서지 않고 곧 입을 닫았다. 전장 역시 사냥터와 마찬가지라면 그녀 역시 이해할 것이다. 어차피 윗전의 손에 남는 건 결과뿐, 과정이 어떻게든 궁금하지 않는 거라고.

아리의 처분을 떠넘겼던 소 태황태후와 어련히 알아서 윗전의 뜻을 받든 영 태후를 보고 알았다. 황궁 안의 일도 결국은 그렇게 돌아가는 법이다. 그리고 영 태후는 권세를 쥐었으니 자신이 하던 일을 대신할 누군가를 필요로 할 터. 아무리 열심히 하고 노력하든 결과만 받아 보는 이에게 과정은 큰 의미를 갖지 못한다.

떨어진 소녀들이라고 노력을 덜했을 리는 없다. 산짐승들조차도 살기 위해서는 천적의 모가지를 물어뜯어야 하니 산 아래 세상이라고 해서 별반 다를 바는 없다.

"그러니 결국 태후마마께서는 저희가 윗전 노릇을 어떻게 하는지 보고 싶으셨던 게 아닐까 싶었습니다. 아니 그렇습니까, 소 낭자?"

당당한 설아와 달리 소선양만 꼴이 우스워졌다. 제 것이 아닌 것을 제출한 장원과 제 힘으로 따낸 차석. 순위가 밀렸음에도 설아는 이 모든 것은 태후의 안배였노라 아름답게 포장해 버렸다.

"서문설아라 하였지."

"미천한 소녀의 이름을 기억해 주시다니 영광이옵니다, 마마."

대담하기 짝이 없는 도박이지만 교활한 영 태후가 이런 좋은 기회를 놓칠 리 없다. 입안의 혀처럼 달콤한 말을 쏟아 내고서 설아는 애교를 담아 눈인사를 건넸다.

"이러려고 친절을 베푼 겁니까?"

태후에게 들리지 않도록 작은 목소리로 소선양이 물었다. 제 것이 아니라 말하는 순간 소선양은 과제를 제출하지 못한 것으로 간주되어 탈락해야 한다. 제힘으로 황후가 되어 보겠노라 호언장담한 그녀로서는 참으로 뼈아픈 선택이 아닐 수 없다. 탈락 대신 생존을 택한 소선양을 두고 설아는 생긋 미소 지었다.

'다만, 저들은 아니지.'

앞으로의 계획에 걸림돌이 될 것들을 일찌감치 제거해야 한다. 설아는 사뿐히 걸음을 옮겨 고변한 세 사람을 향해 다가섰다.

"과정이 어찌 되었든 소 낭자는 무사히 태후마마의 명에 따라 과제를 제출하였지요. 무엇이 문제란 말입니까?"

"하지만!"

"초간택에서부터 벌써 이리 분란을 일으키니, 그대들이 이 황궁에서 또 무슨 일을 벌일 줄 안단 말입니까."

소선양의 자수를 엉망으로 만든 건 저들이니까 공연히 문제를 삼으면 결국 제 발등을 찍을 뿐이다. 질타하는 설아를 앞에 두고 세 소녀 모두 태후의 눈치를 살폈다.

어차피 오늘 소선양을 떨어트릴 생각은 추호도 없었다. 소씨 가문과 영 태후를 갈라놓기 위해서는 소선양의 존재만큼 좋은 패가 없으니까. 오늘은 그저 맛보기일 뿐이다. 오히려 소란을 일으킨 저들의 태도를 걸고넘어지자 태후는 흡족한 미소와 함께 설아를 비호하고 나섰다.

"그럼. 과연 서문 공께서 귀애하신 따님이시라더니."

"황공하옵니다."

미소를 머금으며 입술을 곱씹었다. 이 황궁에서는 억울함을 토로한다 한들 누구 하나 귀 기울여 주는 이가 없다. 영 황후가 아리의 아이를 해했다는 것 역시 마찬가지였다.

황궁의 섭리를 배우기 위해 너무나 큰 대가를 치렀다. 속에서 끓어오르는 설움을 애써 삼키고 설아는 꿋꿋이 미소를 유지했다. 뉘가 만들었다 한들 가장 잘 만든 것을 택했으니 태후는 공정함을 지킨 셈이다.

그에 비해 제 자수를 간수하지 못하고 남이 만든 것으로 장원을 차지했으니 소선양은 당당히 고개를 들 수 없는 처지가 되었다. 꽃놀이패를 건네주었더니 노골적으로 불편해하던 태후의 태도가 확연히 바뀌었다.

"황후의 자질은 덕이 으뜸이거늘. 저리 경거망동해서야 어찌 국모의 자리를 논할까."

"마마! 그것이 아니옵니다!"

뒤늦게 변명해 보려 해도 이미 늦었다. 영 태후의 눈짓에 줄지어 선 시녀들이 세 소녀를 바닥에 꿇렸다. 태후는 손수 단상에서 내려와서는 옴짝달싹 못 하는 소녀들을 훑어보았다.

"소매를 내놓아 보거라."

태후의 명에 주저하던 소녀가 겉감의 소매를 걷어붙였다. 안감 안에 선명하게 수놓인 금빛 문양은 보상화다. 화분혜에 새긴 것으로 한번 곤욕을 치렀음에도 끝내 포기하지 못하고서 소매에까지 염원을 담아 무늬를 새겼다. 그것이 태후의 심기를 건드렸다.

"어찌 감히 간택 자리에 이런 사사로운 비방을 담는단 말인가!"

"마마. 그런 것이 아니옵니다. 소녀는 그저……."

"간택은 엄연히 황가의 권한이거늘. 이런 것에 비방을 담아 본 후를 모욕하려 들다니!"

태후의 분노가 엉뚱한 곳으로 튀어 버렸다. 함부로 쓰이면 아니 되는 문양이라던 소선양의 경고를 무시한 대가는 참혹했다.

"여봐라! 저 무엄한 것의 두 팔을 잘라라."

그런 뜻이 아니었다고 목 놓아 애원해 보지만 이미 늦었다. 병사들이 달려와 소녀를 포박했다. 하지만 설아도 소선양도 더는 나서 줄 의리가 없다. 이미 경고했음에도 그 결과를 무시한 것은 저이다.

날이 선 태후를 앞에 두고 모두가 침묵했다. 정적 속에서 긴 비명이 들리다 끊어졌다.

9.

경연이 끝나고 휴식 시간이 주어졌다. 자수를 놓느라 밤을 꼬박 새운 터라 소녀들은 삼삼오오 처소로 돌아가기 바빴다.

"애란아."

분명 부르는 소리를 들었을 텐데 애란은 설아를 무시하고서 다른 소녀와 함께 먼저 처소로 돌아갔다.

예상은 했다. 사정을 정리하고서 태후는 마치 아무 일도 없었던 것처럼 이번 자수 대결의 순번을 정리했다. 장원은 소선양. 두 자수를 놓고 고민하던 태후는 주저 없이 서문설아를 차석에 올렸다.

사실상 남의 재주로 얻어 낸 떳떳하지 못한 장원이라 풀이 죽은 소선양 대신 이 자리에서 가장 빛을 본 것은 설아다. 이번 기회에 태후의 눈에 단단히 들게 되었으니 저리 반감을 사는 것도 어쩔 수 없다.

'지금 내 모습을 네가 보게 된다면 뭐라고 할까.'

제 아우를 떠올리며 아리는 본래 걸어왔던 길로 되돌아갔다. 일단은 눈을 붙이고 생각을 정리해야 한다.

무거운 발걸음을 다독이고 처소로 향했다. 때늦은 피곤이 밀려와 머릿속이 나른해졌다. 걷던 중 꺾어지는 길목 너머에서 무언가가 설아의 손목을 낚아챘다.

잠을 제대로 자지 못해서 머리가 아찔해 어지러운 줄 알았다. 앞으로 고꾸라져 넘어지나 싶더니 단단한 팔이 설아의 몸을 감싸 안았다. 목덜미에 서늘한 것이 와 닿았다. 칼이다.

냉정하게 사정을 파악하고서 설아는 제 목에 닿은 옷소매를 보았다. 강한 힘에 사내인가 싶었지만 몸에 닿은 체구는 분명 여인이다. 반질반질 윤이 나고 장식 하나 없는 단정한 소매는 주인의 성품을 닮았다. 아버지와 함께 전장을 누볐다더니. 어지간한 병사 못지않은 강한 힘으로 호희미는 설아의 몸을 포박한 채 목덜미에 칼을 겨눴다.

"호 낭자?"

"사실대로 털어놓아라. 누구의 사주를 받은 것이냐."

섣불리 움직였다가는 서늘한 검날에 목숨이 달아날지도 모른다. 일단 반항을 멈추고 얌전히 제자리에 섰다.

"사주를 받다니. 그게 무슨 말씀이십니까?"

"지하에 계신 서문 공의 얼굴에 먹칠을 해도 유분수지. 어찌 감히 영 태후 따위와 손을 잡기로 한 것이냐!"

추상같은 호통에 정신이 번쩍 들었다. 지금 조정은 두 세력으로 양분되어 있다. 태후가 낳은 황자를 등에 업은 소씨 가문과 그들을 막고자 하는 호륜 공 일파. 황후 자리를 빼앗기지 않기 위해 황제파의 거두 호륜 공은 제 딸인 호희미를 황후 후보로 내세웠다.

양분된 경쟁 구도 속에서 예상치 못한 설아의 등장이 발목을 잡았다. 전장에서 명예롭게 죽은 서문 공의 가엾은 딸. 비록 가문은 쇠락하였다 하나 그 명예만은 누구도 쉬이 이길 수 없다. 저들의 입장에 설아의 존재는 계륵이다.

제 편으로 끌어들이자니 황제의 장인 자리를 노리는 호륜 공이 마음에 걸리고, 그렇다고 떨어트리기에는 아쉬운 그런 존재. 그러던 차에 설아가 대놓고 나서 소선양을 감싸고 태후의 편을 들었으니 저쪽에서는 당연히 설아를 적으로 볼 수밖에 없을 터.

'아무리 그래도 그렇지, 호희미 본인이 직접 나설 줄이야.'

까딱 잘못하다간 목이 날아갈지도 모른다. 서슬 퍼런 호희미의 손속에는 일말의 자비도 보이지 않는다. 만약 작정하고 나서게 된다면 제 목숨 하나 정도를 해하는 것은 일도 아닐 테지만 이럴 때일수록 정신을 똑바로 차려야 한다.

설아는 애써 차분히 마음을 가라앉혔다. 한밤에 짐승을 만난 것도 아니고, 말이 통하는 사람이니 어떻게든 방법을 찾을 수 있을 것이다. 격하게 반응해 봐야 좋을 게 없으니 설아는 침착하게 대답했다.

"손을 잡다니요. 모든 것은 절차를 따른 것뿐입니다."

"그래서 소선양에게 장원 자리를 내민 것인가?"

대놓고 망신을 줬건만 호희미의 눈에는 그것조차 소선양을 황후로 올리기 위한 수단쯤으로 여긴 모양이다.

"간택에 성실히 임한 것이 죄란 말입니까?"

"성실이라? 명가의 딸로 태어나 어찌 감히 대의를 저버리려 한

단 말인가!"

호희미의 언성이 높아졌다. 간택을 주관한다 하나 태후조차도 명가의 딸인 호희미에게 함부로 손을 쓰기 어렵다. 같은 명가의 딸이라 하나 서문가에는 해당이 없는 얘기다.

"대의가 무엇입니까?"

"지금 그걸 몰라서 묻는 겐가?"

한심하다는 듯 비웃음이 머물고 목에 닿은 칼날의 감촉이 멀어져 갔다. 겁박에서 풀려난 설아는 서둘러 뒤로 물러나 몸을 추슬렀다. 소씨 가문을 물리쳐야 한다며 사명감에 불타는 호희미를 앞에 두고서 그녀는 제 주먹을 불끈 거머쥐었다. 정말로 세상 일이 그리 단순하게 돌아간다면 그녀 역시 이리 고달프지 않았을 것이다.

"그 말씀은, 호 낭자께서 황후가 되어야 이 나라의 기강이 바로잡힐 거라 단언하시는 겝니까?"

"적어도 내궁에 뿌리를 내린 저 역도의 무리를 뿌리 뽑을 수는 있을 테지."

"암. 그렇겠지요. 그리고 낭자의 아버님이신 호륜 공께서 모든 국정을 틀어쥐실 테고요."

소 태사를 쓰러트렸으니 제 자리로 돌아가야 함에도 호륜 공은 끝내 조정에 남아 국정을 틀어쥐기에 이르렀다. 북방의 군사력까지 틀어쥔 그는 소씨 가문을 옹호하는 노대신들을 모조리 베어 버리겠다는 말도 서슴지 않았다고 했다.

호랑이가 떠난 자리에는 여우가 왕 노릇을 한다며 탄식하던 문 태사의 말이 여전히 생생하건만. 만약 국부 자리까지 거머쥐게 된다면 그때는 정말 소 태사보다 더한 권력을 거머쥔 호륜 공의 독주를 누구도 막을 수 없다.

"어디 감히 너 따위가 내 아버님을 능멸해!"

언성이 높아지려던 차에 누군가의 발걸음 소리가 들렸다. 아무리 호희미가 안하무인으로 굴 수 있다 하나 다른 황후 후보에게 칼을 들이민 것까지 눈감아 주기는 힘들 터. 그녀는 언제 그랬냐는 듯 소매 안에 단검을 숨기고서 차갑게 경고했다.

"내 그대를 계속 두고 볼 테니 목숨이 아깝지 않다면 허튼짓은 하지 않는 게 좋을 것이오."

뭐라고 대꾸할 틈도 주지 않고서 호희미는 설아를 내버려 두고 홀로 자리를 떴다. 설아는 조심스레 제 목덜미에 손을 얹었다. 칼날에 베인 탓인지 핏방울이 손끝에 묻어나 있다.

이걸 보니 정말로 죽을 뻔했다는 사실을 다시금 깨닫게 됐다. 잠시 눈도장을 찍었다 하나 이대로 갑자기 죽어 나간다 한들 아무도 신경 쓰지 않을 게 분명하다. 제 편 하나 없는 이 궁이 참으로 외롭기만 하다.

"퍽이나 두고 보라지."

저쪽도 결국은 제 아비의 권력을 등에 업고 여기까지 온 주제에.

그래서 더 오기가 생겼다. 소씨 가문을 향한 맹목적인 적의를 확인했을 뿐, 황후의 소양을 갖추지 못한 호희미는 결국 호륜 공의 검이 되어 내궁을 단속할 수단이 될 뿐이다. 호희미의 본질을 알아챈 이상 더더욱 물러설 생각은 없다.

몇 방울 흐른 핏방울을 닦아 버리고 막다른 길을 벗어나는데 얼핏 들은 발걸음 소리가 가까워졌다. 긴 앞머리를 드리운 호위 무관이 설아의 앞을 막아섰다. 낯선 차림 안에 숨은 익숙한 모습에 설아는 당혹감을 숨기지 못했다.

"폐하?"

"쉿."

목소리를 낮추라 이르고서 도겸이 설아의 손을 잡아끌었다. 일부러 막다른 길 안에 숨어 그는 다른 이가 보지 못하는 후미진 길로 그녀를 데려갔다. 엉겁결에 맞잡은 손이 한없이 뜨겁다.

황제 자리에 오른 이가 어찌 태남산에서나 보던 차림을 하고서 여기까지 온 걸까. 하고 싶은 말이 많지만 좀처럼 입이 떨어지지 않았다. 후미진 길로 한참을 걷던 중 시녀들의 목소리가 들려왔다.

"이리 와."

누구의 눈에 띄지 않도록 두 사람은 벽 구석에 몸을 숨겼다. 코끝까지 다가온 그의 숨결에 심장이 마구 뛰었다. 도겸의 두 팔이 설아를 가득 감싸 안았다. 저 발걸음이 멀어질 때까지 적어도 이 순간만은 그와 함께할 수 있다. 차라리 이 시간이 멈춰 버리면 좋을 텐데. 도겸의 가슴에 얼굴을 묻은 채 숨을 죽였다.

잘 버텨 보려 했건만 막상 그의 얼굴을 마주하고 나니 무슨 말을 해야 할지 쉬이 입이 떨어지지 않았다. 시녀들의 발소리가 저 멀리 사라져 간 후에도 두 사람 사이에는 정적이 흘렀다.

습관처럼 등 뒤를 다독여 주는 손길이 한없이 다정하다. 고개를 들어 얼굴을 마주하자 서글픈 그의 눈동자 속에 제 얼굴이 비쳤다.

다른 사람 흉내를 내고 있는 이 모습이 그의 눈에는 어찌 보일까. 묵묵히 바라보는 그녀의 머리끝을 조심스레 쓰다듬고서 도겸은 아쉬움을 가득 담은 채 한 발 물러났다.

"여기까지 어찌 오셨습니까."

"간택은 내궁의 몫이야. 나는 아무것도 도울 수가 없어."

아까 무슨 일이 있었던 건지 그에게까지 전해진 모양이다. 제 편 하나 없는 이 황궁에서 위험한 외줄타기를 하고 있으니 차마 두고 보지 못해 여기까지 달려왔다. 다시는 보지 않을 것처럼 내 보낼 때는 언제고, 제 뒤를 쫓아 달려온 이 사내를 어찌하면 좋을 까.

"제가 간택에 참여한 것이 싫으신 겁니까."

고개를 저으며 그는 끝내 입술만 깨물며 아무 대답도 하지 못 했다. 몇 번이나 달싹이는 입술 안에 머금은 말들을 꺼내지 못한 채 도겸은 말없이 아리의 손을 거머쥐었다.

위험하니 돌아가라고 말하고 싶겠지만 보내고 싶지 않은 마음 에 말을 꺼내지 못한다. 애타는 마음을 애써 갈무리하고픈 모양 이지만 맞잡은 손이 파르르 떨려 온다.

"나는……."

"저는 괜찮습니다. 이 정도 각오도 없이 여기까지 왔을까요."

잠시나마 물러서려고 했던 자신이 어리석었다. 이 손을 놓게 된다면 그는 영원히 혼자가 될 테니까.

커다란 손등을 한 번 쓰다듬고서 설아는 도겸의 뺨에 손을 얹 었다. 한낮의 태양 아래에 서니 그의 모습이 더욱 선명하게 보였 다. 마음고생이 심했던 건지 그사이 더욱 야윈 모습에 마음이 아 렸다.

"더는 지켜 주셔야 하는 가여운 아리가 아니니까요."

"아리."

"저는 서문설아입니다."

그의 두 팔 안에 비호를 받아야 하는 불쌍한 아리가 싫었다. 비천한 사냥꾼의 딸은 황제의 아내가 될 수 없다고 하니 그렇다면 이 이름을 버리면 된다.

"아씨!"

미오가 돌아오지 않는 설아를 찾아 나섰다. 저를 찾는 외침이 들려오니 더는 지체할 시간이 없다.

아쉬움을 가득 담아 설아는 살며시 발끝을 들어 그에게 입을 맞췄다. 까칠해진 입술을 머금고서 제 눈동자 가득 그의 모습을 담아내려 애썼다. 깊은 밤, 그의 품이 그리워지는 밤이면 이 순간을 기억해야지.

달콤한 그의 숨결을 머금은 채 설아는 있는 힘껏 미소 지었다.

"무사히 살아남을 겁니다. 제가 있을 곳은 폐하의 곁이니까요."

"그대는……."

"그때까지 부디 건강히 지내세요."

하고 싶은 말이 너무 많지만 지금은 때가 아니다. 그를 홀로 남겨 두고서 설아는 미오가 있는 궁로를 향해 걸었다. 목구멍까지 북받쳐 오르는 말들을 억지로 집어삼켰다. 아직은, 아직은 때가 아니다. 우는 것도, 그날의 진실을 고백하는 것도 그에 걸맞은 자리에 올라간 후여야 한다. 싸늘해진 가슴이 더욱 아려서 설아는 소매로 애써 눈물을 훔쳤다.

✳ ✳ ✳

자수경연을 마치고 영 태후는 곧장 태황태후전부터 찾았다. 소선양이 장원을 했다는 소식에 소 태황태후는 내막도 모르는 채 연신 박수를 치며 영 태후를 칭찬했다.

"참으로 잘된 일이로구나."

"아무렴요. 모든 것은 순조롭게 진행 중입니다."

행여 태황태후전에 달려와 고변이라도 할까 싶어 후보들이 머무는 숙소를 철저히 단속하라 일렀다. 서문설아가 돌아온 이후 누구도 외부로 출입하지 않았다는 보고를 받은 후 영 태후는 안심하고 태후의 앞에 다음 계획을 꺼내 놓았다.

"내일까지 후보의 수를 열 명 내외로 줄일 생각입니다. 시간을 굳이 길게 끈다 하여 좋을 것은 없으니까요."

"그나저나, 호가 놈의 딸은 어찌 그냥 내버려 두는 것이냐?"

오라비인 소 태사의 원수인 터라 소 태황태후는 호륜 공의 딸 호희미를 일찌감치 내치고 싶은 기색이 역력했다. 조정의 눈치를 보느라 대놓고 말을 할 수는 없다지만 그렇기에 더욱 눈엣가시나 다름없다.

그럴싸한 이유가 없는 한 함부로 탈락시킬 수도 없는 노릇이다. 묘안을 내라는 시어머니를 앞에 두고 영 태후는 그저 웃기만 했다.

"좀 더 두고 봐야지요."

"대책 없는 것 같으니라고. 네가 그러니 아니 된다는 것이다."

아직도 한참 멀었다며 소 태황태후는 평소처럼 훈수를 늘어놓았다. 한심하다 질책하는 말에도 이제는 익숙해진 탓에 영 태후는 눈 하나 깜짝하지 않고 그 잔소리조차 달게 들었다.

"아버지 권력이 얼마나 대단하든 내궁의 사람을 뽑는 건 결국 태후인 것을."

"안 그래도 엉망진창인 터라 뭘 믿고 들어온 건지 모르겠습니다."

"그러면 그렇지. 북방에서 오랑캐나 때려잡던 놈이 제 자식 간수나 제대로 했으려고."

그렇게 쓴소리를 줄줄이 늘어놓던 소 태황태후가 말을 멈추고 영 태후를 힐끗 바라보았다. 또 무슨 소리를 하려는 건지. 잠자코 앉은 그녀의 심기를 슬쩍 살피고서 태황태후는 슬그머니 말을 꺼냈다.

"그러고 보니, 황후 후보 중에 죽은 그것을 닮은 아이가 있다고 하던데."

초상화를 보고 심장이 내려앉는 줄만 알았는데 죽은 측비를 빼다 박은 서문설아에 대한 얘기가 이제야 태황태후전에 전해졌다. 시시콜콜한 일을 모조리 떠맡고 말을 전할 길을 끊어 놓은 덕분이다.

이제 내궁의 주도권은 제 손에 넘어온 지 오래다. 괜히 관심을 가져 쓸데없는 훈수를 놓을 수 없도록 영 태후는 일찌감치 꼬리를 잘랐다.

"용모가 제법 닮긴 했다지만 성품은 전혀 다릅니다. 제 아비와 달리 일찌감치 줄을 대려는 게 보이더군요."

"그것이 참이더냐?"

"선양을 1등으로 만들어 준 것도 그 아이입니다. 잘 포섭해 우리 편으로 만들어 두려 합니다."

"그 어미의 성품이 호락호락할 리가 없는데?"

꼬장꼬장한 월 부인의 성품을 아는 소 태황태후는 서문가를 믿지 않았다. 하지만 영 태후는 제 눈으로 본 서문설아의 태도가 훨씬 믿음직했다. 강력한 경쟁자인 소선양의 얼굴에 먹칠을 한 것도 모자라 자칫 곤란해질 뻔한 제 편을 들어 주기도 했다. 이번 기회에 무엄하던 계집 하나를 본보기로 삼았더니 후보들의 얼굴에도 두려움이 서렸다.

아무리 태후라 하나 함부로 덤비는 꼴을 볼 수는 없다. 제 가문을 등에 업은 덕분인지 소선양도 호희미도 벌써 황후만 되면 이 내궁이 제 것이라도 될 것처럼 굴고 있다. 그러던 차에 깍듯이 예를 차리며 제 권위를 살려 주는 서문설아가 퍽 마음에 들었다.

"염려치 마십시오. 제가 모두 알아서 하겠나이다."

"괜히 쓸데없는 짓 하지 말고 호희미나 내보내거라. 어차피 선양이 될 자리인데 뭐 그리 시간을 끄는 건지."

굳이 또 시녀들 앞에서 핀잔을 주는 소 태황태후가 얄밉기 짝이 없다. 앞에서는 위해 주는 척하면서도 몸에 밴 오만함은 불쑥 튀어나와 영 태후의 자존심을 할퀴었다. 그래도 일단은 참아야 한다. 이미 다 늙은 태황태후 따위야 뒷방 늙은이에 지나지 않는 것을. 한번 실권을 거머쥔 이상 되돌려 줄 생각 따위 추호도 없다.

"그냥 내보냈다가는 호륜 공의 반발이 만만치 않을 것입니다. 그러니 나중에 딴소리를 할 수 없도록 판을 짜야 하지요."

별생각 없이 던진 한마디에 생각보다 많은 이들이 나가떨어졌다. 소선양마저 밤새 놓은 자수를 도둑맞아 탈락할 뻔했다 하니 수준들이 가히 알 만했다. 예전의 제 모습을 보는 것 같았다. 순진함을 넘어 어리석기만 했던, 아버지의 등에 떠밀려 사내구실 못하는 황태자비 자리에 발을 들인 것은 그렇게라도 연모하는 사내의 곁에 있고 싶었던 어리석은 순정 때문이었다.

"황태자 전하께서 드셨사옵니다."

고작 세 살이 되었다 하나 장차 일국을 다스려야 할 몸이니 태후는 기꺼이 제 아들이 경학에 참여하도록 했다. 무슨 말인지 알아듣지도 못하는 아이는 입이 댓 발로 튀어나온 채 모후를 향해 달려왔다.

"스승님의 말씀은 잘 들으셨습니까?"

"어마마마. 경학은 싫사옵니다."

"경학이 싫으시면 이 할미와 놀이라도 하실까요?"

손자라면 껌뻑 죽는 소 태황태후의 제안에 어린 아들은 좋다구나 고개를 끄덕였다. 한 핏줄은 한 핏줄인지 저리 쿵짝이 맞아드는 모습을 보며 쓴웃음을 삼켰다.

한때는 후회도 했지만 그날의 선택을 후회하지 않는다. 귀여운 손자의 재롱에 푹 빠져 있도록 내버려 두고서 영 태후는 잠자코 다음 절차를 향해 머리를 굴렸다. 이번 기회에 정리할 사람은 모두 정리하고 가는 게 낫다. 아예 발을 뺄 수 없도록 단단히 혼을 내 주는 것이 좋을 터.

"폐하를 모시고 사냥 대회를 열어 볼까 합니다."

"사냥 대회라니?"

"다른 후보들이라면 몰라도 호희미의 성정에 그런 자리에서 발을 뺄 리가 없으니까요."

황제가 대동한 자리에서 불미스러운 일이 벌어진다면 그때는 호륜 공과의 사이를 갈라놓을 절호의 기회가 된다.

그렇게 한마디 언질을 주니 소 태황태후도 알 만하다는 듯 고개를 끄덕였다. 이제는 말하지 않아도 서로의 심중을 참으로 쉽게 헤아릴 수 있게 된 것이 참으로 우습다.

속사정도 모르는 채 해맑게 웃는 아들의 머리를 쓰다듬으며 영태후는 환하게 미소 지었다.

✽ ✽ ✽

며칠 사이 시험이 거듭되며 후보가 대폭 줄어들었다. 시험의 분야는 한없이 폭넓다. 오래된 고서를 암기하는 것부터 황실 족보에 따른 예법 조항까지. 불시에 치러지는 돌발 시험을 순발력 있게 넘기지 않으면 그 자리에서 탈락해 바로 집으로 돌려보내졌다.

"책봉식이 치러지는 종묘의 계단은 예순 개가 맞습니까?"

"정확히는 계단이 쉰다섯, 단상을 오르는 곳에 넷이니 쉰아홉이 맞습니다."

"앉으십시오."

또박또박 대답을 마치고 설아는 무사히 위기를 넘겼다. 일부러 꼬아서 내는 문제는 합격이 아닌 탈락을 위한 악의임이 엿보였다.

기회는 두 번 주어지는 게 아니니 후보자들은 더욱 신중하게 답을 하느라 신경이 곤두섰다. 한 사람, 한 사람 줄어들 때마다 남은 이들 간에 긴장감이 흘렀다.

"시문 따위를 알아 어디에 쓴다고."

"호 낭자."

"진작 죽은 이의 말을 기억할 만큼 한가하지 않소."

모두가 나가떨어져 가는 동안에도 호희미는 한없이 당당하기만 했다. 손이 많이 가는 과제는 모두 시녀가 대신했고, 시문에 답하라는 질문조차 당당히 넘겨 버렸다. 하지만 기세등등한 호륜 공의 딸인 탓에 누구 하나 토를 달지 못했다. 공정을 표방한 경쟁이 무색해졌다.

만약 저 태도를 문제 삼아 떨어트리기라도 한다면 사실 여부를 막론하고 호륜 공 일파가 소씨 가문을 물고 늘어질 터. 가문과 가문의 반목이 치열하니 영 태후는 이 모든 광경을 기꺼이 눈감아 주었다.

"태후께서는 어찌 저런 이를 내버려 두시는 것인지."

"폐하께서도 어쩔 수 없으실 테니 그런 거겠지요."

지켜보는 후보들 사이에서 불만이 터져 나왔다. 지난번 일 이후로 미운털이 단단히 박힌 탓에 애란을 비롯한 다른 후보들은 여전히 설아를 무시했다. 거기에 호희미마저 저리 나오니 나머지 후보들은 자연스레 소선양의 곁에 붙었다.

"소 낭자. 그러지 말고 태황태후전에 고변이라도 넣어 주십시오."

"그러니까요. 우리가 대체 저 꼴을 얼마나 더 보아야 하는 겁니까."

언성을 높이는 애란을 보며 속으로 혀를 찼다. 경합을 치르며 기량 차이가 현저히 드러났으니 가망이 없다 싶은 이들은 일찌감치 줄을 대려 바삐 움직였다.

차분히 자리매김을 하며 기회를 엿보던 중 영 태후가 뜻밖의 과제를 내놓았다.

"내일은 사냥 대회가 있을 것이오. 황후 후보들은 모두 참석해 기량을 뽐내도록 하시오."

"사냥 대회요?"

"어찌 그런."

당혹감을 감추지 못하는 다른 후보들과 달리 오직 호희미만이 여유롭다.

"추가 점수를 주는 정도에서 승인할까 하오."

"폐하!"

태후의 억지에 이어 중재해야 할 황제마저 호륜 공의 뜻을 받아들이자 조정 내외에서 반대의 목소리가 더욱 높아졌다.

하지만 가장 반대할 줄 알았던 소 태황태후전마저 특별한 말이 없으니 자연스레 소선양의 황후 내정설은 힘을 잃었다. 사실상 호륜 공의 체면을 챙겨 주기 위한 특혜임을 모르는 이가 없지만, 누구도 그의 권력이 두려워 입 밖에 내지 못했다.

그러한 조정의 기류는 곧 황궁에 머무는 후보들에게도 전해졌다. 이제 열 남짓 남은 후보들의 불만을 뒤로하고 조급히 잡힌 사냥 대회의 막이 올랐다.

"저는 못 탑니다."

말고삐를 앞에 두고 포기하는 이들이 속출했다. 애란은 두 손을 내저으며 한참 뒤로 물러서기까지 했다. 난색을 표하는 다른 후보들과 달리 호희미는 제일 먼저 나서 가장 좋은 말을 골랐다.

"과연 호 낭자십니다."

"겨우 이 정도를 가지고."

호희미는 황후 후보이기 이전에 중앙에서도 인정받는 무인이다. 북방 정벌 당시 황제의 호위를 맡으며 오랑캐들을 베던 그녀의 무용은 수도에도 익히 알려졌다. 황제의 가장 가까운 곳에서 큰 활약을 펼친 호희미를 보며 사람들은 그녀가 곧 황후가 되리라 예상했다.

"제게도 말을 주십시오."

상황을 지켜보던 아리는 애써 미소를 머금었다. 태남산에 살던 어린 시절, 집을 드나들던 웅이 아저씨가 말을 타는 모습에 동이는 저도 배우고 싶다 생떼를 썼다.

반대하던 어머니와 달리 아버지는 만에 하나 배워 둬 손해 볼 것은 없다며 기꺼이 조랑말 한 마리를 사다 주셨다. 그 덕에 동이는 물론 아리 역시 말 타는 법을 배울 수 있었다. 어머니가 돌아가신 이후로 말은 팔아 버렸지만 어린 시절 배운 것은 몸이 기억하고 있다.

"참이십니까?"

"시골에서 지내다 보니 말 타는 법은 제법 익혔답니다."

호희미에 이어 설아마저 능숙하게 말에 올랐다. 조심스레 안장에 몸을 얹고서 설아는 소선양을 내려다봤다. 제힘으로 황후가 되어 보이겠노라 호언장담했으니 그래서 더 자존심을 긁어 주기로 마음먹었다.

"소 낭자께서도 함께하시지요. 혹 말이 두려우십니까?"

대놓고 하는 도발에 소선양이 이를 악물었다. 호희미는 물론 설아마저 한 발 앞서 나가려 하니 독이 오른 그녀는 말을 타는 것이 익숙하지 않음에도 기꺼이 고삐를 잡았다.

"두렵기는 뭐가 두렵단 말입니까."

위태롭게 균형을 잡으면서도 소선양은 꿋꿋이 설아를 따라잡았다. 불안한 모습을 보다 못한 호희미가 대놓고 혀를 찼다. 나란히 말을 타고 걸어가는 동안 소선양과 호희미의 사이에서 불순한 기류가 맴돌았다.

잠자코 침묵을 지키는 설아를 두고 호희미가 먼저 소선양을 도발했다.

"소 낭자는 폐하를 어찌 생각하십니까."

소씨 가문은 도겸이 아닌 태후의 아들을 황제 자리에 올리기 위해 혈안이 되어 있다. 다분히 정치적인 의도가 담긴 물음에도 소선양은 일말의 망설임도 없이 대답했다.

"더할 나위 없이 훌륭한 황제십니다."

비록 내궁의 일은 여인들의 손에 맡겨 두었다 하나 외정에 있어 그는 완벽한 황제였다. 3년 전 황제의 급사 이후 소 태사의 일까지 터지며 정변으로 혼란한 정국을 수습한 건 결국 도겸이었다. 그녀가 궁을 떠나 있는 동안 도겸은 호희미가 출정했다는 북방 정벌을 무사히 마친 것도 모자라 내로는 세수를 확장하는 등 공을 세웠다.

"폐하께서 즉위하시며 겨우내 굶어 죽는 백성의 원성이 잦아든 것은 모두가 아는 사실이지요."

소씨 가문의 입장과 별개로 찬사에 가까운 소선양의 말에서 진심이 묻어났다. 세 여인은 나란히 말에 앉아 저 멀리 선 황제를 바라보았다. 즉위 초의 소년 같은 모습을 벗고서 이제는 완연한 사내의 향기를 풍겼다.

넓은 어깨 아래로 떨어지는 선은 완벽한 각을 이루고 사내다우면서도 아름다운 그의 눈빛은 한없이 맑다. 아름다운 사내다. 첨예하게 대립하는 두 사람은 분명 각자의 가문을 대변하기 위함만은 아닐 것이다. 둘 다 각자의 방식으로 황제를 흠모하고 있다.

알고 지낸 시간이 더 길었을지도 모르나, 단정한 옷깃 안에 숨겨진 그의 진가를 아는 것은 분명 자신뿐이다. 제 몸을 가볍게 안아 들던 그의 두툼한 팔뚝과 그 아래로 요동치던 뜨거운 혈맥, 거친 숨을 몰아쉬며 자신을 품던 그의 모습을 떠올리면 절로 가슴이 뛰었다.

"이제 보니 서문 낭자도 폐하께 푹 빠지신 모양입니다."

말없이 도겸을 바라보다 그만 속내를 들켜 버렸다. 저도 모르게 들떠 버린 마음을 채 숨길 길이 없어 설아는 붉어진 뺨을 애써 가렸다.

"멋진 분이시니까요."

"그렇지요."

적어도 이 순간만은 그에 대한 마음을 입 밖에 내도 비난받지 않을 수 있다. 원망도 미움도 슬픔도 이 순간만은 모두 잊어버리고서 지금은 제 마음에 솔직해지기로 했다. 손에 닿지 않는 별을 그리듯 그를 사랑하고 있다.

포기할 수 있는 마음이었다면 애초에 여기까지 오지도 않았을 터. 그래서 더욱 놓을 수가 없다. 하나뿐인 혈육을 잃었고, 배에 품은 아이조차 지켜 주지 못했다.

온 세상은 저가 죽은 줄 알고 있으니 더는 잃을 것도 없다. 그 안에 품은 이 마음만은 온전히 제 것이기에 그래서 더 포기할 수 없었다.

"참으로 한심한 사람들 같으니라고. 그리 시근이 짧으면서 어찌 폐하의 안곁이 되려고 하는 것인지."

"누가 들으면 호 낭자만이 폐하의 충신인줄 알겠습니다."

"암. 낭자 역시 소씨인 것을."

오랜 기간 외척 노릇을 하며 악덕을 쌓아 온 소씨 가문의 원죄가 너무나 깊다. 소 태사가 죽은 이후에도 그들이 영 태후가 낳은 아들을 옹립할 기회를 틈틈이 보며 황제의 걸림돌이 되고 있는 것은 누구도 부정할 수 없다.

설령 소선양 본인이 이제 와 도겸을 지키겠다 한들 그녀가 황후가 되면 소씨 가문은 분명 황제의 걸림돌 노릇을 자처할 터. 서로의 이해관계가 맞물린 황제의 혼사는 참으로 잔인하기 그지없다.

"그쯤 하십시오."

밤을 새워 싸워 본다 한들 누가 더 낫다 나눌 수 없는 논쟁이다. 설아의 손에 논쟁이 멈추자 호희미는 피식 비웃음을 흘리고서 뒤도 돌아보지 않고 곧장 황제의 곁으로 달려 나갔다.

"폐하. 오랜만에 인사드리옵니다."

활을 들고서 본격적인 사냥에 나서려는 그녀를 두고 황제는 말머리를 돌려 인사를 건넸다.

"이렇게 함께 나서는 건 지난번 북방 정벌 이후 오랜만이군."

그와 대등하게 이야기를 나누는 호희미의 모습에서는 여유로운 자신감이 넘쳐흘렀다. 오랜만에 안부를 나눈 도겸의 시선이 뒤에 선 두 사람을 향했다. 수려한 금빛 무복을 입은 그를 마주하고 설아는 애써 평정을 지켰다. 어디까지나 태후의 요청으로 열린 여흥거리이다 보니 그 역시 갑주를 입지 않고 가벼운 차림으로 자리했다.

"오랜만에 인사 올립니다, 폐하."

소선양이 먼저 인사를 건넸다. 하지만 무심하던 황제의 시선은 그녀를 지나 곧 설아에게서 멈췄다. 사실상 죽은 측비를 빼다 박은 서문설아와 황제의 첫 독대다. 모두가 이 순간을 똑똑히 기억할 수 있도록 설아는 생긋 미소 지으며 도겸을 마주 보았다.

"서문 공의 여식, 설아가 폐하를 뵙습니다."

처음 만나는 것처럼 두 사람은 태연히 서로를 마주 보았다. 놀란 척을 하는 건지 감정을 주체하지 못하는 것인지 황제는 좀처럼 그녀에게서 눈을 떼지 못했다. 다들 이유는 능히 짐작하고도 남았다.

그토록 잊지 못하는 측비의 그림자는 여전히 황제의 마음속에 가득 드리운 지 오래다. 다른 이라고는 해도 마음이 흔들리지 않을 수 없다. 보다 못한 호희미가 그런 두 사람 사이에 끼어들었다.

"폐하의 사냥 솜씨는 북방에서 익히 보았지요. 폐하께 지지 않도록 저도 최선을 다하려 합니다."

굳이 황제와의 친분을 강조하고 나서자 설아는 터져 나오려는 웃음을 애써 참았다. 처음에는 그리도 어설프던 이에게 제대로 된 사냥 법을 가르친 것은 제 아우였다. 친분을 과시하려는 마음은 이해하지만 오히려 역효과를 낳고 말았다.

"서문 공도 살아생전 사냥에 일가견이 있었지."

고개를 끄덕이면서도 황제의 시선은 여전히 설아만을 바라보았다.

가슴이 벅찬 제 마음을 숨기기 바쁜 설아와 달리 도겸은 기회가 생기자마자 이렇게 대놓고 제 속내를 내비친다. 하지만 수많은 사람이 모여 있는 이곳에서 섣불리 속내를 내비치는 것은 참으로 곤란하다.

"폐하. 슬슬 자리를 옮기셔야 합니다."

보다 못한 호분중랑장 무하가 나섰다. 도겸은 애써 아쉬움을 삼키고서 마지못해 다시 말머리를 돌렸다.

마음이 엉뚱한 곳에 가 있으니 날리는 화살마다 빗나가기 일쑤다.

"명사수이신 폐하께서 오늘은 어쩐 일이십니까."

"희미."

북방 정벌 이후로 가까워진 탓에 도겸은 평소대로 그녀의 이름을 불렀다. 오랜만에 함께 나서긴 했다지만 호희미가 황후 간택에 나서게 된 건 그조차 예상하지 못했다.

"그대가 간택에 참여한 건 정말 의외인데."

"폐하께서 곤란하실 테니까요."

자신을 위해 나섰다는 말에도 일리는 있다. 황제 자리를 대놓고 넘보는 소씨들을 상대함에 있어 호희미는 완벽한 정략결혼 상대인 셈이다. 호륜 공이라는 든든한 뒷배도 있고, 무력으로는 추종을 불허하니 암살을 걱정할 필요도 없다.

적어도 지금의 내궁에는 가장 적절한 인사라 만약 아리가 없더라면 도겸 역시 한 번쯤은 진지하게 생각해 봤을지도 모른다. 분명 좋은 동반자가 되어 줄 테지만 그곳에 사랑이 피어날 여지는 없다. 내궁의 일은 못 본 척하겠다고 했음에도 결국 도겸은 넌지시 말을 꺼냈다.

"다른 후보들은 어때 보이는가."

"태황태후는 소선양을 내세운 모양이지만, 제가 보기에는 서문 공의 딸이 더 문제입니다."

"서문 공의 딸이 문제라니?"

"아무래도 태후에게 빌붙어 어떻게든 권력을 노리는 모양입니다. 경계하셔야 합니다."

예상치 못한 혹평에 도리어 웃음이 터졌다. 경계심이 강한 호희미조차 저렇게 말할 정도면 아무래도 아리의 계획이 성공적으로 돌아가고 있는 듯했다.

두 사람 다 탐탁찮아 하는 모습을 보며 도겸은 그냥 웃기만 했다. 한껏 역정을 냈음에도 대수롭지 않게 여기는 황제의 태도에 화가 난 호희미는 대놓고 불만을 표했다.

"돌아가신 측비마마를 닮았다 하더니. 폐하께서는 벌써 그 여인을 마음에 두신 것입니까?"

"그대가 그것은 어찌 아는가?"

"벌써 소문이 파다하게 퍼진 것을요."

호희미가 설아에게 품은 적의만 보아도 알 수 있다. 그녀는 소씨 일파에 대한 원한이 너무나 깊다. 아슬아슬하게 유지되고 있는 균형이 한쪽으로 쏠리게 되면 그때는 또다시 소 태사의 악몽이 재현될 뿐이다.

어느 쪽의 손도 잡아 줄 생각이 없는 도겸의 눈에 서문가가 들어왔다. 딸을 잃고 공분에 찬 어미라면 분명 제 청을 외면하지 않을 터였다. 그의 도박이 성공하고 월 부인은 어미 새처럼 아리를 돌봐 주었다.

오로지 소씨 가문을 쳐 낼 일념 하나로 그녀는 아리를 훌륭한 황후감인 '서문설아'로 키워 냈다. 그러니 이번 기회에 단단히 일러두고 싶었다. 함부로 아리의 목에 칼을 들이대는 일 따위 두 번 다시 용납할 수 없다.

"사랑하는 여인 하나 지키지 못하는 주제에. 황제 자리 따위가 뭐 대수라고."

"폐하."

"내가 뭐라고. 나를 대신할 이가 있다면 황위 따위 언제든 넘겨줄 준비가 되어 있어."

언제든 황위 따위 내던질 수 있다고. 도겸이 지금 물러난다면 소씨들과 대립하던 호륜 공은 다시금 북방으로 물러나야만 한다. 그러니 만약 아리에게 섣부른 짓을 할 생각 따위 꿈도 꾸지 말라, 그리 이르려던 참이었다.

"어찌 그런. 망극하옵니다. 부디 거두어 주십……!"

일부러 듣는 이가 없도록 깊숙한 곳에 들어온 것인데 숲 어귀에서 갑자기 새들이 날아올랐다. 수풀 너머 섬뜩한 살기에 도겸은 반사적으로 말에서 뛰어내렸다.

"자객이다!"

풀숲 너머에서 날아든 화살이 도겸의 검에 맞아 비껴 나갔다. 호희미 역시 말에서 뛰어내려 검을 뽑아 들었다. 몇 번을 쳐 내던 중 날아든 화살이 희미의 말에 꽂히자 놀란 말이 곁에 선 도겸을 덮치고 들었다.

"윽!"

두터운 말발굽이 그의 늑골을 밟아 버렸다. 흩날리는 흙먼지 속으로 도겸의 모습이 사라졌다. 때아닌 소란에 후방으로 물러나 있던 병사들이 자객들을 추적했다.

말에 밟혀 쓰러진 황제는 피까지 토하며 힘없이 고꾸라졌다. 뒤늦게 달려온 무하가 도겸의 혈을 짚었지만 그마저도 별 소용이 없었다.

"서둘러 폐하를 모셔라!"

자객이 숨어들어 황제가 중태에 빠졌다. 사냥 대회를 주관한 호룬 공에게 뒷수습을 맡기고 무하는 서둘러 도겸을 황궁으로 모셨다.

✼ ✼ ✼

"폐하께서 다치셨답니다!"

황후 후보들은 뒤늦게야 소식을 전해 들었다. 해질 무렵이 되도록 좀처럼 소식이 없으니 온갖 추측이 새어 나왔다.

"송 태의조차 두 손을 들었다 합니다. 이 일을 어찌합니까!"

"그러니 말입니다. 호 낭자! 뭐라고 말씀을 좀 해 보세요."

자객이 나타난 것도 문제라 하나 호희미의 말이 황제를 밟아 다치게 한 것 역시 사실이다. 언제나 당당하기만 하던 호희미도 소선양의 채근에 입 하나 뻥긋하지 못한 채 고개를 숙였다.

"어찌 책임을 지시려고 합니까. 이러고도 황후 자리를 노리려 하시는 겁니까!"

"그렇습니다. 당장 물러나세요!"

내상이 심각해 이대로 두면 큰일이 날지도 모른다 하니 분위기는 더욱 살벌해졌다. 황제를 덮친 자객의 정체를 밝히는 것이 먼저여야 할 텐데 말을 제대로 간수하지 못했다며 호희미에 대한 질타의 목소리만이 더욱 높아져 갔다. 설아는 그 점이 가장 궁금했지만 굳이 입 밖에 내지 않았다.

"모두들 처소로 돌아가시라는 태후마마의 명이십니다."

언성이 높아질 때쯤 태후의 전갈이 온 후에야 후보들은 뿔뿔이 흩어졌다. 한 발 물러나 잠자코 지켜보던 설아도 그제야 미오와 함께 침소로 돌아왔다. 이조차도 기우이기를 바라지만 정말로 그

102

가 심하게 다친 거라면 분명 그때는 봉인해 둔 제 힘이 필요해질지도 모른다.

"아씨?"

"피곤하구나. 일찍 잠자리에 들 생각이니 너도 어서 눈을 붙이렴."

밤 시중을 들러 온 미오를 물리고서 설아는 흰 침의 차림으로 창문 언저리를 바라보았다. 제 걱정이 부디 기우이기를 바랐지만 좀처럼 잠이 오지 않았다.

침상에 누운 지 얼마나 되었을까. 불 꺼진 창 너머로 한 줄기의 그림자가 날아들었다. 이제는 익숙해지기까지 한 그림자가 낯이 익었다. 소리 소문 없이 찾아온 밤손님은 역시나 무하였다.

"이게 어찌 된 일입니까."

창문을 열고서 그를 방 안으로 들였다. 호분중랑장의 갑주가 아닌 검은 암복 차림을 하고서 무하는 무릎을 꿇고 설아에게 예를 표했다.

"잠시 함께 가 주셔야 할 것 같습니다."

일부러 저를 찾아올 정도라면 예삿일이 아닐 터. 황후 자리에 오르기 전까지 이 힘을 다시 쓰고 싶지는 않았다. 만약 제 모습이 어디에선가 발견되기라도 한다면 그때는 모든 계획이 수포로 돌아간다.

'하지만.'

말에 밟혀 중태에 빠진 그를 외면할 수는 없다. 애초에 그에게 무슨 일이 생긴다면 지금 하고 있는 모든 일도 의미가 없다.

무하가 제 어깨에 맨 검은 덧옷을 내어 주었다. 얼마나 더 이렇게 숨어야만 할까. 남들 눈에 띄어서는 안 되는 처지가 더욱 서러

103

워졌다.

"잠시."

창문을 딛고 빠져나가려던 차에 문 앞에 호롱불이 아른거렸다. 설아는 잠시 숨을 죽이고서 휘장 뒤를 가리켰다.

"아씨, 미오입니다."

무하가 모습을 감추고 곧 미오가 찾아왔다. 설아는 엉거주춤 침상 위에 앉은 채 아무 일도 없었던 척 시치미를 뗐다. 아직 채 닫지 못한 창문 너머로 흐릿한 달빛이 비쳤다. 구름이 짙은 밤이니 쉽사리 흔적이 드러나지는 않을 테지만 더 늦으면 곤란하다.

"어찌 창을 열고 계십니까."

"미오야."

"설마 폐하께 가시려는 겁니까? 뉘가 알기라도 하면 어쩌시려고요!"

마음이 급한 그녀의 속내를 미오는 벌써 알아차렸다. 자칫 남의 눈에 띄기라도 했다가는 모든 계획이 수포로 돌아간다.

하지만 이대로 물러날 수는 없다. 태의가 간병한다 한들 깊은 상처가 쉬이 나을 리 없는데, 지금도 식은땀을 흘리며 고통스러워 할 그를 떠올리는 것만으로도 쉬이 결론이 났다.

"금방 다녀올게."

"아씨!!"

머리로 생각하기도 전에 몸이 먼저 움직인다는 게 이런 건가 보다. 아무리 위험하다 한들 이대로 그를 내버려 둘 수는 없다. 복수를 위해 황궁에 들어오긴 했다지만 그에게 무슨 일이 생긴다면 궁에 다시 들어온 의미가 없으니까.

"태의며 수발드는 이가 많고 많을 터인데 왜 하필 우리 아씨가 나서셔야 한단 말입니까.”

설아의 허락이 떨어지자 어둠 속에 숨었던 무하가 모습을 드러냈다. 누가 들을까 큰 소리도 내지 못하고 미오는 무하를 원망스레 노려보았다.

“밤바람이 차갑습니다.”

무하는 손수 제 덧옷을 들어 설아의 어깨에 둘러 주었다. 깍듯이 예를 차리는 것을 보고 난 후에야 미오도 한 발자국 물러섰다.

“마마께 해가 될 일은 없을 터이니 염려치 마시오.”

“우리 아씨는 아직 마마 소리를 들으실 이유가 없습니다.”

“두 사람 다 그만.”

황제의 최측근인 호분중랑장을 앞에 두고도 미오는 눈 하나 깜짝하지 않고 달려들었다. 저를 탐탁지 않게 여기는 무하가 제 발로 저를 찾아온 것만 보아도 상황이 녹록치 않다는 것인데, 여기서 이렇게 싸우고 있을 시간조차 아깝다.

미오에게 뒷수습을 맡기고서 설아는 무하의 품에 안겨 황제의 침전으로 향했다.

“얼마나 심각하신 겁니까.”

“의식을 놓으셨습니다. 태의가 붙어 있다 하나 역부족이라 했습니다.”

“대체 어찌하다 그리 다치셨단 말입니까. 황제 폐하의 곁에 제대로 된 호위 하나 없었단 말입니까.”

대체 이 궁은 어찌 된 것이기에 이토록 그를 괴롭게 하는 것인지, 원망을 쏟아 내 보아도 무하는 끝내 아무 말도 해 주지 않았다.

사람들의 눈을 피해 침전의 뒷문을 통해 들어가자 곧 침상 곁을 지키던 백의의 여인은 무하에게 허리를 숙여 인사를 올렸다.

"송 태의, 폐하는 어떠신가."

"여전히 차도가 없으십니다."

여인의 뒤로 식은땀을 흘리며 괴로워하는 도겸의 모습이 보였다. 이마 가득 흘러내린 식은땀은 물론 푸르게 변한 입술 색도 심상치 않다. 발굽에 밟힌 상처들은 어느 정도 지혈이 끝났다 하나 가슴팍에 난 커다란 멍 탓인지 색색대는 숨소리가 힘겹기만 했다. 이대로 두었다가는 정말로 큰일이 날지도 모른다.

설아는 도겸의 상태를 살핀 후 무하에게 축객령을 내렸다.

"모두 나가 주십시오. 폐하는 제가 모시겠습니다."

"무하 님, 이분이 설마……."

반신반의하는 송 태의의 물음에 무하가 고개를 끄덕였다. 제아무리 치명상을 입었다 해도 향족의 힘이라면 무사히 낫게 할 수 있다.

'다만.'

위에서 아래로 흐르는 물이 막히면 홍수가 되어 범람하듯 자칫 잘못하면 목숨을 잃을지도 모른다 경고했다. 힘을 봉인하는 내내 고통에 시달렸던 기억이 선연했다.

만약 조금의 실수라도 생긴다면 그땐 정말 지금껏 해 온 모든 것이 물거품이 될 테지만 두렵지 않다. 곁에 선 이들을 내보내고서 아리는 조심스레 도겸의 옷고름을 풀어 내렸다. 단둘이 되고 나니 어쩐지 옛 생각이 절로 났다.

"처음 왔을 때도 꼭 이랬었는데."

힘없이 누운 그를 동이가 업고 왔을 때도 이것을 어찌 낫게 할까 싶었다. 도겸 본인조차 자신을 왜 살린 거냐고 원망하곤 했지만 아리는 단 한 번도 그날 일을 후회한 적이 없었다.

'그런 거였구나.'

제 손으로 거두었던 짐승들을 떠나보낼 때마다 슬펐지만, 함께 했던 시간까지 부정하고 싶진 않았다. 만약 못 본 척 그대로 내버려 뒀다가는 분명 일찌감치 숨이 끊어졌을 목숨이니까. 적어도 제 손을 거친 덕분에 그들은 무사히 살던 곳으로 돌아갔다.

적어도 모두 헛된 것만은 아니었을 터. 그리 마음에 묻고 잊어보려 했지만 이 사내는 끝내 제 손을 놓지 못했다. 그가 돌아왔을 때 깨달았다. 아니, 처음 본 순간부터 이 사내를 보면 자꾸 욕심이 났다.

밀려드는 고통 속에 신음하는 그의 입술에 살포시 입술을 포갰다.

"바보 같은 사람."

옷고름을 풀고 아리의 흰 침의가 바닥에 소복이 떨어졌다. 눈길을 걷듯이 침상에 올라 아리는 혼절한 그의 입술에 입을 맞췄다.

천천히 조심스럽게 아리의 손길이 그의 상처 곳곳을 어루만졌다. 살과 살이 닿을 때마다 그의 몸에서 열기가 피어올랐다.

"웃……."

마치 처음 사랑을 나눌 때처럼 힘겨운 격통이 밀려와 신음이 절로 흘러나왔다.

연모하는 사내를 살리기 위해서라면야 이쯤은 참을 만하다. 몸 안에서 매섭게 피어오른 불꽃이 온몸을 태워 버릴 것처럼 달아올랐다. 뜨거운 눈물이 흘러내리고 손끝에 더운 열기가 맴돌았다.

너무나도 익숙했던 감각이 서서히 고개를 들었다. 제 것이지만 제 것이 아니기를 빌어 왔던 이 낯선 힘도 이 순간만큼은 참으로 도움이 된다.

"하……."

긴 숨을 내쉬며 그가 의식을 차렸다. 한참을 공들이느라 아리도 식은땀에 흥건히 젖어 버렸다. 이마의 물기를 닦으려던 순간, 너무나 그리운 눈동자가 자신을 바라보았다.

그의 눈동자 안에 비친 제 눈이 금빛으로 빛났다. 그토록 서문설아가 되어 아리를 버리려 했건만, 적어도 이 순간만큼은 그의 품에 안긴 아리가 되고 만다.

"또 꿈인가."

여전히 몽롱한 듯 도겸은 손을 뻗어 아리의 뺨을 어루만졌다. 자신이 없는 동안. 아니, 돌아온 후에도 그는 매일 밤 이리 홀로 고통 속에서 저를 찾았을지도 모른다.

"꿈이 아닙니다."

상처가 점점 사라지고 통증이 사그라들자 그의 눈빛이 더욱 또렷해졌다. 내뻗은 도겸의 손이 그녀의 허리를 감싸 안았다.

메마른 갈증이 한없이 밀려들어서 도겸은 아리를 품에 안은 채 진하게 입을 맞췄다. 감로 같은 그녀의 숨결에 애가 달았다. 정신 없이 달려드는 도겸만큼이나 아리 역시 더는 주저하지 않았다.

처음 사랑을 나눌 때의 수줍음도 이제는 사라진 지 오래다. 아리는 긴 머리를 드리운 채 그의 위에 올라 달콤한 신음을 쏟아 냈다.

아릿한 통증이 드리울 때마다 그의 상처가 아물어 갔다. 파과의 아픔이 밀려들어 눈물이 맺히지만 그럼에도 입가에는 미소가 맴돌았다.

제 안 가득 밀려드는 그의 존재가 아리의 안을 가득 채웠다. 흥건히 젖어 든 등줄기에서 땀방울이 또르르 흘렀다. 듬직한 팔뚝 위로 비친 푸른 핏줄이 요동칠 때마다 눈앞에 별이 쏟아졌다. 요동치는 침상 위로 아리의 나신이 춤을 췄다.

"아리. 나의 아리."

이제는 누구도 기억해 주지 않는 제 이름을 오직 그만이 기억하고 있다. 등줄기를 관통하는 전율에 아리의 몸이 파르르 떨렸다. 긴 여운을 남기고 땀에 젖은 몸이 힘없이 그의 위로 무너져 내렸다.

"겸."

가빠진 호흡을 고르며 아리가 그의 이름을 불렀다. 피가 역류하듯 눈앞이 어지럽지만 무사히 눈을 뜬 그를 보자 비로소 마음이 놓였다.

기진맥진한 아리를 두고 도겸이 기력을 되찾았다. 땀에 흥건히 젖은 아리를 내려다보며 도겸은 허기진 짐승처럼 달려들었다.

"나를 먼저 탐한 건 그대야."

매끈한 다리를 어깨에 걸치고서 그는 황제답게 군림했다. 밀려드는 격정을 이겨 내지 못한 아리가 허리를 뒤틀며 신음을 흘렸다.

"그대의 향기가 나를 미치게 해. 응? 그대를 어찌하면 좋을까."

흐트러진 머리칼을 거머쥐고서 도겸은 달콤하게 스며든 그녀의 향기를 마음껏 들이켰다. 이제야 좀 숨을 쉴 것 같아서 그는 그간 참아 온 인내를 모조리 쏟아부었다.

"제발, 폐하. 더는……."

"이름을 불러 줘. 나는 오직 그대의 도겸인 것을."

달이 구름에 가리고 어둠이 밀려들었다. 아리의 달뜬 울음소리가 황제의 침전 가득 울려 퍼졌다. 아리의 뽀얀 허벅지 위에 도겸의 고른 치아 자국이 남았다. 골반이 뒤틀릴 때마다 그의 격정은 더욱 열기를 더했다. 참으로 오랜만에 느끼는 정염의 불꽃이 아리의 의식조차 모조리 녹여 버렸다.

✻ ✻ ✻

짙은 꽃향기가 방 안을 가득 메웠다. 파정의 여운을 즐기며 그는 제 아래 혼절한 아리를 가만히 바라보았다. 열꽃이 가득 핀 뽀얀 살을 입술로 물고서 혀끝으로 달콤한 맛을 즐겼다. 어쩜 이리 살 내음조차 달콤한 것인지. 이 맛을 보기 위해서라면 몇 번이고 말발굽에 짓밟혀도 좋다.

호희미의 말이 화살을 맞고 달려드는 순간 균이 피하지 않은 건 제 곁에 아리가 있기 때문이었다. 이기적인 욕심이라 해도 좋았다. 격통에 몸서리치면서도 일말의 희망만은 놓지 않았다. 그녀는 제 고통을 잠자코 지켜볼 수 있을 사람이 아니니 분명 이 꼴을 본다면 제게로 달려와 줄 터.

설령 그것이 동정이라 할지라도 도겸에게는 그것만이 유일한 희망이었다. 엉망진창으로 밟힌 몸은 거짓말처럼 회복되었고, 아리는 그렇게 제 품으로 다시 날아들었다.

"송 태의는 들어오라."

문 밖에서 기다리던 송 태의가 황제 앞에 머리를 조아렸다. 누구의 상처든 낫게 해 준다 하나 정작 아리의 상처는 누구도 돌봐 줄 자가 없다.

그런 그녀를 위해 단월국 전체를 샅샅이 뒤져 찾아낸 여성 의원이다. 곁에 두고 총애할 만큼 신임하는 이답게 송 태의는 황제의 명에 따라 아리의 안부를 살폈다.

"어떠한가."

"다소 지치신 듯하나 혈의 흐름도 좋고 장차 황손을 잉태하시기는 충분하옵니다."

"잉태란 말이지."

손이 귀한 황실에서 황제는 응당 제 피를 이어받은 후계자를 원해야 하건만 도겸은 어쩐지 탐탁지 않은 기색을 내비치며 잠든 아리를 두고 고운 손을 거머쥐었다.

어린아이를 돌보듯 소중하게 머리를 쓸어 넘겨 주는 손길이 참으로 다정하다. 생전 사람에게 틈 하나 주지 않던 황제의 눈꼬리가 한껏 내려가는 것을 송 태의는 오늘 처음 보았다.

"이분이 그분이십니까."

"그래. 내가 그대를 여기까지 모셔 오게 만든 내 귀한 아내지."

도겸은 오로지 송 태의에게만 모든 사실을 알려 주었다. 장차 아리의 목숨을 책임져야 할 이인 만큼 그는 진심으로 송 태의에게 도움을 청했다.

"그대가 보기에도 신기하지 않나. 다 죽어 가던 나를 이리 상처 하나 없이 낫게 하는 것은 어지간한 향족들도 버거워할 터."

"이리 놀라운 능력은 소신도 처음 보았나이다."

사람을 팔아 돈을 버는 노예상들 손에 부모를 잃고 난 후 그녀는 줄곧 사람 사냥을 따라다니며 목숨을 연명했다. 죽은 여인들을 수습하는 건 언제나 송 태의의 몫이라 사내들의 손에 짓밟혀 죽은 향족 여인은 수도 없이 보았다. 어린 소녀 시체를 연일 끌고 나오는 통에 그 꼴을 보다 못한 동네 의원 부부가 그녀를 맡아 딸처럼 길러 주었다.

'의술은 사람을 살리기 위한 길이란다. 너에게는 재능이 있구나.'

저를 구해 준 의원 부부의 뜻에 따라 평생을 남을 도우며 살기로 마음먹었다. 하지만 그녀의 재주를 알게 된 노예상은 의원 부부를 죽이고 홀로 남은 그녀를 데려와 노예들을 맡겼다.

팔이 하나 없는 자, 지독한 약에 중독된 자, 겁간을 당해 아비가 누구인지도 모를 아이를 밴 여인까지. 차라리 죽여 달라며 애원하는 이들을 앞에 둔 하루하루가 생지옥이나 다름없었다. 특히나 향족의 취급이 얼마나 끔찍한지는 송 태의 본인이 제 눈으로 똑똑히 보았다.

"여태껏 무사했다는 건 누군가의 그늘 아래 있었다는 뜻이겠지."

"폐하, 그것은……."

"저들의 손에 들어갔던 거라면 이리 무사했을 리가 없지. 그렇다면 대체 누가 아리를 데리고 있었던 걸까."

심증은 있지만 물증이 없다. 마음 같아서는 당장 말하라 이르고 싶지만 그녀는 끝내 누구의 짓인지 알려 주지 않았다.

일부러 죽을지도 모르는 말 아래에 멈춰 선 것도 그 때문이었다. 태의조차 손쓰지 못할 큰 상처를 입자 무하는 주저 없이 아리를 제 앞에 데려다 놓았다.

"그렇단 말이지."

소 태사의 죽음 이후로 무하는 줄곧 제 곁에 머물렀다. 부하 하나둘을 움직여서 이리 감쪽같이 숨기지는 못했을 테니 분명 공범이 있을 터.

일이 이렇게 된 이상 태후도 더는 시간을 끌지 못한다. 무사히 그녀를 돌려보내고 서둘러 황후 책봉을 서두르라 채근해야 한다. 소선양도 호희미도 뽑을 수 없는 영 태후에게 서문설아는 유일한 구명줄이다. 치밀하게 짜인 함정 위에서 도겸은 차분히 복수의 칼날을 갈았다.

"지금 잠들면 당분간 또 그대를 보기는 어렵겠지."

무하는 아리의 힘을 봉인하기 위해 서문가에 머물던 노파를 데리러 갔다고 했다. 짧디짧은 이 밤이 지나고 나면 또다시 불면의 밤을 보낼 날이 까마득하기만 하다. 차라리 이대로 시간이 멈춰 버리면 좋을 텐데.

이제는 좀 쉬시라는 송 태의의 만류에도 불구하고 도겸은 아리의 잠든 모습을 지켜보느라 좀처럼 잠들지 못했다.

❊ ❊ ❊

어린 시절, 어머니가 해 주었던 이야기가 아리의 귓가에 맴돌았다. 향족의 먼 선조는 천상의 꽃이라 했다. 인간을 사랑한 죄로 꽃은 영생을 잃고 인세에 내려와 향족을 낳았다.

노파는 아리가 듣지 못한 향족의 이야기를 들려주었다. 신비로운 힘을 지키기 위해 향족은 외부와의 고립을 택했다. 그러던 중 침략을 일삼던 단월국의 황제가 향족의 마을을 멸망시켰고, 살아남은 이들은 모두 뿔뿔이 흩어졌다.

'이 힘은 양날의 검입니다. 그것을 어찌 쓸지는 전적으로 마마께 달려 있음을 잊지 마십시오.'

통제할 수 없이 폭주하던 힘을 어찌 다스리라는 건지. 아리에게는 모든 것이 까마득하기만 했다. 처음 문 태사에게 끌려갔을 때만 해도 꽃 내음에 홀린 사내들이 찾아오는 일도 빈번했다. 식음을 전폐하고 한참이 지난 후에야 잦아들긴 했지만 아리에게 이 힘은 어찌해야 할지 모를 버거운 짐에 지나지 않았다.

"폐하."

꿈에서 깨어나자 잠이 든 그의 얼굴을 마주했다. 정사의 후유증으로 온몸이 부서질 것처럼 아파 왔다. 상처 하나 없이 깨끗이 나은 그를 살피고 아리는 조심스레 침상을 빠져나왔다.

욱신대는 둔통에 걸음을 옮기는 것조차 쉽지 않았다. 커다란 면경 너머로 사내가 남긴 흔적이 고스란히 남았다. 침의의 옷깃을 단단히 여밀 즈음 무하가 아리를 찾아왔다.

"이만 돌아가셔야 할 것 같습니다."

자칫 태후에게 들키기라도 하면 일이 더욱 곤란해진다. 잠든 그를 바라보고서 아리는 미련 없이 무하에게 안겨 황제의 침상을 빠져나왔다. 덧옷을 두고 온 탓에 뉘의 눈에 띌까 싶어 무하는 아리를 더욱 단단히 감싸 안았다.

처소로 돌아가는 길이 제법 멀었다. 담장을 몇 번이나 넘을 즈음 불 꺼진 태후궁이 눈에 띄었다. 어차피 일이 이렇게 된 거라면. 아직은 새벽이 오기 전이니 꾀 하나가 떠올랐다.

"무하 님, 부탁이 있습니다."

도겸을 낮게 해 주었으니 무하는 아리의 청을 거절할 수 없다.

어차피 엎질러진 물이라면 아리는 이것조차 이용하기로 마음먹었다.

 ❋ ❋ ❋

"이런 멍청한 것들!"

어둠이 내린 태후궁에서 분노한 호통이 쩌렁쩌렁 울렸다. 남들 앞에서는 유약하기 짝이 없던 태후지만 적어도 이 궁 안에서만큼은 누구도 그녀를 거역할 수 없다.

"고정하시옵소서. 어쨌든 일이 이렇게 되었으니……."

"지금 그걸 말이라고 하는 게냐!"

분명히 호희미를 노리라 일렀건만 황제를 직접 노려 버린 탓에 일이 제대로 꼬여 버렸다. 사냥 대회를 주관했던 호륜 공에 대해 규탄의 목소리가 커져만 가는 데다 황제를 다치게 한 게 하필이면 호희미의 말이다.

황제의 상태가 심각하다는 사실이 알려지자 조정에서는 서둘러 후임 문제부터 입에 올렸다. 제 아들을 새 황제로 옹립해야 한다 나섰다 하지만 태후는 그조차 달갑지 않다.

만약 참으로 고작 세 살밖에 먹지 않은 아이가 황위에 오르게 된다면, 수렴청정은 응당 가장 손윗사람인 소 태황태후의 몫이 된다.

'그 꼴을 어찌 보라고.'

저 얄미운 시어머니의 속내를 누가 모를까. 이러다 자칫 황제 암살의 배후로 지목받아 제 목숨이 날아갈지도 모른다. 차라리 호희미 혼자 다친 거면 쉬이 덮을 수라도 있었을 텐데. 태후는 곱게 정리된 손톱을 잘근잘근 씹으며 좀처럼 잠들지 못했다.

"어마마마. 안아 주십시오."

속사정을 모르는 아이가 어미를 찾았다. 두 손을 내뻗으며 다가올 때마다 섬뜩하던 소 태사의 모습이 겹쳐져 소름이 돋았다.

"시간이 늦었으니 데려가 재우거라."

가끔 기분이 좋을 때 고분고분하게 안아 줄 뿐, 평소에는 이리 차갑게 내치기 일쑤였다. 오늘도 어미의 품에 안기지 못한 아이는 입이 댓 발 튀어나온 채 얌전히 시녀를 따라 제 처소로 향해야만 했다.

영광된 자리에 앉혀 준 아이지만 그래서 더 증오스럽다. 소 태사의 눈매를 너무 빼다 박아서 자신이 저지른 죄를 더욱 재확인하게 만든다.

"혼자 있고 싶구나."

황제궁에서 아무런 소식이 오지 않으니 지금은 무엇도 어찌할 길이 없다. 태후는 홀로 누운 채 눈을 감고서 생각에 잠겼다.

'그 계집아이에게서 눈을 떼지 못했다지.'

호희미와 소선양을 곁에 두고도 황제는 서문설아만을 홀린 듯 바라보았다 했다. 어차피 마음을 정했다고는 하지만 철벽이나 다름없던 황제가 먼저 관심을 보였다고 하니 괜히 속이 쓰렸다.

정말로 그 계집을 잊지 못해서, 그래서 마음이 기운 거겠지만 억지로 눈을 감아 봐도 좀처럼 잠이 오지 않았다. 도겸이 무사히 깨어만 난다면 황제의 뜻을 따랐다며 핑계를 대고 무사히 서문설아를 황후로 삼을 수 있을 것이다.

특히나 소선양은 닭 쫓던 개 신세가 되어 망연자실할 터. 애초에 제 자리를 넘보며 기어오르는 것들을 그냥 두고 볼 생각 따위는 추호도 없다. 소선양이든 호희미든 하찮은 측비 따위보다 훨씬 성가신 장애물이 될 테니까. 어차피 이빨 빠진 호랑이인 서문가 정도야 하나도 무섭지 않다.

'그러니 만만한 그것을 황후라고 앉혀 두고서 국정을 좌지우지하면 되긴 한다지만……'

제 손으로 다른 여자를 그의 품에 안기게 될 줄이야.

좀처럼 잠들지 못한 채 얼마나 시간이 흘렀을까. 까무룩 잠이 들었을 즈음 섬뜩한 손길이 태후의 목덜미를 감쌌다.

온기 하나 없는 서늘한 냉기에 두 눈을 부릅떴다. 소리를 지르려는 태후의 입을 여인의 손이 틀어막았다. 눈을 뜨자 어스름한 달빛 아래 금빛의 눈동자가 그녀를 마주했다.

여전히 또렷하게 기억하고 있는 저 눈동자와 코끝에 감도는 꽃향기까지. 분명 죽었다고 알려진 측비가 코앞까지 얼굴을 들이밀고서 태후의 목을 있는 힘껏 졸랐다.

"읍, 으읍!"

아무리 소리를 내 보려고 해도 목소리조차 새어 나가지 않았다. 숨이 막혀 오는 와중에도 열심히 발버둥을 쳐 보지만 그마저도 아무런 소용이 없다. 호흡이 가빠 오고 머리가 어지러웠다. 무시무시한 악력에 숨을 쉴 수 없어 태후의 눈에서 눈물이 줄줄 흘렀다.

"그분께 위해를 가하고도 무사할 줄 알았지."

음산하게 속삭이는 목소리에 오금이 저렸다. 소리 소문 없이 나타난 측비의 유령을 앞에 두고 살려 달라 외칠 겨를도 없이 태후는 정신을 놓았다.

❊ ❊ ❊

차라리 이대로 없애 버릴 수 있다면 좋을 테지만 그래 봐야 제게 이로울 게 없다. 아리는 이를 악물고서 목을 조르던 손에 힘을 풀었다. 지금은 기세가 등등하다 해도 지금은 꿈인지 생시인지 구분도 못 할 터. 내일 아침 잠에서 깨어나면 목에 남은 손자국부터 살필 것이다.

힘을 봉인하기 전 그 흔적마저 지우고 나면 분명 모두 꿈인 줄 알 것이다. 아무리 시간이 흐른다 한들 자신이 지은 죄는 스스로가 제일 잘 알고 있다. 이렇게 한번 겁을 주고 나면 당분간은 편히 잠들 수 없을 테지.

"적당히 하시는 게 좋을 겝니다. 아직 복수는 채 시작도 하지 못했으니까요."

정식으로 황후 자리에 오르기만 하면 그때부터는 하루하루 피가 마르도록 괴롭혀 줄 것이다. 숨을 쉬는 것조차 괴로웠던 끔찍했던 날들을 떠올리면 고작 이 정도로는 성이 차지 않는다.

잠든 태후를 바로 눕히고 고이 이불까지 덮어 준 후 설아는 차분히 창가에 선 무하를 바라보았다. 예전의 겁 많던 자신이 이런 짓까지 하게 될 날이 올 줄 누가 알았을까. 그래도 제가 당한 것에 비하면야 이 정도는 참으로 귀여운 수준에 지나지 않는다.

"죄를 짓고서 발 편히 자는 모습이 보기 싫어서 그랬습니다."

스스로 생각하기에도 옹졸한 변명을 남겨 보았다. 무슨 쓴소리를 듣든 감수할 생각이었는데, 무하는 아무 말도 하지 않고 얌전히 그녀를 안아 올렸다. 덧옷을 품에 안고서 설아의 흰 옷자락이 어두운 밤하늘에 휘날렸다. 일부러 태후의 침소 주변을 오가자

밤 보초를 서던 시녀 하나가 비명을 내질렀다.

"이래도 되는 것입니까?"

"겁을 주시려면 이 정도는 해 두는 편이 낫습니다."

더할 나위 없이 진지한 얼굴을 하고서 무하는 기꺼이 설아에게 운을 맞춰 줬다. 웬일로 제 편을 들어 주는 그의 행보가 신기하긴 하지만 그렇다고 쉬이 믿을 생각은 없다. 여전히 불신 가득한 그녀를 앞에 두고 무하는 마지못해 입을 열었다.

"일찍 모시러 가지 못한 것은 모두 제 불찰입니다. 윤도 공도, 문 태사께서도⋯⋯."

"그만."

자기 죄는 자기 자신이 제일 잘 알 거라는 말은 무하에게도 똑같이 적용된다. 도겸을 속여 가며 자신을 빼돌리고 그의 눈과 귀를 막을 수 있는 사람은 오직 무하뿐이다. 그런 짓을 해 놓고 상황이 이렇게 되자 구차한 변명 따위를 늘어놓는다. 그의 곁에 있는 이들은 모두 이런 식이다. 달면 삼키고 쓰면 뱉고. 정말로 설아가 황후가 될 판이 되니 꼬리를 내린다.

"변명 따위 듣고 싶지 않습니다."

도겸이 다치지만 않았더라도 그를 돕는 일은 없었을 것이다. 덧옷을 뒤집어써 흔적을 숨기고 침소로 돌아오자 급히 입궁한 노파가 아리를 기다렸다.

"할머니."

"그리 힘을 쓰지 마시라 일렀건만."

황금색으로 빛나는 눈동자를 마주하고 노파는 넌지시 무하에게 눈치를 줬다. 행여 뉘가 볼까 미오가 보초를 서고 노파는 깨끗하게 따라 놓은 물에 천을 적셨다.

"잘 잡아 주십시오. 까딱 잘못하면 뼈가 부러질지도 모르니."

"그건……."

살벌한 노파의 경고에 무하는 발버둥 치는 아리를 잡았다. 어째서 사내의 힘이 필요한지는 곧 제 눈으로 확인할 수 있었다.

"으윽!!!!"

소리가 새어 나가지 않게 입에 천을 물리고, 버둥대지 못하도록 무하가 팔다리를 잡았다.

"생살을 찢는 것보다 아플 터이니 내 다시는 이런 일이 없게 하라 그리 일렀건만."

노파가 힘을 쏟아 내자 아리의 입에서 비명이 터져 나왔다. 식은땀이 흠뻑 밴 아리의 머리를 쓰다듬으며 노파는 요동치는 힘을 억누르기 바빴다. 물이 위에서 아래로 흐르는 것처럼 자연의 섭리를 거스르기 위해서는 그만큼의 대가가 필요하다.

"어찌 이리 힘든 길을 택하셨습니까."

세상 그 무엇보다 잔혹한 것이 사랑이라더니. 안타까운 마음을 안고 노파는 고통 속에 몸부림치는 아리의 손을 있는 힘껏 잡아 주었다.

✽ ✽ ✽

부상을 핑계로 아침 조회를 거르고 도겸은 늦은 오후가 되어서야 겨우 눈을 떴다.

"폐하. 정신이 드시옵니까?"

무하가 철저하게 입단속을 시킨 결과 아리가 다녀간 일을 아는 이는 극소수에 불과했다. 내상이 심각했던 어제와 달리 황제는 언제 다쳤냐는 듯 긴 기지개를 켜며 자신의 건재함을 과시했다.

"어제는 내가 엄살이 심했던 게지. 다들 걱정이 많았던 모양이군."

"엄살이라니요. 당치도 않은 말씀이십니다."

금방이라도 숨이 끊어질 것처럼 중상을 입고 황궁에 실려 오는 모습을 모두가 똑똑히 보았다. 그 후 중신들은 밤을 새워 가며 황제의 후계 문제로 골머리를 썩었건만 정작 당사자인 도겸은 언제 그런 문제가 있었다는 양 시치미를 뗐다.

그리 쉽게 나을 상처가 아니라며 내관은 씻은 듯이 나은 도겸의 상처를 수상쩍게 여겼다. 송 태의조차 어찌 된 일인지 모른다 고개를 젓자 도겸은 뜻밖의 말을 꺼냈다.

"어젯밤 꿈에 죽은 측비가 나를 찾아왔었지."

"측비마마께서요?"

"내 몸에 상처 하나 나는 것조차 절대로 그냥 두고 보지 못하는 분이니 말이다."

이미 몇 년 전에 세상을 떠난 측비가 황제의 병을 낫게 했노라고. 말로 설명되지 않는 기적이 일어나는 바람에 조정은 물론 황궁마저 발칵 뒤집어졌다.

'그년이 이렇게 쓰이게 될 줄이야.'

측비의 존재는 호륜 공에게 있어 언제나 눈엣가시와 같았다. 일찌감치 제 딸인 희미를 황제의 곁에 붙여 놓은 것도 차기 황후 자리를 노리기 위한 커다란 계획의 일부였건만, 어리석은 황제는 첫정을 잊지 못한 채 미련을 남겼다.

혹여 희미 그 아이를 마음에 들어 하지 않는 건가 싶어 미색이 뛰어난 여인을 골라 붙여 보기도 했지만 황제는 그 모든 것을 물리고 죽은 측비의 옷자락만 품었다. 대체 무슨 요술을 부렸기에 다른 여인에게는 눈길 하나 주지 않는 것인지.

심어 놓은 자들에게서 전해 들은 바에 따르면 황후 후보들과의 독대 자리에서 유독 한 여인에게 관심을 보였다 했다.

'서문설아라.'

죽은 여인은 차라리 가슴에 묻고 오로지 소씨 가문 타도만을 목표로 삼아도 시원찮으련만. 아직도 대의가 무엇인지 모르는 저 철없는 황제를 어쩌면 좋을지.

고귀한 황가의 핏줄이 아닌 외척이 활개 치는 꼴을 보지 않기 위해서라도 더더욱 제 딸을 황후로 세워야 한다. 그것이 대의고 그것이 정의다. 썩어 빠진 이 나라를 뒤엎을 사람은 오직 자신뿐. 그러기 위해서는 세력을 규합해 황궁을 장악하고 자신에 반대하는 세력을 모조리 제거할 생각이었다.

이미 3년 전에 했어야 할 일을 쓸데없이 너무 시간을 끈 셈이다. 정신을 차렸다고 하니 한 번 더 황제를 설득할 겸 호륜 공은 친히 황제에게 독대를 청하기 위해 침소를 찾았다.

"독대 중이십니다."

조회가 끝나고 제일 먼저 달려왔건만 황제에게는 이미 다른 손님이 있었다. 와병 중이라 하나 침소까지 들였다는 것은 분명 따로 숨겨 둔 꿍꿍이가 있다는 것인데.

한 다경이 다 지나도록 황제는 좀처럼 손님을 돌려보낼 생각이 없어 보였다.

"아무래도 이야기가 길어지시는 모양입니다."

"안에 든 것이 누구시길래?"

"죽은 서문 공의 내자, 월 부인입니다."

"무어라?"

병중에서 막 일어난 황제는 정신을 차린 후 전갈을 넣어 곧장 궁 밖의 월 부인을 침소로 불러들였다 했다. 사냥 대회에서도 서문설아에게 눈을 떼지 못했다더니 황제의 행보가 영 심상치 않다. 아무리 서문가의 기세가 예전만 못하다 하나 그 아비가 죽고 없는 이상 명예만 남은 서문 가문은 지금의 소씨 가문 같은 외척질을 벌일 여력이 없다.

부자는 망해도 삼대는 간다는 말처럼 한때는 호륜 공과 이름을 나란히 하던 서문 공의 하나 남은 핏줄이다. 황자 시절부터 전장에서 함께 싸웠던 정도 있으니 황제에게는 더욱 애틋할 터. 하물며 그 딸의 얼굴은 지금껏 잊지 못하는 소중한 여인을 빼다 박았다. 이 무슨 하늘의 장난질인지.

모든 것이 황제의 구미에 딱 맞는 조건이 아닐 수 없다. 소 태사라는 거대한 적을 물리칠 때까지만 해도 황제는 대의를 위해 제 딸을 황후로 들여야 할지도 모른다며 여지를 줬다. 그 말을 믿고 군사를 일으켰고, 조정에 들어와 소씨들을 견제했건만 막상 황권을 잡은 후 황제는 사사건건 발목을 잡기 일쑤였다.

"오랜만에 뵙습니다, 호륜 공."

한참 생각에 잠길 즈음 독대를 마친 월 부인이 황제의 침소를 나왔다. 서문 공이 죽고 왕래가 없었던 탓에 두 사람 다 제법 나이가 들었다.

세월을 제대로 맞은 호륜 공과 달리 월 부인은 여전히 웃음기 하나 없는 얼굴로 그를 마주했다.

죽은 서문 공의 유체를 운구하던 날, 상복을 입고서 싸늘히 식은 남편을 바라보던 월 부인의 모습은 지금도 기억하고 있다. 벌써 언제 적 일인데 그녀의 시간은 여전히 그날에 멈춰 있었다. 그대로 잊히는 줄만 알았던 이가 제 딸을 무기로 삼아 이 판에 뛰어들게 될 줄은 꿈에도 몰랐다.

"부인께서 이러시는 것을 알면 돌아가신 서문 공께서 좋아하실 것 같소?"

"모든 것은 황제 폐하를 위한 충심에서 비롯된 것이니. 제 부군이라면 응당 폐하의 부름에 응하는 것이 신하 된 도리라 이르셨을 것을요."

"뭐라?"

"이만 실례하지요."

못 볼 걸 봤다는 듯 월 부인은 호륜 공을 내버려 두고 황제의 침전을 떠났다. 불미스러운 일로 간택을 서두르라는 여론이 거세진 시점에 황제가 직접 언질을 내리는 것은 지극히 이례적인 경우다. 아무래도 조짐이 심상치 않아서 호륜 공은 서둘러 도겸을 알현하러 나섰다.

"오래 기다리셨다지요."

"신 호륜, 폐하를 뵙습니다."

황금빛의 예복을 갖춰 입은 황제를 앞에 두고 호륜 공은 머리를 조아리고 무릎을 꿇었다. 고양이 새끼인 줄 알고 주워다 황제로 만들어 주었더니 요 몇 년 사이 제대로 자란 이것은 범의 새끼다. 다 자란 사내가 되어 군림하는 모습은 병약하던 선황제는 흉내도 내지 못할 위엄을 갖췄다. 도겸은 그런 사내였다.

뜻을 함께할 때는 누구보다 믿음직하지만 이렇게 뜻이 갈릴 때는 참으로 성가시다. 결정권은 그의 몫이라지만 그래도 나라를 바로 세우기 위해서는 제 딸이 황후가 되어야 한다.

"내가 다치는 바람에 공께서 많이 곤란했다고 들었소. 희미도 많이 놀랐겠군."

"이 모든 것은 소신의 불찰이옵니다."

몸을 납작 엎드리고서 그는 적당한 말을 찾았다. 이 모든 것은 황제를 시해하기 위한 불미스러운 음모라는 점을 내세우며 호륜 공은 점점 언성을 높여 나갔다.

"이번 기회에 저들을 숙청하는 것이 옳은 일이라 사료되옵니다."

"간택은 전적으로 태후마마의 몫이오. 그러니 공은 진범을 찾는 데만 집중하도록 하오."

"하오나 폐하."

"피곤하니 이만 물러가시오."

싸늘한 축객령이 내려졌다. 어르고 달래 보려던 호륜 공의 계획이 수포로 돌아갔다. 그는 아무런 성과도 없이 황제의 침소를 묵묵히 떠나야만 했다.

❋ ❋ ❋

측비의 원귀가 나타났다는 소식에 태후궁에도 덩달아 소란이 일었다. 삼삼오오 모인 시녀와 내관들은 물론 호위를 보는 위병들 사이에서마저 측비의 원귀에 대한 갑론을박이 이어졌다.

"돌아가신 측비마마의 혼령이 나왔다면서?"

"아무래도 그 일 때문이겠지."

황손을 잉태한 측비가 아이를 잃은 것은 영 태후 때문이었다. 다들 대놓고 말한 적은 없다지만 남편의 동생인 현 황제를 바라보는 태후의 눈빛이 심상치 않다는 것을 이 궁 안에 모르는 이가 없을 정도였다.

발 없는 소문은 순식간에 퍼져 나갔고, 과거의 치부들이 하나둘 드러났다. 영 태후의 회임을 이유로 굳이 덮어 두었던 일을 언급하며 시녀들은 측비의 원혼이 여전히 궁을 떠돌고 있다 믿었다.

"어젯밤을 넘기기 힘들지도 모른다고 하였다면서. 그런 폐하께서 오늘은 대수롭지 않은 일이라 하여 문안도 받으셨다잖니."

"온 궁에 꽃이 피었던 것도 똑똑히 기억하는걸."

미천한 신분을 정당화하기 위한 수단이라며 쉬쉬하기 바빴다 해도 계절을 잊고 꽃망울을 틔우는 것은 향족이 아니고서야 설명되지 않는다.

사내의 상처를 치유하는 신비로운 힘을 가진 여인이라더니 그 여인은 죽어서도 여전히 황제의 곁을 지키고 있다.

"분명 태후마마를 원망하고 있는 게지."

"네 이년들. 어디 감히 함부로 입을 놀리는 게냐!"

굳이 듣지 않으려 해도 여기저기서 말이 새어 나오니 태후의 심기가 더욱 불편해졌다. 서둘러 아랫것들의 입단속에 나섰다지만 영 태후의 미간은 펴질 길이 없었다. 습관처럼 제 목덜미를 어루만지며 그녀는 어젯밤의 꿈을 다시금 되새겼다.

'그 일만 아니었어도.'

소름 끼치는 금빛 눈동자. 제 목을 조이던 원한 어린 얼굴은 아무리 뜯어보아도 서문설아를 빼다 박았다. 죽은 사람이 살아 돌아온 것도 아닌데 어쩜 저리 닮은 것인지. 물론 서문설아의 눈매가 더 날카롭긴 하지만 콧대나 하관, 입술 같은 곳은 아무리 보아도 측비의 것과 닮아 있었다.

처음에는 그저 기분 탓이라 여겼지만 꿈속에서 그녀는 똑똑히 보았다. 저를 죽이려 목을 조이던 측비의 모습이 눈에 밟혀서 영 태후는 끝내 결정을 내리지 못했다.

"황후 후보들을 들라 이르거라."

영 태후의 소집령에 처소에서 쉬고 있던 후보들이 하나둘 모여들었다. 황제가 위독하다는 소식에 다들 밤을 꼬박 새운 것이 눈에 띄었다. 황제를 다치게 한 호희미도 평소와 달리 풀이 죽고, 도겸이라면 사족을 못 쓰는 소선양의 눈도 퉁퉁 부어 있다.

참으로 죄 많은 사내다. 이리도 많은 여인들의 마음을 뒤흔들어 놓은 데다 태후 자신조차도 끝끝내 도겸에 대한 미련을 버리지 못했다. 마지막으로 도착한 서문설아 역시 안색이 좋지 않았다.

잠을 제때 자지 못한 것인지 피곤한 기색이 역력한 그녀는 창백한 얼굴을 하고서 영 태후의 앞에 머리를 조아렸다.

"폐하께서 위독하시다는 전언이 돈 모양이네만 걱정하지 않아도 괜찮네. 능력 좋은 송 태의 덕분에 말끔히 나으셨다는 모양이니."

"그것이 참이옵니까?"

"암. 괜히 쓸데없는 소리가 돌고 있는 듯하니 다들 입단속을 잘해야 할 것이야."

측비의 유령이 나타났다는 소문이 황후 후보들에게 전해지지 않았을 리 없다. 못마땅한 얼굴을 하고서 영 태후는 뒤편에 선 설아를 유심히 바라보았다. 애써 태연한 척을 하고 있다 하나 아무래도 오늘은 서둘러 자리를 피하고 싶은 기색이 역력했다.

"다들 피곤한 것은 알겠지만 간택을 더는 미룰 수 없으니. 오늘은 이 자리에서 바로 예법 시험을 치를 것이네."

엄숙한 명령과 달리 과제는 비교적 간단했다. 황실의 큰 어른인 태후와 나아가 소 태황태후에게 절을 올리는 법. 기초 중에 기초인 항목이다 보니 그 호희미조차도 이 과제는 수월하게 통과해냈다.

"다음, 서문설아."

이름이 호명되고 설아가 태후 앞에 섰다. 높은 단상 위에 앉아 제 앞에 무릎을 꿇는 모습을 보니 체증에 걸린 것 같던 속이 조금은 편해졌다.

안색이 좋지 않음에도 서문설아의 예법은 흠잡을 데 없이 완벽했다. 평생을 귀하게 길러진 소선양과도 대등하게 겨룰 만한 솜씨를 지닌 것은 역시 이 아이 하나뿐이건만, 측비를 닮은 저 면상이 아무래도 꺼림칙하다.

"한 번 더."

멀쩡히 절을 마쳤음에도 영 태후는 한 번 더 절을 하라 명을 내렸다. 영문도 모르는 채 설아는 한 번 더 바닥에 무릎을 꿇고서 머리를 조아렸다.

"다시."

"다시."

"다시."

지엄한 태후의 명령에 누구 하나 토를 다는 사람이 없다. 영 태후는 오만한 눈으로 내려다보며 벌써 몇 번이나 서문설아에게 절을 시켰다. 열 번이 넘어가고 스무 번이 넘어가도 영 태후는 멈출 기세가 보이지 않았다. 설아의 이마에 땀방울이 맺히고 팔에 미세한 떨림이 보였다.

'그러면 그렇지.'

저것이 정말 측비의 원귀라도 된다 한들 태후인 제 앞에서는 고작해야 이 정도뿐인 것을. 몇 번의 실수가 나옴에도 태후는 무표정한 얼굴로 다시 절을 올리라는 말만 되풀이했다. 오십 번이 넘어가고 백 번이 다 되어 갈 즈음 서문설아의 이마에서 굵은 땀방울이 흘러내렸다.

"이제 그만하십시오."

대놓고 하는 괴롭힘이다. 측비의 일이 불거지자 태후는 얼굴이 닮았다는 이유로 죄 없는 서문설아만 쥐 잡듯이 잡고 있다. 그 모습을 보다 못한 소선양이 뛰쳐나와 비틀대는 설아의 팔을 부여잡았다.

"놓으십시오. 태후마마의 명이시니 받들어야 하는 것을요."

"지금 그걸 말이라고……. 태후마마!"

일부러 골탕 먹이는 짓이라는 걸 뻔히 알면서도 설아는 말리는 소선양의 권유조차 마다하고서 태후의 명령대로 절을 올렸다. 이제는 시키지 않아도 알아서 멈추지 않고 절을 올리는 모습에 지켜보던 태후마저 혀를 내둘렀다.

"대체 이이가 뭘 잘못했다고 이러시는 겝니까!"

보다 못한 소선양이 나섰다. 엄연히 아랫사람인 소선양이 윗사람인 태후의 잘못을 지적하는 것은 그 어떤 경우에도 용납되지 못할 하극상이다.

"그대는 지금 본후를 질책하는 것인가?"

황궁에 들어온 이래 소 태황태후의 변덕에 수없이 시달리면서도 면전에서 불평 하나 하지 못한 것은 그 때문이다. 그러니 황궁에 들어오고 싶다면 응당 법도를 지켜야 하거늘 소선양은 당돌하게도 그런 태후의 명을 받아쳤다.

"누가 보아도 무리한 명이시옵니다. 직언을 올리는 것 또한 아랫사람의 본분이라 배웠습니다."

"말은 잘하지."

참으로 허울 좋은 명분인데 그조차도 결국은 위선이다. 황후 경쟁에서 맞서 싸워야 할 적이라는 걸 알면서도 저 쓸데없는 정의감을 버리지 못한 채 소선양은 손해를 무릅쓰고 태후 앞에서 언성을 높였다. 칼자루를 쥔 이 앞에서 굳이 죽여 달라 나서는 모습에 기가 막혔다.

"무례한 것 같으니라고. 여봐라, 당장 저것의 무릎을 꿇려라."

바락바락 대드는 콧대를 대놓고 꺾어 줄 심산이었다. 그런데.

"대체 뭐가 이리 길어지는 것이야!"

대놓고 책망하려는 그녀의 앞에 소 태황태후가 나타났다. 고양이 앞의 쥐 신세였던 소선양은 회심의 미소를 머금고 단상 위에 앉은 태후를 올려다봤다.

책봉을 서두르라는 전갈을 무시했더니 소 태황태후는 이제 태후궁까지 찾아와서는 후보들 앞에서 대놓고 면박을 주기 시작했다.

"폐하가 위독하다 하더니 오늘은 또 아무렇지 않게 쾌유했다 하고. 황제를 노린 것이라 하더니 이제는 또 아닌 것 같다는 말은 무엇이야?"

"아직은 조사 중인 사안이오니 함부로 말씀드릴 일이 아닌 줄로 아뢰옵니다."

"대체 언제가 되어야 알아서 하실 참입니까. 쓸데없이 시간만 잡아먹으니, 원."

혀를 끌끌 차면서도 소 태황태후는 제 오촌 조카인 소선양을 곁에 불러들였다. 그러면 그렇지. 어차피 황후 자리는 제 것이라 믿는 오만함이 아니고서야 경쟁자인 서문설아를 위해 나서 줄 리가 없다.

"애꿎은 사람만 쥐 잡듯이 잡는다고 뭐가 달라진답니까. 적당히 하세요."

"모든 것은 신첩의 잘못이니 송구하옵니다, 태황태후마마."

앞에서는 머리를 조아리면서도 영 태후는 남몰래 이를 악물었다. 가뜩이나 일을 그르친 것으로도 모자라 이제는 대놓고 제 설자리를 빼앗으려 들기까지 한다. 모두가 보는 앞에서 소 태황태후는 선양에게 다가가 손을 잡았다.

"그간 참으로 고생이 많았음이니. 오늘은 어서 가서 쉬려무나."

"예, 태황태후마마."

제게는 싸늘하기 짝이 없는 사람이 저이에게는 참으로 다정하기 짝이 없다. 일부러 제 속을 박박 긁는 꼴만 보아도 저 속내가 훤히 보인다. 이제 저는 필요가 없다고, 말 잘 듣는 오촌 조카를 내세워 저를 찍어 내려는 속셈이로구나. 한배를 탔다 해도 서로 이해관계가 갈리니 이리도 손쉽게 버리려는 속내가 참으로 훤히 보인다.

'내가 곱게 당해만 줄 줄 알고.'

소 태황태후가 선양과 함께 앞장을 서자 다른 후보들도 눈치를 보다 말고 하나둘 자리를 떴다. 마지막까지 머뭇거리던 서문설아의 손을 호희미가 잡아끌었다. 그렇게 그녀는 또다시 혼자가 됐다. 어쩐지 헛웃음이 치밀었다.

처음부터 이 황궁에 온전한 제 편 따위는 어디에도 없었던 것을. 미친 사람처럼 웃음이 터진 태후를 앞에 두고 시녀들도 한 발짝 물러났다. 광기 어린 눈빛은 모두가 떠난 문만 바라보며 원망을 가득 실었다.

"마마."

"차라리 잘된 것일지도 모르지. 진작 이랬어야 했는데."

그리 오랜 고민은 필요하지 않았다. 되레 홀가분한 기분을 지울 수 없게 된 터라 그녀는 시녀를 불러 무언가를 지시했다.

"그것을 준비하렴. 오늘은 귀한 손님을 맞이해야 할 터이니."

"분부 받들겠나이다."

측비가 떠난 이후 그녀 역시 손 놓고 있었던 것은 아니다. 권력은 가지는 것보다 지키는 것이 더 힘들다던 소 태사의 말은 지금도 똑똑히 기억하고 있다. 어쩌면 죽은 선황제보다 자신을 더 잘이해하고 있었던 것은 소 태사일지도 모른다.

그에게 몸을 허락한 날부터 두 사람은 한배를 탔다. 제 몸을 농락한 사내는 이미 죽고 없다 해도 그의 씨로 태어난 아이는 태후의 가장 강력한 무기가 되어 주었다. 그 아이만 있다면 혈통을 중히 여기는 노신들이 어떻게든 저를 지켜 줄 테니 굳이 소씨 가문의 뒷배에 연연할 이유가 없다.

"암. 그렇고말고."

그러니 이제는 행동으로 옮겨야 할 때가 왔다. 한없이 일그러질 시어머님의 얼굴을 떠올리는 것만으로도 영 태후의 입가에는 미소가 만연했다.

✳ ✽ ✳

황후궁에서 물러난 후에도 아직 못다 한 이야기가 남아 있었다.

"제 처소에서 잠시 차나 한잔 하시지요."

소선양의 권유에 설아와 희미 역시 고개를 끄덕였다. 평소에는 함께 이야기를 나눌 기회가 없었다 보니 무슨 이야기부터 해야 할지 몰랐다. 설아는 말없이 소선양의 처소를 살펴보았다.

잠시 머무는 곳임에도 불구하고 벽에는 귀한 화첩이 걸려 있고 탁상 위에는 화사한 꽃이 꽂혀 있다. 접시 하나마저도 궁에서 흔히 쓰이는 것이 아닌 소씨 가문의 문양이 새겨져 있다. 이런 사소한 것들만 보아도 그녀가 얼마나 귀하게 자란 이인지 능히 짐작하고도 남았다.

그런 그녀가 왜 저를 도와주는 것인지 설아는 도통 그 연유를 알 수 없었다. 어색한 침묵이 한참 흐를 즈음 결국 그녀가 먼저 입을 열었다.

"소 낭자께서는 왜 저를 도와주신 겁니까."

"선양이라 부르십시오. 나도 설아라 부르겠습니다."

그전까지만 해도 줄곧 날이 서 있던 것과 달리 그녀는 어딘지 모르게 홀가분한 얼굴로 두 사람의 앞에 다과를 나눠 주었다. 그러고는 안심하라는 듯 과자를 반으로 한 입 잘라 호탕하게 제 입에 털어넣었다.

경계심 하나 없는 그 모습만으로도 그녀가 어떤 사람인지 능히 짐작케 했다. 그동안 줄곧 꾸며 온 음모를 훤히 보고 당해 왔으면서 소선양은 속도 없는 것인지 설아에게 손에 쥔 월병을 내밀었다.

"독 같은 건 넣지 않았으니 안심하고 드십시오. 소씨 가문의 월병 맛은 낙양에서 제일간다 해도 과언이 아닐 테니까요."

참으로 거절하기 힘든 제안이라 설아는 두 눈을 딱 감고 월병을 입에 넣었다. 입안에 든 달달한 팥이 눈처럼 녹아내리자 설아는 저도 모르게 탄성을 질렀다. 생전 처음 맛보는 절묘한 단맛이기가 막혀서 설아는 채 삼키기도 전에 월병 하나를 더 집어 들었다.

"희미 낭자도 드셔 보십시오."

흐뭇해 보이는 소선양의 권유에 호희미는 마지못하는 척 월병을 집어 들었다. 심드렁하니 주워 들었던 그녀도 월병을 한 입 베어 물어 보고는 얌전히 두어 개를 더 맛봤다. 접시가 텅 빈 후에야 소선양은 흐뭇하게 웃으며 꽃차를 손수 따라 주었다.

"자수 대회의 빚은 다 갚았습니다. 그러니 너무 고마워하지 마십시오."

"그때의 일은……."

"빚을 지는 것은 내 성미에 안 맞습니다."

엄밀히 말하면 그때 그 일로 설아가 선양에게 한 방 먹인 건이 되어 버렸다지만, 그렇게까지 해 주지 않았더라면 소선양은 진작 탈락했을지도 모른다. 그러니 신세를 진 것이라고 시원하게 인정하는 모습에 호희미가 고개를 끄덕였다.

"소씨 가문 사람은 모두 은혜도 모르는 금수인 줄만 알았더니. 낭자는 아닌 모양이오."

"어찌 그런……."

"괜찮습니다. 희미 낭자의 막말에는 이미 익숙하니까요."

"뭐라?"

"태어나 한 번도 남에게 뒤처진다 여겨 본 적이 없었는데. 두 사람 다 참으로 대단하십니다."

평생을 저 잘난 맛에 살아온 소선양에게 두 사람은 태어나 처음 맛보는 거대한 벽이었다. 담대한 호희미는 사내들과 겨루어도 절대 밀리지 않을 무용을 지녔고, 서문설아 역시 그 어떤 후광 없이도 스스로의 힘으로 소선양과 호각지세를 이루었다.

가문의 힘을 두려워하며 떠받들기만 하던 다른 이들과 달리 대등한 또래 친구를 사귀어 보는 것은 소선양 역시 처음이었다. 그런 속내를 털어놓자 호희미는 굳이 한마디를 보탰다.

"그래서, 온실 속 화초라 자랑하시는 겝니까?"

"호 낭자!"

무안을 주는 직언에 설아가 먼저 그녀의 입을 막아 버렸다. 가시 돋친 말을 한없이 쏟아 냄에도 소선양은 눈 하나 깜짝하지 않고 오히려 호탕하게 웃어넘겼다.

"우물 안 개구리가 맞겠지요. 내가 본 것이 세상의 전부인 줄만 알았으니 내 그 말씀을 부정하지는 않겠습니다."

시원스러운 대답에 설아도 소선양이 달리 보였다. 평생을 사랑만 받고 자란 덕분인지 참으로 해맑은 그녀의 대답이 설아는 어쩐지 생경하기만 했다.

제대로 한 방 먹은 탓일까, 호희미는 제 앞에 놓인 차로 입을 축이고서는 들릴 듯 말 듯 한 소리로 중얼거렸다.

"그래도 다른 소씨들과는 다른 듯하기도 하고."

"방금 뭐라 하셨습니까?"

못 들은 걸로 하라고 얼버무리기에는 이미 늦어 버렸다. 평소 소선양을 거들떠보지도 않았던 것에 비하면 그야말로 장족의 발전이라 당사자인 소선양은 물론 설아마저 깜짝 놀랐다.

삭막하기만 하던 황후 간택전이 막바지에 접어들면서 소녀들은 그동안 내보이지 못했던 속내를 하나둘 드러내 보였다.

"자수 대회 때는 내 어찌나 얄밉던지. 일부러 고맙다는 말은 안 했습니다."

"설마 그걸 복수라고 하는 것이오?"

"예. 이 사람에게는 무시가 최고의 복수인 것을요."

"그러니 안 되는 것이야. 우리 가문은 한 대 맞으면 상대를 죽기 살기로 따라가 패 주는 것이 미덕이라 배우는 것을."

"뭐라고요?"

호희미의 말에 소녀들에게도 웃음꽃이 피었다. 태후라는 공통의 적이 생기고 나니 세 사람도 어느덧 편하게 이야기를 나눌 수 있었다. 어쩐지 또래 친구가 생긴 기분이라서 설아는 이 기분이 딱히 싫지 않았다.

"아씨, 태후궁에서 연통이 왔습니다."

"무슨 일입니까?"

한참을 떠들다 보니 어느덧 해가 지고 밤이 찾아왔다. 간택 발표가 황제에게 올라가면 정식 발표는 빨라야 사흘은 걸릴 터인데 이 늦은 시간 그녀를 불러낸 연유가 무엇일까.

잔뜩 독이 오른 태후가 마음에 걸렸다. 걱정하는 설아를 두고 소선양은 대수롭지 않다는 듯 싱긋 웃었다.

"내가 먼저 부탁드렸습니다. 이만 간택에서 물러나 집으로 돌아갈까 해서요."

"뭐라고?"

전혀 예상치 못한 그녀의 말에 호희미는 자리에서 벌떡 일어나고 말았다. 이상할 정도로 기분이 좋아 보이던 연유는 태황태후의 입김을 타고 황후 자리를 손에 넣었다 여겨서인 줄만 알았다. 입을 다물지 못하는 두 사람을 앞에 두고 선양은 애써 태연한 척 어깨를 으쓱하기까지 했다.

"그런 꼴을 당하면서까지 황후가 되고 싶진 않습니다. 그분의 마음은 이미 다른 분이 가져가셨으니까요."

죽다 살아난 황제는 숨이 넘어가는 상황에서조차 측비를 찾았다. 벌써 삼 년이나 지났으니 이제는 보내 줄 법도 하건만 그는 끝내 목숨보다 사랑했던 제 아내를 잊지 못했다.

"이제 이런 건 그만하고 싶습니다."

간택전도 어느덧 막바지에 접어들고 서서히 윤곽이 드러나기 시작했다. 이런 상황에서 소선양마저 물러나게 된다면 그때는 참으로 설아와 희미의 이파전이 되는 셈이다.

소 태사를 죽게 만든 호륜 공과 소 태황태후의 관계는 정적을 넘어선 원수나 다름없다. 하필이면 사냥 대회에서 희미의 말이 황제를 다치게 했으니 소 태황태후는 어떻게든 그 일로 물고 늘어져 반대하고 나설 것이다.

"제가 황후 자리에 오르게 된다면 우리 가문에서는 어떻게든 폐하를 끌어내리려 들 것입니다. 제아무리 노력해 본들 저는 그분께 독이 될 뿐이지요."

"지은 죄가 있으니 뭐라 할 말이 없군."

설아의 예상과 달리 두 사람 모두 무서우리만치 자신의 위치를 냉정하게 파악하고 있었다. 가장 강력한 두 경쟁자가 한발 물러설 뜻을 표했으니 이제는 정말로 그녀가 황후 자리에 오르는 일만 남은 셈이다. 호희미는 제 옆에 앉은 설아를 뚫어져라 바라봤다. 눈썹 한 올마저 낱낱이 살피는 듯한 매서운 시선에 설아는 가만히 숨을 삼켰다.

"폐하를 위한다던 말이 진심이기를 빌어. 그 말이 거짓이라면 그때는 나도 가만있지 않을 테니까."

호희미의 경고는 참으로 그녀다웠다. 간택에 참여한 이유가 충정이라더니, 그녀가 도겸을 향해 품은 감정은 연모와는 아예 궤가 달랐다. 그런 그녀의 마음을 다는 이해할 수 없다지만 적어도 도겸을 진심으로 위하고 있다는 점은 확실했다.

지금은 그것만으로도 충분하다. 훗날 그의 곁에 돌아가 황후에 오른 후로도 두 사람은 제게 큰 힘이 되어 줄지도 모른다는 생각이 들었다. 그와 동시에 이제는 정말로 황후 자리가 코앞에 다가왔다는 사실이 실감이 났다.

"그럼 이만 다녀오겠습니다. 자세한 이야기는 다녀와서 하지요."

속 시원히 자리에서 일어나는 소선양과 함께 설아도 자리에서 일어났다.

무심결에 방을 나서려는데 화병에 꽂힌 꽃봉오리가 툭, 하고 탁상 위로 떨어졌다. 어쩐지 불길한 예감이 밀려왔으나 너무 늦어 버렸다. 무어라 입을 열고자 했지만 서두르라는 시녀의 성화에 소선양은 벌써 저만치 앞서 나가고 말았다.

❋ ✻ ❋

갑작스러운 호출에도 소선양은 담담히 시녀의 뒤를 따랐다. 긴

밀히 뵙고 드릴 말씀이 있다는 전갈에 태후는 아예 사람을 보내 그녀를 불러들였다.

'이러는 것이 서로를 위해 나을 것이다.'

소 태황태후의 태도만 보아도 금방 알았다. 아무리 태황태후가 저를 귀여워한다 해도 영 태후는 곱게 물러날 위인이 아니다. 차라리 이쯤에서 멈춰 주는 것이 저쪽을 위해서도 나을 터. 이러다가는 참으로 고래 싸움에 저 혼자 등이 터지게 생겼다.

"나를 보자 했다지."

태후를 앞에 두고서도 소선양은 무엇 하나 두렵지 않았다. 그동안 하고 싶었던 말이 산더미처럼 쌓여 있는데 그걸 말할 수 있는 기회도 이번뿐이리라. 어차피 물러날 거라면 이번이 마지막일지도 모른다.

제 앞에 놓인 차를 단번에 들이켜고서 그녀는 담담히 입을 열었다.

"저는 이만 간택에서 물러나 소씨 가문으로 돌아가고자 하옵니다."

줄곧 전전긍긍하며 눈치나 보고 있으며 얼마나 답답했던가. 이렇게 궁을 나가게 되더라도 딱히 손해를 본 것은 아니다. 서문설이나 호희미 같은 이를 만났으니까. 이 모든 소동이 끝나면 그간 있었던 일들도 어쩌면 추억이 될지도 모른다.

'미련이 남지 않았다면 거짓말이겠지.'

아쉽지 않다면 거짓말이다. 하지만 이러는 것이 그를 위해서라도 나을 거라는 생각이 들었다. 도움이 될 수 없다면 발목이라도 잡지 말아야 한다.

"무어라……?"

"태황태후마마께는 추후에 말씀을 올리겠나이다. 시간이 늦었으니 이만 물러가겠습니다. 편히 쉬소서."

"소 낭자!"

처음부터 허락을 구하고자 온 것이 아니라 통보를 던지러 왔다. 노발대발하는 태후도 결국은 눈엣가시였던 저가 사라져 주는 것이 달가울 터. 속 시원히 내지르고 궁을 나서니 이제야 비로소 실감이 났다.

"아씨."

선양의 속을 아는 시녀만이 묵묵히 그녀를 따랐다. 어릴 적부터 줄곧 제 곁을 지켜 온 이라 굳이 말을 하지 않아도 제 속을 훤히 들여다보는 듯했다.

"나는 괜찮다."

괜찮다. 아니, 괜찮아야 한다. 사람이 살다 보면 때로는 물러날 줄도 알아야 하는 법이니 인연이 아닌 것을 억지로 비틀어 본들 아무런 소용이 없다.

궁문을 나서고 몇 걸음 더 걸어 나서던 중 갈림길에 접어들었다. 이제는 정말로 끝이라 생각하니 어쩐지 발걸음이 무거워졌다.

"소 낭자?"

"폐하!"

평생을 연모해 온 그의 목소리를 어찌 잊으랴. 환영처럼 귀에 익은 목소리가 그녀를 불렀다. 천지신명께서는 참으로 얄궂기도 하시지. 모든 것을 내려놓고 나니 오히려 그와 조우하게 될 줄은 상상도 못했다.

얼굴을 마주하고 하고 싶었던 말이 너무나 많은데. 정작 그를

140

앞에 두고서 무슨 말을 먼저 해야 할지 알 수 없다. 간택에서 물러났다고 해야 좋을까, 아니면 어찌 그리 측비를 잊지 못하시냐고 원망해야 할까. 오만 가지 생각이 스쳐 말을 고르던 찰나였다.

"욱⋯⋯."

입안에 남은 역한 차 맛 탓인지 토기가 일었다. 서둘러 입을 가려 보아도 억지로 밀려 나온 뜨거운 것이 왈칵 손바닥 아래에 쏟아졌다. 손바닥이 검붉은색으로 가득 물든 후에야 그것이 피인 줄 알았다. 배 속이 녹아내리는 것처럼 뜨겁게 달아오르고, 소선양은 또다시 벌건 피 한 모금을 쏟아 냈다.

"아씨!"

경악한 시녀와 황제가 쓰러지는 소선양을 부축했다. 황제의 금포가 그녀가 쏟아 낸 피로 붉게 물들었다. 한없는 불경을 저질렀음에도 그는 아랑곳하지 않고 소선양을 안아 들었다.

"태의, 태의를 불러라!"

꺽꺽대며 숨이 넘어가는 와중에도 어지러운 시야 너머로 황제의 모습이 보였다. 이렇게 가까운 거리에서 그의 얼굴을 보는 건 처음인데 이런 형태가 될 줄은 꿈에도 몰랐다.

"저는⋯⋯."

처음 본 날부터 줄곧 연모해 왔다고. 뒤늦게라도 마음을 고백하고 싶었지만 말 대신 핏덩어리가 쏟아졌다. 컥컥대는 그녀를 고쳐 안고서 황제는 필사적으로 그녀의 이름을 불러 주었다.

"선양! 정신 차리시오!"

모처럼 이름을 불러 주셨음에도 눈앞이 자꾸 흐려져 갔다. 아직 하지 못한 말들이 수없이 남아 있건만 그녀의 목소리는 누구에게도 닿지 않았다.

가문의 원수나 다름없는 사이라는 말에 울기도 참 많이 울었는데. 그런 제게 황후 간택에 참여할 기회가 주어졌다는 말을 들었던 날은 너무 좋아 참으로 까무러칠 뻔했다. 어쩌면 태후가 한 말이 옳았던 걸지도 모른다.

아무리 저가 발버둥 쳐 본다 한들 서로 간에 쌓인 골이 너무나 깊다. 소씨 가문의 딸로 태어나지 않았더라면, 그 이름이 아니었더라면 무언가가 달라졌을까. 가문이나 정쟁에 휘말리지 않은 채 만났더라면 설아와 희미와도 좋은 친구가 되었을지도 모른다.

"부디……."

행복하시기를. 차마 전하지 못했던 마음을 말해 보려 애를 썼지만 이제는 목소리조차 나오지 않는다. 미소를 잃은 그에게 부디 다시 한 번 따스한 봄볕이 깃들 수 있기를. 그저 환히 웃으시는 모습 한 번이라도 볼 수 있다면 마음 편히 눈을 감을 수 있을 터.

"정신을 놓아서는 안 돼. 선양!"

사랑합니다. 줄곧 품어 온 마음을 채 전할 겨를도 없이 속절없는 미련만을 안은 채 소선양은 그토록 사모하던 황제의 품에 안겨 숨을 거두었다.

10.

갑작스러운 소선양의 죽음에 내궁이 발칵 뒤집혔다. 그녀의 죽음을 목도한 이가 다름 아닌 황제였던 터라 이번 일은 결코 쉬쉬하며 넘어갈 수 없게 되어 버렸다.

"마지막으로 만난 이가 누구더냐?"

"호 낭자와 서문 낭자인 것으로 압니다."

"당장 불러오거라!"

독이 오른 소 태황태후의 외침에 설아와 희미가 황후궁으로 불려 왔다. 소선양이 죽었다는 사실을 듣고도 반신반의하던 그들 역시 싸늘한 주검이 된 사체를 보고 큰 충격을 받았다.

"어찌 이런 일이……."

"네 짓이로구나!"

태황태후가 대뜸 설아의 멱살부터 잡아챘다. 어차피 태후가 호희미를 황후로 삼을 리는 없으니 줄곧 소선양과 경쟁해 온 것은

143

서문설아뿐이다. 죽은 측비와 닮은 용모로 황제를 홀린 것도 모자라 이제는 황후 간택을 목전에 둔 소선양마저 죽어 버렸다.

"네년이 황후가 되고자 이 아이를 해친 게지? 고얀 것 같으니라고!"

"어찌 이러십니까. 이거 놓으십시오!"

막무가내로 달려드는 태황태후를 호희미가 막아섰다. 재차 달려드는 것을 태황태후의 시녀들이 말렸다. 몸싸움이라면 이골이 난 희미 덕분에 설아는 겨우 풀려나 숨을 쉬었다. 난장판이 되어 버린 꼴이라 보다 못한 황제가 나섰다.

"태황태후께서는 이만 진정하십시오. 아직 아무런 증거도 나오지 않았습니다."

"내 그대의 속을 모를 것 같습니까? 그토록 오매불망 그리워하던 계집을 꼭 빼닮았으니 이미 이 아이를 황후로 삼고자 낙점해 둔 것이 아닙니까?"

"저는 간택 과정에 단 한 번도 개입하지 않았습니다. 이는 태후께서 제일 잘 알고 계실 것을요."

황제는 전혀 그런 사실이 없다고 반박했지만 소 태황태후는 이미 심증을 굳힌 지 오래였다. 그런 것이 아니고서야 영 태후가 제명에도 불구하고 그토록 뜸을 들여야 할 이유가 없다. 죽은 아들에 대한 지조도 지키지 못한 채 못난 며느리는 아직도 저 천것에 대한 미련을 숨기지 못한다.

"그만 좀 하십시오."

보다 못한 호희미가 나서 당시의 사정을 설명했다. 차와 함께 내왔던 월병마저도 모두 소선양이 내어 온 것이라는 말에 검안을 마치던 태의가 말을 보탰다.

"소 낭자가 토한 핏덩어리 속에 월병 조각이 나온 것으로 보아 저 말은 거짓이 아닌 듯하옵니다."

"지금 당장 처소에 가 주방을 수색하라."

호분중랑장 무하의 명령에 병사들이 소선양의 처소를 뒤졌다. 아직 씻지 않은 다기와 소씨 가문에서 가져온 월병이 태의의 앞에 놓였다.

몇 번이나 독 검사를 해 보고 태의가 직접 혀를 대 보기까지 했으나 그 어떤 독도 검출되지 않았다.

"짚이는 것이 있기는 한데, 아직 확실하지는 않으니 좀 더 알아보아야 할 듯합니다."

"그렇단 말이지."

오직 송 태의만이 소선양의 진짜 사인을 어렴풋이 알아챈 듯했다. 황제에게 양해를 구하고 그녀는 다른 태의들과 함께 잠시 회의에 들어갔다. 명확한 검증을 위해 태의들은 소선양의 사체와 함께 자리를 옮겨 본격적인 검증 작업에 나서기로 했다. 그렇게 원인 규명을 일단락하고, 황제는 두 후보에게 소선양의 행적에 대해 물었다.

"제 두 귀로 똑똑히 들었습니다. 태후마마께서 보낸 시녀가 소선양을 부르러 찾아왔습니다."

"그것이 언제쯤이었나?"

"술시 즈음이었습니다."

호희미의 증언에도 태황태후는 의심의 눈초리를 거두지 못했다. 세 사람 다 황후 자리를 놓고 경쟁하는 사이였으니 둘 중 어느 쪽이든 소선양을 죽였을 가능성은 충분히 차고 넘친다.

"해도 지고 없을 늦은 시간에 갑자기 불러들이다니. 무엇 때문에?"

"소선양이 직접 만남을 청했다 본인에게 들었습니다."

뒷배가 없는 설아 대신 호희미가 나서 태황태후의 질문에 답했다. 아비가 죽고 없는 서문설아와 달리 호륜 공의 딸의 멱살을 함부로 잡았다가는 추후 호륜 공에게 어떤 덜미가 잡힐지 몰라 소 태황태후도 함부로 나설 길이 없었다.

"태후마마를 모셔 오거라."

만약 정말로 태후와 대면 후 숨을 거둔 것이라면 태후궁에서 독을 먹였을지도 모르는 일이다. 소선양이 죽고 바로 연락이 갔을 텐데도 불구하고 태후는 아직까지 국문장에 발도 들이지 않았다.

평소라면 제일 먼저 달려왔을 사람이 이리도 뜸을 들이는 이유가 뭘까. 아무리 보아도 수상하기 짝이 없다. 한참 늦게나 도착한 태후는 모여 있는 사람들을 보고서 평소와 같은 얼굴로 태연히 물었다.

"이게 다 무슨 일이랍니까?"

"이 아이가 그러더구나. 네가 선양을 죽인 것이냐?"

독이 오를 대로 오른 소 태황태후가 대뜸 그녀에게 물었다. 난데없이 내던진 직언에 태후는 표정 하나 변하지 않고 딱 잘라 부정했다.

"그럴 리가요. 당치도 않은 말씀을 하십니다. 애초에 소선양은 제 궁에 오지도 않은 것을요."

무언가 착오가 있었던 것이 아니냐며 태후는 저편에 선 설아와 희미를 바라봤다. 그녀의 대답에 소 태황태후는 그럴 줄 알았다는 듯 언성을 높였다.

"그러면 그렇지. 저것들이 공연히 태후에게 누명을 씌우려는 것을 내 모를 줄 알고?"

"거짓말입니다. 태후궁의 시녀가 온 것을 똑똑히 본 것을요!"

호희미가 그녀의 말에 반박하고 나섰다. 하지만 태후는 눈썹 하나 까딱하지 않고 천연덕스레 되물었다.

"내 궁의 시녀라. 정확히 어느 시녀를 말하는 것이오?"

"그건……."

얼굴은 오며 가며 본 적이 있지만 시녀의 이름까지는 알지 못한다. 정확히 누구였느냐고 되묻는 물음에 호희미는 아무 대답도 하지 못했다.

"누군가 그녀를 불러냈다 칩시다. 그렇다 한들 그것이 정말로 내 명령이었다고 장담하실 수 있는 겝니까?"

태후의 역공에 호희미도 할 말이 없었다. 소선양은 태후에게 전갈을 넣었고, 태후가 그녀를 불러들였다 했지만 그렇다고 해서 태후가 직접 말하는 것을 본 것은 아니었으니까.

호희미의 저격에도 불구하고 태후는 눈 하나 깜짝하지 않고서 무릎을 꿇은 소선양의 시녀를 찾았다.

시녀는 바닥에 무릎을 꿇은 채 고개도 들지 못하고 벌벌 떨었다.

"네 입으로 직접 말해 보아라. 내가 소선양을 죽이는 모습을 보았느냐?"

"저, 저, 저는……."

"고얀 것. 어서 폐하께 모든 진상을 고하지 못할까!"

"어찌 이러십니까!"

태후가 적반하장으로 나오자 시녀는 더더욱 겁에 질려 입을 닫

앉다. 뒤늦게 설아와 희미가 말렸지만 긴장한 시녀는 뒤로 물러나며 고개를 저었다.

수상한 기척을 제일 먼저 알아챈 건 무하였다. 그는 서둘러 달려가 혀를 깨무는 시녀의 입을 억지로 벌렸다.

"멈추지 못할까!"

자해를 시도하는 시녀를 말리려 병사들이 달려들었다. 가까스로 최악의 상황은 막았다지만 언제든 다시 죽으려 드는 터라 당장은 심문조차 불가능했다. 어느덧 밤이 깊어 가고 지금으로서는 다른 대안이 없었다. 이 상황을 모두 지켜본 황제가 결론을 내기 위해 나섰다.

"우선 이번 조사는 원칙대로 어사대에 맡길까 합니다."

황궁 내에서 일어난 살인 사건이다. 거기다 황제가 직접 목격했으니 원칙대로라면 이번 일은 황제가 직접 관할하는 어사대가 맡음이 마땅하다.

"누가 뭐라 한들 황후 후보가 죽은 이상 조정의 공론화를 피할 길이 없습니다. 하물며 태후마마 역시도 이번 일에 연루되었으니 내사에서는 물러나시는 것이 마땅합니다."

"연루라니요. 폐하께서는 지금 저들의 말만 믿고 태후를 범인이라 여기시는 겝니까?"

소선양도 태후도 어쨌든 소씨 가문의 사람이다. 소선양이 이미 죽은 상황에서 태후가 범인으로 몰리기라도 한다면 자칫 하나뿐인 황손에게마저 해가 갈지도 모른다.

미우나 고우나 어찌 됐든 제 아드님의 아이를 낳아 준 며느리기에 소 태황태후는 무턱대고 태후를 비호하고 나섰다.

"내가 황상의 뜻을 모를 줄 압니까? 이번 일은 이 사람이 알아서 할 테니 이만 물러나세요!"

알아서 하겠노라 이르고서 대체 무엇을 쉬쉬하고 있는지 이번 기회에 내궁을 샅샅이 조사해 발본색원하려 했건만 또다시 수포가 될 위기다.

그러던 중 잠자코 듣고 있던 설아가 조심스럽게 입을 열었다.

"저는 태후마마 말씀이 옳은 듯하옵니다. 내궁의 일은 내궁에서 알아서 하셔야지요."

"지금 제정신이오?"

일부러 죽여 달라 나서는 그녀의 말에 호희미가 더 당황했다. 살아 있는 소선양을 마지막으로 목격한 이상 두 사람 중 하나가 자칫 범인으로 몰릴지도 모르는데, 설아는 눈 하나 까딱하지 않고 태후를 보며 생긋 웃기까지 했다.

"태후마마의 말씀이 맞사옵니다. 저희가 시녀를 본 것은 사실이나 그이가 정말 태후마마의 명을 받고 온 것인지는 아무도 모를 일이니까요."

"암. 그렇고말고."

설아의 말에 소 태황태후가 고개를 끄덕였다. 이 순간마저 입안의 혀처럼 구는 설아는 정말 태후가 죽으라면 죽을 시늉조차 할 것처럼 보였다. 옆에서 듣고 있는 호희미는 기가 막히는데 정작 당사자인 설아는 태연하기 짝이 없다.

"오늘은 시간이 이미 늦었으니 다들 처소로 돌아가십시오."

대체 무슨 꿍꿍이로 저리 나서는 것인지 도겸은 도무지 알 길이 없었다. 하지만 그녀가 직접 그리 말한 이상 도겸은 더 나서지 않고 잠자코 입을 다물기로 마음먹었다. 그녀도 분명 무언가 계획이 있을 터. 적당히 상황을 멈출 명분도 얻었으니 오늘은 여기까지만 하기로 했다.

✾ ✱ ✾

황제가 직접 불렀다는 갑작스러운 말에 미오는 문 앞을 서성이며 오매불망 제 주인이 돌아오기만을 손꼽아 기다렸다.

"미오야."

뒷수습을 마치고 설아는 잠자코 숙소에 돌아왔다. 잠시 사이에 안색이 새하얗게 질린 설아를 두고 미오는 서둘러 찬물부터 한 사발 떠 왔다.

"대체 무슨 일입니까?"

"소선양이 죽었어."

미오의 물음에 설아는 무겁게 입을 열었다. 아까 전까지만 해도 홀가분히 웃고 있던 사람이 갑자기 죽었다고 하니. 어찌 된 일인지는 알 수 없었지만 한 가지만은 확실해졌다. 이번 일은 분명히 태후가 직접 주도한 일이다.

소선양의 시녀는 무언가를 말하고자 했는데 태후를 마주한 뒤로는 오히려 혀를 깨물고 자결하려 했다. 두려움이 가득한 눈이 무엇을 말하는지는 능히 짐작하고도 남는다. 한낱 시녀 따위가 진실을 말해 본들 아마 누구도 믿어 주지 않으리라. 오히려 태후에게 누명을 씌웠다며 그 자리에서 더한 고문을 받을 것이 자명하다.

그도 그럴 것이 태후는 소선양을 죽여야 할 이유가 없다. 무안을 주긴 했어도 어차피 궁을 나갈 사람이니까. 제 발로 황후 후보 자리에서 물러날 거라 했으니 얌전히 궁에서 내보내는 편이 나았

150

을 텐데.

"계십니까?"

익숙한 목소리가 침전 밖에서 들렸다. 평소 후보들을 단속하던 태후의 시녀였다.

"태후마마께서 잠시 들라 하십니다."

"이 늦은 시간에 어찌 찾으신단 말입니까."

"그대, 분명 이름이 한아라 하였지."

또다시 발뺌하는 일이 없도록 설아는 그녀의 이름부터 물었다. 같은 수법에 또 당할 수는 없으니 저를 마중 나온 시녀가 누구인지 분명히 했다.

"태후마마께서 제게 직접 서문설아를 데려오라 명하셨습니다. 지금 내 말을 못 믿겠다는 것입니까?"

"이 야심한 시각에 갑자기 들라 하시니 이상해서 드리는 말씀입니다."

"미오야, 그만하거라."

"하지만 아씨!"

처소에 돌아온 지 얼마나 되었다고 시녀도 없이 혼자 오라는 말에 속내가 보였다. 괜히 따라온 시녀가 빌미가 되자 이번에는 저 혼자 들라고 하는 것일 터. 굳이 미오를 데려갔다가는 괜한 불똥이 튈지 모른다.

"어디를 가려는 게요?"

호희미가 팔짱을 끼고서 설아의 처소 앞을 지키고 섰다. 시간이 늦었으니 아니 된다며 호희미는 대놓고 태후의 시녀를 막았다.

"지금 태후마마의 명을 거역하려는 겝니까?"

"거기가 어디라고 이 밤에 불려 가 어쩌려고 얌전히 따라가는 게요?"

"잠시 실례하지요."

절대로 보낼 수 없다는 희미를 보며 만감이 교차했다. 소선양에 이어 혹시나 설아마저 죽게 될까 봐 호희미는 태후에게 밉보일 것도 각오하고서 설아의 팔을 꽉 잡았다.

"설마 무슨 일이야 있겠습니까."

"답답한 사람 같으니라고. 그쪽까지 마저 죽이고 이 모든 걸 내 탓으로 돌릴 거란 생각은 왜 못 하는 건가."

살벌하게 날이 선 호희미는 이제 보니 허리에 검까지 차고 있다. 이제는 정말 목숨까지 걱정해야 하는 상황이 왔다.

"지금 가면 정말 죽을지도 모른단 말이오!"

그런 것쯤은 이미 알고 있다. 소선양에 이어 이제는 설아마저 불려 가게 되었으니 그녀가 염려하는 것도 무리는 아니다. 짐승의 아가리에 제 발로 걸어 들어가게 된 셈이다. 하지만 호랑이를 잡기 위해서는 응당 호랑이 굴에 제 발로 들어가야만 한다.

죽는 게 무서웠다면 애초에 시작도 하지 않았다. 소선양은 어째서 죽어야만 했던 걸까. 태후는 소선양이 온 적이 없다며 눈 하나 깜짝하지 않고 거짓을 말했지만, 세심히 찾다 보면 태후궁으로 향하는 모습을 누군가는 분명 보았을 터.

곧 드러날 거짓말에 급급하다 하나 태후의 지위는 막강하다. 소선양의 곁에 있던 시녀조차 죽어도 입을 열지 않을 정도면 정말 두 사람이 모두 뒤집어쓰는 형국이 될지도 모른다.

"직접 만나 얘기를 들어 보겠습니다. 뭐든 얻는 것이 있겠지요."

"서문 낭자."

"이건 제 싸움입니다."

그러니 이 모든 것을 제 눈으로 직접 확인할 것이다. 도겸이라면 무하든 누구든 사람을 붙였을 테니 뒤가 두렵지는 않다.

'물증이 필요해.'

의심 많은 태후는 끝내 마지막 한 걸음을 내딛지 않았다. 그러니 이 위기를 넘기기 위해서는 반드시 한 번은 태후와 담판을 지어야 한다. 만류하는 희미를 뒤로하고서 설아는 길을 나섰다. 선양의 죽음을 헛되이 하지 않기 위해서라도 이번에야말로 태후의 속을 낱낱이 파헤칠 작정이었다.

독대를 위해 마련된 방에는 마주 보는 형태로 다과상이 차려졌다. 먼저 자리한 태후 앞에서 설아는 차분히 자리에 앉아 예를 갖췄다. 평소라면 이리저리 오가는 이 몇은 만나련만, 오늘따라 태후궁에 오는 길에는 개미 새끼 한 마리 보이지 않았다.

"내가 왜 불렀는지 아는가?"

태후는 가볍게 질문을 던지며 손수 차를 따라 주었다. 그런데 어쩐지 코끝에 익숙한 향기가 닿았다. 황성에서는 한 번도 맡은 적 없는. 아니, 산 아래에서 돌아다녀서는 안 될 풀의 향기가 났다. 귀망초는 사람을 죽일 수 있는 맹독이기에 태남산에서는 보는 족족 밟아 죽이는 것이 불문율이나 다름없었다.

먼 옛날, 귀망초를 먹고 죽은 사슴을 구워 먹은 사냥꾼들이 줄초상을 치른 적이 있었다. 그날 이후로 엄마는 아리와 동이를 불러다 단단히 일렀다.

'약도 없는 독이니 실수로라도 입에 대서는 안 된다.'

손을 씻은 물조차 함부로 버리지 말라 혼이 났던 통에 이 역한 냄새는 똑똑히 기억하고 있다. 그런데 이런 것을 차에 섞어 내올 줄은 꿈에도 몰랐다.

"모릅니다."

"궁금해서 말이지. 그대가 왜 내 편을 들어 주는 것인지 도통 이해가 가지 않아서 말이야."

태후는 절대 차를 마시라 권하지 않았다. 그저 따라 놓기만 했을 뿐. 설아는 애써 긴장한 티를 내며 태후의 질문에 태연히 답했다.

"제 뜻은 이미 마마께 모두 말씀을 드린 것으로 기억합니다."

황제가 아닌 태후의 눈에 들고자 입궁했었다고. 가문의 영달을 위해 나섰다는 명분을 들이밀었음에도 쉽게 넘어가지 않았다. 시험이라는 표현이 무색한 이 소리 없는 전쟁 속에서 약자인 설아가 이길 방법은 오직 허를 찌르는 것뿐이다.

"금화 1만 냥. 제 목숨값으로 그 정도면 충분합니다."

"목숨값이라?"

예상치 못한 그녀의 대답에 태후의 동공이 커졌다.

걸려들었다. 대화의 주도권이 넘어왔으니 이제 태후가 납득할 만한 대답을 건넬 차례다. 설아는 지을 수 있는 가장 불쌍한 얼굴로 무겁게 입을 열었다.

"그 정도면 홀로 계신 제 어머니께서도 여생을 편안히 보내실 수 있을 테니까요. 그 정도면 충분합니다."

"네 지금 내 앞에서 흥정을 하자는 것이냐?"

"가난이라는 것은 참으로 서럽더군요. 친구들도 만나지 못한 채 산속에 처박힌 것도 모자라 계절이 바뀔 때 새 옷 한 벌 마련 하는 것조차 빠듯했으니까요."

비단옷을 입고 맛난 밥을 먹을 수 있다면 그것으로 만족한다는 그녀의 말에도 태후는 설아의 표정 하나하나를 세심히 살피기 바 빴다. 모두 다 거짓말은 아니다. 옛 기억을 열심히 더듬으니 말에 점점 진심이 담겼다. 언 개천 물을 떠다가 동이의 옷을 빨던 시절 을 떠올리니 저도 모르게 몸서리가 쳐졌다.

"간택에서 떨어지기라도 한다면 저는 다시 그곳으로 돌아가야 할 겁니다. 그것만은 싫습니다."

"그렇단 말이지."

애써 아무렇지 않은 척하고 있지만 등줄기로 식은땀이 흘러내 렸다. 긴장한 탓에 실수로 차를 마시기라도 한다면 그때는 손을 써 보기도 전에 저 역시 소선양처럼 숨을 거두게 될 터. 한참의 침묵이 흐르고 태후가 입을 열었다.

"다 식은 차를 둬서 뭐 할까."

"마마."

차를 수통에 쏟아 버리고서 영 태후는 자리에서 일어났다. 어 느새 달이 저 너머로 넘어가는 깊은 밤, 벌레의 울음소리조차 잦 아들었다.

"시간이 늦었으니 이만 물러가거라."

끝가지 제멋대로인 태후의 말에 설아는 묵묵히 자리에서 일어 났다. 미오도 없이 홀로 불려 왔건만 태후궁의 시녀들은 그녀의 손에 등불을 손수 들려 주었다.

"돌아가는 길은 아실 테니 알아서 가십시오."

누군가가 괜히 뒤를 따르면 그게 더욱 불길하다. 무슨 사주를 받은 줄 알고 배웅을 받을까. 기꺼이 알겠노라 고개를 끄덕이고 설아는 등불을 들고 홀로 태후궁을 나섰다. 달도 없는 밤길을 걸어 나가는 발걸음이 한없이 무겁고도 가볍다. 어쩐지 오늘따라 처소로 돌아가는 길이 참으로 멀게만 느껴지는 것은 왜일까.

"하아."

한참을 걸어 갈림길에 들어서고 나서야 비로소 안도의 한숨이 나왔다. 살았구나. 뒤따라오는 발걸음 소리 하나 없다는 사실에 이렇게 안도하게 되는 날이 올 줄은 꿈에도 몰랐다.

떨리는 손으로 벽을 짚고 숨을 고르는데 등불 너머로 바닥 언저리에 남은 흔적이 눈에 띄었다.

바닥은 모두 치웠어도 나무에 튄 흔적까지는 지우지 못했던 걸까. 소선양이 발견된 것도 이 부근이라 했었다.

선연한 피의 흔적에 가슴이 철렁 내려앉았다. 귀망초에 중독된 이는 내장이 녹아내리는 고통 속에 피를 토하고 죽는다. 향족의 치유 능력이 대단하다 하나 그 지독한 독초를 이겨 낼 수 있을지는 그녀도 자신할 수 없다.

정확히는 손을 써 보기도 전에 숨이 끊어진다고 보는 것이 옳을 것이다. 설령 더 일찍 알았다 해도 살릴 수 있었을지는 장담할 수 없다. 그래도 어떻게든 손을 써 보았으면 좋으련만. 그 바람조차 괜한 공염불이 되고 말았다.

"폐하."

도겸이 보고 싶었다. 죽어 가는 소선양은 그의 품에 안긴 채 숨을 거두었다 했다. 전쟁을 치르며 사람의 죽음에 익숙해졌다 해도 품 안에서 사람이 죽는 것은 결코 남에게 권할 만한 일이 못

된다.

제 품에 안겨 숨을 거둔 아우를 떠올리면 지금도 눈물이 나는데. 이 순간 그의 곁에 있을 수 없는 제 처지가 참으로 한스럽다.

이럴 줄 알았더라면 좀 더 빨리 움직였어야 했다. 일말의 후회를 안고서 처소에 거의 다 도착했을 즈음 입구 근처에 수상해 보이는 그림자가 드리웠다. 주춤하고 걸음을 멈추고서 등을 비췄다. 그의 얼굴을 알아보고 그만 등불을 떨어트릴 뻔했다.

✻ ✱ ✻

"태후궁에 갔다고?"

독이 오를 대로 오른 태후를 상대로 대체 무슨 일을 벌이려는 건지. 도겸은 무복으로 위장하고서 손수 검을 들고 나섰다. 어둠이 내린 황궁은 참으로 고요해서 한 치 앞길이 보이지 않는다. 그러던 중, 저 멀리서 다가오는 자그마한 불빛 하나가 모습을 드러냈다.

살아 있었구나. 이제 다시는 이런 일로 가슴을 졸이고 싶지 않았다. 입구에 거의 다다를 즈음 도겸은 은신을 풀고 그녀의 앞에 나섰다. 자그마한 등불이 그의 그림자를 비추자 그녀는 금방 자신을 알아보았다.

"여기는 대체 어찌 오신 겁니까!"

무어라 입을 열기도 전에 그녀는 황급히 주변을 살피고서는 곧장 그의 손을 잡아끌었다. 기다림에 지친 미오는 난간에 걸터앉아 졸고 있었다. 서두르는 설아의 발걸음 소리에 잠이 깬 미오는 그 뒤에 선 사내를 보고 경악했다.

"아씨!"

"아무도 들지 못하게 해 주렴."

문을 걸어 잠그고서 설아는 이미 꺼져 가는 등불을 완전히 꺼 버렸다. 어설픈 불빛에 그림자조차도 드러나지 않도록 그녀는 만반의 준비를 기했다. 이렇게 치밀한 사람이 아니었는데 무엇이 그녀를 이리 만든 것일까. 찢어지는 그의 속도 모르는 채 설아는 도겸을 책망했다.

"여기까지 어찌 찾아오신 겁니까."

혼이 나고 있는 것임에도 저도 모르게 웃음이 났다. 이리 혼나는 것이 오히려 반가운 날이 올 줄은 꿈에도 몰랐다.

"화낼 기력이 있는 것을 보니 정말로 무사한가 보군."

"폐하."

"둘이 있을 때만이라도 겸이라 불러 줘, 아리."

황제 자리에 오른 이후로 누구도 그의 이름을 함부로 부르지 못했다. 황제라는 그늘에 가려져 도겸이라는 이름은 설 자리를 잃었다. 그녀 역시 마찬가지다. 서문가의 딸이 된 후 태남산 자락에 살던 곱디고운 그 소녀는 제 이름을 잃어버렸다. 그 어떤 굴레도 없이 그저 함께 있는 것만으로도 행복했던 지난날이 안타까워서 도겸은 그 이름을 좀처럼 버리지 못했다.

"그대가 무사해서 정말로 다행이야."

깊은 밤의 어둠에 기댄 채 도겸은 제 앞에 선 아리를 있는 힘껏 끌어안았다. 그가 바라는 것은 단 하나, 그녀뿐이었건만 이 황실은 끝내 그녀를 얻지 못하게 제 발목을 잡았다.

그녀의 신변에 무슨 일이 생긴다면 그때의 일은 도겸 스스로도 장담할 수 없다. 죽은 선황과의 약속 따위는 기꺼이 내던지리라.

목을 베고 사지를 찢어발긴다 해도 뼈에 사무친 이 한을 다스릴 길이 없다.

"저는 괜찮습니다."

굵은 눈물이 흐른 탓이었을까. 아리는 더는 책망하지 않고서 제 옷소매를 들어 도겸의 눈물을 닦아 주었다. 죽을 고비를 넘기고 와서도 이리 의연하다. 조금 덜 씩씩해도 좋으련만 아리는 어린아이처럼 울고 있는 그를 달래 주려 다정히 그의 뺨에 손을 얹었다.

"일국의 황제 폐하께서 이리 우시면 어떡합니까."

"원해서 된 자리도 아닌 것을."

"폐하께서 강건하셔야 선양의 억울함을 풀 것이 아닙니까. 이리 운다 하여 무엇이 해결될까요."

그 말에 눈물이 뚝 멎어 버렸다. 이대로 손을 놓고 있다가는 정말로 모든 것이 뒤틀릴 텐데 그런 태후의 폭주를 막아서는 것도 결국은 제 손에 달렸다. 마냥 지켜 줘야만 할 것이라 여겼건만 그녀는 어느새 자신이 보지 않는 틈을 타 또 한 뼘 더 자랐다.

그녀의 말이 옳다. 이리 울어 봐야 무슨 소용이 있을까. 어여쁜 제 여인을 품에 안고서 도겸은 풋풋한 살 내음을 맡았다. 향족의 힘이 봉인되었다 해도 풋풋한 향기가 참으로 달콤했다. 까만 눈동자는 처음 만났을 때 그대로 영롱하게 빛나고 있다.

"태후는 왜 그대를 불러들인 거지?"

"저를 시험하고 싶었던 모양입니다."

마지막까지 충성심을 시험하고 제 뜻을 거스르는 자는 죽여서라도 없앤다. 만약 그녀마저 목숨을 잃었다면 태후는 그 죄를 모두 호희미에게 뒤집어씌웠을 터.

"필요가 없어지면 죽이겠노라 단언한 것을 보면 아직은 제가 쓰일 거라는 걸 본인도 알고 있는 듯했습니다."

"그대를 쓰겠다고 한다면?"

"제가 아무리 밉다 한들 소 태황태후 쪽을 먼저 제거하려는 것일지도 모릅니다."

겉으로는 한 몸인 척하고 있으나 어딘지 모르게 삐걱대는 연유는 능히 짐작하고도 남는다. 귀망초를 보았다며 재잘대는 그녀를 보고 나니 이제야 비로소 마음이 놓였다.

"아리."

독초를 먹고 사슴이 죽었다는 이야기보다 지금은 그녀의 입술을 더욱 탐하고 싶다. 하던 말을 끊어 버리고서 도겸은 그녀의 입술을 마음껏 삼켰다.

"이러시면 아니 됩니다!"

"입을 맞추는 것은 괜찮다면서."

정식으로 황후 간택에 올라 국혼을 치르기 전까지는 절대로 아니 된다며 그녀는 몇 번이고 신신당부했다. 힘을 봉인하는 것은 참으로 고역이라며 투덜대면서도 슬그머니 옷고름은 풀어 주었다.

"그랬단 말이지."

"안 그래도 힘이 들어 진이 빠지는데 몇 번이고 절을 하라 이르니 하마터면 그 자리에 주저앉을 뻔한 것을요. 이건 모두 폐하 탓입니다."

"폐하가 아니라 겸이라 불러 달라고 내 분명 일렀을 터인데."

잘못을 저질렀으면 벌을 받아야 한다. 시작은 언쟁이었건만 어느새 도겸의 손이 아리의 허리를 감쌌다. 여며 놓은 치마의 매듭이 풀리고 그의 손이 더 깊이 파고들었다.

"다들 벌써 눈치챈 모양이야. 내가 그대에게 푹 빠졌다는 걸 모르는 이가 없더군."

"그러게 왜 그리 티를 내신 겁니까."

남들이 다 보는 앞에서 혼이 빠진 눈으로 바라보았으니, 황제가 측비를 닮은 서문설아에게 마음을 빼앗긴 사실은 이제 공공연한 사실이 되었다.

태후마저 그를 공격하는 빌미로 쓰고 있는데 정작 당사자인 도겸은 눈 하나 깜짝하지 않은 채 그녀를 탐하기 바빴다.

"그대가 나빠. 조금만 덜 어여뻤어도 내가 이리 빠지지는 않았을 텐데."

"모두 제가 잘못한 것이다, 그리 말씀하시는 겝니까?"

"암. 그러니 벌을 받아야지."

무방비한 그녀를 침상에 눕히고서 도겸은 속치마를 슬쩍 들어 올렸다. 설마 하며 물러나려는 몸짓이 허사가 되고, 도겸은 보드라운 허벅지에 입을 맞췄다.

"아주 큰 벌을 줄 거야."

"이러시면 아니, 아니 된다 하지 않았습니까!"

말은 그리 하면서도 실상 벌을 받는 것은 도겸 자신이거늘. 언제나 그리 말을 하면서도 실상 그녀가 좋아하는 것들은 이미 모두 꿰뚫고 있다.

아무도 보지 않는 이곳에서라면 누구도 두 사람을 책망할 수 없다. 배덕감에 몸부림치는 그녀를 달래며 도겸은 온몸 구석구석 그녀의 몸을 마음껏 살폈다.

"태후가 무슨 짓을 했는지 내 눈으로 직접 살펴봐야 하지 않겠어?"

"핑계도 좋으십, 흐읏……."

행여나 생채기 하나라도 남지는 않았는지 알아본다며 그는 가느다란 발목에 입을 맞췄다. 이리 해 두면 풀벌레에게 물린 정도로 둘러댈 수는 있을 터.

"굳이 위험을 무릅쓰지 말아 줘. 부탁이야."

황후로 봉하기만 한다면 그때는 궁 밖으로 한 걸음도 내딛지 못하게 할 것이다. 잠시나마 망설인 탓에 모든 걸 잃을 뻔했으니 이제는 두 번 다시 같은 실수 따위 하지 않기로 마음먹었다.

"무엇이 그리 두려우십니까."

"그대는 내 마음을 몰라."

아리는 죽어 가는 저를 어떻게든 살릴 수 있으니 저러는 것이다. 앓아누운 그녀를 보고도 아무것도 할 수 없는 무력한 제 처지가 원망스럽기만 했다. 옆에 흘러내린 머리를 귀 뒤로 넘겨 주고서 도겸은 통통한 그녀의 귓불을 살짝 깨물었다. 혀끝을 굴릴 때마다 나지막한 신음이 스며들었다.

"제가 그리 좋으십니까."

"그대보다 좋은 것이 어디 있을까."

내일 아침 해가 뜨면 또 난리가 날 테지만 지금은 그저 서로만을 바라보고 싶었다. 지그시 눈을 마주 보는 것만으로도 가슴이 녹아내릴 듯이 아려 온다.

"태후는 절대로 저를 내치지 못할 겁니다."

"어째서?"

"제가 그렇게 만들었으니까요."

비바람을 맞으며 수없이 생채기가 났지만 그 덕에 더는 쉬이 꺾이지 않게 되었다. 어쩌면 그동안 그녀는 적들에게 너무 너그러웠던 걸지도 모른다.

포기하라 종용하는 이들을 앞에 두고 오히려 오기가 생겼다. 무소불위로 보이는 태후에게도 엄연히 약점은 존재한다. 잠자코 고개를 숙인 채 그녀는 태후의 숨통을 조일 빌미를 거머쥐었다.

"태후가 낳은 아이가 선황 폐하의 핏줄이 아니라 들었습니다."

하늘 위에 앉아 있다 한들 결국은 모래성이라 비바람이 몰아치면 모두 산산조각이 날 영광이다. 태후의 가장 큰 약점을 정확히 짚어 내는 아리를 두고 도겸은 기특하다는 듯 그녀의 수밀도에 손을 얹었다.

"그래서?"

"새 황후가 황제의 아이를 잉태하기라도 하면 본격적으로 그 문제가 불거져 나오겠지요. 호륜 공도 그때까지는 살려 둬야 합니다."

마치 제 일이 아닌 듯 지칭하는 그녀의 말이 퍽 반가웠다. 이제는 도겸이 먼저 말을 꺼내지 않아도 그녀는 이미 두세 걸음 정도는 앞서 나갔다.

"그자는 이번 일을 그대의 탓으로 만들고자 할 텐데."

"희미가 나서 줄 테니 괜찮습니다."

자신 있는 그녀의 말에 도겸은 미소를 머금었다. 아무래도 그녀는 어느새 이 궁 안에 제 편을 만든 모양인데, 이걸 반가워해야 할지 아쉬워해야 할지는 알 수 없지만 그래도 한 가지는 확실했다.

"그렇단 말이지."

"감정에 휩쓸려서 일을 그르쳐서는 곤란하니까요."

"암. 그렇고말고."

경거망동하지 말라 단단히 이르는 충고만 보아도 일국의 황후감이다. 더 이상 제 그늘에 숨기기엔 너무나 큰 여인이 되어 버렸다.

그녀를 위해 황제 자리에서 물러날까 고려하였는데 이제 더는 그런 생각 따위는 하지 않아도 될 듯 보였다. 옳은 말을 읊는 그녀의 낭랑한 목소리에 취한 채 도겸은 아예 아리의 무릎을 베고 누웠다.

"이대로 잠들면 아니 되겠지?"

차라리 이대로 시간이 멈추면 좋을 것을. 응석을 부리는 도겸을 두고 그녀는 절대 아니 된다 고개를 저었다.

"해가 뜨면 한바탕 난리가 날 것을요. 어서 돌아가십시오."

"싫어. 그대가 먼저 입 맞춰 주기 전에는 절대 돌아가지 않을 거야."

어차피 절대 해 주지 않으리라는 생각에 대놓고 투정을 부렸다. 그 핑계로 좀 더 버텨 보려는 마음이 없었다면 거짓말이다. 잠시라도 이렇게 함께 있을 수 있다면 무슨 짓이든 못 할까.

매일 밤 홀로 잠드는 것이 참으로 괴롭기만 한데 정작 아리는 아무렇지도 않아 보이니 되레 속이 상했다.

정식 책봉만 마치면 그때는 절대로 곱게 재우지 않을 것이다. 아쉬움에 몸을 비트는 투정에 아리는 아예 무릎을 빼고서 그를 마주했다.

"약조하신 겁니다."

"응?"

대답이 채 끝나기도 전에 아리가 먼저 그에게 입을 맞췄다. 가

법게 살짝 입술이 닿는 것이 아닌 깊은 입맞춤에 도겸은 덩달아 눈을 감았다. 주도권을 빼앗기는 것은 딱히 좋아하지 않는데 오늘만은 그녀의 장단에 맞춰 보는 것도 나쁘지 않다. 아직은 여전히 서투르지만 제법 적극적인 공세가 좋아서 도겸은 기꺼이 그녀를 위해 입을 벌렸다.

"하아……."

아주 긴 입맞춤을 마치고서야 겨우 자리에서 일어났다. 문을 나서니 빨갛게 눈이 부은 시녀가 원망스레 그를 올려다보았다. 차마 황제에게 욕을 할 수도 없고, 쌓인 것이 많아 보이지만 그러거나 말거나 제 알 바는 아니다. 도겸은 미오에게 눈길조차 주지 않고서 아리의 입술에 가볍게 입을 맞췄다.

"내일 보지."

"어서 가십시오!"

핀잔을 듣고도 미련이 뚝뚝 떨어져 발걸음이 좀처럼 떨어지지 않는다. 그녀가 방 안에 드는 것을 확인하고서 도겸은 힘겹게 처소를 나섰다.

"폐하."

문을 나서 돌아서려는데 뒤에서 희미가 그를 불렀다. 아무래도 들킨 모양이지만 이제 더는 개의치 않기로 했다. 태후가 서문설아를 선택했다면 이제는 그녀의 머리에 황후의 보관을 씌워 줄 차례다. 그는 얼어붙은 희미에게 다가가 나직이 명했다.

"나의 비를 잘 지켜다오."

그것이 명령이든 부탁이든 제 뜻 하나만은 분명히 전해졌으리라. 그의 마음을 가져간 이는 오직 저 여인 하나뿐이라고. 그러니 그녀가 다치지 않도록 지켜 달라는 제 뜻만은 온전히 전해야 한다.

"존명."

믿음직한 옛 부관은 금방 그의 뜻을 알아들었다. 저를 위해 충정을 다하는 이이니 어떤 형태로든 그녀를 지켜 줄 터. 사리사욕에 눈이 먼 아비와 달리 희미는 여전히 제 편이다. 그것만으로도 아직 호륜 공은 살려 둘 가치가 있다.

"내일이 기대되는군."

판은 모두 깔아 두었다 하니 이제 그녀를 품을 날도 멀지 않았다. 마르지 않는 갈증처럼 애달픈 채로 도겸은 저 먼 하늘을 바라보았다.

그녀가 제 앞에서 모습을 감췄던 이유도 곧 알게 되리라. 섣불리 발톱을 드러냈다가는 그녀가 달아날지도 모르니, 그날까지는 발톱을 숨긴 채 기꺼이 순진한 양 노릇을 자처해야 한다.

불 켜진 그녀의 침소를 바라보며 그는 아쉬운 숨을 삼켰다.

✲ ✱ ✲

아침 일찍 열린 조회 자리에서 황제는 소선양의 죽음을 공표했다.

"사인이 무엇입니까?"

"태의들이 백방으로 알아보는 중이나 시일이 걸릴 것이오."

물론 이는 거짓이다. 도겸은 이른 새벽 벌써 송태의를 불러 귀망초에 대해 확인했다. 증상만으로는 반신반의하던 그녀도 아리의 말을 전하자 무슨 뜻인지 금방 알아들었다.

물은 흔적도 남지 않으니 원인을 명확히 규명할 수도 없다. 어설프다 여겼으나 오히려 대담한 술책에 허를 찔린 셈이다. 그 외에도 수상한 행적들이 이어졌다.

특히나 귀망초에 대해서는 다른 이들에게 새어 나가지 않도록 신중을 기했다. 그렇게 단단히 입단속을 했음에도 불구하고 잠자코 듣고 있던 호륜 공이 뜻밖의 말을 꺼냈다.

"소신이 듣기로는 독살로 추정된다 하던데, 사실이옵니까?"

"내궁에서 독살이라니요. 그것이 참입니까?"

태의들과 친분이 있는 소씨 가문에도 아직 명확한 사인이 전달되지 않았건만, 호륜 공의 입에서 먼저 독살이라는 단어가 튀어나왔다. 아무래도 호희미가 전달한 모양이다.

도겸은 잠자코 시치미를 떼기로 마음먹었다.

"명확한 사인은 아직 파악 중이라 했소. 이번 일은 내궁에서 조사 중인 건이니 일단은 결과를 기다려 볼까 하오."

"사람이 죽은 일인 것을요. 어찌하여 어사대가 직접 나서지 않는단 말입니까?'

"소선양의 사인 규명은 응당 어사대가 맡아야 할 줄로 아뢰옵니다."

"그대들의 뜻이 그렇다면야 어쩔 수 없지."

호분중랑장 무하의 소관인 근위대와 함께 황제의 감찰 기관인 어사대는 이른바 황제의 쌍검이라 불리는 강력한 무기다. 황제 본인의 안전을 보살피는 근위대와 달리 어사대의 일은 대부분 국정을 감찰하는 것에 있다.

관료들의 비리는 물론 살인이나 방화, 횡령과 같은 중한 죄를 다루는 이들이 내궁의 일에 발을 들인다는 소식에 태후의 발등에도 불이 떨어졌다.

"어사대가 직접 발을 들인다고?"

"조정의 공론이 그리 모였다 하옵니다."

어사대의 수장을 떠올리며 태후는 뒷목을 잡았다. 병약했던 선황제와 달리 도겸은 황제 자리에 즉위하며 대대적인 인사 조정을 감행했다.

"이 일을 어쩐다."

이번 일을 빌미로 조사가 시작되면 자칫 어디에서 무엇이 터질지 태후 자신도 가늠이 되지 않는다.

"태황태후전에는 어찌 고하시려고요."

"이러다가는 우리 모두 죽을 판이거늘. 나중에 내가 따로 말씀드릴 터이니 일단 함구하거라."

소선양이 죽어 버린 이상 그녀를 대체할 이를 찾아야 하는데. 마땅한 자를 새로 물색하기 위해 이번 간택을 무효로 만들 작정이었다.

'그것이 선양을 죽인 게 분명해. 틀림없어.'

죽은 측비와 닮은 얼굴이 예전부터 꺼림칙했다며 소 태황태후는 자신의 억측을 정당화했다. 그러나 서문설아를 범인으로 몰기에는 호희미가 문제다.

차라리 저 둘을 갈라놓는 편이 나았을 텐데, 언제부터 그리 친했단 건지 이번 일 내내 호희미는 서문설아를 감싸고돌았다.

조정에까지 이야기가 새어 나간 이상 함부로 뒤집어씌우기에는 시기가 좋지 않다. 본인은 목숨값만 준다면 기꺼이 희생양이 되어 주겠노라 자처했으나 월 부인이 그런 돈을 받을 리 만무하다. 아사리판이 되어 버린 이상 제게 남은 선택지는 단 하나.

궁에 돌아온 후 영 태후는 곧장 후보들을 소집했다.

최종 결정이 내려졌다는 말에 후보들은 하나둘 태후궁으로 모여들었다. 소선양의 갑작스러운 죽음에 후보자들의 얼굴에도 불안이 서렸다. 나란히 선 서문설아와 호희미를 힐끗 보고서 태후는 무겁게 입을 뗐다.

"긴 시험을 치르느라 다들 고생 많았소."

다소간의 불미스러운 일이 있었다 하나 일국의 국모를 뽑는 일에 지장이 가서는 안 된다는 의례적인 말을 늘어놓으며 태후는 후보자 하나하나의 태도를 꼼꼼히 살폈다.

안절부절못하는 다른 이들과 달리 서문설아와 호희미는 유독 차분해 보였다. 이것만 보아도 이미 격이 다르다는 것이 눈에 보이지만 그렇다고 굳이 그 사실을 인정하고 싶진 않았다.

"황후의 자리는 황제 폐하는 물론, 작게는 내궁의 안살림을 보살피고 나아가 이 단월국 정체를 품어야 할 자리요."

오랜 고민 끝에 가장 적합한 이를 골라 폐하께 올렸다는 말을 하며 태후의 시선이 설아를 향했다. 서문설아가 황후가 될 거라고. 마지막 한마디를 앞둔 와중, 갑자기 후보 하나가 번쩍 손을 들었다.

"잠시 드릴 말씀이 있사옵니다, 태후마마!"

"무엄하오. 어찌 태후마마께서 말씀하시는데!"

시녀들의 책망에도 굴하지 않고 애란은 자리에서 벌떡 일어나 앞줄에 앉은 설아를 가리켰다.

"간밤에 설아가 사내를 끌어들이는 모습을 제 눈으로 똑똑히 보았습니다!"

가장 강력한 경쟁자였던 소선양이 죽은 이상 설아가 책봉될 거라고 다들 어느 정도 예상은 한 듯 보였다. 그러니 별다른 동요 없이 무던히 넘어갈 것이다, 그리 여겼는데 예상치 못한 폭로에 좌중이 술렁였다.

"이게 대체 무슨 일이랍니까?"

어젯밤에 은밀히 불러들였던 것을 보았던 게 아닐까. 사실상 금남의 구역이나 다름없는 황궁에 사내를 끌어들이는 것은 불가능한 일이다. 혈육을 접견하는 일이라면 몰라도 황궁에 드나드는 모든 자들의 명단은 철저히 관리되고 있다.

"그게 대체 무슨 말인가?"

깊은 밤, 서문설아가 밤늦게 외간 사내의 손을 잡고 처소로 함께 들어갔다고. 설령 그것이 참이라 해도 이런 자리에서 할 말은 아니다.

제 딴에는 단단히 마음을 먹고 폭로한 모양인데 정작 당황한 것은 설아가 아닌 태후 쪽이었다.

안 그래도 어사대의 감찰이 들어올까 전전긍긍하고 있거늘. 낯선 침입자가 내궁을 함부로 드나들었다는 소문이 퍼지게 된다면 그때는 정말 황제의 손에 본격적인 내사가 벌어질지도 모른다.

"그대가 잘못 본 것이겠지. 야심한 시각에 이 황궁에 어찌 그런 자가 드나든단 말인가."

"아닙니다. 제 두 눈으로 똑똑히 보았나이다."

그게 설령 사실이라도 어지간하면 묻히길 바라는 마음을 아는지 모르는지 애란은 끝까지 자신이 옳다며 우겨 댔다. 그러나 정작 지목당한 서문설아는 그 어떤 반박도 하지 않은 채 묵묵히 태후만 바라봤다.

마음 같아서는 저것을 쳐 내고 싶지만 황제와 이미 거래를 한 이상 이제 와 말을 바꿀 수는 없다.

"그대가 보았다는 시각이 언제쯤인가?"

"정확한 시각은 모르오나, 시녀가 문간 앞을 서성이는 것은 다른 이들도 보았습니다."

설아의 시녀 미오가 돌아오지 않는 주인을 기다리고 있는 것을 간밤에 뒷간에 갔던 후보들 몇몇도 보았다 했다. 동조하는 이가 생기자 애란은 더욱 기세가 등등해졌다.

"처소를 한참 비운 것도 모자라 돌아올 때는 웬 사내의 손을 잡고 들어왔습니다. 그런 이를 어찌 황후로 세우신단 말입니까."

"그러니까 그대의 말은, 서문설아가 사내를 만나기 위해 처소를 떠났단 말이지?"

"예. 분명합니다."

들어오는 모습을 똑똑히 보았으니 응당 그러한 것이라며 확신에 찬 모습에 기가 막혔다. 제아무리 질투에 눈이 멀었다 하나 때와 장소를 구분해야 할 것. 눈치도 없이 비방에 나서는 꼴을 두고서 태후는 절레절레 고개를 저었다. 끝까지 바람 잘 날이 없는 것을 보아 저이도 어지간히 팔자가 꼬였다.

"서문 낭자. 그대의 입으로 말해 보게. 그대는 어젯밤 어디에 있었는가?"

설아를 부르러 간 자리에는 호희미도 함께 있었다. 한아의 이름까지 확인했으니 제 입으로 말하지 않으면 어차피 호희미가 대신 답했을 것이다.

태후의 뜻을 알아차린 것인지 서문설아는 조금도 흥분한 기색 없이 얌전히 그녀의 물음에 답했다.

"마마께서 이미 아시는 대로, 태후마마께서 부르셔서 태후궁에 갔었습니다."

호기롭게 나섰던 애란의 표정이 일그러졌다. 늦은 밤 처소를 떠난 서문설아는 한참 시간이 흐른 후에야 외간 사내의 손을 잡고 침소에 들었다. 그 사내가 처소를 떠나는 모습까지 모두 보았건만 그녀의 예상과 달리 태후는 한심하다는 듯 애란에게 되물었다.

"책봉 전에 확인할 것이 있어 내가 직접 불렀지. 아니 그렇느냐?"

"홀로 돌아가시는 모습을 제 눈으로 똑똑히 확인했나이다."

시녀마저 말을 보태자 이야기가 어쩐지 이상하게 돌아가기 시작했다. 초조해진 애란은 언성을 높였다.

"그것은 제 오해일지도 모릅니다. 하지만 저는 사내를 똑똑히 보았습니다!"

어두운 탓에 얼굴은 제대로 보지 못했지만 두 사람은 겁도 없이 침전 앞에서 입까지 맞췄다. 아침 해가 밝자마자 달려갈까 했지만 그랬다가는 쉬쉬하며 덮고 넘어갈지도 몰랐다. 그래서 일부러 모두가 보는 자리에서 터트린 것인데, 잠자코 듣고 있던 호희미가 태후의 앞에 나섰다.

"태후마마께 드릴 말씀이 있습니다."

"무엇인가?"

"아무래도 오해가 있었던 모양입니다. 설아 낭자와 함께 있었던 건 저였으니까요."

"그대가?"

태후의 물음에 호희미가 고개를 끄덕였다. 어젯밤 황제를 조우

172

한 후 희미 역시 긴 고민에 빠졌다. 만약 이 사실을 호륜 공이 알게 되다면 저를 원망하겠지만 희미는 애초에 황후 따위에는 관심조차 없었다.

"소선양의 일이 있었다 보니 걱정이 되어 뒤따라갔습니다. 입구에서 만난 김에 함께 들어가는 모습을 보고 오해를 한 듯하옵니다."

"그러면 그렇지."

생각이 짧은 애란은 태후가 짊어져야 할 책임을 알지 못했다.

만약 애란의 주장이 사실이라면 설아는 물론 태후마저 관리 감독을 소홀히 한 책임을 면하기 힘들다. 소선양이 죽은 것도 모자라 황후 후보와 사내의 밀회까지 일어났다 하면 제 아비인 호륜 공이 절대 두고 볼 리가 없을 터. 그러니 태후도 이 일에 대해서는 더 깊이 파고들 수가 없다.

"저건 거짓말입니다!"

살길을 마련해 주었음에도 불구하고 애란은 핏대를 세우고서 희미의 말에 반박했다. 번번이 설아의 행적을 감시하며 흠잡을 기회만 노린다 하더니 일이 어떻게 돌아가는지도 모르고서 달려드는 꼴이 참으로 안타까울 지경이다.

"태후마마."

이 모든 상황을 지켜보던 서문설아가 입을 열었다. 그녀의 한마디에 수군대던 이들도 덩달아 숨을 죽였다. 씩씩대는 애란과 저를 위해 나선 호희미를 한 번 보고서 그녀는 얌전한 걸음으로 태후 앞에 섰다.

대체 그녀는 이 상황을 어찌 넘어가게 될까. 희미도 입을 닫은 채 그 모습을 잠자코 바라봤다.

"진상은 그대만이 알겠지. 이게 대체 어찌 된 일인가?"

"이 모든 것은 소녀의 부덕함 때문입니다."

어째서인지 설아는 순순히 제 잘못을 인정했다. 당황한 태후의 앞에 절을 하고서 설아는 안타까움을 담은 눈으로 제 뒤에 선 애란을 바라보았다.

"한때나마 친우라 여긴 이가 저를 이토록 미워하게 된 것 또한 소녀의 잘못이겠지요. 그러니 부디 너그럽게 용서해 주시기를 청하옵니다."

"뭐라?"

험한 말 하나 쓰지 않는 설아의 한마디가 애란이 쏟아 낸 가벼운 말을 사정없이 짓눌렀다.

"네가 어찌 감히!"

차오르는 분을 참지 못한 애란이 앞에 선 서문설아에게 달려들었다.

"당장 저것을 끌어내거라!"

마지막까지 난장판이 되어 버린 꼴을 앞에 두고 태후는 머리를 짚으며 한숨을 쉬었다. 태후의 시녀들에게 끌려 나가면서도 애란은 끝까지 제 억울함을 호소했다.

"제 말을 믿으셔야 합니다. 마마, 마마!"

"한심한 것 같으니라고."

피곤함이 서린 태후의 중얼거림에 다른 이들도 덩달아 눈치를 살폈다. 상황이 이렇게 되어 버린 이상 또다시 누군가 토를 달았다가는 본인만 되레 우스워질 꼴이 되어 버렸다.

애란이 끌려 나가는 와중에도 설아는 여전히 앞에 선 태후만을 바라보고 있었다. 무어라 명령을 내리려다 미간을 찌푸리는 태후의 순간마저 놓치지 않는 그 시선이 어쩐지 낯이 익다.

'태남산의 산범을 만난 적이 있었지.'

북벌을 나섰던 시절, 황제는 희미에게 태남산 자락에서 산범을 만난 일을 말해 주었다. 사냥꾼은 물론 병사마저 여럿 해쳤다는 산범은 단월국 내에서도 악독하기로 이름을 날렸다. 험한 것을 보고 어찌 무사하셨냐고 묻자 황제는 섬뜩한 사실을 알려 줬다.

'아무리 주변에 사람이 많아도 범은 제 목표물에서 절대 눈을 떼지 않더군.'

다른 이가 무슨 짓을 하든 눈도 돌리지 않고 산범은 오직 단 하나, 제가 노린 사냥감을 물어 죽인 후 유유히 포위망을 빠져나갔다 했다. 태후마저 소란에 매몰된 순간조차 설아의 눈동자는 오직 태후만을 좇고 있었다.

빈궁해진 가문 출신이라서 권력자에게 잘 보이려는 발악인 줄만 알았는데 그 눈빛 너머로 굴종의 빛깔이 보이지 않는다. 매번 숙이는 듯 보여도 설아는 단 한 번도 진짜 비굴한 태도를 보인 적이 없다.

"하늘과 땅을 다스리시는 단월국의 주인, 황제의 반려로 서문 설아를 봉하노라."

"천세 천세 천천세."

태후의 지엄한 선포와 함께 자리한 모두가 설아의 앞에 머리를 숙였다. 그 순간조차 설아의 시선에 담긴 적의는 오직 호희미만이 알아챈 비밀이었다.

❈ ❈ ❈

"이게 대체 무슨 말이냐!"

뒤늦게 소식을 들은 태황태후궁에 불벼락이 내렸다. 오촌 조카의 시신을 앞에 두고 벌써 한바탕 뒤집어진 것도 모자라 영 태후는 제 명령을 따르지 않고 멋대로 서문설아를 황후로 삼겠노라 공표했다. 노발대발하는 태황태후를 말리느라 시녀들도 덩달아 진땀을 뺐다. 그 소란에 영 태후가 결국 태황태후궁까지 찾아왔다.

"아랫것들이 보고 있습니다. 어찌 이리 추태를 보이십니까."

"네 어찌 감히, 어디 네 멋대로 그것을 황후로 세운단 말이더냐!"

파랗게 질린 소 태황태후의 패악질에도 영 태후는 눈 하나 깜짝하지 않았다. 혼자서 막무가내로 우겨 본다 한들 무엇할까. 호희미의 증언이 나왔음에도 소선양을 죽인 범인이 설아라 여기는 이는 오직 태황태후뿐이다.

"그이는 선양을 죽인 범인이 아니옵니다."

"아니기는. 그 못된 것이 우리 선양을 죽인 것이지. 암, 그렇고말고."

아무리 말을 해도 들으려 하지 않으니 지켜보는 태후조차 답답해졌다. 벌써 조정에까지 말이 들어간 탓에 이제는 엎지를 수도 없건만, 소 태황태후는 홀로 씩씩대며 설아를 씹어 대기 바빴다.

"고얀 것 같으니라고. 아직 늦지 않았음이니 지금이라도 그것을 냉궁에 가두고 사실을 실토하라 일러야 할 것이 아니더냐!"

말리는 영 태후를 밀치려는 손을 곁에 선 시녀들이 막았다. 곱게 말해서는 말을 듣지 않는 이상 힘으로 누르는 것 외에는 막을 도리가 없다.

"어사대가 들어와 내사를 시작하게 되면 자칫 우리 모두가 죽을 수도 있음을 어찌 모르십니까."

"그깟 서자 놈이 해 보아야 뭘 한다고? 말도 안 되는 소리."

벌써 황제 자리에 올라 국정의 주도권이 저쪽에 넘어간 지 오래이건만 소 태황태후는 여전히 소 태사가 살아 있던 그 시절의 단꿈에서 헤어나지 못했다. 그때야 소 태사가 나서 쉬쉬하고 넘어가면 어떻게든 될 일이었다지만 지금은 호륜 공이 시퍼런 이빨을 드러내고서 내궁의 허물을 잡기 위해 안달이 나 있다.

"이러실수록 아직 어린 태자에게 해가 될 거라는 것을 어찌 모르십니까?"

기어코 제 자식을 들먹이고 나서야 소 태황태후가 입을 다물었다. 하나뿐인 아들이 남기고 간 유일한 핏줄인지라 제 손자에게 해가 된다는 말만으로도 금세 온순해졌다. 아마 이 아이의 진짜 아비가 누구인지 알게 된다면 까무러칠 노릇이겠지만 그 사실을 군이 알려 주어야 할 이유는 없다.

"태황태후마마께서 나서실수록 저들에게는 빌미를 줄 뿐입니다. 그러니 괜한 구실을 남기지 않게 얌전히 요양이라도 하시지요."

"네가 감히 내게 어찌 이러는 게냐!"

말을 아무리 곱게 해도 결국은 뒷방 늙은이로 물러나 구경만 하라는 것인데, 소 태황태후가 그 속내를 못 알아들을 리 없다.

애초에 소선양을 앞세워 저를 쳐 내려 할 때는 언제고. 언제나 저를 깔보기만 하던 시어머니도 이제는 세월을 맞은 사실을 부정할 수 없게 되었다.

"당분간은 얌전히 근신하시는 것이 좋을 겁니다. 괜히 나서셨다가는 경을 칠 줄 아십시오."

"뭐라? 저 고얀! 으…….."

머리끝까지 화가 난 소 태황태후가 손을 들었다가 그대로 제 뒷목을 부여잡았다. 제 화를 이겨 내지 못하고 뒤로 넘어가 버린 통에 시녀들은 반쯤 혼이 나간 태황태후의 손발을 주무르며 어떻게든 숨을 쉴 수 있게 해 보려 애를 썼다.

적당히 알아서 모시라며 내던져 놓고서 영 태후는 태황태후궁을 빠져나와 샛길로 빠졌다. 조정의 손길이 닿지 않는 내궁에는 사내들은 모르는 비밀 공간이 몇몇 마련되어 있다.

내부에서 죄를 지은 자는 그 일을 해결하기 전까지 결코 이 궁을 나갈 수 없다. 그것이 황궁의 여인들에게서 내려오는 불문율 중 하나였다.

간택장에서 소란을 일으킨 것도 모자라 제 손으로 황후에 적합하다 올린 서문설아를 비방하는 것은 이제부터는 태후의 안목 자체를 폄하하는 것이나 마찬가지다.

"어찌 되어 가느냐."

"오죽 독한 것이라 여전하옵니다."

내궁에, 그것도 소녀들만 머무는 황후 후보들의 침소에 남자가 드나들었다는 말은 곧 이 책봉 전체를 주관하는 영 태후 본인을 모욕하는 것과 같다.

그런 줄도 모르고서 바락바락 악을 쓰던 그것은 여기까지 잡혀

178

온 후에도 제가 본 것이 모두 사실이라 우겼다.

"태후……마마……."

애란은 거짓을 말한 것이 아니라고 열심히 항변했지만 태후는 들어 줄 생각이 조금도 없었다. 침입자가 있을 리 없다 몇 번이나 일러 보아도 분명 외간 사내였다 우기기만 하니 끝이 보이지 않는다.

"대체 뉘가 보냈기에 이리도 지독한 것이냐!"

"그런 것이 아니옵니다. 소녀를 믿어 주시옵소서!"

정말로 외간 사내를 보았노라고. 말로는 태후 저를 위한 것이라 아무리 읊어도 만약 이 사실이 세상에 알려지면 비난의 화살은 모두 태후 자신에게 쏠리게 된다. 그게 사실이든 아니든 제가 착각했다고 입만 다물면 조용히 끝날 일이건만. 머리가 나빠서인지 애란은 여전히 똥오줌도 못 가리며 엉뚱한 소리를 늘어놓았다.

"설아는 원래 그런 아이가 아니었습니다. 팔에 난 점도 없고, 말도 겁이 난다며 근처에도 못 가던 아이인데."

"뭐라?"

"분명 다른 자가 진짜 설아와 바꿔치기한 것이 분명합니다!"

"무슨, 비방을 해도 말이 되게 해야지. 이것이 참으로 나를 능멸하려 작정을 한 것인가!"

아직도 정신을 못 차리고 있으니 이제는 듣는 태후가 더 지칠 지경이다. 도무지 고집을 꺾지 않기에 태후는 결국 곁에 선 시녀에게 처리하라 손짓했다.

"처리하거라."

소선양의 죽음 이후로 어지간해서는 찝찝하여 직접 손을 쓰고

179

싶지 않았지만 애란이 이리 미쳐 날뛰는 이유를 도무지 추측조차 할 수 없다.

"아아아아아아아아아악!!!!"

생살을 찢는 고통에 사로잡힌 애란이 외마디 비명을 질렀다. 옥사 가득 울려 퍼진 그 소리도 결국은 공허한 메아리가 되어 사라져 버렸다.

'못난 것 같으니라고.'

투기에 사로잡혀 돌아 버린 게 아니고서야 어찌 저런 무리수를 두는 것인지. 제 목에 칼이 들어온 것을 뻔히 보고도 애란은 제 뜻을 조금도 굽히지 않았다. 귀에 여전히 처절한 비명이 남은 듯하여 그녀는 뒷사정을 살피지도 않고 서둘러 태후궁으로 돌아왔다.

"어마마마!"

"태자. 수업은 제대로 들어야 한다 약조하지 않았습니까?"

아직 세 살이라 하나 황태자에 즉위하였으니 본래라면 다섯이 넘어 시작했어야 할 경학을 벌써 시작했다. 아직은 글을 읽기는 커녕 스승의 말조차 이해하지 못하는 어린아이라 도무지 공부와는 담을 쌓은 듯했다.

"어마마마와 함께 놀고 싶어서 그런 것을요."

하루가 다르게 자라는 이 아이는 어째 날이 갈수록 제 아비를 쏙 빼닮아 갔다. 차라리 제 얼굴을 닮았으면 좋으련만. 그래도 이 아이만이 태후에게 남은 유일한 희망이다.

"이리 오세요."

오랜만에 어머니가 어리광을 받아 주었다. 상냥하게 두 팔 벌려 주자 제 아들은 금세 달려와서는 제 어미의 품에 폭 안겨 떨어질 줄을 몰랐다.

"지금이 좋을 때이니 마음껏 즐기셔야지. 아무리 뭐라 한들 결국 황위는 내 아들이 물려받게 될 것을."

최후에 웃는 것은 결국 자신이리라. 말귀도 제대로 못 알아듣는 아이를 안고서 태후는 애써 노여움을 감췄다.

❈ ❈ ❈

태후의 답을 기다리기라도 한 것처럼 황제는 서둘러 책봉식 준비에 들어갔다. 타국의 사신들이 오는 날을 기다려 달라 조정에서도 말려 보았지만 황제는 하루라도 바삐 혼례를 치르고 싶다 억지를 썼다.

"그 일은 어찌하기로 했소?"

"태후께서 처리하셨다 합니다."

모진 고문 끝에 애란은 결국 자신의 죄를 모두 고변했다. 설아가 황후 자리에 오르는 것을 질투한 나머지 허언을 꾸며 내 만인의 앞에 비방을 일삼았다. 태후는 제 허물을 덮고자 황족 능멸죄를 적용해 애란의 혀를 잘라 버렸다.

그렇게 입을 막아 버리고 애란은 반쯤 정신이 나간 채 집에 돌려보내졌으니 어사대도 더는 그때의 일을 함부로 추궁할 수 없게 되었다.

"그러지 않는 게 좋았을 텐데."

말로는 괜찮다 해도 애란의 이야기가 나오자 설아의 표정도 덩달아 어두워졌다. 떨리는 손을 꼭 잡아 주고서 도겸은 설아와 나란히 눈을 맞췄다.

"털어 버리세요. 입으로 쌓은 죄를 돌려받은 것뿐이니까요."

"폐하."

"그대는 슬픈지 몰라도 나는 기쁩니다. 이리 무사히 제 곁에 와 주셔서 참으로 감사합니다, 황후."

손을 꼭 잡고서 도겸은 가슴속에 담아 두었던 말을 고스란히 전했다. 이 손을 다시금 잡기 위해 참으로 오랜 시간을 기다려야 했다.

황후를 배출하는 데 실패한 이상 소씨 가문과 호륜 공 사이의 싸움은 여전히 아슬아슬한 균형을 유지하고 있다.

그러니 복수는 어차피 지금부터다. 간택을 치르며 곳곳에 심어 놓은 싹들은 정식 간택 이후에 하나둘 거두어들이면 될 터.

화창한 하늘이 펼쳐진 광장, 황제가 기다리는 단상으로 향하는 길 가운데에 선 그녀의 앞에 문무백관이 머리를 조아렸다. 한 걸음, 한 걸음 내디더 그의 앞에 선 이 순간이 오고 나서야 진심 어린 웃음이 스며들었다.

아마 저 하늘 너머에서 제 아우가 보고 있을 테니까. 네가 그리 못나다 하던 누이가 이 단월국의 황후가 되었단다. 그 아이가 이 모습을 보면 참으로 기뻐했을 터인데. 그 말 한마디를 전하기에는 이 하늘이 너무나 넓기만 하다.

"서문갈의 딸 설아를 황후에 봉하노라."

"천세 천세 천천세!"

도겸의 선언에 이어 문무백관의 우렁찬 함성이 황성 전체를 뒤흔들었다. 그녀의 머리에 황후의 보관을 씌우며 그 역시 벅차오르는 감개무량함을 감출 길이 없다. 원래대로라면 3년 전에 했어야 할 일을 지금에서야 하게 되었다는 사실이 유일한 오점이지만 그 후회도 오늘로 종지부를 찍어야 한다. 건강을 핑계로 소 태황태후는 책봉식조차 참석하지 않아 책봉서의 옥새는 영 태후가 직접 찍었다.

"폐하."

"예, 황후."

나란히 손을 잡고서 두 사람은 저 아래 펼쳐진 풍경을 내려다보았다. 빽빽하게 선 관리들과 병사들, 지평선 아래 모든 것이 그녀 앞에 머리를 숙였다. 참으로 먼 길을 돌아 여기까지 왔다. 그러니 이제 다시는, 두 번 다시는 이 손을 놓지 않으리라.

단단히 깍지를 낀 채 아리는 살짝이 도겸의 어깨에 머리를 기대고, 도겸은 그런 그녀의 손등을 몇 번이고 쓰다듬었다.

"오래오래 함께할 수 있기를 바라오."

"태후마마의 분부, 명심하겠나이다."

책봉식을 마친 후 연회장에서 태후는 덕담 아닌 덕담을 남겼다. 앞으로도 알아서 고분고분하게 굴지 않으면 어떻게든 쫓아내리라는 엄포였을 테지만 설아는 눈 하나 깜짝하지 않았다.

"사신단은 다음 주에나 도착할 듯하옵니다."

혼례를 서두르는 바람에 아직 주변국의 사신들은 도착조차 하지 못했다. 조정의 중신들은 그런 황제의 처사를 은근히 돌려 힐난하고자 했으나 정작 당사자인 황제의 귀에 그런 말은 조금도 들리지 않았다.

책봉식을 마친 후 연회장에 도착하기까지 황제는 잠시도 곁에 앉은 황후의 손을 놓아주지 않았다. 태후를 비롯해 중신들과도 인사를 마칠 즈음 도겸은 제 앞에 놓인 포도 알을 집어서는 설아의 손에 꼭 쥐어 주었다.

"남주에서 올라온 것이라 향이 참 좋아. 그대도 어서 먹어 봐."

워낙에 귀한 과일인지라 황실에서도 좀처럼 맛보기 힘들다. 얇은 껍질을 벗기고서 도겸은 동그란 과실을 제 입에 넣었다. 씨 하나 없는 통통한 과육의 단맛을 머금은 채 그는 설아의 목덜미를 안고서 가볍게 입을 맞췄다.

물기가 많은 과일이라 행여 한 방울이라도 흘러내리지 않도록 도겸은 몇 번이고 혀를 넣어 달콤한 과즙을 그녀에게 물려 주었다. 태어나 처음 맛본 포도의 맛이 마음에 든 것인지 설아의 눈이 동그래졌다. 맛난 것을 먹을 때면 나오는 저 동그란 눈이 어여뻐서 도겸은 흡족한 듯 웃으며 조심스레 입술을 뗐다.

"마음에 드십니까?"

"참으로 맛있습니다."

머루처럼 떫지도 않고 다래처럼 시지도 않은 데다 과육을 씹을 때마다 살살 녹는 단맛이 입안을 가득 채웠다.

감탄하는 모습이 마음에 들었다. 포도를 먹여 주겠다는 핑계로 도겸은 신하들이 모두 보는 앞에서 몇 번이고 입을 맞췄다.

"흠, 흐흠."

보다 못한 무하가 눈치를 줘도 황제는 그런 것 따위는 아랑곳하지 않았다.

일부러 보란 듯이 나서는 저이가 측비의 죽음을 슬퍼하던 그 사내가 맞는 것인지. 마냥 행복한 두 사람과 달리 지켜보는 태후의 표정은 가면 갈수록 편치 못했다.

"태후마마께서도 드셔 보시옵소서. 참으로 맛이 좋습니다."

"나는 포도를 싫어하오."

그 말 한마디만 남기고서 결국 영 태후는 자리를 박차고 일어났다. 정말로 싫은 건 포도가 아니라지만 저 꼴을 모두 보고 있자니 참으로 배알이 뒤틀렸다. 평생을 갈 것처럼 못 잊을 때는 언제고, 새 여인을 앞에 두고 저리 입이 찢어지는 것을 보면 도겸도 결국은 그저 그런 사내였던 모양이다. 못난 사내를 보니 실망이 앞섰다. 그래서일까, 영 태후는 설아가 아닌 황제 쪽이 더욱 야속하기만 했다.

❊ ✤ ❊

제 혼인을 기리기 위해 황제는 기꺼이 곳간을 열었다. 낙양에서는 빈곤한 자들을 위해 쌀을 내주었다. 이런 대목을 놓치지 않기 위해 대화국을 오가는 상인들 역시 서둘러 배를 몰아 낙양으로 향했다.

"우욱……."

"괜찮으십니까?"

급하게 태운 손님은 안 그래도 허연 얼굴이 더 허옇게 질린 채 난간에 매달려 토악질을 해 댔다. 곁에 선 시종은 그런 사내의 등을 열심히 두드리며 푸념을 늘어놓았다.

"그러게 다음 배로 출발하시는 게 좋을 것이라 제가 말씀드리지 않았습니까."

"시끄럽, 우욱!!!!"

"윤도 공, 괜찮으십니까?"

함께 출발한 대화국의 사신이 다 죽어 가는 윤도의 등을 두드려 주었다. 갑작스레 결정된 황제의 혼인 소식에 윤도는 사신과 함께 본국으로 돌아갈 것을 청했다. 대화국에 온지도 벌써 3년이라 줄곧 본국 소식에는 귀를 닫고 있던 그가 갑자기 이러는 이유는 평소 교분이 깊었던 사신조차도 전혀 알지 못했다.

"형님께서 혼, 혼인을 하셨다니. 말도 안……. 우웁!!!"

뱃멀미가 너무 심한 나머지 말도 제대로 하지 못할 지경에도 윤도는 황제의 혼인 소식을 부정하기 바빴다. 그렇게 속에 든 것을 모조리 물고기 밥으로 주고 나서야 그는 겨우 정신을 차렸다.

제일 먼저 수소문한 이 배를 타고서도 이틀은 더 가야 낙양에 도착할 수 있다. 어차피 혼인식에 맞춰 갈 수 없다 해도 도겸의 상대가 뉘인지는 참으로 궁금했다.

"대체 누구와 혼인을 하셨단 거야?"

"서문갈의 딸, 설아라 하였습니다."

"서문갈의 딸이라고?"

이미 죽은 서문 공에 대해서는 윤도 역시 아주 잘 알고 있다. 도겸과 함께 전장에 나섰다 전사했던 비운의 장수였다. 아무리 그렇다 해도 이미 아비도 죽고 뒷배 하나 없는 여인을 굳이 황후로 삼은 연유가 무엇인지 윤도는 도통 이해가 가지 않았다.

"다른 것은 뭐 없고?"

"아직은 아무것도 나온 것이 없습니다, 도련님."

"도련님이라고 부르지 말랬지."

화평공주가 죽고 그의 아버지 역시 조정은 싫다며 시골로 낙향해 버렸다. 졸지에 혼자가 된 윤도는 결국 도겸을 돕겠다는 핑계를 대고서 저 멀리 대화국으로 교빙(외교)을 떠나는 데 성공했다.

문 태사에게 연락이 올 때까지는 잠자코 기다리려고 했건만,

갑작스러운 도겸의 혼인 소식에 윤도는 어쩐지 만감이 교차했다.

'정말로 그녀를 잊은 것인가.'

가까스로 무하의 눈을 피한 것이 천운 중의 천운이었다. 등잔 밑이 어둡다 했으니 도겸은 결코 그녀가 문 태사 아래에 있을 거라고는 꿈에도 상상하지 못했을 터. 정말로 다른 여인을 마음에 두고 그 여인과 맺어지게 된 거라면 결국 두 사람의 인연도 거기까지였던 것이 분명하다.

"잘 지내고 있으려나."

황제가 된 형님이야 저 없이도 얼마든지 잘 살고 계실 테니 아리가 어찌 지낼지가 더욱 궁금했다. 일단 사신과 함께 출발하긴 했지만 그는 낙양에 가기 전 문 태사의 고향인 학촌에 들러 아리를 만날 작정이었다.

처음에는 저를 원망했을 테지만 그이도 지금쯤이면 알았을 것이다. 처음부터 어울리지 않는 사이라 맺어질 수 없는 인연이다. 다만 절대 변하지 않을 것 같던 도겸도 결국은 그녀의 빈자리에 다른 여인을 들였다. 아마 그 사실을 들으면 아리는 참으로 실망하겠지만 그것은 윤도 자신이 어떻게든 달래 줄 작정이었다.

"별일 없겠지."

아마도 잘 지내고 있으리라. 황제의 새 여인이 누구인지는 궁금하지 않으나 아리가 어찌 지내고 있을지는 참으로 궁금했다. 하지만 부두에 도착할 즈음 미리 보내 둔 수하는 그에게 청천벽력 같은 소식만을 전해 주었다.

"행방불명이라고?"

학촌에 직접 가 본 적은 없으나 그래도 문 태사가 데려갔으니 어련히 잘 지낼 줄 알았다. 그러나 시종이 전해 준 소식은 쉽사리 믿기지 않았다.

"그게 대체 어찌 된 일이냐?"

"도적 떼가 들어 마을을 모조리 쓸어 버렸다 하옵니다."

한발 먼저 보낸 시종이 수소문해 보았지만 하루아침에 벌어진 일이라 사정을 제대로 아는 이는 없다고 했다.

"그것이 언제라더냐?"

"한참 되었답니다. 벌써 작년 일인 것을요."

그 일이 있은 뒤로 해가 바뀌었다는 말에 피가 식는 기분이었다. 참혹한 풍경을 앞에 두고서 차마 무어라 말을 해야 할지 입이 떨어지지 않지만 그래도 지금 뭘 해야 하는지만큼은 확실히 알고 있다.

"사람을 풀어라."

향족의 여인은 부르는 것이 값이니 이 난리를 피운 값은 톡톡히 받아 내려 할 것이다. 차라리 그 가치를 알아보는 자의 손에 넘어갔다면 다행일지도 모른다. 그렇다면 적어도 신변에 해는 입히지 않았을 터.

적어도 황제의 견제가 잦아들 때까지는 무사할 줄 알았다. 행여 연락이라도 했다가, 저를 원망한다는 말을 들을까 싶어 일부러 연락도 하지 않고 묵묵히 버텨 왔다.

언젠가는 제 손으로 데리러 갈 생각에 그리했던 것인데 그마저도 허사가 됐다. 만약 이 사실을 황제가 알게 된다면.

아무리 황후를 들였다 해도 그리 쉽게 마음이 변할 사람이 아니라는 건 윤도가 제일 잘 안다 자부했다. 이 일을 어찌하면 좋을까. 마냥 희희낙락하던 윤도조차 참으로 눈앞이 막막해졌다.

✾ ✼ ✾

아리가 학촌에 온 지 2년이 지났을 즈음, 문 태사가 병을 얻었다.

"노환에 매병이 겹쳤으니 죽은 화타가 돌아온다 해도 고칠 수 없을 것입니다."

부인도 가족도 알아보지 못하고 자리에 누워 헛소리를 읊기도 했다. 몸도 제대로 가누지 못해 줄곧 사람이 붙어 있어야 하는 터라 황제는 스승을 위해 친히 태의까지 보내 주었다.

그러나 아무 소용이 없었다. 문 태사가 오늘내일하자 그의 식솔들은 당장 생계를 걱정하기에 이르렀다. 지금이야 명줄이 붙어 있으니 황실에서 절기마다 포목이며 쌀이며 챙겨 준다지만 만약 노스승이 죽고 나면 황제의 그런 배려도 끊기고 말 터.

어떻게든 살려야 한다는 생각에 결국 안방마님은 남몰래 아리를 데려와 문 태사를 낫게 하라 일렀다.

"제 능력으로도 어찌할 수 없는 일입니다."

죽은 황제의 병처럼 이런 환자는 제 힘으로도 낫게 할 수 없다. 속에서 곪아 든 상처는 아무리 용을 써 봐도 아무런 차도가 없건만, 안방마님은 그조차도 아리가 앙심을 품고 거짓을 말한다 여겼다.

그리고 얼마 후 문 태사가 숨을 거두었다. 그의 죽음이 알려지게 된다면 그야말로 끈 떨어진 연 신세라 그들은 황제의 명을 받은 관리들에게도 적당히 둘러대며 어떻게든 진실을 숨기기에 급급했다. 빚은 나날이 늘어만 가고, 이제는 고릿대의 이자조차 갚기 힘들어질 즈음. 아예 집에 들어앉은 장남이 묘안을 냈다.

"제게 좋은 방법이 있습니다."

"방법이라니?"

"내 투전판에서 들었습니다. 몸에서 향내가 나는 계집을 데려오면 큰돈을 받을 수 있다고요."

아무리 황실과 관련되었다 하나 정작 황실에서는 그 여인에 대해 일언반구 건넨 적이 없다. 평소에도 아니꼽게만 보던 안방마님 역시 아들의 성화에 점점 마음이 흔들렸다.

그길로 문에 걸쇠가 잠기고 며칠이나 흘렀을까. 조용한 마을에 한 무리의 사내들이 들이닥쳤다.

손발이 묶인 채 끌려 나가니 서른이 넘는 사내들은 모두 잘 훈련된 군인처럼 보였다. 문 태사의 장남은 허리에 언월도를 찬 우두머리의 앞에 아리를 들이밀었다.

"확인해 보십시오."

찬란히 빛나는 금빛 눈동자와 사방에 퍼지는 꽃 내음까지. 거칠게 툭 밀어 버린 장남과 달리 우두머리는 조심스레 손을 뻗어 아리의 턱을 쥐었다. 얼굴과 목, 손목 순으로 옷에 가려지지 않은 곳을 세심히 훑어본 후 그는 영문 모를 말을 남겼다.

"이렇게 다 흘리고 다녀서야. 아직 설익었군."

"그게 무슨……."

"데려가라. 귀한 몸이니 생채기 하나 나게 해서는 아니 된다."

우두머리의 명령에 사내들이 미리 준비해 온 마차에 아리를 실었다. 도망가지 못하도록 또다시 문이 잠기고 숨 쉴 구멍 정도의 창문은 좁디좁았다.

내보내 달라 문을 두드리는데, 비좁게 보이는 창문 너머의 상황이 어쩐지 이상했다. 뒤에 선 사내들이 하나둘 무기를 고쳐 쥐고 있는데 사정을 모르는 장남은 아리의 몸값을 흥정하려 나섰다.

"이 여인이 여기 있다는 것을 누가 또 아느냐."

"마을 사람이라면 모두 알지요."

"그렇단 말이지."

차라리 그 말을 하지 않는 게 나았을 텐데.

우두머리가 검을 뽑자 곧 뒤에 선 사내들이 저마다 무기를 꺼내 들었다. 사방에서 비명이 들려오고 마당에는 붉은 피가 사방으로 번져 나갔다. 살려 달라 애걸하는 시종의 머리통이 깨지고 우두머리는 손수 저택에 불을 질렀다.

"괜한 화근이 될 여지를 남기지 말고 하나도 남김없이 모두 죽여라."

아무리 문을 두드려 보아도 아리의 힘으로는 아무 소용이 없다. 마을 곳곳에 불길이 번지고 꺼먼 연기가 저 멀리 번져 나갔다. 도망치던 마을 사람들은 인근에서 기다리던 인간 사냥꾼들의 손아귀를 벗어나지 못했다. 그간 아리를 핍박해 온 안방마님도, 노름에 미친 장남도, 눈 한 번 마주친 적 없는 어린아이조차 모두 죽었다.

❈ ❈ ❈

"황후?"

저를 부르는 도겸의 목소리에 번쩍 눈이 떠졌다.

꿈이었구나. 어느덧 이마에 맺힌 식은땀을 옷소매로 훔치고 아리는 제 앞의 풍경을 바라보았다. 다들 제게는 관심도 없이 무희의 춤사위를 보느라 정신이 없다. 그러나 오직 도겸만이 염려 섞인 얼굴로 그녀의 손을 꼭 잡았다.

"이른 아침부터 준비를 서두른 탓에 깜빡 잠이 들었습니다."

"그런 것 같아 일부러 깨우지 않았는데. 이럴 줄 알았으면 송 태의를 들라 할 것을."

그저 꿈을 꾼 것이라며 아리는 염려하는 그를 다독였다. 모든 것은 그저 지난 기억이 만들어 낸 꿈일 뿐이다. 너무나 생생했던 탓에 여전히 손이 떨리지만, 도겸의 큰 손이 저를 품어 주니 그나마 마음이 놓였다.

"황후께서 피곤하신 듯하니 이만 일어나야지. 여봐라."

"예, 폐하."

연회는 호륜 공에게 맡겨 두고서 도겸은 황후의 손을 잡고 자리에서 일어났다.

다정한 두 사람의 모습을 보는 것이 곤욕이었는지 영 태후도 일찌감치 자리를 뜬 터라 이제 더는 누구도 훼방 놓을 사람이 없다.

"저는……."

그를 다시 보게 된다면, 정말로 그런 날이 온다면 하고 싶은 말이 정말로 많았었는데. 그의 곁에 돌아오는 날 모든 것을 말하겠노라 했지만 정작 황후 책봉을 받은 이 순간조차 쉽사리 입이 떨어지지 않았다.

유난히 들뜬 그를 마주할 때마다 가슴속 상처에 핏물이 고였다. 그간 있었던 일을 그에게 말한다 한들 이미 벌어진 일은 절대 돌이킬 수 없다. 만약 그가 이 모든 사실을 알게 된다면 무사히 넘어가기는 힘들 것이다.

뭐가 그리 좋은 것인지 그는 처소로 돌아가는 길에서조차 잠시도 쉬지 않고 이야기를 이어 나갔다. 재작년에 심어 놓은 나무가 벌써 저만큼이나 자랐다고, 북방에 원정을 떠났을 때 아리가 좋아할 것 같은 꽃을 보았노라고. 그녀가 없는 3년 동안에도 도겸의 머릿속에는 온통 아리, 자신에 대한 생각뿐이었다.

"그대가 돌아오면 보여 주려고 일찌감치 공을 들였지."

"저는……."

"괜찮아. 억지로 모두 털어놓지 않아도 돼."

차마 말로 하지 못한 괴로움을 알아차린 것이었을까. 그가 먼저 아리에게 말하지 않아도 좋다고 했다. 알고 싶지 않을 리가 없음에도 불구하고 그는 아리의 손을 꼭 쥔 채 고개를 저었다.

"무사히 돌아와 주었으니 된 거지. 무슨 사정이 있었든 그대는 지금 내 곁에 있는 것을."

"저 같은 건 진작 잊어버리신 줄만 알았습니다."

"어찌 그리 서운한 말씀을. 이 목숨의 주인은 그대인데, 내가 어찌 그대를 잊을까."

금방이라도 터져 나올 것 같은 눈물을 애써 삼키며 아리는 제 곁에 선 그를 물끄러미 올려다보았다.

"보고 싶었습니다."

"아리."

"정말로 보고 싶고, 돌아오고 싶었습니다."

설령 황제에게 어울리지 않는 여인이라 핍박받는다 해도 그를 볼 수 있는 곳에 있고 싶었다. 사랑하는 그의 아이를 가졌고, 그 아이를 키우며 오래도록 함께 살고 싶었다. 그 마음을 드러내는 것이 두려웠고, 결국은 억지로 내팽개쳐져 수없이 죽을 고비를 넘겼다. 만약 그가 저를 찾아내지 못했더라면 아마 지금쯤 무슨 꼴을 당했을지 상상도 하고 싶지 않다.

"이 힘이 참으로 원망스러웠습니다."

아무리 사람을 낫게 해 준다 하나 우습게도 이 힘 때문에 저가 목숨을 구한 사람보다 이 힘을 노리는 자들로 인해 죽어 나간 사람이 더 많았다. 제 아우마저 죽인 이 힘이 참으로 원망스러워서 때때로 차라리 죽어 버릴까 싶은 생각마저 들기 일쑤였다.

"하지만 그 덕에 겸을 만날 수 있었습니다."

정말로 아무 힘도 없는 평범한 사람이었다면 손써 볼 틈도 없이 그는 이미 죽고 말았으리라. 아마 이 모든 기억을 품고 다시 그때로 돌아간다 하더라도 자신은 일말의 망설임도 없이 그를 구할 것이다.

"원해서 이렇게 태어난 것도 아니나 이 힘 또한 이제는 제 일부인 것을요. 그러니 이제부터라도 제 자신을 너무 미워하지 않으려고 합니다."

또다시 아프더라도 그를 살릴 수 있다면 그 정도는 얼마든지 감수할 수 있다. 그를 지키기 위해서라면 태후의 앞에 무릎 꿇는 정도야 얼마든지 할 수 있다.

"그러니 폐하께서도 스스로를 더 소중히 돌봐 주세요."

"아리."

"이것은 도겸의 아리가 아닌 폐하의 황후로서 드리는 부탁입니다. 들어주실 거지요?"

만약 그가 이대로 황위에서 물러나기라도 한다면 다음 황제는 어떻게든 그를 해치려 들 터. 본인이 원하든 원하지 않든 그는 좋은 황제다.

사라진 아리를 찾아 헤매는 와중에도 황제는 국정을 돌보는 데 소홀함이 없었다 했다. 그 점을 짚어 주자 도겸은 괜히 머쓱한 듯 웃으며 말을 얼버무렸다.

"그대가 어디에 있든 잘 지내기를 바라니까. 내가 바란 건 그것 뿐이었던 것을."

지독히도 싫어하는 황제 자리에서 내려오지도 못하고 그는 묵묵히 그 모든 것을 참고 견뎠다. 외로움에 몸부림치는 이 가엾은 사내가 쉴 곳은 오직 제 품뿐이라, 아리는 그런 그에게 손을 뻗어 있는 힘껏 꽉 안아 주었다.

"저를 사랑해 주셔서 감사합니다."

황궁에서 태어난 그와 태남산 산골에서 태어난 자신. 원래대로 라면 절대로 만날 일조차 없을 두 사람을 엮어 놓은 것도 어쩌면 운명의 장난이다.

"사랑합니다, 폐하."

도겸을 연모하는 만큼 황제인 그 역시 사랑한다. 훌륭한 황제이며 만인의 어버이이자 그 어떤 상황 속에서도 자신만을 바라보는 황제. 그것이 도겸이다.

줄곧 이름을 불러 달라 애원하는 그의 말에 무슨 마음이 깃들었는지 능히 짐작코도 남는다지만, 아리는 꿋꿋이 그를 황제라 부르기로 마음먹었다.

"오늘은 참으로 기쁜 날이야. 그대의 뜻이 정 그렇다면야 어쩔 수 없지."

아리의 고집에 도겸은 활짝 웃었다. 뭐가 그리 좋은 것인지 그는 아리를 번쩍 안고서 한 바퀴 빙그르르 돌기까지 했다.

"그러다 큰일 나십니다!"

"괜찮아, 영수."

초야를 치를 침소 앞에서 사랑 놀음을 펼치니 영수가 와서 핀잔을 주었다. 그래도 정말 어린아이처럼 즐거워 보이는 그의 모습이 마냥 좋아서 오늘은 무엇이든 마음대로 하시라 허락해 주기로 마음먹었다.

월 부인의 시중을 든다는 핑계로 노파도 함께 궁에 들어와 있으니 여차하면 뒷일도 어떻게든 수습할 수 있을 터. 그러니 오늘은 기꺼이 그와 살을 맞대고 그간 못 나눈 은밀한 이야기를 마음껏 펼쳐 보고 싶었다.

"우리 황후께서 오늘따라 왜 이리 기분이 좋으신 건지."

"제가 이러는 것이 싫으세요?"

살짝 애교를 부리자 도겸은 이제 주체 못할 만큼 들떠서는 어찌할 바를 몰랐다. 마냥 어른의 얼굴을 하고 있다가도 가끔 보이는 이런 소년 같은 면모가 좋다.

"싫다니. 그럴 리가 없지."

어머니가 살아 계실 때까지만 부모님의 품에 큰 저와 달리 사랑을 받아 본 적이 없는 사람이다. 그러니 이제는 몇 번이고 질릴 만큼 말해 줄 작정이었다.

"사랑해요, 겸."

고작 그 말 한마디에 그는 세상을 다 가진 듯 환하게 웃었다. 활짝 웃는 그를 보는 것만으로도 가슴이 벅차서 몇 번이고 더 말해 주고 싶었다. 어서 침소에 들 생각에 서로를 바라보며 괜히 웃기만 하는데 눈치도 없이 무하가 도겸을 찾았다.

"폐하, 어사대장 허영이 잠시 드릴 말씀이 있다 하옵니다."

"하필이면 왜……."

"내궁에서 시신이 한 구 더 발견되었다 하옵니다."

소선양의 내사가 시작된 이후, 허영은 황제의 혼례 날조차 연일 수사를 이어 나갔다. 태후가 잠시 궁을 비운 틈에 내부를 살피던 중 본래 궁 지도에는 없는 이상한 건물 한 채가 눈에 띄었다고 했다.

"잠시 자리를 비워야 할 것 같아."

"저는 괜찮습니다. 다녀오세요."

사안이 시급한 데다 태후와 관련된 건이라 하니 아리는 기꺼이 다녀오라 손을 놓아주었다.

"아무 데도 가지 말고 여기에 있어야 해. 약속이야."

행여나 잠시 자리를 비운 사이에 또 사라지기라도 할까 싶어 그의 눈에 불안이 서렸다. 이미 한 번 당해 보았으니 그가 이러는 것도 무리는 아니다.

"제가 있을 곳은 폐하의 곁인걸요. 이제는 정식으로 황후가 되었건만, 누가 감히 저를 어찌할 수 있을까요."

그 말을 하며 아리는 슬그머니 무하 쪽을 바라봤다. 정말로 할 말이 많은 상대는 따로 있지만 무하는 묵묵히 고개를 숙인 채 아무 말도 하지 않았다.

"무하, 아리를 부탁하마."

가장 신뢰하는 부하에게 그녀를 지켜 달라 이르고서 도겸은 어쩔 수 없이 어사대장을 만나기 위해 처소를 나섰다.

✳ ✱ ✳

잠자리에 들기 전, 무거운 머리 장식을 벗고 한숨을 돌리려던 차에 문밖에서 인기척이 일었다.

"무하입니다."

드디어 올 것이 왔다. 영수를 불러 사람을 물리라 이르자 영수는 절대 아니 된다며 고개를 저었다.

"할 말이 있어. 누구도 들어서는 안 돼."

절대로, 누구도 엿들어서는 아니 된다 단단히 이르고서 아리는 모든 이를 물린 채 무하와 독대에 나섰다. 지금부터 해야 할 이야기가 자칫 누군가의 귀로 새어 나갔다가는 그때는 몇 명의 목숨이 날아갈지 모른다.

그렇게 발도 치지 않고 아리는 걸어 들어오는 그를 노려봤다. 침상에 앉은 그녀 앞에 무하는 무릎을 꿇고 인사부터 올렸다.

"신 호분중랑장 무하, 황후마마를 뵈옵니다."

"이번에도 제 입을 막으러 오셨습니까?"

정식 책봉이 되었으니 이제는 참으로 상하 관계가 바뀌었다지만, 굳이 비꼬기 위해 일부러 경어를 썼다. 노골적으로 적의를 드러내는 그녀와 달리 무하는 뜻밖의 말을 꺼냈다.

"책봉을 경하드리옵니다, 마마."

"……정녕 그리 여기십니까?"

참으로 뻔뻔스럽기 짝이 없는 그의 행태에 헛웃음이 절로 나왔다. 황궁에 들어와 지내며 그간 보고 들은 것이 있는데. 일국을 다스리는 황제도 결국은 이 궁 안에 갇힌 새 신세라 황제를 만나기 위해서는 반드시 호분중랑장, 무하의 허락이 필요하다고 했다.

"왜 그러셨습니까."

너무나 시기 좋게 저를 데리러 온 것도, 그가 하필이면 그때 자신을 찾아낸 것만 봐도 알 수 있다. 행여 노예로 팔렸을까 싶어 도겸은 짬이 날 때마다 향족의 생존자를 찾아내기 위해 필사적으로 매달렸다.

향족의 노파도, 송 태의도 그 길에 연을 맺었다 했다. 능력을 봉인하고 만신창이가 된 아리를 두고 노파는 황제를 처음 보았던 날을 추억했다.

'금방이라도 숨이 끊어질 것 같은 얼굴을 하고 계신 분이라, 그분이 설마 이 나라의 주인이신 황제 폐하일 줄은 꿈에도 몰랐던 것을.'

몸은 성해도 마음은 성치 못했다 했다. 살아는 있는 것인지, 아니면 정말로 죽어 버린 것인지 생사조차 불분명한 그녀의 행적을 쫓느라 도겸은 하루가 다르게 망가져 갔다. 매일같이 아리가 죽는 악몽에 시달리며 여위어 가던 황제를 두고 노파와 송 태의도 제법 오래 속앓이를 했다고 들었다.

남조차 그토록 마음을 쓰는데 정작 최측근이라는 무하는 도겸이 그토록 고통스러워하는 꼴을 보면서도 아리의 행방에 대해 철저히 입을 다물었다.

"내가 어디에 있는지도 알고 있었습니까?"

"알고 있었습니다."

"그럼 제가 그곳에서 무슨 꼴을 당했는지도 아주 잘 아셨겠습니다?"

"보고는 받았습니다."

가축처럼 가둬 놓은 것도 모자라 매질까지 당하는 꼴을 알고서도 방관했다는 사실에 화가 치밀었다. 아리의 추궁에 무하는 표정 하나 변하지 않았다.

"지금 그걸 말이라고 하시는 겁니까?"

"어쩔 수 없었다는 말밖에는 드릴 말씀이 없습니……."

짝, 하는 소리와 함께 무하의 고개가 돌아갔다. 그의 말이 채 끝나기도 전에 아리의 작은 손이 무릎을 꿇고 앉은 그의 뺨을 내리쳤다. 일말의 죄책감도 보이지 않는 그의 태도가 아리를 더욱 분노하게 했다.

모두 다 알고 있었다고. 다 알고 있으면서. 그가 미리 손을 썼더라면 그 많은 사람이 죽어 나갈 일은 없었을 텐데. 어찌 그럴 수 있느냐 책망하는 아리를 대하는 태도가 참으로 뻔뻔스럽기 그지없다.

"어쩌면 이리도 잔인하십니까. 폐하께서 이 사실을 아시기라도 하는 날에는!"

쨍그랑, 하는 소리에 그만 말이 멈췄다. 아무도 듣지 못하게 하라 영수에게 단단히 일러 놓았건만. 아니, 그럴 리 없다.

떨리는 손으로 문을 열자 깨진 술병 조각이 산산조각이 나 있다.

"……폐하."

달콤한 향을 풍기는 붉은 머루주 위로 아리가 달게 먹었던 포도알이 뒹굴었다. 그리고 그 앞에는 망연자실한 도겸이 두 사람을 바라보고 있었다.

처음부터 숨기려던 것은 아니었다. 왜 자신을 버렸냐며 원망하는 그를 앞에 두고 분명 무언가가 잘못되었음을 깨달았다. 환영받지 못하는 천덕꾸러기 신세였지만 그래도 어떻게든 노력하면 무언가 바뀔 줄 알았다. 하지만 허사였다. 도겸의 최측근인 무하

200

도, 사촌 아우인 윤도도 실상 도겸의 곁에 있는 제 존재를 부정하고 외면했다.

"무하."

"예, 폐하."

도겸의 시선이 아리가 아닌 무하에게 향했다. 주인의 냉랭한 어조에도 무하는 표정 하나 변하지 않았다. 서늘하기 짝이 없는 두 사람 사이의 기류에 지켜보는 아리가 도리어 가슴을 졸이고 있건만, 두 사람 다 쉽사리 입을 떼지 않았다.

저벅, 저벅. 도겸의 발걸음이 무릎을 꿇은 무하에게 향했다. 그는 제 앞에 숙인 부하를 묵묵히 내려다봤다. 몇 번이고 호흡을 고르고 다시 삼키고, 그렇게 숨을 고른 후에야 그가 먼저 입을 열었다.

"언제부터 알고 있었느냐."

"사흘 후였습니다."

"사흘이라고?"

3년을 노심초사하며 찾아 헤매던 제 모습을 가장 곁에서 지켜보았던 주제에 무하는 참혹한 사실을 덤덤히 답했다. 파도처럼 밀려오는 답답함에 도겸은 죄 없는 제 가슴팍만 움켜쥐고서 치밀어 오르는 분을 삼켰다. 어디서부터 어떻게 말을 해야 할지 가늠이 되지 않아서 그는 몇 번이나 입술을 달싹이다 쥐어짜듯 물음을 던졌다.

"왜 숨겼느냐."

"그것이 폐하를 위한 길이었습니다."

무하의 주장은 이러했다. 아리가 사라진 것을 알았다 해도 아직 소 태사의 잔당들이 모두 정리되지 않아서 인력을 빼는 것이

201

불가했고, 기존의 소 태사 일파를 밀어내고서 국정을 장악하던 중 호륜 공이 비어 있는 황후 자리에 관심을 보였다. 만약 그의 심기가 뒤틀려 북방으로 돌아가 버리기라도 한다면 소 태사 일파를 밀어낼 길은 요원해진다. 하필이면 그때, 아리가 사라져 버렸다.

"나를 위한 길이었다고?"

영 황후의 아이가 무사히 태어나 버린 탓에 내궁의 주도권을 빼앗긴 것도 곤란한 와중이었다. 그사이 아리의 행방이 묘연해진 것은 오히려 갓 즉위한 서자 출신 황제에게 있어 위험 부담 하나를 덜고 가는 것이었다.

"황권이 안정되지 않은 상황에서는 그게 최선이었습니다. 만일 그때 측비마마가 곁에 계셨더라면 폐하께서는 당장 황후로 봉한다 하셨을 테니까요."

속에 담은 마음을 읽힌 탓에 할 말을 잃었다. 즉위한 이후로 3년간 조정에서는 몇 번이고 그에게 혼인에 대한 압박이 쏟아졌었다. 너도 나도 할 것 없이 제 딸을 황후 자리에 올리려 혈안이 되어 있던 때에 측비를 황후에 봉하려 시도했다면 분명 수없이 반대에 부딪쳤을 터.

분이 치민다 하나 무하의 말은 모두 사실이다. 그러나 머리로는 이해한다 한들 마음으로 받아들일 수는 없다. 도겸은 주먹을 불끈 쥐었다.

"무엄한 것 같으니라고."

도겸이 무하의 뺨을 내리치자 짝, 하는 소리와 함께 그의 몸이 바닥에 패대기쳐졌다. 아리의 여린 힘 정도야 어린애 장난 수준이었다지만 도겸이 작정하고 나서니 그때부터는 걱정을 넘어 공포가 밀려왔다.

"폐하!"

"누구냐. 대체 누가 아리를 빼돌린 것이야!!!"

분노에 눈이 먼 도겸의 일갈에도 무하는 끝내 입을 다물었다. 다급한 아리가 어떻게든 옷소매를 잡아 그를 말리기 시작했다. 아무리 괘씸하다 해도 분명 무하의 말도 일리가 있지만 이대로 뒀다가는 정말 도겸의 손에 그가 죽을지도 모른다.

"그대는 물러나 있어."

"그만하십시오. 다 지난 일입니다."

무하가 어여뻐 이러는 것이 아니다. 아무리 밉다 해도 무하는 평생 도겸을 지켜 온 측근 중의 측근이다. 그러지 말라 몇 번이고 고개를 저어 보지만 도겸은 여전히 끓어오르는 분을 참지 못했다.

"하지만!"

"이미 죽은 사람을 원망해 봐야 뭘 하겠습니까!"

문 태사를 여전히 원망하지만 그는 이미 죽고 없는 몸이다. 하물며 그의 식솔들은 안방마님부터 갓난아기까지 한 명도 남김없이 모두 죽었다. 그 댁의 핏줄은 아예 씨가 말라 버렸으니 죄감도 그만하면 되었다.

저주를 퍼붓던 문 태사의 말처럼 정말 아리에게 손을 대자 마을이 불바다가 되었다. 이런 상황을 예견하고 한 말은 아니었을 테지만 참으로 대단한 사람이긴 했다.

이런 것을 두고 인과응보라고 했던가. 마음 같아서는 이미 죽은 그의 무덤에 침을 뱉고 싶을 노릇이지만 그래도 이건 아니다. 그가 직접 무하와 척을 지게 만들 수는 없다. 그것뿐이다.

옷소매를 꽉 잡은 손이 파르르 떨렸다. 몇 번이고 고개를 젓는 아리의 만류에 도겸은 결국 손을 내렸다.

"아리."

"이러시면 아니 됩니다, 폐하."

정인이기 이전에 황제이고, 아내이기 이전에 황후니까. 그러니 넘어가는 것뿐이다. 몇 번이나 이를 악무는 아리의 손을 거머쥐고서 도겸은 다시 제 앞에 무릎 꿇은 무하에게 벌을 내렸다.

"호분중랑장 무하는 오늘부로 그 직을 박탈할 것이니, 별도의 명이 있을 때까지 근신하라."

"존명."

구차해도 좋으니 사과라도 한 마디 하면 좋을 텐데 그마저도 하지 않는다. 묵묵하니 고개를 숙인 채 그는 자신의 처분에 불복조차 하지 않고서 조용히 침전에서 물러났다. 너무 큰 충정이 오히려 화를 부른 것일지도 모른다. 아리는 그 점이 퍽 안타까웠다.

그렇게 무하가 물러나고 단둘이 되었건만 여전히 어색한 공기만이 신방을 가득 메웠다. 그토록 기다려 온 밤이 엉망이 되었다. 피곤해 보이는 눈으로 도겸은 무하가 떠나 버린 자리만을 망연자실 바라보았다.

"겸."

"나는 그대에게 여전히 미덥지 못한 존재인가 보군."

분노가 물러간 자리를 절망이 가득 채워 버렸다. 오갈 데 없는 분노는 안개처럼 가라앉아 그의 머릿속을 더욱 혼란스럽게 했다. 어깨를 축 늘어트린 채 그는 침상에 주저앉았다. 제 무릎 위에 손을 얹고서 그는 애꿎은 바지 자락만 열심히 쥐어짰다.

"그런 것이 아닙니다."

"나는 그대가 나를 버린 줄로만 알고 있었는데."

팔려 가기 직전에서야 나타난 그는 배신감과 절망에 가득 찬 눈으로 원망만을 쏟아 냈다. 어찌하여 저를 버렸느냐며 분노하던 그의 모습은 여전히 어제 일처럼 기억 속에 생생하기만 했다.

이 사람이 내게 이런 얼굴을 할 수도 있었구나, 그런 생각을 할 정도로 날이 선 그의 모습을 보고 알았다. 제 앞에서나 보이던 말랑말랑한 면모와 달리 남들 앞에서는 참으로 싸늘한 사람이었다. 윤도가 그런 그를 보며 치를 떨던 것도 이해할 수 있다.

유독 제 앞에서만 쉽게 무너지는 사내다. 밀려드는 후회 탓이었을까. 그는 홀로 고개를 숙인 채 괴로움에 잠겨 몸서리쳤다.

"겸의 잘못이 아닙니다."

"하지만 나는……!"

"……이조차도 제 운명인 것을요."

분명 상처가 모두 아물었음에도 불구하고 채찍을 맞았던 자리가 욱신거렸다. 만약 그가 이 모든 내막을 알게 된다면 아마 지금보다 훨씬 더 상처받을 것이다.

친동생이나 다름없는 윤도가 아리를 빼돌렸고, 스승인 문 태사가 핍박을 일삼고, 무하는 그 모든 것을 방관했다. 그 결과 도겸은 그녀가 돌아오기만을 기다리며 훌륭하게 황제 노릇을 해냈다.

아리를 찾아내기 위해서는 권력이 필요하니 아무리 싫어도 황제 자리에서 내려올 수조차 없었다. 무하의 말대로 그때는 정말 그것이 최선이었을지도 모른다는 생각이 들었다. 정말로 아프고 인정하기도 싫지만, 사냥꾼의 딸이자 나약하기만 했던 아리는 차라리 죽어 버리는 게 나았을지도 모른다.

아리는 침상에 걸터앉은 그의 앞에 서서는 고개를 떨군 그의 머리를 말없이 쓰다듬었다. 저조차도 이제는 아파하지 않는 상처인데, 그는 그마저도 보듬어 주지 못했다고 스스로를 책망하고 있다.

"그것도 모르고 나는⋯⋯."

불이 붙은 것처럼 화를 쏟아 내던 그의 말이 아프지 않았다면 거짓말이다. 하지만 아리는 그런 그조차 사랑스러웠다.

"모르고 하신 말씀이니 마음에 담지 않았습니다. 저는 마음이 넓은 아내니까요."

정말로 아팠으니까, 그러니 그마저 아파하게 만들고 싶지 않다. 금방이라도 울 것 같은 그를 마주 보고서 아리는 시선을 맞추고 생긋 미소 지었다. 이제 더는 지나간 일로 마음을 쓰기에는 함께할 시간이 너무 아깝다. 밤은 점점 깊어만 가는데 가군께서는 제 옷고름을 풀 생각조차 하지 않으시니 이 일을 어쩌면 좋을까.

"머루주 병도 깨트리시고. 손을 다치시지는 않으셨습니까?"

"다치기는 뭘⋯⋯."

멀쩡하다는 것을 보여 주려 한 모양인데 그가 내민 손끝에는 언제 베인 건지 상처가 나 피가 묻어 있었다. 언제나 이렇듯 손이 많이 가는 사내라서, 아리는 그의 손을 꼭 쥐고서 동그랗게 맺힌 핏방울을 가볍게 핥아 주었다.

"아리."

"어서 이 상처를 낫게 해 드리고 싶습니다."

그녀만이 할 수 있는 은근한 유혹에 도겸이 긴 한숨을 내쉬었다. 절망과 환희가 교차하며 마구 눈빛이 흔들리는 것이 퍽 마음에 들었다. 그토록 바라던 소원을 들어주겠노라고, 저를 온전히 가지고 싶어 하는 그의 욕심은 아마 이 밤 하루로는 다 채우기도 힘들 터. 마음의 준비는 이미 단단히 했다. 그러니 이제는 아리가 먼저 그에게 손을 내밀 차례다.

"그리도 조르실 때는 언제고 왜 이리 내외하십니까."

"하지만!"

"이제 더는 저 혼자 외롭게 잠들고 싶지 않습니다."

그가 아리를 그리워했던 것만큼 저 역시 도겸을 그리워했다. 색색대는 따뜻한 숨결이 그립고 나지막한 그의 품이 그리웠다. 못 이기는 척 내뻗은 손을 붙잡고 아리는 대담하게도 그의 무릎 위에 아예 걸터앉았다.

살짝 뺨을 맞대고 두 팔을 벌려 있는 힘껏 끌어안아 보았다. 제 두 팔로 모두 끌어안기에는 너무나도 큰 사내지만, 그런 그가 마음 놓고 쉴 수 있는 곳은 오직 제 곁뿐이라 했다.

촉촉하게 젖은 눈망울에 입을 맞추고서 아리는 슬그머니 도발에 들어갔다. 점점 더 빨라지는 그의 심장 박동이 좋다. 그의 큰 손을 제 가슴에 얹고서 아리는 도겸의 목덜미에 입술 자국을 남겼다.

"제가 없는 동안 다른 여인은 거들떠도 보지 않으셨다 들었습니다."

"내게는 그대가 있는데 어찌 다른 여인을 볼까."

수없이 많은 유혹이 밀려들었음에도 도겸은 꿋꿋이 제 생각을 하며 버텼다 했다. 영수만 그런 말을 했다면 입바른 소리를 한다 절대 믿지 않았겠지만 길어진 황후 간택 기간 동안에 수없이 많은 사람들의 입으로부터 같은 이야기를 전해 들었다.

칭찬을 구하는 어린아이처럼 그는 몇 번이고 고개를 끄덕였다.

예전에는 제 마음이 다친 것에만 급급해 정작 그의 이런 면모조차 제대로 헤아려 주지 못했다.

　저 문밖을 나서면 아무리 위대한 황제라 해도 이 침상에서는 제 치마폭에 머리를 묻고 정신을 못 차리는 바보 같은 사내일 뿐이다. 정말로 아팠지만 그리 아프지 않았더라면 이 사내가 이리 귀한지도 몰랐으리라.

　"그러니 상을 드려야지요. 오늘은 원하시는 것은 뭐든 들어드리겠습니다."

　"참인가?"

　좀처럼 떨어지지 않는 허락에 도겸의 눈이 휘둥그레졌다. 고개를 끄덕이자 괜히 제 입술을 훑으며 입맛을 다시는 것이 심상치 않다. 평소 제 앞에서는 한없이 온순한 체를 하고 있어도 근본은 흉폭한 터라 도겸은 느슨하게 매어 둔 아리의 침의 매듭을 슬그머니 제 입에 머금었다.

　"모처럼의 호의를 거절하는 건 사내의 도리가 아니지."

　"폐하."

　"이제 두 번 다시 나를 밀어내지 말아 줘."

　아리를 번쩍 들어 눕히고서 그는 한 손으로 가볍게 그녀를 제압했다. 제 앞섶부터 풀어 헤치고서 그는 아주 천천히 아리의 뺨을 훑어 내렸다.

　아래로, 아래로. 가슴을 지나 배꼽 어귀를 지나고 꽃잎을 한 장 한 장 흩뿌리듯 거추장스러운 옷가지도 침상 밖에 내던져졌다. 온전히 날것이 된 그녀를 앞에 두고서 도겸은 앙증맞은 발톱 끝에 입을 맞췄다.

　"그대는 발조차 아름다워."

"그건……."

"내 마음대로 하게 해 주겠다면서. 약속은 지켜야지."

엄지발톱부터 발목 끝을 지나 그의 입술이 천천히 위로 움직였다. 오늘은 정말 뭐든 다 허락하기로 했으니 아리는 그저 눈을 감은 채 온전히 그에게 몸을 맡겼다. 달뜬 호흡이 거세질 즈음, 도겸이 아리의 허리를 안았다.

"이리 와."

대체 무슨 짓을 하려고 이러시는 건지. 아리는 두 손으로 눈을 가린 채 잠자코 그가 바라는 것을 들어주고 말았다. 사내들은 모두 이런 것을 좋아하는 것일까? 집요하게 파고드는 그의 장난질이 참으로 망측하기만 한데 염치없는 제 심장은 기쁨에 젖어 들썩였다. 몸에 열이 오르고 혼란스럽기만 하던 머릿속이 텅 비어 버렸다.

"아!!"

목덜미 너머로 그의 가쁜 숨결이 밀려들었다. 지탱하기도 힘든 그의 존재가 비틀대는 아리를 엄습했다. 이러다가는 참으로 잡아먹힐지도 모른다는 생각에 허우적대지만 단단히 허리를 안은 그의 품을 벗어날 길이 없다. 제 목덜미에 입을 맞추며 도겸은 두 사람 사이의 틈을 점점 더 메워 나갔다.

"폐하……."

"더 크게 울어도 돼."

"폐하, 폐, 폐하……!"

이제 더는 소리가 새어 나갈까 두려워할 필요 따위 없다. 입에서 새어 나온 교성이 신방에 가득 울리고 파과의 기쁨이 아리의 머릿속을 잠식했다. 몸도 마음도 한데 얽히는 즐거움도 그에게 처음 배웠다. 하늘로 솟았다 다시 나락으로 떨어지기를 반복하며 제 안의 무언가도 함께 함께 여물어 갔다. 허리를 뒤틀 때마다 밀려드는 쾌감에 정신을 놓을 지경이건만 그는 아리의 머리를 쓰다듬으며 잔인한 미소를 머금었다.

"쉬이. 두려워할 필요 없어."

정복자의 눈이다. 그는 사냥감을 노리는 한 마리 짐승처럼 한없이 포효했다. 옴짝달싹할 겨를도 없이 밤이 지나고 새벽이 올 때까지 쉴 새 없는 정사에 몸이 녹아내렸다.

"폐하, 제발, 사……!"

"그럼. 그대는 날 사랑하지. 어여쁜 내 황후. 내 아내. 내 사랑."

그게 아니라 살려 달라는 말을 하려던 거였는데. 이리 먹히다가는 정말 침상에서 저승길에 오를지도 모른다. 이젠 정말 한계인데, 해맑기만 한 포식자 황제를 내버려 두고서 아리는 그만 까무룩 정신을 놓고 말았다.

11.

'아리야.'

그리운 목소리가 제 이름을 불렀다. 다정한 어머니의 부름에 아리는 불현듯 고개를 들고 주변을 살폈다. 어머니의 얼굴은 여전히 기억하고 있다. 그러고 보니 분명 어머니도 향족의 여인이었는데, 어쩐지 아리처럼 평소에도 황금빛 눈동자를 드러내지는 않았다.

아리의 힘을 봉인해 준 노파 역시 마찬가지다. 그 품에 폭 안기면 포근한 내음이 나긴 하지만 아리처럼 사방에 꽃향기를 흩뿌리고 다니지는 않았다. 대체 무엇이 달랐던 것일까. 그런 생각을 하며 아리는 부스스 잠에서 깨어났다.

"으……."

눈을 뜨자마자 어딘지 모르게 이물감이 들었다. 실오라기 하나 걸치지 않은 채 도겸은 아리를 품고서 잠이 들었다.

"폐하."

"흐음……."

팔다리가 얽혀 달아날 수도 없는데 잠든 그는 아리의 허리에 팔을 감은 채 좀처럼 놓아주지 않았다. 어찌할 바를 몰라 두 팔을 버둥거려 보지만 너무 꽉 안은 통에 그 힘을 이기기란 한없이 역부족이다.

"이것 좀 놓아주셔요!"

"졸려……."

저가 잠든 후에도 대체 얼마나 음흉한 짓을 하셨기에 이러시는 것인지. 평소에는 잘 쓰지 않는 곳을 써서 그런지 팔다리가 부서질 것처럼 아픈 것만 보아도 알 수 있다.

마음대로 하시라 내버려 두었더니 정말로 마음대로 하신 모양인데, 어떻게든 빠져나가 보려 다리 역시 바동거려 보지만 그조차도 결국은 무용지물이 되고 말았다.

몸부림을 치면 칠수록 그는 더 단단히 아리를 감싸 안았다. 은근슬쩍 뒤척이는 척하고 있긴 하지만 모로 보아도 이건 명백한 고의임이 틀림없다.

"어찌 이러십니까."

"이대로 시간이 멈춰 버렸으면 좋겠어. 아무도 우리를 방해할 수 없게 말이야."

슬쩍 뺨을 비비며 도겸은 애써 아쉬운 티를 가득 내보였다. 잠에서 깨며 또다시 불이 붙은 것인지 엉겨 붙는 낌새가 어째 심상치 않다.

"그러니까 이것 좀!"

"떡 하나 주면 안 잡아먹지."

"뭐라고요?"

잠투정도 1절만 해야 할 것을, 이러다가 정말 아침부터 또 거사를 치르게 생겼다. 토라진 아리를 어르고 달래 가며 도겸은 제 사랑을 받아 달라 애교를 떨었다.

"자아, 착하지."

"제가 무슨 너덧 살 어린아이인 줄 아십니까?"

"그럼, 그대는 아직 한참 어린 아이인 것을."

얼토당토않은 소리까지 해 가며 도겸은 아리의 목덜미를 맛나게 깨물어 댔다.

세상천지 혈육 하나 없이 외롭기만 했지만 도겸만은 그런 저를 이리도 소중히 여겨 준다. 그러니 안 된다는 소리가 차마 나오지 않는데 두 팔을 빼 보니 온통 붉은 입술 자국이 가득 남았다. 이래서야 민망함에 고개를 들 수조차 없다. 오냐오냐 받아 주던 아리도 이 꼴을 보고 버럭 역정을 내고 말았다.

"대체 이게 무슨 꼴입니까? 시녀들을 어찌 보라 이 지경을 만드신 겝니까."

"내 것에 표시를 남기는 것이 뭐 어때서."

"뭐라고요?"

천연덕스러운 대꾸에 기가 막히건만, 대수롭지 않다는 듯 어깨를 으쓱하고서 도겸은 이른 아침부터 제 황후를 맛나게 잡아먹었다.

❀ ✱ ❀

좋은 것은 좋은 것이라지만 여전히 마음에 걸리는 문제가 남아 있다. 한바탕 정사를 마친 후에야 아리는 조심스레 입을 열었다.

"무하 공을 어찌하실 참이십니까."

방금 전까지만 해도 느긋하게 후희를 즐기던 도겸은 입술을 깨물고 미간을 찌푸렸다.

"용서할 수 없어."

"폐하."

"주인을 기만한 신하를 그냥 내버려 두라는 건가?"

날이 선 그를 달래는 방법은 하나뿐이다. 긴 머리를 드리우고서 아리는 몸을 일으켜 그를 내려다봤다. 검지를 들어 그의 가슴을 간질여도 보고 머리카락으로 장난도 쳤다. 여전히 화가 난 듯해 보여도 아리의 손끝이 움직일 때마다 그의 입꼬리도 함께 파르르 떨렸다. 새초롬히 눈을 깜빡이며 얼굴을 들이밀자 결국 도겸이 먼저 백기를 들었다.

"어디서 못된 것만 배워서는."

"암요. 제게 나쁜 것을 가르친 것은 모두 폐하셨지요."

사랑을 나눈 뒤에 이렇게 다정하게 대해 주는 것을 무척 좋아한다. 힘에 겨워 밀어내기라도 한 날은 하루 종일 눈치를 보며 제 심기를 살피기 바빴다.

가끔 그런 그를 보고 있으면 어쩐지 월 부인 댁에 있는 누렁이를 닮은 듯도 하다. 그런 아리의 속도 모르고서 도겸은 제 머리를 쓰다듬는 아리의 손에 신나게 머리를 비벼 댔다.

"폐하를 위해 한 일이라 하지 않습니까."

"나를 위한 것이면 더더욱 그러지 말았어야지."

"어찌 됐든 그이가 저를 찾아내 주었으니 저도 폐하 곁에 돌아올 수 있었던 것을요."

결과만 놓고 보자는 아리의 설득에도 도겸은 쉽사리 넘어가지 않았다. 하고 싶은 말이 여전히 많아 보이지만 그는 함부로 말을 뱉지 않았다.

"그대는 무하를 용서할 수 있어?"

그럴 리가. 용서 같은 건 할 생각조차 가진 적이 없다. 이 모든 건 결국 그를 위해 내린 결론일 뿐. 무하 본인도 그 사실을 알기에 그 어떤 변명도 하지 않고 얌전히 물러난 것일 터.

"제가 그이였다 해도 그리했을 겁니다. 무하 공도 제 나름대로 폐하를 위한 마음에 그리했겠지요."

거기까지는 거짓말이 아니다. 정말로 용서할 수 없는 사람이 따로 있기에 굳이 무하마저 책망하려 들고 싶지 않을 뿐이다. 잔인한 말로 제 심장을 할퀴고 저를 빼돌린 자는 따로 있다.

그러니 무하는 용서해도 윤도만은 절대 용서할 수 없다. 하지만 굳이 그에게 이런 마음을 내비치고 싶지는 않았다.

사랑하는 사내의 눈에는 그저 곱고 어여쁘기만 한 여인이고 싶다. 더는 누구도 그의 곁에서 물러나라 말할 수 없도록 필사적으로 발버둥 친 끝에 겨우 이곳에 돌아왔다. 그러니 이제 더는 그 무엇도 빼앗기고 싶지 않다.

"무하 공이 있어야 일이 수월해집니다. 이제 슬슬 내궁에도 피바람이 불어야 할 테니까요."

"……우리 황후께서 무슨 깜찍한 계획을 꾸리셨기에 이리도 자신만만하실까?"

이 계획을 추진하기 위해서는 아무래도 무하의 도움이 절실하다. 그러니 아리는 생전 해 본 적이 없는 베갯머리송사에 나섰다.

"그러니까, 겸이 도련님. 응?"

하다 하다 태남산 시절로 돌아간 것처럼 저를 부르기까지 한다. 생전 이러지 않던 아리의 고집은 도저히 이겨 낼 재간이 없다. 뉘가 뭐라 하든 제 뜻을 죽어도 꺾지 않았는데 아리 앞에서는 어쩌면 이리도 쉽게 누그러지고 만다.

"그나저나 신기하군."

"예?"

"그대의 눈동자 색이 그대로야."

분명 간밤에 한없이 사랑을 나눴으니 지금쯤 넘쳐흐른 꽃향기가 진동해야 하는데. 아리는 서둘러 침상을 빠져나와 벽에 걸린 면경을 살펴보았다.

"이것은……."

어젯밤과 마찬가지로 조금도 변하지 않은 제 모습에 불안이 앞섰다. 설마 제 힘이 모두 사라져 버린 것은 아닐까 하는 불안감에 서둘러 그의 상처부터 살폈다.

"이제는 그대가 힘을 휘두를 수 있게 된 거겠지."

핏방울이 맺혔던 흔적 따위는 찾아볼 길이 없다. 매번 힘을 봉인하지 않아도 언젠가는 아리도 스스로 힘을 다스릴 수 있는 날이 올 거라고, 그러니 이제 더는 억지로 힘을 누르지 않아도 된다 했다. 도무지 믿기지 않아서 아리는 몇 번이나 거울에 비친 제 눈동자를 바라보았다.

"참으로 다행입니다."

마지막으로 마음에 걸리던 것이 이것 때문이었는데. 더는 힘에 끌려다니지 않게 된 것만으로도 조금은 어른이 된 기분이 든다. 이제 모든 조건이 완벽하게 갖춰졌으니 본격적인 복수의 칼날을 선보일 때다. 도겸의 손을 꼭 잡고서 아리는 제 앞에 펼쳐진 길을 한 걸음 더 걸어 나갈 생각에 들떴다.

❀ ✱ ❀

정식 황후 책봉 후 아리는 제일 먼저 태황태후궁부터 찾았다. 아무리 만남에 불응한 채 토라져 있다 해도 그녀는 황실의 큰 어른이다. 상앗빛의 예복을 곱게 차려입고 진주를 심은 귀걸이를 거는 것도 이제는 참으로 자연스럽다.

"태후마마께서는?"

"감모 기운이 있으시다 하십니다."

선양의 죽음 이후로 줄곧 저를 반대해 온 탓에 독이 오를 대로 올라 있을 터인데. 그런 소 태황태후와 맞닥뜨릴 상황에서 발을 빼는 것까지 참으로 영 태후답다. 혼자 호된 꼴을 당하라 보내는 것만으로도 악의가 다분하지만 아리는 이제 그런 것에 눈 하나 깜짝하지 않는다.

"몸이 불편하다 하시니 이만 돌아가 주십시오."

주인의 뜻을 묻지도 않고서 태황태후궁의 시녀가 돌아가라 일렀다.

"여쭙거라."

황궁 생활이 길었던 영수가 직접 나서자 시녀는 마지못해 태후에게 말을 올렸다.

"태황태후마마. 서문설아가 들었사옵니다."

"꼴도 보기 싫으니 당장 돌아가라 전하라."

당사자를 앞에 두고도 일부러 무안을 주는 정도는 이미 예상했다. 태황태후를 뒷배로 두고 있는 탓에 태황태후궁의 시녀들 역시 태도가 심히 불손하다. 정식으로 책봉을 받고 초야까지 치렀음에도 아직 이들은 저들의 세상이라 착각하고 있는 듯했다.

"그러니 돌아가십시오."

"한 번 더 여쭙거라."

"마마."

"만나 주시기 전에는 돌아가지 않을 것이다."

태황태후의 측근이라면 모를까, 출입하던 평범한 시녀들은 궁앞에 선 황후 일행을 두고 어찌할 바를 몰랐다. 일부러 무안을 주어도 버티기에 들어가자 분을 참지 못한 태황태후가 직접 나섰다.

"여기가 어디인 줄 알고 뻔뻔스럽게 얼굴을 들이민 것이냐?"

"와병 중이라 하시었는데, 꽃을 손수 돌보시는 모습을 보니 참으로 다행이옵니다."

손수 물통까지 들고서 정원을 돌볼 기력이 있다면야 얼굴을 보는 것 정도는 대수롭지 않을 터.

"뭐라?"

"얼굴 한 번 뵙기가 이리 힘들어서야. 이제는 저도 이 황실의 일원인 것을요."

"고얀 것. 어디 너 따위가 감히!"

격분한 소 태황태후는 아예 물통을 들고서 아리의 면전에 물을 쏟아부었다. 이것조차도 아리의 예상을 조금도 벗어나지 않았다.

"황후마마!"

차가운 물이 쏟아지고 상앗빛의 옷가지가 젖어 들었다. 어찌할 바를 모르는 영수가 서둘러 옷소매를 내밀어 보지만 흘러내리는 물을 모두 닦기란 역부족이다.

저쪽도 이미 알고 있을 것이다. 끝내 만나고 싶지 않다 핑계를 댄다 해도 언젠가는 다시 얼굴을 맞대야 한다.

회피하려는 태황태후를 상대로 아리는 정공법을 택했다. 흠뻑 젖은 것도 아랑곳하지 않고서 아리는 한 걸음도 물러나지 않고 소 태황태후를 똑바로 바라보았다.

"이러셔서 마음이 풀리신다면 어디 마음껏 해 보십시오."

"네, 네 이년!"

"아무리 제가 밉다 하셔도 저는 이미 책봉식마저 마친 황후입니다. 아무리 태황태후마마께서 저를 꺼리신다고 해도 그것만은 분명한 사실이지요."

"뭐라?"

이쪽이 강하게 나가자 오히려 소 태황태후 쪽이 당황해 버렸다. 물기를 뚝뚝 흘리고 있는 와중에도 아리는 한 마디도 숙이는 법이 없다.

"억울함을 밝혀 주셔야 할 태황태후마마께서 이러고 계시니, 죄 없이 떠난 선양이 참으로 가여울 따름입니다."

"네가 감히, 네가 감히 어찌 그 이름을 함부로 입에 올리는 게냐!"

본뜻이 어떠했든 소 태황태후는 황후 시절부터 오촌 조카인 선양을 줄곧 귀여워해 왔다. 서문설아를 이렇게 죽도록 미워하는 것도 결국은 선양이 가져갔어야 할 황후 자리를 빼앗았기 때문이라는 건데.

"선양과는 간택 내내 좋은 벗으로 지냈습니다. 불의의 사고로 자수를 잃어버렸을 때도 제 시녀의 것을 제출해 무사히 넘겼고, 선양이 저를 감싸는 것은 태황태후마마께서 직접 목도하시지 않았습니까."

"그건……!"

답할 말이 없으니 권위를 내세우면서도 태황태후의 노기가 점점 누그러졌다.

"태후마마께서 선양을 미워하시는 것은 이해가 가옵니다. 허나 소녀는 참으로 억울하옵니다."

"……태후가 선양을 미워하다니?"

분명 제 명령대로 선양을 황후에 올렸어야 했을 터인데 무언가가 삐걱대고 있다는 사실은 소 태황태후도 어느 정도 눈치채고 있었을 터. 드디어 물고기가 미끼를 물었다.

"만약 그런 일이 생기지 않았더라면 지금 이 자리에 있는 것은 제가 아니라 선양이었을 테니까요."

영 태후는 설아와 태황태후의 불화를 조장하려 이렇게 홀로 보낸 것이겠지만 원래 적의 적은 얼마든지 동지가 될 수 있다. 그간 소 태황태후에게 보고되지 않았던 간택 당시의 내막들이 아리의 입을 타고 줄줄이 전해졌다.

"자수를 과제로 내며 시녀가 대신 해도 되게 만들었다니. 지금 그것이 말이 되는 것이냐?"

"그러지 않고서야 호희미가 어찌 자수 시험을 통과했겠습니까. 그래서 일부러 눈을 감으신 게지요."

"뭐라? 호가 놈이 어떤 놈인데, 그렇다면 일부러 호가 계집의 뒷배를 봐주었다, 그 말이더냐?"

"희미 본인에게 들었습니다. 분명 일찌감치 떨어질 줄 알았건만 이리 오래 남을 줄은 몰랐다고 말입니다."

간택의 물음에 제대로 대답도 하지 않았던 호희미를 끝까지 살려 둔 것도 결국은 소선양을 견제하기 위해서였다. 영 태후도 나름대로 머리를 굴린 것이겠지만 원래 꼬리가 길면 언제든 잡히게 되어 있는 법이다.

"내 이것을 당장……!"

일찌감치 호희미를 내치라 일렀을 때도 영 태후는 그래서는 곤란하다며 번번이 핑계를 댔다. 언제까지나 고분고분할 줄 알았던 관계의 무게 추가 영 태후 쪽으로 기울며 소 태황태후는 자연스레 권력의 중추에서 한 걸음씩 밀려나고 있었다. 그런 저를 비웃기라도 하듯 제 며느리는 죽은 아들의 하나뿐인 자식을 볼모로 삼고 제 권력을 모두 내놓으라 시위를 벌이고 있다.

"고얀 것."

의심의 불씨를 던져 넣는 것은 너무나도 쉬운 일이다. 직접 움직이지 않더라도 지금부터는 소 태황태후가 직접 영 태후의 수상한 점을 캐게 될 터. 차도살인지계. 남의 칼로 사람을 죽이는 것처럼 한발 물러나 저들의 내분을 바라보는 것도 큰 즐거움이다.

토끼를 사냥하기 위해서는 우선 궁지로 몰아야 하니 소 태황태후 정도라면 충분히 제 역할을 해낼 것이라 믿어 의심치 않는다.

"너희들은 대체 왜 이런 것을 내게 고하지 않았던 것이냐?"

"태황태후마마. 망극하옵니다."

저물어 가는 권력을 뒤로하고 새 권력에 편승하려 했던 모양이지만 소 태황태후는 아직 이빨 빠진 호랑이라 하기에는 여전히 기력이 팽팽히 살아 있다.

"내 가만두지 않으리라!"

이제는 뜸 들일 일만 남았으니 잠자코 기다리면 된다. 노발대발하는 태황태후의 가슴에 불씨를 던져 넣고서 설아는 유유히 궁

221

을 빠져나왔다.

✻ ✻ ✻

서문가가 몰락한 이후로 낙양의 귀족들은 설아의 존재 자체를 잊고 살았다. 애란처럼 하찮게 보는 이들도 적지 않았으나 그런 서문가의 딸이 황후 자리를 꿰찼으니 사람들은 그녀의 정체만을 몹시 궁금해했다.

"죽은 측비를 아주 빼다 박았다지요?"

"폐하도 결국은 사내셨던 것을요."

책봉식 날 연회 자리에서도 줄곧 황제가 곁을 지킨 탓에 다들 먼발치에서 바라볼 수밖에 없었다. 어린 시절 단편적으로 기억하는 일화와 별개로 애란의 소문도 쉬쉬하며 함께 퍼졌다.

"저보다 못하다 여겼던 이가 황후 자리에 올랐으니 퍽 미웠겠지요."

"목을 맸다면서요?"

혀가 잘린 후 죄인처럼 돌아온 애란은 결국 집에서 목을 맨 채 죽음을 택했다. 정말로 스스로 죽은 것인지, 아니면 가문의 수치라 죽음에 이르게 한 것인지는 아무도 모를 일이지만 그래서 더 호기심을 불러일으켰다.

"황제 폐하, 황후마마 납시오."

"폐하께서?"

이런 자리에는 생전 얼굴 한 번 비추지 않던 황제가 직접 걸음한 것도 모자라 도겸은 손수 황후의 손을 잡고 태후전으로 들어섰다.

"저것은……."

이 자리에는 죽은 측비를 만나 봤던 이들도 더럿 있었다. 분명 더 화려한 용모를 지녔다 하나 이목구비가 참으로 측비를 빼다 박았다.

"세상에 어찌 저리 닮은 사람이 있을 수 있단 건지. 대단하지 않소, 석 부인?"

"그러게 말입니다."

측비 덕에 목숨을 구했던 석 부인도 생명의 은인과 참으로 닮은 황후를 보며 쉬이 입을 다물지 못했다.

"폐하. 이만 돌아가셔야 하옵니다."

"어허, 황후께서 잘 앉으시는지는 보고 가야 할 것을."

물가에 내놓은 어린아이를 다루듯 황제는 황후의 곁에 붙어 잠시도 떨어지려 하지 않았다.

"폐하께서도 참……."

하루아침에 그리도 귀애하던 여인을 잃고 참으로 오랜만에 찾아온 사랑이라. 죽은 측비가 살아 돌아오기라도 한 것처럼 정성을 다하는 그의 모습에 몇몇 부인들은 눈시울을 적시기도 했다. 그러나 그 모습을 지켜보는 태후의 심기는 불편하기 짝이 없다.

"폐하. 이러시지 않으셔도 괜찮습니다."

"황후께서 나를 두고 혼자 즐거우시면 이 사람은 참으로 서운한 것을요."

다른 여인들 앞에서는 냉랭하기 짝이 없던 사내였는데, 그는 황후의 손을 꼭 잡은 채 몇 번이고 아쉬운 듯 미련을 남겼다.

"태후마마께서는 왜 저이를 뽑으신 걸까요?"

"그러게 말입니다."

아무리 쉬쉬한다 해도 태후가 측비의 아이를 잃게 한 것은 모두가 아는 공공연한 비밀이었다. 때마침 측비와 선황제가 같은 날 죽은 것 때문에 혹 태후가 낳은 아이가 도겸이 낳은 아이가 아니냐는 낭설도 돌았다. 물론 그것은 그저 뒤에서 수군대는 말일 뿐이라지만, 영 태후의 태도만 본다면 그녀가 굳이 연적이나 다름없었던 측비와 꼭 닮은 여인을 황후로 들인 연유를 도무지 알 수 없다.

"소선양이 그리되었으니 어쩔 수 없었겠지요. 그렇다고 호희미를 올릴 수는 없었을 테니 말입니다."

"그야 그렇겠지요."

호랑이도 제 말을 하면 온다더니. 황제가 떠나고 잠시 후, 검은 무복을 차려입은 호희미가 전각에 발을 들였다. 색색의 비단옷을 곱게 차려입은 다른 여인들과 달리 그녀는 평소처럼 검은 무복 차림으로 태후와 황후를 찾아뵈었다.

"그대가 여기는 어쩐 일인가?"

"제가 불렀습니다."

탐탁찮은 태후와 달리 황후는 화사한 미소를 지으며 제 앞에 선 희미의 손을 꼭 잡기까지 했다.

"낙양에 달리 친구도 없는 몸이라 폐하께서 쓸쓸하지 않도록 희미를 제 말벗으로 삼겠노라 하였습니다."

"말벗이라고?"

황후의 곁에 머문다는 것은 그만큼 황제와 자주 얼굴을 대면한다는 것이니 만약 그러다 눈에 들면 측비 자리도 노릴 수 있다. 안 그래도 호륜 공이 내궁에 어떻게든 손을 뻗으려 안간힘을 쓰고 있건만, 황후가 이리 나오자 제일 당황한 것은 역시 태후였다.

"말벗을 할 사람이라면 여기에 얼마든지 있는데 굳이 익숙지 않은 호 낭자를 들여서 어찌하려고?"

"그럼요. 저희들이 있는 것을요."

호희미를 밀어내기 위해서라도 낙양의 귀부인들을 그 곁에 붙여 주어야 한다. 황제가 지극히 모시는 것도 모자라 태후까지 앞장서 그녀를 비호하니 다회에 모인 부인들도 적당히 눈치를 보며 어디에 줄을 설지 계산에 들어갔다.

생긴 것은 얌전하다 해도 영 태후의 꼭두각시 노릇이나 할 이는 아니다. 어느새 다회의 중심은 태후가 아닌 황후, 서문설아에게로 옮겨졌다.

"황후마마께는 참으로 좋은 향이 나옵니다. 무슨 비결이라도 있으십니까?"

아리는 오가는 이야기를 귀담아들으며 고개를 끄덕였다. 예전에는 아무것도 모르는 채 조롱만 당했다지만 지금의 그녀는 화제의 중심에 선 채 모두의 시선을 한 몸에 받았다.

"치자를 우려 소셋물로 쓰고, 욕탕에는 말린 모란 잎을 가득 담근답니다. 폐하께서 이 향을 참으로 좋아하시지요."

은은하게 피어 나온 향족의 향기조차도 저들은 그녀가 죽은 측비를 흉내 내는 것이라 착각하고 있다. 이렇게 닮았으면 한번 의심해 볼 법도 하건만 누구 하나 입에 담는 이가 없다.

그렇다고 긴장을 늦추거나 할 수는 없으니 아리는 여전히 눈에 힘을 주고서 철저히 월 부인의 표정을 그대로 답습했다.

"그러고 보니 무하 공의 모습이 보이지 않는다 들었습니다만."

황제의 책봉식 날 이후로 호분중랑장 무하는 근위대를 제 부관에게 맡기고 자취를 감췄다. 처음에는 휴가를 낸 줄 알았던 이들도 며칠 후에나 그가 경질되었다는 사실을 전해 들었다.

"그날 무슨 일이 있었나?"

"글쎄요."

아무것도 모른다고는 하지만 태후는 여전히 그런 아리의 모습을 수상하게 여겼다. 희미를 데려온 것도 그 때문이었다.

"마마."

"잠시 실례하겠나이다."

시녀의 부름을 받은 척 잠시 자리에서 일어나자 희미도 곧장 뒤따라 자리에서 일어났다. 함께 나란히 나가는 두 사람의 뒷모습을 태후가 바라보고 있었다.

정원을 산책하는 척하며 아리는 시녀들을 물리고 희미와 함께 태후궁 앞 연못에 있는 전각으로 향했다. 아무도 오지 않게 해 달라 일렀으니 태후가 직접 오지 않는 이상은 아무도 이곳을 엿볼 수 없다.

"시간이 얼마 없습니다."

어사대가 본격적인 조사에 들어가며 태후는 모든 증거를 제 궁에 숨겼다고 했다. 그러니 궁 내부를 살펴보기 위해 아리는 일부러 희미를 불러 함께 걸음 했다.

"마마."

"어머, 참으로 잘 어울리십니다."

희미가 태후궁 내부를 뒤지는 사이 검은 옷을 입은 무하가 아리의 곁에 앉았다. 차라리 제게 저곳을 뒤지라고 했으면 좋았을 터인데. 무하는 황후가 굳이 호희미에게 그 일을 시키고 저를 여기까지 불러들인 연유를 알 수 없었다.

"이런 차림도 제법 잘 어울리십니다."

"왜 저를 일부러 불러들이신 겁니까?"

어차피 좌천이 된 김에 며칠만 더 쉬라고 하더니 갑자기 호희미나 입고 다닐 법한 북방의 흑의를 입고 태후궁으로 불러들였다. 아직도 악감정이 쌓인 것이라 여기는 모양이지만 틀렸다.

"곧 태후가 올 것입니다."

"예?"

"그러니 저는 이렇게 할 것입니다."

무하를 곁에 앉히고서 아리는 일부러 몸을 틀어 그와 얼굴을 마주했다. 얼굴을 가까이에 들이밀자 무하조차도 당황한 기색이 역력했다.

"왜, 왜 이러십니까?"

"쉿."

"대, 대체 제게 왜 이러시는 겁니까."

아무리 죄가 있다 하나 만약 도겸이 이 광경을 보게 된다면 정말로 그의 손에 죽게 될지도 모른다. 아리는 두 팔을 무하의 어깨에 걸치고서 그에게 눈을 감으라 일렀다.

"태후가 저쪽에서 엿보게 된다면 분명 제가 무하 공과 무엄한 짓을 벌이는 것이라 오해하기 딱 좋겠지요. 아니 그렇습니까?"

힐끗 시선이 닿은 곳에 정말로 붉은 옷자락이 보였다. 태후가 지켜보고 있으니 일단은 아리가 시키는 대로 해야 한다. 생전 놀랄 일 따위는 없었다지만 갑작스러운 아리의 행동에 무하는 참으로 심장이 떨어지는 줄만 알았다.

"아직도 제가 폐하의 곁에 있는 것을 반대하십니까?"

"예나 지금이나 저는 온전히 폐하를 위할 따름입니다."

서문가의 후광을 입었으니 이제는 아리를 굳이 반대해야 할 이유가 없다. 혼이 텅 빈 것 같던 도겸의 입가에 참으로 오랜만에 미소가 돌아온 것도 그녀를 되찾은 덕분이었다.

"그러니 우리는 같은 배를 탄 게지요."

아무것도 모르던 예전과 달리 이제는 그녀도 제법 황후의 면모를 갖췄다. 황궁 안에 널린 승냥이 떼와 싸우기 위해서는 그녀 역시 독을 품어야만 살아남을 수 있다.

"슬슬 간 듯하옵니다."

잠시 후, 옷자락이 사라진 후에야 아리는 무하의 어깨에서 손을 내렸다. 아주 잠시 상간이지만 훅 다가온 그녀의 품에서 단아한 꽃 향이 스며들었다.

비릿한 쇠 냄새나 검을 닦는 기름내가 더 익숙하던 그에게는 참으로 생경한 향기다. 감히 탐해서는 아니 된다는 것을 알고 있지만 적어도 잔향을 더듬는 것 정도는 죄가 되지 않으리라.

"마마."

미오가 신호를 보냈다. 때마침 돌아온 희미가 품에 서책 몇 권을 안고서 전각 쪽으로 다가왔다.

"찾았습니다."

"이것을 어사대장에게 전해 주세요."

아리는 그 책들을 넘겨받아 무하에게 건넸다. 태후가 착복한 금액이 고스란히 담긴 장부였다.

"이것을 어찌 찾아내신 겁니까?"

"태후궁을 드나들며 봐 뒀지요."

간택을 치르며 의심 많은 태후의 행동을 면밀하게 살핀 보람이 있었다.

소녀들이 제출한 자수도, 시험을 치르며 줄곧 넘겨보던 후보들의 명부도 언제나 같은 시녀의 손에 들려 태후의 침전 인근의 한 방으로 가져가는 것을 똑똑히 보았다.

그러니 제일 숨기고 싶은 자료 역시 거기에 숨겼을 터. 평소에는 사람 하나 얼씬하지 못하게 하는 곳이었으니 전장을 휩쓸던 호희미에게 몰래 숨어드는 것 정도야 쉬운 일이었다.

"이제 가십시오."

볼일은 다 끝났다며 아리는 서둘러 무하를 떠나라 일렀다. 그가 흔적도 없이 사라진 자리에서 아리는 희미를 제 곁에 앉히고서 괜히 그녀의 속눈썹에 손을 올렸다.

"희미는 속눈썹이 참 예쁘군요."

"그런 말은 처음 들어 봅니다."

눈썹을 슬쩍 쓰다듬으며 아리는 방싯 미소 지었다. 무뚝뚝한 무하만큼이나 희미 역시 가까이 다가가니 어찌할 바를 몰라 당황한 기색이 보였다. 도겸의 명이 있었다더니 희미는 언제 그랬냐는 듯 아리의 명령에 충실히 따랐다. 적일 때는 참으로 두렵다지만 아군이 되니 더할 나위 없이 든든하다.

"근신당한 무하 공이 어찌 황후마마와 함께 있단 말입니까?"

태후라면 분명 모여 있는 사람들 앞에서 저를 웃음거리로 만들고자 할 것이 분명하다. 그러니 아리는 그 상황을 역이용하기로 마음먹었다.

"내 두 눈으로 똑똑히 본 것을. 바로 저기!"

"무슨 일이십니까?"

갑작스러운 소란에 희미가 자리에서 벌떡 일어났다. 분명 방금까지만 해도 무하가 앉은 것을 똑똑히 보았을 테지만 아리는 몰려온 이들을 앞에 두고 태연히 되물었다.

"갑자기 여기는 어인 일이십니까?"

"분명, 분명 저기에⋯⋯."

"잉어가 보고 싶어 잠시 나온 것인데. 송구하옵니다, 태후마마."

아무것도 모르는 황후를 앞에 두고 태후만 이상한 사람이 되었다. 근신 중인 무하가 황후와 무슨 일이 있었던 것은 아닌가 함께 들떴던 이들도 덩달아 얼이 빠져 태후만을 바라보았다.

"아무래도 태후마마께오서 호 낭자를 다른 이로 착각하셨던 모양입니다."

"아무렴요. 그럴 리가 없지요."

여기서 제 눈으로 똑똑히 보았다 한들 그 사실을 누가 믿어 줄까. 단숨에 바보가 되어 버린 태후를 앞에 두고서 아리는 뜻 모를 미소만을 가득 머금었다.

갑자기 튀어나온 황후보다야 구설 많은 태후 쪽을 씹어 대는 것이 훨씬 더 즐거울 것이다. 아마 내일 즈음이면 낙양의 귀족들 사이에 태후가 황후를 모함하려 수작을 부렸다는 소문이 가득 퍼지리라.

"이만 들어가지요. 희미."

"예, 황후마마."

그녀가 웃을 날도 이제 얼마 남지 않았다. 복수는 이제부터 시작이니까. 삽시간에 희비가 역전된 채 아리는 태후를 내버려 두고 유유히 다회 자리로 돌아갔다.

그날 저녁, 무하가 황제의 곁에 복귀하면서 경질 소문은 없던 일이 되고 말았다.

"신 호분중랑장 무하, 폐하의 명에 따라 복귀하였나이다."

"고생 많았다."

노여운 기색 하나 없이 반기는 모습을 보며 무하가 황제의 밀명을 받고 황궁을 비운 것이 아니냐는 추측이 나왔다. 그 바람에 가장 곤란해진 것은 다름 아닌 태후였다.

"고얀 것!"

화가 날 대로 난 영 태후는 분을 이기지 못하고 손에 잡히는 모든 것을 집어 던졌다. 산산조각이 난 화병 조각을 보고도 시녀들은 상전의 심기를 거스를까 손도 대지 못했다. 위엄을 유지하는 것만으로도 성에 차지 않건만, 하루아침에 천하의 웃음거리가 되고 말았다.

"마마, 저희들도 분명 보았나이다."

"너희 따위가 보았다 한들 누가 믿어 준단 말이냐!"

감시 역으로 세워 두었던 시녀는 옆 구석에 기절해 있었던 바람에 사정을 물어보아도 별 성과가 없다. 저가 불러온 많은 이들의 시선에 낯이 뜨거웠다. 태후궁 정원에 호분중랑장이 있다는 말에 신이 나서 달려온 이들은 덩그러니 선 호희미를 보고 덩달아 얼이 빠졌다.

"뻔뻔한 것 같으니라고."

분명 제 눈으로 똑똑히 보았는데. 서문설아는 태후의 추궁에도 불구하고 화를 내기는커녕 오히려 태연히 웃기만 했다. 너무나 당당한 서문설아의 태도에 지켜본 이들은 모두 태후가 착각한 것이라며 입을 모았다.

"호희미 그것을 끌어들인 것도 이것 때문이었겠지. 날 골탕 먹이려고 작정한 게야."

231

자신은 이곳에서 한 발자국도 벗어난 적이 없었다고, 황후는 물론 황후를 수발드는 시녀마저 모두 한목소리를 냈다. 호희미가 저를 보았냐는 질문에 태후는 쉽사리 답하지 못했다.

두 사람의 옷차림도 비슷하고 길게 머리를 늘어트린 것도 비슷하긴 하다지만 그것뿐인데. 아무리 그래도 사내와 여인을 헷갈리는 건, 그것도 체구가 아예 다른 두 사람을 구분하지 못했을 리 없다.

그런데도 누구도 제 말을 믿어 주기는커녕 제대로 듣는 시늉조차 하지 않은 체 오해라고만 하고 있으니 참으로 뒷목을 잡을 지경이었다.

"아무래도 폐하를 뵈어야겠다."

분명 황제의 곁에서 그녀가 모르는 일이 일어나고 있는 게 분명하다. 허영이 찾아와 무례를 범한 것만 해도 그렇다. 분명 황제가 원하는 것을 내밀어 주었음에도 불구하고 만약 그가 정말로 제 뒤통수를 친 것이라면 그때는 어떻게든 손을 써야 한다.

분명 먼저 가겠노라 전갈을 보내고 길을 나섰는데 어쩐지 평소처럼 마중을 나와 보는 이가 하나도 없다. 이렇게 사소한 것 하나마저 소홀해지시는 것을 보아 도겸이 서문설아의 치마폭 아래에 푹 빠져 버렸다는 사실은 아무래도 허언이 아닌 듯했다.

너무나도 금실이 좋으시다는 이야기를 들을 때마다 속이 뒤틀렸다. 태후 자리에 올라 내궁을 책임지는 동안 황제는 언제나 제 의견을 제일 먼저 존중해 주었는데, 갑자기 굴러 들어온 돌에 찍힌 기분을 지울 수 없다.

"뭔가가 있는 게 분명해."

무하와 서문설아 사이든, 아니면 무하와 황제 사이든 뭔가가 있는 게 분명하다. 엉겁결에 얼버무렸다 해도 분명 황제가 혼례 날 밤 직접 황명을 내려 호분중랑장을 내쫓았다는 이야기를 전해 들었다.

퇴청한 후 침소에 들었다 하여 태후는 손수 황제의 침소까지 걸음 했다.

"여기는 어쩐 일이십니까."

그녀가 황제궁에 들어서자 복귀한 무하가 태후의 앞을 막아섰다. 가증스러운 면상을 보니 또다시 화가 치밀었다.

"네놈이 감히 나를 능멸한 것도 모자라 폐하를 기만해?"

그 당시, 서문설아가 갑자기 자리를 비우는 걸 확인하고 태후는 서둘러 자리를 옮겼다. 후원 어귀로 들어간다고 하더니 호희미는 애초에 그 자리에 있지도 않았고, 서문설아는 무하의 품에 안겨 입을 맞추고 있었다. 황제의 여인이 황제가 아닌 신하와 불경스러운 짓거리를 하는 꼴을 절대 그냥 두고 볼 수는 없다.

"소신은 도무지 영문을 모르겠나이다."

"뻔뻔한 것 같으니라고. 네 죄를 아직도 모른다 이르는 것이냐?"

"이것이 무슨 소란이냐."

악을 쓰며 언성을 높인 탓이었을까. 소란을 들은 황제가 먼저 침전을 나섰다. 느슨해진 옷자락을 여미지도 않고서 황제는 얼굴이 벌겋게 달아오른 태후를 앞에 두고도 눈 하나 깜짝하지 않았다.

"태후마마께서 여기는 어인 일이십니까?"

"폐하, 이리 넘기실 일이 아니옵니다!"

제 앞에 선 무하를 밀쳐 버리고서 태후는 황제의 앞으로 달려갔다. 분명 다회 자리에서 제 눈으로 무하와 서문설아의 망측한 모습을 똑똑히 보았노라고 열변을 토하는 그녀와 달리 황제는 헛웃음을 지으며 너그러운 미소를 머금었다.

"다회에서 오해가 있었다는 이야기는 들었습니다."

"오해라니요?"

"태후께 이번 혼례를 준비하시는 것에 너무 부담을 드렸던 모양입니다."

아무리 말을 해도 이야기가 통하지 않는다. 분명 억울한 것이라 토로해 보아도 황제는 물론 그 누구도 제 말에 귀를 기울여 주지 않는다. 분명 제 눈으로 똑똑히 보았건만.

억울함에 오기가 차오른 그녀를 앞에 두고도 황제의 낯빛은 조금도 변하지 않았다.

"그럼 폐하께서는 지금 제가 거짓을 말하고 있다, 그리 말씀하시는 겁니까?"

"밤이 늦었으니 어서 침소로 돌아가시지요. 여봐라, 어서 태후마마를 뫼시거라."

부정도 책망도 하지 않고 황제는 그저 돌아가시라 한 마디로 태후의 모든 말을 일축해 버렸다. 허탈함에 무어라 말을 이어 보려 했지만 이미 늦었다. 도겸은 뒤도 돌아보지 않고서 곧장 제 침소로 돌아가 버렸다. 제법 어둑해진 방 안에 불을 밝힌 것인지 여인의 그림자가 창가에 어른거렸다.

곧이어 사내의 그림자가 더해지고 두 그림자가 겹쳐졌다. 방 안에서 새어 나오는 웃음소리가 참으로 정다운데, 그것이 대못이 되어 태후의 귀에 내리꽂혔다.

다정도 병인가 싶다. 저들에게는 저리도 쉬운 사랑이 제게는 어쩌면 그리도 어려운 것일까. 눈길 한 번이라도 받아 보고자 애가 달아 있건만 그녀는 언제나 나쁜 패만 손에 쥐고서 어찌할 바를 모르고 있다.

"대체 왜."

왜 나는 안 된다는 것일까. 차마 그 말을 입 밖에 꺼내는 것은 자존심이 상해서 태후는 이를 악물었다.

'서문설아. 네 이년.'

황제의 침전을 원망스레 바라볼 수밖에 없는 처지가 서러워졌다. 온 황궁이 그것만을 감싸고도는 형세에 치가 떨렸다.

❋　✱　❋

드디어 물고기가 먹이를 물었다. 분을 참지 못하고 황제의 침전까지 찾아온 태후를 보고 있자니 모든 것이 참으로 순조롭다.

"정말 모두 그대의 말대로군."

"태후마마는 원래 저런 분이니까요."

간택 때나 지금이나 조금도 변한 것이 없다. 저렇게 한결같은 것도 어떤 의미로는 재주인 셈인데.

허영이 올린 상소를 살피며 아리는 태후의 죄상을 낱낱이 확인했다.

"애란이 끌려간 것도 이번 기회에 제대로 확인해야 할 것입니다."

"그대를 모함했다던 그자를 말인가?"

"목을 매어 죽었다고 하더군요."

태후의 손길이 닿은 자들 중 하나도 무사하게 넘어간 이가 없다. 간택을 핑계로 벌써 둘이나 그 꼴이 났으니 분명 쥐도 새도 모르게 사라져 간 이가 한둘이 아닐 것이다. 아무리 제 허물을 건드렸다 해도 혀를 잘라 죽음으로 몰고 갔을 줄은 꿈에도 몰랐다. 그렇게 또 한 목숨이 사라졌다. 뒤늦게 소식을 듣고 난 후 아리는 적적한 마음을 감출 길이 없었다.

"그대는 너무 상냥해."

"태후에게 밉보였다가는 하루아침에 궁에서 쫓겨난다며 떠드는 것을 들었습니다. 시녀들 사이에 공공연히 이야기가 도는 것을 보아 분명 실마리를 찾을 수 있을 겁니다."

"그 문제는 이만 접어 두지."

뒷일은 허영이 알아서 잘 처리해 줄 것이니 도겸은 아리의 손에 든 종이를 빼앗았다. 고운 눈에 시름이 밴 것조차 안타까워서 도겸은 아리의 옷고름을 만지작대며 은근한 유혹을 보냈다.

"남들이 보는 앞에서는 너무 그러지 마셔요."

무하를 보았다며 태후가 분을 곱씹을수록 황후를 챙기는 황제의 각별함이 더욱 빛났다. 이 모든 계획을 실행할 수 있었던 것도 모두 도겸이 있어 준 덕분이다.

"내 아내를 사랑하는 것도 흠이 된단 말인가?"

"아무리 그래도 그렇지요. 사람들이 흉을 볼까 걱정이옵니다."

"흉을 보기는. 그대가 나의 주인이시니 만백성은 모두 그대 앞에 무릎을 꿇어야 옳거늘."

지난 3년 사이 제법 황제다워진 그의 말이 참으로 생경하지만 그래도 싫지는 않다.

언젠가 태양 아래 당당히 그의 곁에 서고 싶다던 제 염원대로 이제는 그 누구도 그녀의 존재에 대해 토를 달지 못하게 됐다. 정식 품계를 받았으니 태후는 물론 그 누구도 마음대로 아리를 내쫓을 수 없다. 잠시라도 손을 놓으면 누군가가 빼앗아 가기라도 할까 봐 도겸은 아리의 허리에 손을 감은 채 좀처럼 놓아주지 않았다.

"그대만 곁에 있어 준다면야 황제 노릇도 제법 할 만하더군. 황후궁 뒤에 새 전각을 지어 드릴까?"

"전각보다는 따로 갖고 싶은 것이 있기는 합니다만……."

생전 무언가를 바라는 적이 없던 아리가 제 입으로 먼저 말을 꺼냈다. 고운 입술에 지분지분 손을 얹고서 도겸은 괜한 의심을 더한 눈으로 그녀를 마주했다.

"다른 것은 다 좋으나 무하를 호위로 달라는 소리는 하지 말아 줘."

"예?"

생각지도 못한 소리에 눈이 휘둥그레졌는데 금방 그 이유를 알아차릴 수 있었다. 괜히 시선을 피하며 거머쥔 손만 열심히 만지는 것으로 보아 아무래도 이분은 이제 제 수하에게조차 질투를 하시나 보다. 태후의 앞에서는 능구렁이처럼 시치미를 떼도 제 눈에는 도겸이 생각하는 바가 빤히 보였다.

"그 일이 아직도 마음에 걸리신 겝니까?"

"나는 그런 옹졸한 사내가 아니야."

입은 아니라고 말을 하면서도 입술이 삐죽거린다. 사내와 혼인을 하면 아들을 키우는 기분이 된다더니, 그녀가 돌아온 이후로 도겸은 응석이 퍽 늘어나 버렸다.

예전에는 태산처럼 기대기만 하고 싶었는데 이제는 어쩐지 그를 보듬어 주고 싶은 마음이 앞섰다. 곰처럼 커다랗던 아버지도 어머니 앞에서는 언제나 순하기 짝이 없으셨다. 그런 도겸을 보고 있자니 괜시리 눈가가 촉촉해졌다.

"아리, 나는……."

"태후를 정리하는 대로 아이를 가졌으면 합니다."

눈물을 보인 탓에 행여 오해라도 할까 싶어 아리는 서둘러 제 본심을 털어놓았다. 제 아이를 해치고 제 흔적을 모조리 지워 버린 태후도 그 아이에게만은 유일한 어머니였다. 제 아이가 무사히 태어났더라면 아마 그 또래였을 터인데. 황자든 황녀든 분명 도겸을 닮아 영특하고 귀여운 아이였을 텐데. 차마 만나 보지 못했던 그 아이에 대한 미련이 남아서 아리는 아픈 가슴을 애써 달랬다.

"그대가 굳이 의무감을 가질 필요는 없어."

"다회에 온 부인들에게 들었습니다. 폐하께서는 어린 시절에도 참으로 영리하고 귀여우셨다고요."

모두가 아는 그의 어린 시절을 자기만 모르고 있으니 서운함이 배가되었다. 그 핑계를 대고서 아리는 도겸의 어깨에 기댄 채 살짝 머리를 비볐다.

"사랑하는 사내의 아이를 가지고 싶은 것이 그리 큰 욕심일까요."

만약 또다시 무슨 일이 생긴다 해도 그 아이가 제가 그의 곁에 머물렀단 사실을 증명할 것이다. 이 거대한 궁 안에 흔적 하나 남기지 못하고서 죽은 사람이 되어 버린 측비 아리. 설령 이렇게 다시 돌아왔다 해도 이제 다시는 그 이름을 사용할 수 없다. 그러니 적어도 이 황궁에 제가 존재했다는 사실을 그 누구도 부정할 수 없도록, 어느 누구도 제 위치를 넘볼 수 없도록 해야 한다.

"그대가 그렇게 여긴다면야 내 기꺼이 그대의 바람을 들어주어야지."

도겸은 그윽한 미소를 머금은 채 방울방울 떨어진 눈물을 닦아주었다. 너무 아파서, 아팠다는 말조차 차마 꺼낼 수 없었던 어린 연인은 오래된 상처를 가슴에 묻고 서로를 보듬었다.

"다시는, 이제 두 번 다시는 폐하의 곁을 떠나지 않을 겁니다."

"암, 그래야지. 그렇고말고."

이제 더는 같은 하늘을 이고 살 수 없는 원수가 되었으니 태후와도 끝장을 볼 때가 왔다. 다른 사내의 씨를 품어 황가의 정통성을 훔친 것도 모자라 그것이 제 것인 양 누려 온 것만으로도 큰 죄를 물을 길이 없다. 그간 분에 넘치는 영광을 누렸으니 이제 그만 낭떠러지를 맛볼 차례다.

"태후라면 분명 제 손으로 발등을 찍을 것입니다. 잠자코 두고 보시지요."

도겸의 허벅지에 손을 얹은 채 아리는 회심의 미소를 머금었다.

✻ ✸ ✻

"빌어먹을!"

황제의 축객령에 영 태후는 아무런 성과 없이 제 궁으로 돌아오고 말았다. 침전 앞에서 대놓고 문전박대를 당한 터라 그 꼴을 본 이가 제법 많았다. 기만당하는 줄도 모르고, 황제가 제 뒤통수를 칠 줄은 꿈에도 몰랐다. 끓어오르는 분을 애써 삼키며 태후는 주먹을 불끈 거머쥐었다.

"태황태후마마를 뵈어야겠다."

소선양의 일 이후 심기가 불편한 것을 아니 한동안 걸음 하지 않았다. 서문설아에 이어 황제마저 이렇게 돌아섰으니 이제 그녀가 매달릴 곳은 오직 태황태후뿐이다. 소씨 일가를 이용해 조정을 움직인다면 황제도 어떻게든 한발 물러나야 할 터.

"태황태후마마. 태후께서 들었사옵니다."

"드시라 전해라."

늦은 시간임에도 불구하고 태황태후는 여전히 깨어 있었다. 이번 기회에 서문설아를 혼쭐낼 생각에 태후는 이를 악물고 제 시어머니 앞에 분을 토해 냈다.

"간이 배 밖에 나오지 않고서야 어찌 이럴 수 있단 말입니까."

새 황후가 황제의 수하와 붙어먹는 꼴을 보았노라고 열변을 토하는 와중에도 태황태후는 아무 말도 하지 않고 앞에 앉은 영 태후를 바라만 봤다.

"그래서? 할 말은 다 한 것이냐?"

"……마마?"

겨우 말을 마치고 난 후에야 무언가 이상하다는 것을 알아차렸다. 얼어붙은 태황태후의 눈이 어쩐지 한참을 울었던 사람처럼 붉게 충혈되어 있었다. 그조차도 이제야 알아차렸다. 뒤늦게 상황을 수습해 보려 했지만, 그러기에는 이미 너무 늦어 버렸다.

"태황태후마마. 그러니까 제가 드리고자 하는 말씀은……."

"무슨 낯짝으로 내 앞에 그 뻔뻔한 면상을 들이미나 했더니. 꼴 좋게 됐구나."

"마마."

"머리 검은 짐승은 이래서 안 된다더니. 네 이것을 보고도 그런 소리가 나오는 것이냐?"

태황태후는 옆에 둔 주머니 하나를 열어서는 태후의 면전에 무언가를 흩뿌렸다. 어딘지 모르게 씁쓸한 내음과 말라비틀어진 잎사귀의 모양을 알아보고 그만 숨이 멎는 줄만 알았다. 피를 토하고 죽은 소선양이 마셨던 차, 귀망초의 역한 내음이 코를 찔렀다.

"이것을 어떻게……."

"네 입으로 어디 말해 보아라. 네 이것을 어찌 쓴 것이더냐!"

격노한 소 태황태후는 손에 쥔 귀망초를 마구 짓이겼다. 조금이라도 제게 해가 될까 싶어 영 태후는 날리는 가루를 피해 옷소매로 서둘러 입을 막았다. 뒤늦게 무엇인지 모른다 발뺌해 보아도 저래서야 아무 소용이 없다.

의심이 사실이 되자 소 태황태후는 울분에 찬 채 영 태후의 멱살을 잡았다.

"네가 어찌, 네가 어찌 선양을 해한단 말이냐! 선양 그 아이를 왜!!"

딸이 없는 태황태후에게 소선양은 평생을 지켜봐 온 친딸 같은 존재였다. 언제나 저를 잘 따랐던 기특한 아이라 곱게 키운 아이를 제 곁에 두고자 가문의 반대를 무릅쓰고 황후 자리를 권했던 것도 소 태황태후 자신이었다. 모든 것이 순조로울 줄만 알았건만 제 수족인 영 태후가 감히 제 발등을 내리찍었다.

"너 따위가 감히 나를 속여?!"

"마마!"

"이것 놓으십시오!"

보다 못한 시녀들이 두 사람을 말렸다. 죽일 듯이 달려드는 소 태황태후를 겨우 뿌리치고서 영 태후는 제 옷깃을 다시 여몄다.

241

씩씩대며 분을 삭이지 못하는 소 태황태후도 이제는 머리 곳곳에 흰 새치가 보였다. 예전처럼 호기롭게 나서기에는 그녀도 제법 나이가 들었다.

"어마마마!"

소란을 알아차린 어린 황태자가 제 어미를 찾아 태황태후의 처소까지 달려왔다. 병약했던 아들이 남긴 유일한 핏줄이라 태황태후는 유독 어린것을 손에서 놓지 못했다.

"저는 괜찮습니다. 태자."

"태황태후마마. 어마마마를 괴롭히지 마십시오."

사정도 모르고서 눈물을 쏟는 아이의 말이 태황태후의 속을 뒤집어 놓았다. 아무리 끔찍하다 해도 제 아들의 자식을 낳아 준 이다.

저 아이가 태어나지 않았더라면 선황제는 죽어서조차 씨 없는 수박 소리를 들으며 끝없는 조롱에 시달렸을 터. 소 태사가 제거당하고, 멸문 직전이었던 소씨 가문의 명맥이 이어진 것도 모두 태후가 바로 그날 황통을 이을 적자를 낳아 준 덕분이었다.

"모두 물러가라."

선양이 궁에 들어오면 저는 찬밥 신세라 그 싫은 소리 하나를 못 견디고 이러는 태후의 모습이 섬뜩하기까지 하다지만, 그래도 하나뿐인 황태자의 어미이기에 소 태황태후는 그녀를 함부로 내칠 수 없다. 참으로 교활하기 짝이 없는 이다. 이제 영 태후는 더이상 제 손바닥 위에서 놀던 꼭두각시가 아니다.

"그래서, 내게 뭘 부탁하고 싶은 것이냐."

"조정을 움직여 황제를 압박할 작정입니다."

허영은 적이 많은 사내이기에 조정 내에서도 불만의 목소리가 팽배하다. 그런 이가 이제는 공을 세우는 데 눈이 멀어 태후를 핍박한다는 여론을 동원하면 황제도 더는 저리 안하무인으로 굴 수 없다.

"저를 건드리는 것은 곧 태자를 뒤흔들겠다는 속셈인 것을요. 선황제 폐하의 적자인 황자를 어떻게든 물리고 새 계집의 태에서 난 제 자식을 차기 황위에 올리겠다는 속셈을 누가 모를까요."

무하와 서문설아의 일을 더 언급하다가는 저만 웃음거리가 될 터. 아무리 제 두 눈으로 똑똑히 보았다고 해도 증거가 없으니 그 무엇으로도 손쓸 도리가 없다.

제대로 한 방 먹은 기분을 지울 수 없지만, 그러니 더더욱 이번 기회에 다시는 쓸데없는 소리를 하지 못하도록 단단히 기를 죽여 놓을 작정이었다.

"하지만 선양의 일은……."

"증거 따위. 어디서도 나오지 않을 겁니다."

허영이 아무리 날뛰어 본다 한들 내궁을 직접 뒤지지 않고서야 그 어떤 내용도 발견할 수 없을 터. 정황이 아무리 그녀를 가리킨다 해도 시녀의 목숨 정도야 적당한 사고로 위장하여 묻어 버리면 그만이다.

제 태에서 태어난 황자가 있는 이상 정통성을 논하는 노대신들은 시시비비도 가리지 않고 무조건 저를 비호하고 나설 터. 황제가 아무리 나서 본다 한들 그는 서자일 뿐이니 적어도 정통성 문제에서만큼은 조금도 물러날 생각이 없다.

"길고 짧은 것은 붙어 봐야 알겠지요. 그러니 일말의 차질도 없이 준비해 주십시오."

제 아들을 볼모로 잡고서 영 태후는 소 태황태후에게 명을 내렸다. 아무리 아니꼽고 가소롭다 해도 소 태황태후는 손자가 눈에 밟혀 그녀의 뜻을 거스를 수 없다. 그렇게 영 태후는 어사대의 뒤에 숨은 황제를 향한 반격 준비에 들어갔다.

✳ ✳ ✳

어사대가 내궁을 조사한 지도 제법 시간이 흘렀다. 황제의 혼인날 시녀의 시신이 발견된 것 이외에는 그 무엇 하나 뚜렷하게 나왔다는 말이 없다.

"허영도 이젠 끝이 보이는 모양이지."

"그러게. 처음부터 공을 세우려 무리수를 둔 모양인데. 쯧."

소선양의 죽음을 두고 누가 죽인 것인지 첨예한 대립이 이어졌다. 당연히 경쟁 중인 나머지 두 사람이 죽인 거라고 소씨 가문 관리들이 언성을 높이자 호륜 공 일파도 덩달아 맞섰다.

"그만 좀 하시오."

그 싸움을 말리는 것은 결국 황제의 몫이다. 일부러 갈등을 부추긴 감도 없지 않지만 첨예하게 대립하는 두 세력의 견제가 심해지면서 결국, 태후가 직접 조회에 나서기에 이르렀다.

"어사대장 허영, 황제 폐하를 뵙사옵니다."

이 모든 사건의 중심에 선 허영이 도겸에게 인사를 올렸다. 황제의 명을 앞세운 허영의 손에 소씨 일파도, 호륜 공 일파도 적잖은 타격을 입었다. 그러던 차에 그가 하필이면 성역이나 다름없는 태후를 물고 늘어졌다.

제게 쏟아지는 모든 비난을 묵묵히 견디며 허영은 도겸의 명을 충실히 따랐다. 시키는 일 외에는 그 어떤 것도 보지 않는 이 우직한 사내가 없었더라면 교활한 영 태후의 꼬리를 잡아내는 건 불가능했을지도 모른다.

분명 힘든 조사였을 텐데도 불구하고 꿋꿋이 버텨 준 그를 보아서라도 오늘은 기필코 태후를 끌어내려야 한다.

"태후마마 납시오."

이번 일의 매듭을 짓겠노라며 태후는 중신들 앞에 자진해서 나섰다. 화려하던 평소의 차림과 달리 그녀는 죄인이라도 된 것처럼 수의 같은 흰 비단옷을 입었다. 단정하게 틀어 올린 머리와 장식 하나 없는 창백한 얼굴이 그녀를 더욱 초라하게 했다.

"이 일을 어찌할꼬."

노대신들에게 있어 태후는 열 손가락 중 유독 아픈 손가락이었다. 궁에 들어온 후 평생을 소 태황태후에게 시달린 것도 모자라 힘겹게 황실의 적통 핏줄을 지켜 온 귀하신 몸이다. 새 황후가 들어오기 전까지 황궁의 안살림을 도맡은 것은 물론, 장차 단월국의 미래를 짊어질 귀한 황자를 낳기까지 했다.

노대신들에게 있어 귀한 적통의 피붙이를 낳아 기른 것만으로도 태후는 황제보다 더 귀한 존재가 되었다. 그런 그녀를 집요하게 괴롭히는 허영의 존재는 자연스레 두고두고 곱씹어야 할 악덕 관리로 전락했다.

"아이고, 마마. 이 일을 어찌할꼬."

요 며칠 마음고생이 심한 탓인지 태후는 평소보다 훨씬 더 야윈 상태였다. 창백하기까지 한 그녀의 모습에 노대신 몇몇은 눈시울을 붉히기까지 했다.

"조사가 마무리되어 보고드리고자 하옵니다."

"어허, 저자가!"

내용은 채 들어 보지도 않고 허영이 나서자 군데군데에서 대놓고 비난이 쏟아져 내렸다. 그러거나 말거나 그는 조금도 신경 쓰지 않은 채 황제의 명이 떨어지기만을 기다렸다.

"태후께서 요 며칠 마음고생이 심하셨다 들었습니다."

"별말씀을요. 이게 폐하의 은혜가 아닐까 싶사옵니다."

분명 서로 덕담을 나누는 것처럼 보여도 실상은 전혀 그렇지 않다. 대놓고 알력 다툼이 시작됐는데, 지난번 일 이후로 태후도 만반의 대비책을 세워 둔 모양이다. 태후까지 자리하고 본격적인 보고가 시작됐다.

"내궁에서 사망한 소선양의 사인은 무엇이었소?"

"귀망초가 든 차를 마신 것으로 추정하고 있습니다."

소선양이 죽는 모습을 목격한 것은 황제 본인이었고, 증상으로 보아 일단 입에 대고 나면 한 다경을 넘기지 못하고 피를 토한다고 했다. 시간상 소선양이 떠나고 한참 이후였던 터라 줄곧 후보들의 처소에 머물렀던 서문설아와 호희미는 자연스럽게 범인 물망에서 벗어나게 된다.

"또한 당시 소 낭자가 태후마마의 시녀를 따라 걷는 모습을 본 자가 있었습니다."

"뉘가 그런 무엄한 말을!"

태후의 이름이 거론되자 소씨 가문에서 불만이 터져 나왔다. 말만 나와도 흥분하는 이들을 일단 진정시키고서 태후는 날을 숨긴 채 다소곳이 물었다.

"증거가 있습니까?"

서문설아가 진작 쫓아낸 덕에 내궁에 발을 들인 적이 없으니 목격한 이가 있다 한들 명백한 물증이 없다. 그러니 꼬리가 잡힐

길은 없을 것이다.

"귀망초는 구하기 힘든 독입니다. 물자가 엄중히 관리되는 황궁 안에 그런 것을 들일 수 있는 사람은 극소수입니다."

대답을 마치고 허영은 옥좌에 앉은 황제의 앞에 서책 하나를 내밀었다.

"이것이 무엇인가?"

"태후궁의 서고에서 찾아낸 증거입니다."

"뭐라?"

어쩐지 서책 표지가 낯이 익었다. 황제는 내용을 훑어보고서는 그것을 다시 호륜 공에게 넘겨주었다.

설마, 저것이 저들의 손에 넘어갔을 리가 없는데. 소씨 가문을 철천지원수처럼 여기는 호륜 공 일파가 만약 그 사실을 알게 된다면 그때는 정말 끝장이다.

"이번에 사체로 발견된 시녀의 집에 막대한 돈을 보내셨군요. 이것이 어찌 된 일이옵니까?"

확신에 찬 호륜 공의 미소를 앞에 두고 태후의 심장이 철렁 내려앉았다.

"저것은……."

태후궁 깊숙한 곳에 있어야 할 장부를 어떻게 손에 넣은 것인지 영문을 알 수 없다. 사정은 모르나 일단 내색하지 않았다.

"아마 그 아이를 가엾게 여긴 아랫것들이 마음을 쓴 모양입니다."

딱 잡아떼는 태후의 말에 소씨 가문 일파도 함께 동조했다.

"그럼 그렇지. 괜한 말꼬리 잡는 건 그만하시지요."

"괜한 말꼬리라."

그만 덮고 넘어가자는 소씨 일파의 열변에도 도겸은 잠자코 호륜 공 쪽을 바라보았다. 검만 쥐는 무인이라 해도 호륜 공은 장부 안의 수상한 점을 포착했다.

"태후마마의 말씀이 그렇다 칩시다. 그런데 어째 태후궁에는 유독 가엾은 시녀가 많은가 봅니다?"

호륜 공은 장부에 적힌 내용을 소상히 읽어 나갔다. 이번 달에만 다섯 명, 지난달에는 셋. 그 외에도 경로를 알 수 없는 형태로 막대한 비용을 지출한 사실이 적혀 있다.

"이 일이 어찌 된 것입니까?"

"그것은……."

"내궁의 일에 대해서는 황후에게 묻지."

황제가 직접 황후를 모셔 오라 명을 내렸다. 잘 짜인 밥상을 앞에 두고 아리는 드디어 조정에 직접 모습을 드러냈다. 찬란히 빛나는 금관을 쓰고 선녀의 날개옷처럼 하늘하늘한 보랏빛의 화복을 걸치고서 아리는 태후의 곁에 나란히 섰다.

"책봉된 지 며칠이나 되었다고. 황후마마께오서 뭘 아시겠습니까?"

"길고 짧은 것은 대보아야 아는 법이지요."

노여운 기색 하나 없이 아리는 비꼬는 대신의 말을 가볍게 받아쳤다. 긴장하기는커녕 생긋 웃어 버리는 대담함에 소씨 일파도 더는 나서기 어려웠다. 아리는 호륜 공의 손에 있던 서책을 받아 들고서 허영에게 물었다.

"이것은 어디에서 발견한 것입니까?"

"서고에서 찾아낸 것입니다."

"태후궁 내부를 수색할 수 없어 그리한 것인데, 공교롭게도 일이 이렇게 되었으니 참으로 안타까울 따름입니다."

"뭐라?"

아리가 마음에도 없는 소리로 염장을 지르니 듣던 태후도 노여움이 치밀어 올랐다. 그때 저자에게 서고로 가 보라 말했던 이는 분명 서문설아였다. 만약 그녀가 정말로 작정하고 함정을 판 거라면 이것도 쉽게 빠져나가기는 힘들어 보인다.

"나는 모르는 일이오."

태후는 결국 입을 닫기로 마음먹었다. 아무리 저들이 심증만 가지고 의심한다 한들 일국의 태후인 자신의 권위를 떨어트릴 수는 없다. 구슬 같은 눈물을 떨구며 태후는 소매로 눈물을 닦았다.

"우리 폐하께서 돌아가시고 홀로 남아 어린 황태자를 키우며 태후의 소임을 다했습니다. 그런 제게 어찌 그런……!"

"마마!"

황금과 보석으로 장식한 아리에 비해 너무나도 가녀린 태후의 모습이 안쓰러워서 보다 못한 대신들이 나섰다. 시녀가 비틀거리는 태후를 부축하고 아리에게 원망의 눈길이 쏟아졌다.

아무리 날고 기어 본들 영 태후는 이미 황궁을 장악한 지 오래다. 이제 슬슬 필요가 없어진 저를 몰아낼 심보인 모양이지만 저들이 뭐라 한들 그녀에게는 든든한 뒷배가 있다.

소선양을 죽였다는 걸 알면서도 소 태황태후는 그 사실을 덮어 준 것은 물론 어떤 보복도 하지 않았다. 그 이유는 단 하나, 제 태중에 들어섰던 아이 덕분이다.

"폐하께서 황제의 위에 오르셨다 하나 이 단월국의 적통은 우리 황태자입니다. 저를 이리 눈엣가시처럼 여기시니 어찌할 도리를 모르겠습니다."

황제가 아무리 공훈을 세운다 한들 결국은 측비의 자식일 뿐, 태어난 순간부터 그의 발목에 달린 꼬리표는 죽었다 깨어나도 절대 떼어 낼 수 없다. 그토록 바라 마지않았던 사내라 해도 듣기 좋은 꽃노래는 결국은 한철이다.

여인에게 눈이 멀어 끝내 자멸하려는 황제를 보니 속이 쓰렸다. 어째서 그는 제 손을 잡지 않는 것일까. 그가 제 손을 잡았다면 모든 것이 수월하였을 것인데. 어리석기 짝이 없는 사내에게 미련을 갖는 것도 여기까지다.

태후는 소매로 거짓 눈물을 훔치고서는 원망을 담아 황제를 힐난했다.

"내궁은 엄연한 이 사람의 소관입니다. 갓 들어온 황후가 아무리 귀여우셔도 이런 하극상이 어찌 용납될 줄 아십니까."

노대신들이야 언제든 서자인 도겸을 밀어내고 제 태에서 나온 황태자를 옹립할 궁리만 하고 있다. 도겸의 정적들과 제 배에서 낳은 아들만 믿고 대담하게 맞서는 태후를 보며 아리는 홀로 중얼거렸다.

"끝까지 그리 나오신단 말씀이시지요."

순순히 처음부터 인정하고 나섰더라면 재고의 여지라도 있었겠지만 그조차도 더는 봐줄 여지가 없다. 그동안 모두를 속여 온 저 위선의 가면을 드디어 벗길 때가 왔다. 소선양의 죽음의 원인조차 명백하건만 다들 쉬쉬하며 덮어 주려는 이유는 하나뿐이다.

태후의 배로 낳은 아들. 선황제의 유일한 핏줄이라 불리던 그 아이가 사실은 다른 사내의 아이라면, 그래도 태후는 그 아이를 꿋꿋이 감쌀 수 있을까?

등 뒤에서 도겸의 시선이 느껴졌다. 만약 무언가가 잘못된다 하더라도 제 등 뒤를 지키고 있는 이 사내만 있다면 그 무엇도 두렵지 않다. 원래 제 것이어야 했던 행복을 짓밟고서 그의 옆자리를 차지한 것도 모자라 이제는 제 소중한 사내마저 위협하고 있다.

'아가야.'

그의 손을 빌린다면 너무나 손쉬운 복수일 테지만 굳이 그러지 않기로 했다. 세상 빛 한 번 보지 못하고 산새처럼 날려 보내야만 했던 제 아이, 저들의 탐욕 탓에 목숨을 잃은 제 아우까지. 이 복수는 아리 제 손으로 하지 않으면 의미가 없다.

도겸 역시 그 사실을 알기에 그 어떤 말도 하지 않고 아리를 묵묵히 지켜보고 있다. 애틋한 그의 눈빛을 마주하니 어쩐지 웃음이 날 것만 같다.

마음 같아서는 먼저 나섰을 그도 이번 일만은 온전히 아리의 뜻을 따라 주었다. 평생을 함께할 지아비로 저만하면 제일이다.

이 세상 모두가 적이 된다 해도 오직 도겸만은 제 편이 되어 줄 테니까. 이제는 아리가 결심을 내릴 차례다.

"황후 책봉을 받고 한 가지 알게 된 것이 있습니다. 분명 태후 마마께서도 알고 계실 것입니다."

"무얼 말인가?"

"사관은 황제의 모든 행적을 기록한다지요. 침소에만 들지 않았을 뿐 그들은 폐하의 침전이든 황후궁이든 가리지 않고 꼼꼼하게 기록을 남기더군요."

"그것은!"

"알고 있습니다. 황후의 회임은 국가의 존망을 책임질 일이니 응당 확인이 필요한 사안이라 하더군요."

"모두가 다 아는 사실을 왜 갑자기 말씀하시는 겁니까?"

의아해하는 대신들과 달리 태후의 얼굴은 새하얗게 질렸다. 그녀가 줄곧 숨기고 싶었던, 그간 절대 내어 주고 싶지 않았던 진실을 드디어 밝힐 때가 왔다.

"황태자 전하는 누구의 아이입니까?"

모두가 의문을 품었다 하나 누구도 대놓고 말하지 못한 진실이 수면 위로 떠올랐다. 선황제의 몸 상태를 아는 이들도 기적처럼 들어선 태후의 태중 아이에 대해 쉽사리 말을 꺼내지 못했다. 사실을 확인해 줄 선황제는 이미 죽고 없는 데다 태어난 아이는 어쩐지 소 태황태후를 많이 닮은 듯도 했다.

황태자에까지 지명되고 이제는 의혹조차 시들해지던 시점에서 갓 즉위한 황후가 이제는 금기나 다름없는 질문을 던졌으니 온 조정이 발칵 뒤집어졌다.

"어찌 그런!!"

"황후께서는 지금 무슨 말씀을 하시는 겁니까!"

"태황태후마마 납시오."

소란이 내궁에까지 닿았는지 이 황궁의 제일 큰 어른이나 다름없는 소 태황태후가 들이닥쳤다.

"지금 뭣들 하는 겝니까!!"

소 태황태후의 노호성에 좌중은 침묵했다. 도겸을 노려보던 태황태후의 시선이 결국엔 다시 아리에게 꽂혔다. 가뜩이나 마뜩잖던 이라지만 그녀 역시 이제는 진실을 알아야 한다.

"감히 태후를 이렇게 홀대하고도 폐하께서 무사하실 줄 아신 것입니까?"

"당치 않으신 말씀을요. 말 그대로 황실 내부에서 일어난 일의 진상을 여쭙고자 하는 것이옵니다."

"진상이라?"

"예. 태후께서 낳으신 아드님께서 정말 선황제 폐하의 아드님이신지, 아니면 소……."

"그만!"

당황한 태후의 외침에 회랑 안에도 적막이 흘렀다. 말이 되는 소리를 하라 분노하던 이들도 아리의 입에서 나올 이름을 알아차리고 차마 무어라 입을 열지 못했다. 사소한 비리 따위는 어떻게든 무마한다 해도 이 건이 터지게 되면 소씨 가문에서도 더는 그녀를 비호하지 못한다.

그렇기에 도겸은 미리 월 부인을 불러들여 조사를 명했다. 소태사를 향한 월 부인의 복수심과 비리를 밝히려는 허영의 집요함이 빛을 발했다.

"마마. 명하신 것을 가져왔습니다."

미오가 들어와 아리에게 무언가를 넘겼다. 줄줄이 적힌 명부와 기록을 살피고서 아리는 소 태황태후의 손에 기록을 넘겼다.

"선황 폐하께서 즉위하셨던 날부터 돌아가신 날까지, 사관은 폐하의 곁에서 모든 기록을 남겨 놓았습니다."

후대 실록에 실리는 내용을 선별하기 전, 초록으로 쓰인 황제의 행적은 절대로 새어 나가지 않아야 할 기밀마저 모조리 적혀 있었다.

선황제가 도겸과 그 측비 될 여인을 한발 앞서 만났다는 사실도 지독한 사관들의 손에 고스란히 적혀 있었다.

그런데 짧은 즉위 기간 동안 단 하루라도 황제와 황후가 동침

했다는 기록은 그 어디에도 보이지 않았다. 영 태후는 언제나 시녀들을 대동하였고, 간호를 할 때도 반드시 황제의 시종들이 함께했었다. 다른 사람이라면 몰라도 황후 자리에 올라 있었던 소 태황태후라면 이 기록이 무엇을 의미하는 것인지 잘 알고 있을 터.

엉겁결에 기록을 받은 소 태황태후는 제 손자가 태어난 날로부터 앞쪽으로 날을 세어 가며 황제의 기록을 꼼꼼히 살펴봤다. 아무리 뒤적여도 황제와 황후가 동침했다는 기록은 어디에서도 찾아볼 수 없다.

다른 사내였다면야 이런 기록 따위 아무 의미도 없었을 테지만 선황제는 달랐다. 본인이 워낙에 몸이 약했던 사람인 데다 아이를 낳지 못한다는 이유로 아내를 세 번이나 내친 전적도 있다. 그런데 영 태후는 참으로 시기 좋게 측비가 회임한 직후 아이를 가졌다.

"사내와 여인의 일을 이것만으로 단정 지을 수는 없는 것을. 아니 그렇습니까, 태후?"

만약 그 사실을 의심한다는 것은 제 아들이 정말 사내로서 기능하지 못한다는 사실을 인정하는 것과 같다. 그러니 소 태황태후는 이조차도 묻어 버리려 애써 태연한 척했다. 그러자 허영이 나섰다.

"외람되오나 소신, 이번 조사 과정에서 몇 사람의 증인을 만날 수 있었사옵니다."

"증인을 들라 이르거라."

황제의 윤허가 떨어지자 곧 태의를 상징하는 초록 도포를 입은 노인이 모습을 드러냈다. 곁에 송 태의가 붙어 앉아 부축하고 있지만 노인은 어쩐지 두 다리가 무척 불편해 보였다.

"그대는 장 태의가 아닌가?"

"소신 장 아무개가 단월국의 주인이신 폐하께 인사 올리나이다."

장 태의는 선황제가 태어난 날부터 죽는 날까지 줄곧 그를 보필해 왔다. 선황제의 상태에 대해서는 모후인 소 태황태후보다도 더 잘 아는 이라 해도 과언이 아니다.

선황제가 붕어한 후 그 죄를 물어 장 태의는 곧장 동계로 유배를 떠나야만 했다. 그랬던 이가 황궁에 모습을 드러내자 소 태황태후는 더더욱 난감해졌다.

"황상, 지금 이게 뭘 하자는 겁니까?"

"저이에게 물어보면 알게 되겠지요. 그 아이가 대체 누구의 아이인지."

당황한 저들과 달리 도겸은 여유가 넘쳤다. 그가 할 일은 그저 마당을 펼쳐 주는 것뿐. 저들은 결국 스스로가 저지른 업보를 이기지 못하고 자멸할 터.

"아뢰옵기 황공하오나. 폐하, 영 태후께서 생산하신 황태자 전하는 돌아가신 선황제 폐하의 핏줄이 아닌 줄로 아옵니다."

"뭐라?"

"폐하께서 직접 제게 말씀을 남기셨습니다. 당시 영 태후께서 잉태하신 아이는 폐하의 씨가 아니라고 하셨습니다."

"그 무슨 말도 안 되는 소리를!"

당사자인 영 태후보다 소 태황태후가 먼저 장 태의를 향해 달려들었다. 금방이라도 장 태의의 멱살을 잡으려는 그녀의 앞을 아리가 막아섰다.

"폐하를 제외하고 자유로이 내궁을 드나들 수 있었던 사내는 하나뿐이었습니다. 그게 누구인지는 태황태후마마께서 제일 잘 알고 계시겠지요."

아니라 말을 하고 싶은데도 할 말이 없다. 커 나갈수록 아이가 제 오라비의 어린 시절을 빼닮아 가는 것이 제 아들의 핏줄이기에 그런 줄만 알았건만.

도겸의 근엄한 목소리가 소 태황태후의 마지막 자존심을 잘근잘근 짓밟았다.

"선황제께서 자손을 생산하실 수 없으심은 태황태후께서 저보다 더 잘 알고 계시겠지요."

아니라고 부정해야 하나 기록은 거짓을 말하지 않는다. 사관의 수려한 필체로 쓰인 글 하나하나가 그녀의 가슴에 대못을 박았다.

분명 제 아들이 사내구실도 못 한다는 말은 수없이 들었다지만 그렇다고 제 손으로 그 사실을 인정할 수는 없던 차였다. 측비의 회임 사실이 알려질 즈음, 조금이나마 회복했던 황제의 병세는 더욱 나빠졌다.

병색이 짙어진 시기에 영 태후는 제 아들의 곁을 자주 비웠다는 기록이 나왔다. 그리고 유독 자주 등장하는 이름 하나가 눈에 밟혔다. 제 오라비, 소 태사가 황제를 알현할 일이 없음에도 수시로 황궁을 드나든 기록이 남아 있었다.

누이인 자신을 보러 왔다기에는 이렇게 매일 드나든 기억이 없고, 궁에는 들었다 하나 황제를 알현하지 않고 돌아간 날도 적지 않았다. 그리고 그런 날이면 유독 영 태후는 황제의 간병조차 소홀히 한 채 어디론가 행적이 묘연해졌다.

"발칙한 것."

줄곧 외면하고 싶었던 진실이 수면 위로 올라왔다. 경멸하는 소 태황태후를 보고 영 태후는 억울함을 호소하며 고개를 저었다.

"아닙니다. 저 말을 어찌 믿으시는 겁니까!"

아니라는 저 말을 믿을 수 있을 만큼 멍청했으면 차라리 이리 속이 찢어지지 않으련만. 제 아들이 어떤 상태였는지는 어미인 자신이 제일 잘 알고 있었다. 도림은 자손을 남길 수 없는 몸이었다.

그런데도 기적처럼 태어난 아이를 두고 천지신명이 저를 버리지 않았다 믿어 의심치 않았다. 이 모든 것은 결국 물거품처럼 사라져 버릴 달무리였다. 끝내 묻어 두고 싶었던 진실을 앞에 두고 보고 싶은 것만 볼 때가 차라리 행복했는데. 한 줄 한 줄 적힌 사관의 기록 속에 가엾은 제 아들의 마지막 순간이 고스란히 담겨 있었다.

태어난 이후로 줄곧 병약했던 탓에 정궁 소생의 황태자임에도 불구하고 언제나 부황에게 외면당해야 했던 가엾은 제 아들이었기에 남들보다 번듯하게 살게 해 주고 싶었던 것이 어미 된 이의 바람이었다.

특별히 큰 욕심을 부린 것도 아니다. 그저, 그저 제 아들이 이 세상에 살다 갔다는 증표 하나만이라도 남기를 바란 것인데. 다른 이도 아니고 제 핏줄인 죽은 오라비와 아들의 처가 사통했을 줄은 꿈에도 몰랐다.

"마마!!"

"그간 참으로 즐거우셨겠소, 태후?"

소 태황태후의 입가에 서러운 미소가 머금어졌다. 애써 못 본

척 외면하려던 진실을, 어쩌면 이미 세상 모두가 알고 있는 것을 저 혼자 덮어 보려 애쓴 모양이다.

그러지 않고서야 어떻게 이럴 수 있을까. 그토록 경멸했던 화평공주의 말은 사실상 하나도 틀린 바가 없다. 이미 제 아들은 죽고 없는데. 탐욕만 남은 영 태후와 그것의 태에서 태어난 어린 것마저도 소 태황태후는 모두 똑같이 죽여 없애고만 싶었다.

"선양을 죽인 것도 모자라 부황을 기만하였으니. 그러고도 감히 이 단월국의 안주인을 자부했단 말이오?"

"아니, 정말 아니옵니다. 아니옵니다. 마마!"

"말씀이 나왔으니 한 말씀 더 올립니다. 소선양이 태후궁으로 들어가는 것을 목격한 자가 있사옵니다."

"뭐라?"

돌아가는 사정이 심상치 않으니 대신들도 누구 하나 나서는 일 없이 입을 다물었다. 그동안 편을 들고 애써 부정했다 하나 도망칠 수 없는 증거들이 하나둘 고개를 들었다. 머리를 짚고 한숨만 쉬는 소 태황태후와 달리, 호륜 공에게 이번 일은 그야말로 꽃놀이패다.

"그럼 역시 소선양을 해한 것은 태후마마란 말씀이시지요?"

"그렇네. 태후궁에서 내가 직접 그 귀망초라는 풀을 발견했으니 말이야."

상상도 하지 못한 소 태황태후의 폭로에 영 태후의 얼굴이 새하얗게 질렸다. 몸에 걸친 새하얀 비단만큼이나 창백해진 그녀는 떨리는 손으로 소 태황태후의 치맛자락을 부여잡았다.

"어찌 제게 이러십니까. 마마께서, 어찌!"

"네 죄까지 뒤집어써 줘야 할 이유가 뭐 있단 말이냐. 폐하께서

258

모두 알아서 하실 것을."

선황제는 유독 영 태후를 감싸고돌곤 했다. 제 아우에게 마음을 두고 있다는 걸 알면서도 역정을 내기는커녕 도리어 미안한 마음을 숨기지 못했다.

그런데 그런 제 아들이 갑작스럽게 숨을 거둔 것도 어쩌면 영 태후의 소행일지도 모른다는 생각이 드니 오금이 저렸다. 가엾은 선양이 죽은 것도 모자라 제 아들마저 기만한 영 태후에게 더는 관용을 베풀어야 할 이유가 없다.

"태후를 당장 옥에 가두어라!!!"

"억울하옵니다, 마마!!"

믿음이 깊었던 만큼 밀려든 배신감도 더욱 깊었다. 이 황궁의 가장 큰 어른인 소 태황태후의 명령에 누구도 불복할 수 없다. 억울하다 외치는 영 태후가 끌려 나가고, 소 태황태후는 옥좌에 앉은 도겸을 지그시 노려보았다.

"이제야 속이 후련하십니까?"

평생을 증오함에 마지않았던 어린것. 병약한 제 아들 대신 지아비의 총애를 독점한 것도 모자라 결국은 죽은 제 아들이 남기고 간 황위마저 손에 넣었다.

차라리 도겸이 제 아들이었다면 좋았을 텐데. 지아비의 사랑을 빼앗아 간 다른 여인의 태에서 난 이상 그런 생각조차도 죄악감이 들어 결국은 다시 묻어 버렸다.

그리도 막아 보려 애를 썼건만 옛말대로 황위에 오를 자는 따로 정해져 있다더니. 천지신명은 참으로 무심하시다.

제 아들이 갖지 못했던 건강한 몸도, 이 나라의 주인인 황제의 자리도, 심지어 여인마저도. 그는 결국 자신이 원하는 모든 것을 손에 넣었다.

"죄상을 밝히고자 할 뿐이니. 황태자 역시 선황 폐하의 소생이 아닌 것이 밝혀지게 된다면 정식으로 폐위 절차를 밟을 참입니다."

"참으로 좋으시겠습니다. 하고 싶은 것은 다 하고, 사시니 참으로 대단하십니다."

그 아이가 사라지게 된다면 소씨 가문 역시도 이빨 빠진 범 신세가 될 테지만. 그마저도 이제 더는 소 태황태후가 상관할 문제가 아니다. 만약 제 아들의 씨가 아니라면 제 오라비와 야합한 더러운 목숨 따위 어찌 되든 발도 들이고 싶지 않았다.

"마마!"

정쟁에 휘말리지 않아도 입만 다물면 황실의 웃어른 노릇만 하며 천수를 누릴 수 있으리라. 궁중의 여인답게 소 태황태후는 재빨리 주판을 튕겨 새 황제의 뜻을 따랐다.

"한동안 혼란이 일어날 듯하니 내궁의 일은 황후에게 모두 맡기고서 피접이나 떠나야겠습니다."

"채비하라 이르겠나이다."

이 흙탕물에서 발을 빼겠다는 그녀의 말에 도겸은 흔쾌히 승낙했다. 이제 갓 황후가 된 아리 혼자 내궁을 도맡을 수 없으니 황실의 웃어른인 소 태황태후는 아직 살려 두는 편이 낫다. 굳이 속내를 말하지 않아도 너무 오랜 시간 서로를 견제해 온 탓에 이제는 눈빛만 봐도 마음을 읽어 낼 수 있다.

"황후께서 앞으로 고생이 많으실 터이니 오늘은 이만합시다."

"어찌 이럴 수가."

선황제의 적통 황손이라 믿어 의심치 않았던 노대신은 절망에 빠져 그 자리에 주저앉기까지 했다. 저승사자라 불리는 허영의 발톱이 내궁의 정점이었던 태후마저 끌어내리는 데 성공했다. 그 토록 염원하던 소씨 일가의 몰락에 희희낙락한 호륜 공을 뒤로하 고서 도겸은 아리의 손을 거머쥐었다.

"그대가 고생이 많군."

"어찌 이것을 고생이라 할까요."

침소로 돌아가는 길에 아리는 흔들리는 나뭇잎을 바라보았다. 고작 자리에서 끌어내리는 정도로는 만족할 수 없다지만 그래도 바닥에 무릎을 꿇은 몰골을 보니 속은 후련하다. 참으로 기쁜데, 어쩐지 제 눈에서는 영문 모를 눈물방울이 후드득 흘러내렸다.

"황후."

"진작 이랬어야 했는데."

안아 보지 못했던 제 아이를 지키지 못한 것은 결국 모자란 어 미의 탓이라. 뒤늦게나마 그 원한을 갚는다 한들 삼도천을 건넌 아이는 영영 돌아오지 못한다.

그동안 쌓인 설움이 뒤늦게 차오른 탓에 좀처럼 참지 못한 눈 물이 한없이 쏟아졌다.

"괜찮아. 이제 두 번 다시 그런 일은 없을 테니까."

"폐하."

끔찍했던 지난 기억을 넘어 이제 더는 누구도 그녀를 해하지 못하리라. 도겸은 방울방울 흐른 눈물을 입술로 훔치고서는 다정 하게 그녀의 머리를 쓰다듬었다. 아리는 그런 그의 품에 안긴 채 눈을 감았다.

"흑, 흐윽……."

속절없는 눈물이 흘러도 전만큼 슬프진 않다. 이미 죽고 없는 제 아비의 품처럼 사랑하는 지아비의 품은 한없이 넓고 따스하다.

서러웠던 지난 기억 위로 새하얀 눈이 내리는 것처럼 다쳤던 그녀의 마음 위로 도겸의 사랑이 내려서 아주 조금은, 마음속 상처가 아물어 가는 기분이 들었다.

12.

새벽녘. 깊은 정사를 나눈 탓에 아리는 지쳐 잠이 들었다. 나긋한 숨을 내쉬는 모습을 바라보며 도겸은 무거운 마음을 지울 길이 없다.

오랜만에 그녀를 품으며 뒤늦게야 없던 버릇이 생긴 것을 알아차렸다. 예전에는 그저 살짝 몸을 기대 잠들었는데, 지금의 아리는 언제나 숨을 죽인 채 몸을 웅크리고 잠이 들었다.

이제 궁 내부에서 아리를 해칠 수 있는 사람은 없다. 잠든 그녀의 몸에 이불을 고이 덮어두고서 그는 서재에 들어 간밤에 밀린 보고부터 받았다.

"그것은 어찌 되었느냐?"

"아직이옵니다."

허영에 의해 진실이 폭로되고 나니 누구도 태후를 돕지 않는다. 그토록 목 놓아 태후를 옹호하던 이들도 금세 낯빛을 바꿔 입을 다물었다. 제 손으로 모든 죄를 실토하기를 바라건만, 영 태후는 끝내 제 죄를 인정하지 않고 버티기에 들어갔다.

"참으로 지독하구나."

모든 증거가 나왔음에도 승복하지 못한다면 극형을 내릴 수밖에 없다. 소씨 일파가 완전히 돌아선 이상 이번 일은 태후를 정리하는 선에서 덮기로 했다. 아리가 이 이상 마음을 쓰는 모습을 보고 싶지 않다. 그렇게 남은 상소를 읽던 중 무하가 그를 찾았다.

"윤도 공은 아직 돌아오지 않은 모양입니다."

"그놈은 대체 어디에서 뭘 하는 건지."

내궁이 뒤숭숭하던 사이 도겸은 혼인을 축하하러 온 사신들을 상대하느라 분주한 나날을 보냈다. 급하게 혼례를 치렀다 해도 그들은 일찌감치 도착해 혼인을 축하해 주고 벌써 제 나라로 돌아갔는데. 정작 제일 먼저 달려왔어야 할 녀석은 어디로 사라진 것인지 코빼기도 보이지 않았다.

"아리가 돌아온 사실을 알면 윤도 그 녀석도 제법 놀랄 테지."

아리가 사라지고 제 앞에서 머리를 조아리던 모습은 여전히 기억이 선명했다. 차라리 저를 죽여 달라 울부짖던 녀석은 죄책감을 이기지 못하고 조정의 중책이 아닌 교빙길에 올랐다.

"윤도 그 녀석만 돌아오면 모든 것이 순항이겠구나."

붓보다 무거운 것을 들지 못하는 것이 흠이라 하나 문관으로서의 재능은 명재상 소하에 비길 만하다. 다만 입이 험하고 철이 없다는 점이 아쉬울 뿐. 그것도 곁에 두고 잘 기르면 장차 귀찮은 정무를 떠넘기기에는 그만한 인재가 없다.

"윤도만 돌아온다면야 나도 운신이 쉬워질 터이니. 그때는 아

264

리와 함께 어디든 유랑이라도 떠나 보아야지."

"너무 믿지 않으시는 게 좋을 겁니다."

아침부터 놀 생각에 여념이 없는 저를 두고 무하는 싸늘한 경고를 남겼다. 처음에는 그냥 하는 핀잔인가 싶었는데 얼굴을 보니 어쩐 표정이 심각하다.

"그 녀석도 언젠가는 철이 들겠지."

"그런 의미로 드리는 말씀이 아니옵니다."

"그러면?"

그 이유는 윤도 본인이 제일 잘 알 거라며 무하는 애써 말을 아꼈다. 아리의 일을 숨긴 것도 그렇고, 요즘 들어 도통 무하의 속내가 보이지 않았다.

"지난번 일을 아직도 마음에 두고 있는 것이더냐."

"그런 것이 아닙니다."

말을 해야 할지 말지 망설이는 모습이 어쩐지 아리와 비슷한 듯도 하다.

문 태사에게 가 있는 동안에는 그의 비호 아래에 잘 지냈노라고, 그가 죽고 난 뒤부터 고난이 있었다고 했지만 그녀의 이야기 내내 무언가 석연치 않은 부분이 있었다. 억지로 캐물었다가는 또 입을 닫아 버릴까 싶어 추궁할 수는 없었다. 아리가 입을 열지 않는다면 무하에게라도 물어볼 참이었건만, 제 부하도 좀처럼 입을 열지 않기는 마찬가지다.

"그러면?"

"말 그대로, 너무 믿지 마시라 당부를 드리는 것입니다."

같은 말을 몇 번이나 하는 것이 참으로 무하답지 않다. 3년이나 저를 속인 솜씨로 보아 억지로 윽박지른다고 하여 입을 열 리

만무하다.
“제 어미의 죽음을 방관했다 하여 나를 배신하기라도 할 거란 말이더냐.”
“폐하.”
“어차피 한배를 탈 수 없는 운명이었다는 건 너도 잘 알고 있지 않으냐.”
만약 화평을 살려 두었더라면 그때는 정말로 파국이었으리라. 황제가 중심에 서기 위해서는 응당 균형을 맞춰야 하는 법이다.
황태자만 믿고 있던 소씨 일파는 태후의 일로 쓸려 나가게 되었으니 당장은 호륜 공의 세상이 된 듯 보였다.
하지만 그렇게 내버려 둘 생각 따위는 추호도 없다. 호희미가 내궁에 들어 있으니 도겸이 어떻게든 손이라도 대 주기를 바라는 눈치지만 정작 호희미는 제 아비를 버리고 그에게 충성을 맹세한 지 오래다.
“이 녀석은 대체 어디서 뭘 하는 건지. 그냥 더 늦기 전에 데려오거라.”
“예, 폐하.”
지금쯤 또 무슨 사고에 휘말려 엉뚱한 짓을 하고 있을지 대강은 머릿속으로 그려진다. 도겸의 명이 떨어지고 무하는 끝까지 입을 다물었다.

❀ ✱ ❀

“어이. 그래서, 이게 다라고?”
아리를 찾을 실마리를 얻기 위해 헤매던 윤도 일행은 그만 산 도적들에게 붙잡히고 말았다.

"정말 다라고 하지 않았느냐?!"

"얼굴은 허여멀건해서는. 샌님 주제에 어디 겁도 없이 우리 두 목님께 반말이야!"

젓가락도 겨우 들 만큼 연약한 몸이라 아리와의 팔씨름에서도 번번이 졌던 윤도에게 산채의 도적들은 참으로 버거운 상대다. 애초에 값비싼 비단옷에 마차까지 타고선 꼴에 티는 내지 않겠노라 호위도 없이 돌아다녔으니 이런 꼴을 당하는 것도 무리는 아니다.

"그러게 우리끼리 오는 것은 아니 된다고 제가 그러지 않았습니까!"

"조용히 하지 못해!"

옆에서 빈정대는 시종의 옆구리를 찌르고서 윤도는 두 팔을 들고 벌을 서며 괜히 주변을 둘러봤다. 제발 지나가는 관군이라도 하나 있으면 좋으련만, 개미 새끼 하나 보이지 않으니 윤도는 아쉬운 한숨만 내쉬며 눈치를 살폈다.

"그래서 뭘 찾고 있다고?"

"집을 나간 누이를 찾고 있소."

대놓고 향족이라 말할 수 없으니 윤도는 거짓 변명을 늘어놓았다. 나이와 생김새를 언급하며 학촌에 살았다는 말을 덧붙이자 도적들은 뭔가 짚이는 구석이 있는 것인지 대놓고 눈살을 찌푸렸다.

"그 여자 아니야?"

"어르신이 가둬 뒀다는 그 요괴 말인가?"

느닷없이 튀어나온 요괴라는 말에 윤도의 눈이 휘둥그레졌다.

이능을 가진 존재가 무지렁이들의 눈에는 그리 보였을지도 모른다 싶었지만 어쩐지 이야기는 이상한 쪽으로 흘러들어 갔다.

"사람 너덧은 잡아먹은 요망한 것이라면서."

"그럼. 괜히 홀려서 근처를 서성이다 몽둥이질을 당한 놈들이 제법 있었지."

학촌이 망하고 덩달아 궁핍해진 인근 주민들은 도적질을 하며 생을 연명하고 있었다. 그들은 경악한 윤도의 속도 모르고서 저들끼리만 아는 이야기를 줄곧 이어 나갔다.

아리를 돌보는 여인이 퍽 수다스러웠던 것인지, 학촌에 드나들던 이들 중 뒷산 움막의 요괴에 대해서는 모르는 이가 없다고 했다.

"그 비 오는 밤에 삼월이 아범이 제 눈으로 똑똑히 보았다지 않나. 그 친구도 참."

생전에 문 태사의 시중을 들던 이는 인자하기만 하던 문 태사의 이면을 그때 처음 보았다고 했다. 한없이 연약한 여인을 두고 모질게 매질을 할 때마다 처량한 비명이 뒷산 가득 울렸다.

제 딸뻘인 여인이 하도 구슬프게 우는 데다 방을 나서는 문 태사의 손은 늘 여인이 흘린 피로 범벅이 되어 있었다고. 호된 매질을 견디지 못한 여인의 뒷수습은 시비에게 맡겨 두고서 문 태사는 더러운 것을 만진 것처럼 경멸 어린 눈으로 움막을 떠났다고 전했다.

"그 여인을 잘못 건드리면 학촌이 불바다가 될 거라고 하시더니. 돌아가신 태사 어르신 말씀이 맞았던 게야."

"문 태사께서 그리 말씀하셨다고?"

"꼴에 아는 척은. 황제 폐하의 스승이신 어르신을 너 따위 애송

이가 어찌 함부로 입에 올리느냐? 예끼!"

그의 정체를 모르는 도적은 괜히 윤도의 뒤통수만 한 방 신나게 후려갈겼다. 욱신대는 통증을 애써 참으며 윤도는 방금 제 귀로 똑똑히 들은 충격적인 진실에 차마 입을 다물지 못했다. 분명 잘 맡아 줄 터이니 걱정하지 말라던 문 태사의 말을 믿어 의심치 않았건만. 매질한 것도 모자라 종국에는 밥까지 굶겼다는 말이 도무지 믿기지 않았다.

"그래서, 그 여인은 어찌 된 거요?"

"어찌 되기는? 분명 같은 요괴들이 데리러 온 게 분명해."

"요괴 같은 소리 하고 자빠졌네. 사채꾼들이라고 몇 번을 말했소!"

살아 있는 요괴를 발견했으니 부르는 것이 값이라 그들은 그 여인을 빼돌린 후 마을 사람들을 모조리 죽였다. 그래도 나물을 캐러 갔던 몇몇은 겨우 살아남아 속사정을 알고 있었지만, 자칫 황제의 분노를 살까 두려웠던 마을 수령은 이 일을 도적 떼의 소행이라며 마음대로 결론을 내려 버렸다.

그렇게 입을 틀어막히고서 이들은 살던 마을에서까지 쫓겨나 졸지에 도적이 되었다.

"그래서 그 요괴란 여인은 지금 어디에 있는 게요?"

"그걸 우리가 어떻게 알아! 이놈이 아까부터 자꾸 바락바락 대들기나 하고 말이야. 어?"

인질로 잡힌 주제에 할 말을 다 하는 윤도는 마치 겁 없이 날뛰는 망아지처럼 제멋대로라. 몇 대를 더 맞은 후에야 윤도는 얌전히 입을 다물었다.

"그러게 나서지 마시라니까요."

"시끄러워."

가지고 있는 짐을 다 털어 주었는데도 성에 차지 않았는지 도적들은 부유해 보이는 윤도의 옷차림에 주목했다. 도적 하나가 슬그머니 다가와서는 윤도의 몸 이곳저곳을 더듬어 숨겨 둔 것이 없나 찾았다.

"이게 뭐지?"

황금빛 인장이 새겨진 옥패가 바닥에 툭 떨어졌다. 황금 기러기가 그려진 것은 황족의 상징이라, 그중에서도 두 마리나 그려진 것은 윤도가 선선대 황제의 외손자임을 증명하는 것이다.

"아니, 이건!"

고귀한 신분을 나타내는 증표를 보았으니 이제는 이들도 저를 함부로 대할 수 없으리라. 회심의 미소를 지으며 안도한 것도 잠깐일 뿐, 도적은 옥패를 뒤적이며 히죽 웃었다.

"비싸게 팔 수 있겠는데? 우리 딸내미 때때옷이라도 하나 사 입히면 딱 좋겠구만."

"때때옷은 얼어 죽을. 야 이 무식한 놈들아!!!"

알아보기는커녕 팔아먹을 생각만 가득하니 윤도는 가슴을 치며 분노를 쏟아 냈다. 만약 저런 것을 팔겠다고 들이밀었다가는 당장 관아에 잡혀가 경을 칠 것. 악당은 두고 보아도 무능한 사람은 못 보는 윤도는 제 성질을 이기지 못하고 도적의 멱살부터 잡았다.

"이게 뭔지나 알고 그딴 소리를 해?"

"아니, 이게 미쳤나!"

열심히 공격해 보려고 애를 썼지만 깃털처럼 가벼운 윤도의 주먹질 따위가 먹힐 리 없다. 바람 앞의 등불처럼 허약한 제 몸뚱이가 이토록 원망스러운 건 꼭 이럴 때다.

덩치 좋은 도적들의 손에 잡혀 이대로 죽는구나 싶었던 찰나였다. 눈을 질끈 감는데 어쩐지 도적의 주먹이 날아오지 않아 실눈을 떠 보자 검은 옷을 입은 사내들이 나타나 도적들을 포박했다.

"모시러 왔습니다. 윤도 공."

"왜 이제야 온 거야!"

황제의 그림자들을 상대로 도적들은 줄줄이 잡혀 관아로 압송됐다. 죽기 직전 겨우 목숨을 건진 윤도 일행은 겨우 풀려나서는 서둘러 마차에 올랐다. 이러다가는 정말 아리를 찾기 전에 제 목숨이 날아갈 판인데, 그렇다고 대놓고 물어볼 수도 없다.

"젠장!"

"어디 다치신 곳은 없으십니까."

"다 아프다고!"

몸은 다치지 않았어도 제 여린 마음에는 생채기가 가득하다. 단월국에 돌아온 이후로 뭐 하나 뜻대로 풀리는 게 없다. 오랜만에 돌아온 탓에 뭐가 뭔지 알 수가 없다.

속에서 솟아나는 화를 참지 못하고서 윤도는 괜히 앞에 앉은 그림자에게 화풀이했다.

"나라에 도적이 판을 치질 않나. 조정은 대체 어떻게 돌아가고 있는 거야?"

"며칠 전, 태후가 실각했습니다."

"뭐? 벌써?"

언젠가는 손볼 줄 알았다지만 벌써 태후가 실각하게 된 것은 예상 밖이다. 도겸의 계획대로라면 그 어린것이 좀 더 자라서 호

륜 공을 충분히 견제할 수 있을 때쯤 두 세력을 대립시켜 자중지
란을 자초하게 할 거라고 했는데 벌써 손을 썼을 줄이야.

"황후 후보였던 소 태황태후의 조카를 죽인 죄로 옥에 갇혔지
만, 소 태사와의 사통 문제도 곧 물위로 부상할 듯합니다."

"열흘 붉은 꽃은 없다더니. 그러게 왜 그런 짓을 해서는."

다른 사람도 아니고 소 태사와 사통해 낳은 아이를 황제로 삼
으려 했으니 일이 커지면 소씨 가문 자체를 멸문으로 몰아갈 거
대한 음모가 된다.

그러니 소씨 가문 일파도 감싸지 않고 모든 것은 영 태후 혼자
한 일이라며 아예 선을 그어 버렸다. 감싸 주는 이가 하나도 없으
니 최고의 권세를 누리던 영 태후의 아비는 자결해 버리고, 그 뒷
배만 믿던 식솔들은 하루아침에 노비 신세가 되어 전국 곳곳으로
뿔뿔이 흩어졌다.

"새 황후의 이름이 서문설아라고 했지."

"예. 서문 공의 외동딸입니다."

서문 공은 도겸에게 제법 아픈 손가락이다. 황태제 시절에도
서문 공이 살아 있었다면 소 태사가 저렇게까지 날뛰지 못했을
거란 이야기를 몇 번이나 언급하곤 했다.

같이 전장을 달렸던 사이였으니 그 딸을 황후로 들인 거라면
제법 납득할 법도 하다.

"폐하께서 새 황후를 그렇게 좋아하신다던데. 사실이더냐?"

"아뢰옵기 황공하오나 사실이옵니다."

주인에 대해 함부로 입에 올리는 것은 금기라 하나 새 황제가
황후에게 푹 빠져 있다는 사실은 노인부터 코흘리개까지 온 낙양
에 모르는 이가 없을 정도라 했다. 정무마저 뒷전으로 하려는 것

을 황후 본인이 나서 말렸다는 말에 윤도는 기가 막혀 입을 다물지 못했다.

"그렇단 말이지."

정말로 도겸은 아리의 존재를 완전히 잊어버린 것일까. 울컥 심술이 솟아나는 이유는 알 수 없지만 새 여인을 만나 행복해졌다면 차라리 다행일지도 모른다. 도적들이 떠든 소리로 보아 아리를 찾기 위해서는 어찌 됐든 낙양으로 돌아가는 수밖에 없다.

"대단한 미인인가 보군."

"직접 보면 아시게 될 겁니다."

뜻 모를 소리를 하는 그림자의 말을 한 귀로 흘려버리고서 윤도는 마차 밖의 풍경을 멍하니 바라보았다. 시간이 어찌나 이리 빨리 지나가는 것인지 낙양을 떠나온 지도 어느덧 네 해가 다 되어 간다.

왠지 모를 불안을 안고서 윤도를 태운 마차는 그렇게 수도로 향했다.

✳ ✱ ✳

"황후 따위는 하지 말 걸 그랬나 봅니다."

하루아침에 영 태후가 물러나고 내궁의 실권은 아리의 소관이 되었다. 밀려오는 일감을 검토하고 있자니 어째 나오는 건 한숨뿐이다.

"지난 5년간 식자재가 드나든 기록이옵니다."

소 태황태후는 병이 났다는 핑계로 유배 같은 피접을 떠나자 영 태후가 엉망으로 벌여 놓은 일들을 수습하는 것은 모두 아리의 소관이 됐다. 갑작스러운 사태에 곤란할 거라는 걸 알면서도 그녀는 눈곱만치도 도와주지 않고 나 몰라라 일관했다.

"이것은 제가 볼 터이니 너무 염려치 마소서, 황후마마."

"어머니가 아니 계셨다면 참으로 큰일이 날 뻔했습니다."

오랜 세월 가문을 여인 혼자의 몸으로 꾸려 온 월 부인이 도와주는 덕분에 일이 훨씬 수월해졌다. 황궁에서도 손꼽히는 고참 시녀인 영수가 월 부인을 보필하니 아리가 짊어진 짐도 한결 덜었다.

거기다 이런 일과는 거리가 멀어 보였던 호희미가 가세하며 속도는 배가되었다. 희미는 복잡한 장부를 막힘없이 읽어 내리며 내탕금을 부풀린 내역을 짚어 주었다.

"전장에서 물자를 관리하는 것도 장수의 역할이니까요."

"희미는 참으로 대단합니다. 옆에 있어 주니 정말 큰 도움이 돼요."

아리의 칭찬에 희미는 머쓱한 듯 시선을 피해 버렸다. 예전 같으면 왜 저러나 싶었겠지만 이제는 쑥스러워 저런다는 것을 금방 알아차릴 수 있다.

"황후마마. 이것들은 저희가 걸러 둘 테니 좀 쉬십시오."

"마님 말이 맞습니다. 이러다 탈이라도 나시면 어떡합니까?"

소 태사와 결탁한 태후가 몰락하고 황태자 책봉 건도 없던 일이 되어 버렸다. 그토록 바라던 복수가 끝났음에도, 월 부인과 미오는 여전히 아리를 진짜 설아처럼 애지중지 아껴 주었다.

"그러면 잠시 산책이라도 다녀오겠습니다."

누군가가 이렇게 보살펴 주는 것이 참으로 오랜만이다. 제 안에 숨은 이 능력을 더는 미워하지 않게 된 후에야 비로소 이 힘을 조절할 수 있게 되었다. 각성 이후로도 아리가 무사하다는 것을 확인한 향족의 노파는 얼마 후 소식도 없이 사라졌다.

"어디로 가신 것일까?"

"다시 돌아온다고 약조하셨으니 금방 또 돌아오시겠지요."

노파답지 않게 워낙 신출귀몰한 이라 미오는 걱정조차 하지 않았다. 어느새 계절이 바뀌고 못 보던 꽃이 핀 것을 보며 아리는 환한 미소를 머금었다.

"폐하께서 이 꽃을 보면 좋아하시겠지."

"그리 좋으십니까?"

"그럼. 내 지아비신 것을?"

아리를 고생하게 만든다며 미오는 평소처럼 뭐라고 입을 열다가 다시 다물어 버렸다. 등 뒤에서 들리는 헛기침 소리는 분명 황제의 것이다.

"어흠, 어흠."

"폐하."

미오가 저렇게 대놓고 말해도 개의치 않고서 도겸은 신나게 달려와 아리를 부둥켜안았다. 이렇게 노골적으로 감정을 숨기지 않으니 황제가 새 황후에게 푹 빠졌다는 소문이 나는 것도 어쩔 수 없다.

"폐하. 여기는 어쩐 일이십니까?"

"그대가 보고 싶어 잠시 들렀지. 좋은 소식도 있고."

"좋은 소식이요?"

오늘은 또 무슨 말씀을 하시려고 저러시는 건지. 유난히 기뻐 보이는 그의 웃음이 좋아서 아리는 도겸의 손을 꼭 잡고 어인 일이냐며 물었다.

"곧 윤도가 돌아올 거야. 그 녀석도 그대를 몹시 보고 싶어 했었지."

문 태사가 맡아 주었다 해도 아리를 빼돌린 건 윤도였는데, 도겸은 정작 그 사실까지는 알지 못한다. 아무리 밉다 곱다 해도 아끼는 아우라는 걸 알고 있지만, 피가 식는 기분에 아리의 입가에 맴돌던 웃음기가 사라졌다.

"아리?"

"읍……."

밀려오는 토기에 입을 막고서 아리는 울렁이는 속을 겨우 달랬다. 그 덕에 불편한 심기가 가려진 모양이지만 놀란 도겸은 서둘러 아리를 안아 들었다.

"어서 송 태의를 들라 하라!"

"예, 폐하."

안절부절못하며 도겸은 아리를 침소에 데려와 눕혔다. 잠시 어지럼증이 밀려온 정도인데 어쩌 일이 너무 커져 버렸다.

"저는 괜찮습니다. 잠시 어지럼증이 일었던 것뿐입니다."

괜찮다고 아무리 말을 해 봐도 도겸의 귀에는 아무것도 들리지 않는 듯했다. 송 태의가 올 때까지 그는 잠시도 아리의 곁을 떠나지 못하고서 어쩔 줄을 몰랐다.

"달거리가 끝난 지 얼마 되지 않았으니 회임은 아닐 겁니다."

"아니어야지. 아직도 이렇게 연약하신데 회임은 무슨."

노골적인 그의 반응이 안타까웠다. 아리 자신조차도 이제는 옛일을 서서히 잊어 가고 있는데, 그의 마음속에는 아직도 옛 상처가 아물지 못한 채 선연히 남았다.

아이를 잃고 스스로를 돌보지 않은 채 눈물로만 지새웠던 밤들. 그때는 제 슬픔에 잠식당한 탓에 그만 제 모습을 지켜봐야 하는 사내의 마음을 헤아려 주지 못했다. 숨 쉬는 것조차 조심하며 제 심기를 거스르지 않으려 애를 쓰다가도, 그런 저를 제발 한 번만이라도 돌아봐 달라 애원하던 그의 모습을 떠올리니 마음이 시렸다.

안 그래 보여도 외로움을 많이 타는 사내니까. 다른 이들 앞에서야 지엄한 황제 노릇을 하는가 싶지만 그런 그도 제 앞에서는 이토록 눈물이 많다.

"황제 폐하께서 이러시면 어찌하십니까. 마음을 강건하게 먹으셔야지요."

여기까지 오고 나서야 그의 마음을 조금이나마 헤아릴 수 있게 되었다. 그가 태남산에서 보낸 시간들이 얼마나 소중했을지, 그럼에도 여기에 돌아와야 했던 이유가 무엇인지까지도 이제는 안다. 대답 대신 고개를 저으며 그는 아리의 손등에 제 코끝을 비볐다.

"그대가 없이는 하루도 살고 싶지 않아. 그러니 제발……."

"염려치 마십시오. 정말로 별일 아니옵니다."

영 태후도 물러났으니 윤도가 돌아온다 한들 달라질 것은 없다. 아니, 그래야만 한다. 저를 떠나보내던 그날의 기억은 여전히 아프지만 몇 번이고 마음을 다잡으며 아리는 도겸을 향해 웃어 보였다.

아리가 슬퍼하면 도겸 역시 함께 슬퍼할 테니까. 온전히 저만 보는 이 사내를 위해서라도 아리는 약해질 수 없었다. 상처의 궤적을 따라 걷다 보면 이 아픔도 언젠가는 잊힐 것이다.

제 상처가 도겸의 손에 아물었듯이 그의 다친 마음 역시 언젠가는 제 손에 낫게 될 것이다. 살그머니 입을 맞추려던 찰나 막 도착한 송 태의가 부랴부랴 달려왔다.

"맥을 짚겠습니다."

좋다 말았다. 아쉬운 얼굴로 도겸은 얼른 자리를 비켜 주었다. 잠자코 진맥하던 송 태의는 아리의 눈과 손목을 번갈아 살펴보았다.

"밤에 잠은 잘 주무십니까?"

"그게……."

아리는 대답 대신 도겸을 빤히 봤다. 하루 정도는 그도 혼자 자고 싶을 법한데. 도겸은 하루가 멀다 하고 아리를 황제의 침소에 불러들여서는 그간 밀린 회포를 풀기 바빴다.

그것도 한때라는 월 부인의 말에 참아 보려 애를 쓰긴 했지만, 솔직히 요즘 들어서는 아리도 한계에 봉착했다. 남녀의 운우지정 이라는 것은 때로는 수단도 방법도 가리지 않는 것을 처음 알았다.

손만 잡고 자겠다던 황제의 음모에 속아 아리는 오늘 새벽까지도 도겸의 성화에 시달려만 했다. 제 눈에서 울음이 터지는 꼴을 보아야만 멈추시는 분이다.

그런 것을 보면 다정한 듯 보여도 은근히 잔인한 면모가 있다. 짚이는 구석이 한두 개가 아니다 보니 아리는 죄의 화살을 그에게 돌리기로 했다.

"폐하께서 좀처럼 재워 주시지 않으니 도무지 잠을 잘 수 없는 걸."

손만 잡고 주무신다던 약속은 공허한 메아리가 되어 사라져 버리고, 아리는 날마다 녹초가 되어야만 했다. 혼인 후 활기가 돌며 나날이 때깔이 고와지는 황제와 달리 황후는 하루하루 여윈 기색을 숨기지 못했다.

"기력이 쇠하신 것 외에 다른 징후가 보이지는 않습니다. 마음이 편하셔야 몸도 편해지실 수 있으니 폐하께서는 제발 유념해 주시기를 거듭 청하나이다."

"내 곁에서 편히 쉬시면 되실 것을. 손만 잡고 잘 터이니……."

"다른 이의 말은 다 믿어도 폐하의 그 말씀만은 못 믿겠습니다. 호분중랑장께서는 어찌 생각하십니까?"

아리는 옆에 선 무하에게 화살을 돌렸다. 주인을 앞에 두고서 무하는 아주 조심스레 입을 열었다.

"뭐…… 그것은……."

언제나 최측근에서 지켜봐 온 무하도 저 말만은 부정할 수 없다. 무심하기만 하던 제 주인도 침소에만 들어가면 한 마리 순한 양이 된다.

반평생을 곁에서 보필해 왔건만 제 주인은 유독 아리의 앞에서만 가증스러운 시늉조차 서슴지 않았다. 그 가식을 까발렸다가는 몇 배의 보복이 돌아올 것을 알기에 그는 그저 묵묵부답으로 상황을 모면할 궁리만 했다.

"보십시오. 아닌 것은 아닌 것이니 폐하의 편도 들지 못하고 뭐라 말도 못 하는 저이가 가엾지도 않으십니까."

단호한 아내의 말에 도겸은 꿀 먹은 벙어리가 되었다. 오늘 하루만이라도 아리를 황후궁에서 편히 쉬게 하라고, 송 태의가 몇 번이나 신신당부하자 도겸은 불만 가득한 티를 잔뜩 흘리며 겨우 고개를 끄덕였다. 곱게 말해도 결국은 황후를 좀 놓아주라는 당부인데, 도겸은 내심 서운한 기색을 거두지 못했다. 허영의 보고를 받으러 떠나는 길에도 도겸은 몇 번이나 뒤를 돌아보며 한숨을 쉬었다.

"하루가 내게는 일 년 같거늘."

"어서 가세요. 계속 이러시면 저도 일주일 정도 어머니와 함께 사가로 피접을 떠나 버리렵니다."

"······그러지 마."

최후통첩이 떨어진 후에야 도겸은 입을 다물었다.

다시 정무를 보러 돌아가는 길. 풀이 죽은 그의 뒷모습을 바라보며 송 태의는 아리를 타일렀다.

"마마께서 편찮으시면 폐하께서 더욱 심려가 커지실 겁니다. 불편하신 것이 있으시다면 제게 말씀해 주십시오."

명의라는 말답게 송 태의는 불편한 아리의 심기를 진즉 알아차렸다. 하지만 그렇다고 쉽사리 그녀에게 속사정을 털어놓을 수는 없다.

평소에는 타박만 놓았다 해도 도겸은 윤도의 귀환을 퍽 반가워하는 기색이 보였다.

이제 조정이 안정되었으니 윤도가 돌아온다면 분명 요직에 배치되어 그의 손발이 되어 줄 것이다. 말을 타는 재주는 없어도 정무에 한해서는 천재에 가깝다고, 뛰어난 재능을 가진 윤도는 도겸에게 유독 충성스러웠다.

도겸을 위해서라면야 아리 자신을 눈 하나 깜짝하지 않고 속여 궁 밖으로 내쳐 버릴 정도였으니까. 그 생각만 하면 가슴에 돌이 얹힌 것처럼 마음이 시렸다.

"어떡하지."

불편한 사람과 얼굴을 맞대면할 생각을 하는 것도 괴롭다 하나 윤도는 도겸의 하나 남은 혈육이다. 만약 윤도가 한 짓을 도겸이 알게 된다면 그가 어떻게 할지 알고 있기에 더더욱 입을 열 수 없다. 다정도 병이라더니, 그에 대한 사랑의 커질수록 윤도를 어찌 마주해야 할지 두려움이 앞섰다.

✳ ✳ ✳

화평공주가 죽고 전각이 불탄 후 윤도가 물려받은 화평공주의 사저는 황제의 손에 재건되었다. 공사를 시작할 즈음 떠난 후, 돌아와 완성된 모습을 보고 나니 더더욱 집에 돌아온 느낌보다는 한없이 낯선 느낌이 먼저 들었다.

"도련님!"

오랜만에 친정에 다녀오느라 윤도의 유모는 운 좋게 화를 피했다. 홀로 남은 도련님을 가엾게 여긴 그녀는 홀로 주인 없는 이 집을 지키며 윤도가 돌아올 날만을 손꼽아 기다렸다.

"다녀왔어, 유모."

"그리 오래 기다리게 하시기에 참한 색시라도 하나 데려오실 줄 알았더니. 왜 혼자 오신 겁니까?"

"색시는 무슨."

도겸이 여인에게 관심조차 보이지 않았던 것과 별개로 윤도는 아예 다른 사람에게 흥미 자체를 보인 적이 없었다. 자나 깨나 형님 뒤만 졸졸 따라다니며 옆에 오는 여자들은 모두 형님에게 눈독을 들인다며 쫓아내기 바빴다. 그러던 이가 그토록 경애하는 형님의 곁을 떠나기에 좀 달라졌나 싶었지만 돌아온 후에도 윤도는 여전히 혼자였다.

"폐하께서는 진작 새 여인을 맞이하신 것을요."

"서문가의 여식이라면서."

"말도 마십시오. 안 그래도 그 일 때문에 말이 많습니다. 측비를 못 잊겠다 하실 때는 언제고 그리 똑 닮은 여인을 데려다가 황후로 앉히실 줄 누가 알았겠습니까."

노여운 기색을 감추지 못하고 유모는 오랜만에 집에 온 도련님에게 그간의 불만을 쏟아 냈다. 사고가 끊이지 않았던 사연을 채 반도 말하지 못했건만 듣다 지친 윤도는 결국 유모의 말을 자르고서 제일 궁금한 사실을 물었다.

"그래서 누굴 닮았단 거야?"

"누구긴요. 돌아가신 측비마마지요."

온갖 권세가들이 제 딸을 황후로 삼으라 들이밀어도 눈길 하나 주지 않던 황제였는데. 그 깊던 사랑도 새 여인 앞에서는 무용지물이었다.

이제 측비란 사람일랑 까맣게 잊어버린 듯 황제는 새로 들인 황후의 치마폭에 싸여 헤어 나오지 못한다 했다.

"서문가의 딸답게 당찬 여인이라 했습니다. 영 태후조차도 결국은 황후마마와의 싸움에 밀려 나가떨어진 셈이 되었으니까요."

"당찬 여인이라……."

설움을 가득 담은 황금빛 눈동자가 떠올랐다. 언제나 한결같이 아리만 바라볼 줄 알았던 형님이 대놓고 그녀를 대신할 여인을 들일 줄은 몰랐다. 다른 여인의 대용품인 줄 알면서도 황후 자리를 노리고 들어왔다면 보통을 넘을 것이다.

"다른 말씀은 없으셨고?"

"없었습니다만. 왜 그러십니까?"

"아니. 아무것도 아니야."

만약 도겸이 모든 전말을 알고 있다면 군이 그림자를 보내 자신을 살리지는 않았을 것이다. 귀애해 마지않은 여인을 빼돌린 사실을 설마 알고도 눈감아 준 것일까. 도겸의 속내가 도무지 짚이는 구석 하나 없으니 오만 가지 생각들이 떠올라 머릿속이 복잡했다.

"윤도야!"

걸걸한 사내의 음성에 번득 정신이 들었다. 호륜 공은 어린 시절부터 자신을 귀여워해 주던 화평공주의 친우였다. 얼굴을 마주칠 때마다 용돈도 받고 말도 태워 줄 만큼 가까운 사이인지라 그는 윤도를 종종 제 친조카 대하듯 했다.

"오랜만에 뵙습니다, 호륜 공."

"진작 돌아온다면서 대체 어디를 갔다가 이제야 낙양에 돌아온 것이냐."

대견함을 안고서 미주알고주알 늘어놓는 대화가 어째 마냥 반갑지만은 않다.

솔직한 말로 잔소리에 가깝다 하지만 소씨 일파가 실각하며 호륜 공의 세력은 나날이 기세를 더해 갔다. 소씨 가문이 몰락하고, 권세에 아첨하는 이들은 일찌감치 호륜 공에게 줄을 서 떡고물이 떨어지기만을 애타게 기다렸다.

"희미가 입궁하다니. 폐하께서 정말 비로 삼으시기라도 하신 겁니까?"

"측비라니요. 열흘 붉은 꽃은 없다 하였으니 서문에 비친 아침 햇살이 저녁까지 비칠지는 아무도 모르는 일이지요."

몇 마디 대화를 나눈 것만으로도 윤도는 호륜 공의 속내를 금세 알아차렸다. 별로 알고 싶지 않음에도 그는 몇 번이나 힘을 강조하며 황제에 대한 불만을 토해 냈다.

"기강을 바로잡기 위해서는 강력한 힘이 필요한 것을. 이래서 서자는 아니 된다고 그렇게 말씀을 드렸건만."

누구도 믿지 않을 변명을 늘어놓으며 호륜 공은 유독 편협한 눈으로 내부 사정을 바라봤다. 여인에게만 푹 빠져 국정을 소홀히 여기는 도검은 황제감이 아니라고 몇 번이나 언성을 높이며 호륜 공의 눈은 줄곧 윤도를 향했다.

"국본이 흔들린다면야 대의를 도모해야 할지도 모르지."

"대의를 도모하다니요? 역모라도 꾸미시려는 겝니까?"

입에 올리는 것만으로도 불경한 말까지 서슴지 않는다. 쏟아져 나오는 험한 말의 수위가 도를 넘어서 윤도는 대놓고 불쾌함을 표했다.

"역모는 무슨. 소씨들을 몰아냈더니 이제는 요물이 설치니 그 것을 밀어내야 한단 말이다."

"요물이라고요?"

서문 공이 죽고 한참을 숨죽여 살다가 갑자기 모습을 드러낸 것도 모자라 다른 황후 후보들을 모조리 제치고 태후에게 줄을 댔단다.

간도 쓸개도 다 빼 줄 것처럼 굴 때는 언제고, 황후 자리에 오르자마자 등을 돌렸다며 호륜 공은 언성을 높였다.

"폐하께서 용케 새 여인을 들이셨다 싶었습니다만, 그런 사정이 있는 줄은 몰랐습니다."

"어서 그것을 내쳐야 할 것을. 고얀 것 같으니라고."

영 태후가 한 짓을 생각하면 편을 들어 주는 것이 오히려 가관

일 텐데. 아무래도 호륜 공의 귀에 그런 말이 들릴 리는 만무하다. 앞에서는 맞장구를 치고 있지만 윤도의 귀에는 오히려 열을 올리는 호륜 공 쪽이 수상해 보였다.

'생각보다 괜찮을 수도 있을 것 같은데.'

황제만을 바라보며 책봉된 이후로 영 태후부터 제거에 들어간 데다 그토록 굳건하던 소 태황태후와의 관계조차 끊어 버린 재주가 대단하다.

하물며 다들 심증은 있어도 아무도 대놓고 말하지 못했던 영 태후가 낳은 아이 문제를 수면으로 끌어 올린 것도 황후 본인이 나서서 한 일이라고 했다.

어지간해서는 그렇게 나설 수 없는데 황제에게는 내궁을 장악하기 위해 쓸 무기 하나가 더 늘어난 셈이다.

호희미가 직접 나섰더라면 이렇게 반발 없이 무마되기도 쉽지 않았을 테지만, 황후의 이름에 붙은 서문이란 성이 그 불만조차 무마했다.

누가 짠 판인지는 몰라도 참으로 영리한 술책이다. 반발을 최소화하면서도 영 태후가 사라진 자리는 자연스레 황후가 틀어쥐게 되지만, 외척질을 할 아비는 이미 죽고 없으니 조정에 세를 부릴 수도 없다.

그러니 자연스레 황제의 견제 대상에서 제외된다. 멸문할 뻔한 가문이 황제의 비호 아래에서 숨통을 트인 것과 달리 호륜 공은 아직도 망해 없어진 소씨 일파 타령만 하고 있다. 두 세력이 대립할 때야 그가 힘을 가지는 데 명분이 있었다지만, 적이 사라졌으니 이제는 사냥개를 팽할 차례다.

오히려 외통수를 맞은 것은 호륜 공 자신인데 정작 본인만 모르고 있으니 이 또한 우습기 짝이 없다.

"대의를 생각해야지. 아무래도 심상치 않으니 말이다."

"그 점 유념하지요."

말하는 본새를 보아하니 윤도를 내세워 황제를 밀어내기라도 하려는 건지. 권력 맛을 한번 본 이상 그도 제 손으로 제 명줄을 끊어 놓을 모양이다.

어설프게 엮여 봐야 좋을 것이 없다. 아무리 살갑게 군다 한들 저 속에 담긴 검은 속내를 아니 달콤한 말을 들어도 입이 쓰다. 하다 하다 이제는 저를 꼭두각시 황제로 세울 궁리까지 하는 것을 보니 저이도 오래가진 못할 모양이다.

"내일쯤 입궁할 터이니 그때 새 황후도 만나 볼 수 있겠지요."

"암. 내 말을 잘 유념하거라."

행방불명된 아리를 찾아낸 후를 위해서라도 새 황후와 어떻게든 손을 잡아야 한다. 저쪽도 황제의 총애가 다른 곳에 쏠리는 것은 원하지 않을 테니까. 이 일을 어찌 처리할지 윤도는 고심에 잠긴 채 머리를 굴렸다.

✳ ✳ ✳

각방을 쓰라는 송 태의의 처방에 도겸은 잔꾀를 부렸다.

"너희도 요즘 일이 많아 곤할 터이니 황후의 욕간 시중은 내가 직접 들지."

"하오나 폐하."

"제법 길어질 터이니 너희들도 그만 가서 쉬다 오거라."

아랫사람들을 위하는 거라는 누구도 믿지 않을 핑계를 대고서 그는 아리의 손을 잡아끌어 곧장 황제의 욕탕으로 향했다. 화로에 데운 돌이 물을 덥히고, 도겸은 손수 아리의 목욕 시중을 들었다. 옷을 벗고 물에 들어간 후에도 언제 말을 해야 할지 쉽사리 입이 떨어지지 않는다. 오래 고민하다 아리는 어렵사리 입을 열었다.

"폐하, 청이 있습니다."

"그대가 내게 부탁을 하다니."

등줄기에 입을 맞추며 도겸은 흡족한 듯 웃었다. 얼굴이 보이지 않아 다행이다.

아니었다면 그는 분명 제 표정만 보고도 불편한 심기를 알아차렸을 것이다. 나직하니 들리는 웃음소리에 귀를 기울이며 아리는 조심스레 말을 꺼냈다.

"윤도 공에게는 제 정체를 숨겨 주십시오."

아리가 돌아온 게 아니라 서문설아로 윤도와 마주하고 싶다고. 짐짓 심각한 그녀의 말에 도겸은 쉽사리 동의를 표했다.

"하긴. 그 녀석은 아무래도 미덥지 못하니 말이야."

참 오래 고민하고 꺼낸 말이었는데. 이렇게 쉽게 승낙해 주니 겨우 안도할 수 있었다. 아리는 첨벙하고 물살을 가르며 뒤를 돌아서는 제 앞에 선 도겸의 목을 있는 힘껏 끌어안았다.

"고마워요, 폐하."

아련하게 속삭이는 목소리가 퍽 마음에 든 것인지 도겸은 아리의 머리를 쓰다듬으며 달게 웃었다. 늘어트린 그의 머리를 만지작거리는 것이 퍽 재미있다. 아리는 장난스레 도겸의 울대를 잘근잘근 입술로 간질였다.

"겨우 이 정도를 가지고. 뭐든 더 졸라 봐. 보석도 좋고, 비단도 좋지."

원하는 게 있다면 당장 지금이라도 명을 내려 구해 오게 할 기세다. 물욕이 창궐한 이였다면 분명 나라의 살림을 거덜 냈을 테지만, 아리는 도겸이 끼워 준 어머니의 가락지 하나면 충분했다.

괴로운 시간을 견디면서도 이 반지 하나만은 누구에게도 빼앗기지 않으려 애를 썼다. 마지막 순간 경매꾼들 손에 빼앗기긴 했지만 다행히 무하가 찾아 준 덕에 이 반지는 제 손에 돌아오게 됐다.

"오늘부터는 각자의 궁에서 자기로 한 거, 잊지 않으셨지요?"

장난스레 물어본 것인데 도겸은 노골적으로 싫은 티를 내며 아리의 허리를 안았다. 다른 청은 다 들어준다고 해도 이것만은 들어주기 힘든 기색이 역력하다.

"송 태의는 평소에는 자시가 되기 전에 잠이 들지."

"그래서요?"

"그러니 자시까지는 여기에 있자는 이야기야."

아무래도 낮에 한 약속 따위는 전혀 지킬 생각이 없어 보인다. 어린아이처럼 투정을 부리는 그가 퍽 귀여워서 아리는 그의 뺨을 있는 힘껏 꼬집어 주었다.

"고작 하룻밤인 것을요. 내일 아침 그이가 알면 경을 칠 것입니다."

"내가 황제이거늘. 다들 내 뜻에는 관심도 없어."

말은 그렇게 하면서도 도겸은 아리의 고운 손등을 거머쥔 채 아쉬운 마음을 숨기지 못했다. 이상할 정도로 격한 황제의 애정이 마냥 좋게 보일 일은 아니니 하루라도 조금은 떨어져 있어 보라는 송 태의의 말도 충분히 일리가 있다.

"무하를 보내 둘 터이니. 호희미 하나로는 마음이 놓이지 않아."

"무엇을 그리도 염려하시는 겁니까?"

만성이 되어 버린 그의 불안은 아직도 가시지 않은 모양이었다. 이제는 영 태후도 물러났으니 걱정할 것 따위는 없는데. 아리의 물음에 도겸은 몇 번이나 입술을 씹으며 제 속내를 털어놨다.

"내 생에 단 하루도 그렇게 지나고 나면 돌려받을 길이 없는 것을."

한정된 삶에서 3년이라는 세월을 강탈당했다. 허망하게 보내 버린 세월을 돌려 달라 하고 싶건만 거기에서 하루를 더 빼자고 하니 도겸이 분노한 것도 어쩌면 당연한 처사다. 하지만 그렇다고 해도 이대로는 곤란하다.

아리는 성이 난 그의 머리를 쓰다듬으며 다정하게 얼러 주었다.

"저를 못 믿으시는 겁니까? 오늘 밤에는 폐하와 함께 있을 수 없다고 생각하니 어쩐지 연애를 하는 것 같아서 저도 모르게 마음이 애틋해지는걸요."

각자 사연이 많아서 제대로 된 서찰 하나 교환해 보지 못하고 부부의 연을 맺었다. 그러니 이렇게라도 풋풋하게 사랑을 키워 가던 시절을 떠올려 보는 것도 나쁘지 않다.

동이의 눈을 피해 눈빛을 교환하고서 대놓고 말하지 않았지만 함께 걷는 것만으로도 가슴이 뛰었다. 아리가 그리워한 것은 이제는 아무도 기다리지 않는 초라한 태남산이 아닌 세 사람이 함께해서 더욱 행복했던 그 시절일지도 모른다.

"그대가 상처받지 않았으면 해."

"상처받을 일이 뭐 있겠습니까."

도겸의 걱정도 일리가 있다. 황후라는 정식 첩지를 받은 이상 아리는 굳건한 제 입지를 다지는 동시에 조정의 견제를 받는 몸이 됐다.

앞으로는 지금보다 훨씬 더 많은 고난이 들이닥칠지도 모르지만, 그래도 한 가지만은 확실하다. 무엇이 일어나든 더는 두려움에 홀로 떨며 울지 않으리라. 상황에 등이 떠밀려 부유하던 시절과 달리 이제는 확고한 목적이 생겼다.

"제게는 폐하가 계시는 것을요."

더운 물을 튕기자 뽀얀 물보라가 일었다. 열기를 머금고서 아리는 도겸의 입술에 입을 맞췄다.

"아름다운 눈동자야."

가끔 격정을 이기지 못할 때마다 제 안에서 뜨거운 무언가가 끓어올랐다. 예전에는 끔찍하기만 했던 이 눈동자가 그의 눈에는 여전히 아름답기만 한가 보다.

그것만으로도 제 자신이 조금은 사랑스러워진다. 그의 말처럼 아리도 도겸만 있으면 이제 더는 그 무엇도 두렵지 않다.

"그래서 호륜 공은 어찌하시렵니까?"

다정하게 그를 달랜 후에야 조정의 사정을 물었다. 소씨들이 물러나자 호륜 공은 권력에의 욕심을 숨기지 못하는 티가 역력했다. 내궁이 정리되며 아리는 한시름 놓았지만 사실상 도겸의 싸움은 지금부터다.

염려가 담뿍 담긴 그녀의 눈빛이 좋은지, 도겸은 눈웃음을 흘리며 괜히 이마를 톡 하고 건드렸다.

"그대를 없애기 위해 자객을 보낼지도 몰라. 그러니 당분간은 어디를 가든 호위와 반드시 동행하도록 해."

호희미를 궁에 둔 것도 그 때문이다. 여차하면 제 딸이 범인으로 몰릴 수 있으니 차마 허튼짓은 못 하겠지만 그래도 두 번 다시 같은 실수를 반복할 수는 없다. 결의에 찬 그를 보니 조금은 마음이 놓여서 아리는 사랑하는 지아비의 손을 꼭 잡았다.

"폐하가 아니었다면 저는 지금쯤 산목숨이 아니었을 것을요."

"……나는 그대의 지아비니까."

이 드넓은 세상에 마음 붙일 곳 하나가 있다는 것이 얼마나 큰 힘이 되어 주는지 모른다. 온 세상 귀하고 좋은 것은 모두 손에 넣을 수 있음에도 불구하고 도겸은 오로지 아리만을 바라보았다.

"폐하를 다시 만나고 싶어서, 그 마음 하나로 살았습니다."

그리운 그분의 얼굴이라도 한번 볼 수 있다면 그것만으로도 충분하다고. 먼발치에서라도 좋으니 무사하신 모습이라도 보고 싶었다.

"그러니 폐하께서도 절 위해 살아 주세요."

외롭디외로운 그에게 이 황궁은 평생을 옥죄어 온 감옥이었다. 그런 그가 제 발로 여기에 돌아온 이유는 단 하나, 아리 자신을 구하기 위해서였다.

제 목숨을 살리기 위해 그는 제 발로 박차고 나갔던 황제의 자리로 되돌아왔다. 그러니 이제 더는 그 짐을 홀로 짊어지지 않도록, 그의 든든한 버팀목이 되어 주고 싶었다.

"암, 나는 그대를 위해 살아야지."

하늘 아래 외로운 두 사람이라. 원래대로라면 만날 수조차 없었을 두 사람은 가혹한 운명의 장난 덕에 부부의 인연을 맺게 되었다. 황제의 아들과 사냥꾼의 딸. 태어난 처지도 신분도 다르지만 이 세상에서 오직 서로만이 서로의 아픔을 이해할 수 있으리라.

혼인을 한다는 건 그의 삶으로 걸어 들어간다는 것이니까. 그가 황제의 자리를 버릴 수 없다면 아리가 훌륭한 황후가 되면 된다.

그러니 호륜 공만 무사히 정리할 수 있기를. 그러면 모든 근심은 사라질 테니까. 조정의 일에까지 나설 수는 없으니 아리가 해 줄 수 있는 건 그저 차갑게 식은 그의 몸을 덥혀 주는 것뿐이다. 함부로 나설 수도 없어서 황후 간택 내내 애가 닳았을 그의 심정이 이해가 갔다.

"괜찮아. 분명 모두 잘될 테니까."

염려하는 아리를 앞에 두고 도겸은 애써 웃었다. 앳된 기색도 이제는 가시고 제법 사내다워진 그가 퍽 믿음직스럽다.

어머니가 아버지를 그리도 다정히 바라보시던 것도 이래서였겠지. 누가 뭐라 해도 잘난 제 사내가 참으로 어여쁘다.

아무리 사랑한다 말을 전해도 부족한 것을 보면 이 긴 밤이 아쉬울 사람은 비단 그뿐만은 아닐 성싶다. 어린 새처럼 몸을 기댄 채 두 사람은 오래도록 서로의 온기를 나눴다.

❊ ❊ ❊

독이 오른 호륜 공이 언제 아리에게 손을 쓸지 모르니 잠시도 경계를 늦출 수 없다. 황제의 명을 받아 무하는 직접 황후궁의 호위를 챙겼다. 이른 아침부터 바쁘게 움직일 즈음, 단장을 마친 아리가 그를 불러들였다.

"부탁이 있습니다."

"명하십시오."

"윤도 공이 오늘 궁에 든다지요."

윤도는 그녀를 나락으로 떨어트린 장본인이다. 영리하게도 저택에 데려가 문 태사에게 맡긴 후 자신은 다른 여종을 데리고 서둘러 수도를 빠져나갔다. 바꿔치기했다는 사실을 알아차렸을 때는 이미 늦은 터라 무하조차도 아리의 행방을 찾는 데 사흘이나 걸렸다.

"아마 황후궁에서 직접 문안을 올릴 듯합니다."

오늘 도겸은 병부의 훈련을 시찰하기 위해 궁을 비운 터라 오후에나 자리한다 했다. 그 사실을 알면서도 굳이 한발 먼저 황후를 만나고자 하는 저의가 심히 의심스러울 법도 하다.

"저에 대해 벌써 알고 있습니까?"

"아직은 모릅니다."

만약 윤도가 정말 아리의 정체를 알아낸 거라면 여전히 사람을 풀어 아리의 행방을 수소문하고 있지는 않을 터.

어디에서 무슨 소리를 잘못 듣고 온 건지 각 관아에 여인의 행방을 물어보러 다닌다는 첩보가 들어왔지만, 미리 손을 써 둔 탓에 윤도는 그 어떤 성과도 얻지 못했다.

"다행입니다."

"그래도 얼굴을 보면 분명 알아볼 것입니다."

진심으로 안도하는 그녀를 두고 무하는 냉정한 첨언을 잊지 않았다.

"그럴 리가 없습니다. 절대 알아보지 못할 겁니다."

정색하는 그녀의 말에 무하는 기꺼이 입을 닫았다. 아마 아리는 전혀, 상상조차 하지 못할 것이다. 윤도가 어떤 마음으로 그녀의 행방을 쫓고 있는지, 어째서 도겸의 곁에서 떼 놓으려고 했는지마저도.

"지금까지도 줄곧 사라진 '아리'의 행방을 찾고 있다고 들었습니다."

"왜요? 자기 죄가 드러나기라도 할까 봐 두렵답니까?"

평소의 아리답지 않게 날카로운 반응이 돌아왔다. 신랄한 비아냥을 쏟아 내는 그녀는 끝내 윤도가 왜 그렇게 움직인 것인지 짐작조차 못 하고 있다.

"분명 의심할 겁니다. 그러니 미리 말씀을 해 두시는 편이 나을 성싶습니다."

속내를 숨기는 데는 서투르지만 아리만큼 둔하진 않다. 분명 의심할 테지만 아리는 무하의 제안을 거부했다.

"의심하면 뭘 어찌할 수 있단 말입니까?"

도겸이 그리는 큰 그림 안에 윤도가 들어가 있지만 않았더라도 아리는 분명 윤도조차 어떻게든 파멸시켰으리라.

아리의 가슴에 품은 증오의 크기는 아마 윤도가 가진 애정만큼이나 크고도 깊을 터였다. 저가 나선다 한들 그녀의 마음을 되돌릴 수는 없을 테지만 한편으로는 윤도가 안타까웠다.

"윤도 공이 들었사옵니다."

영수의 부름에 두 사람은 함께 방을 나섰다. 문밖에서 대기 중이던 호희미와 영수, 그리고 호분중랑장 무하의 수발을 받으며 아리는 봉황 장식이 드리운 황후의 옥좌에 앉았다. 위엄 넘치는 자태와 붉게 물든 입술, 영롱하게 빛나는 자개빛 귀걸이까지. 초라하기만 하던 아리의 모습은 이미 그녀에게서 사라진 지 오래다. 불편한 기색조차 숨긴 채 아리는 완벽한 황후의 얼굴로 종친 윤도를 맞이했다.

"소신, 황후마마께 인사 올리옵니다."

"말씀만 듣던 윤도 공을 이리 뵙게 되어 참으로 반갑습니다."

예상과 달리 충돌은 없었다. 시녀의 안내를 받아 자리한 윤도는 기꺼이 무릎을 꿇고서 깍듯이 예를 갖췄다. 고개를 들라는 아리의 명에 윤도는 그제야 그녀의 얼굴을 바라봤다.

아리도, 지켜보는 무하도 몹시 긴장된 순간이건만 정작 윤도 본인은 놀란 기색도 없이 생김새만 슬쩍 훑고서 다시 고개를 숙였다. 어색한 만남에 무거운 공기가 흘렀다. 마음에도 없는 의례적인 이야기를 나누며 아리가 먼저 공세에 들어갔다.

"윤도 공께서는 죽은 측비와 아는 사이라 들었습니다만."

"간간이 말동무가 되어 드린 적은 있었습니다."

제 일을 남 일처럼 말하는 아리도 아리지만 윤도도 좀처럼 속에 품은 마음을 내보이지 않았다. 정말로 다 알면서 저러는 건지, 아니면 일부러 속내를 숨기는 건지 알 길이 없는 탓에 아리가 먼저 승부수를 던졌다.

"그러면 한 말씀 여쭙겠나이다. 제가 죽은 측비와 그리도 닮았습니까?"

허를 찌르는 질문에 곁에 선 무하가 더 당황했다. 놀란 기색을 애써 숨기며 그는 앞에 선 윤도의 반응을 살폈다. 이런 자리에서 저런 대담한 질문을 겁도 없이 던지는 아리도 문제지만 윤도 본인은 정말로 아무것도 모르는 얼굴로 고개를 저었다.

"생김새가 일부 비슷할지 모르나 제가 아는 측비마마와는 전혀 다르옵니다."

"어디가 그리 다릅니까?"

산전수전을 겪은 데다 황후에 오른 후로는 화장도 더욱 화려해졌다. 잠시 대답을 망설이던 윤도는 한참 눈치를 살피다 어렵사리 입을 열었다.

"그 여인은 태생은 미천하고, 학문은 형편없고, 예법은 처참하고, 미색은 부족하였나이다."

"오호라?"

실시간으로 제 무덤을 파고 있는 윤도를 바라보며 무하는 아무런 말도 할 수가 없었다. 이제 그만하라 신호를 보내는 줄도 모르고서 윤도는 무하를 힐끔 보고서는 끝없이 말을 이어 나갔다.

"힘은 무식하게 세지, 조심성은 없지, 거짓말에 잘 속고. 금방 풀이 죽기도 하고 볼품없는 시골 촌것이니 너무 괘념치 마십시오."

"폐하께서 그리도 못 잊으신다고 하여 아주 대단한 여인인 줄 알았는데. 참으로 뜻밖입니다."

웃고 있어도 저건 웃는 게 아니다. 엷은 미소를 머금은 아리의 미소에서 어쩐지 살기마저 느껴졌다. 그렇게 긴 험담을 늘어놓고서 윤도는 잠시 숨을 고른 후 두서없는 변명 한마디를 덧붙였다.

"거기다 평생을 고생한 기구한 팔자에 궁에서도 고생만 한 터라 참으로 가여운 여인입니다."

일부러 봉합하려 한 말인가 했지만 어조를 보아하니 그건 아니다. 감정을 숨기지 못하는 윤도의 속내가 너무나 대놓고 드러났다. 미련이 가득한 윤도를 바라보며 아리가 되물었다.

"……참으로 그리 여기십니까?"

"누가 뭐라 해도 폐하의 비는 황후마마십니다. 그자는 이미 없는 사람이니 괘념치 않으셔도 괜찮습니다."

아무래도 윤도는 황후의 뜻을 잘못 파악한 듯 보였다. 죽고 없는 측비는 신경 쓰지 말고 황제의 총애를 독점해도 된다는 말인데, 그렇게 혼자 열심히 헛다리를 짚는 통에 그녀는 긴말하지 않고 고개를 끄덕였다.

이제 몇 남지 않은 황실의 종친은 앞으로 황후의 소관이 될 거라고, 영 태후의 공백으로 인한 황실 제반의 일을 상의하고서 윤도는 태연히 황후궁을 떠나 버렸다. 윤도가 떠난 후에야 아리는 대놓고 무하에게 핀잔을 놓았다.

"제가 뭐라고 했습니까. 알아보지 못할 거라 하지 않았습니까."

"송구하옵니다."

반드시 알아볼 거라 장담한 제 말이 우습게 되어 버렸다. 아리는 언짢은 기색도 없이 윤도가 간 길을 바라보았다.

"머리는 좋은지 몰라도 그럴 만한 그릇이 안 되는 사람입니다."

수족 노릇은 할 수 있어도 윗사람 노릇은 못 할 위인이니 황제 자리는 가당치도 않다고. 분명 처음 이 황궁에 올 때만 해도 별 볼 일 없다 여겼던 그녀는 어느새 제 주인의 반려다운 면모를 풍기고 있다. 어딘지 모르게 이제는 정체 모를 여유마저 풍겼다.

"모두가 변했는데 윤도 공은 참으로 변한 것이 없습니다."

이 궁 안의 모든 것이 변했건만, 윤도의 시간은 여전히 그 시절에 그대로 멈춰 있다. 아리는 쓸쓸한 얼굴로 홀로 자조했다. 자신에게조차도 이미 세상에서 사라진 지 오래인 '아리'가 윤도의 기억 속에는 여전히 살아 있나 보다.

"다녀왔어."

"폐하!"

환궁한 황제가 황후궁에 들른 후에야 그녀는 복사꽃 같은 미소를 되찾았다. 한참은 더 걸렸을 거리를 한달음에 달려온 건지 도겸은 가쁜 숨을 몰아쉬며 그녀를 안아 올렸다. 아마 윤도도, 다른 누구도 그녀를 저리 웃게 만들지는 못할 것이다. 홀로 품은 그 마음은 평생 빛도 보지 못한 채 응달에서 시들 터. 짓이겨진 부용화의 향기가 어딘지 모르게 애달파서 무하의 가슴 한쪽도 덩달아 짓밟힌 것처럼 시리고 아팠다.

✻ ✻ ✻

"오랜만이로구나."

오후 늦게야 윤도는 황제를 알현할 수 있었다. 분명 익숙한 얼굴을 하고 있음에도 낯선 여인을 보고 있으니 마음이 불편해서 점심조차 걸렀다. 기다리는 동안 굳어 있던 그녀의 얼굴이 윤도의 심기를 더욱 어지럽혔다.

'대체 형님은 왜.'

분명 외모는 헉 소리가 날 만큼 닮았다지만 눈빛이 달랐다. 제 심기를 살피며 어쩔 줄을 모르던 아리와 달리 황후는 지고한 옥좌에 앉아 명백히 아랫사람인 윤도를 담담히 내려다보았다.

그 누구보다 이 황궁에 잘 어울리는 여인이라서 어쩔 줄을 모르던 아리와는 비교조차 할 수 없었다. 요물이라는 말까지 하던 호륜 공의 심정도 어쩌면 이해는 간다.

오랑캐조차 단칼에 베어 버리는 딸이 있음에도, 배포를 보아하니 한 마디도 지지 않을 것이 눈에 선했다. 모두가 알고 있음에도 차마 고하지 못했을 말, 죽은 측비의 일을 제 입으로 꺼낸 것만 해도 그랬다.

"황후는 벌써 만났다지?"

"형님."

유난히 싱글벙글 웃고 있는 황제의 미소가 더욱 혼란스럽다. 아리의 일을 정말 다 잊기라도 한 건지 황제는 사랑에 빠진 미소를 가득 흘리고서 자랑을 늘어놓았다.

"연약해 보이셔도 강단 있는 성품이시니, 일국의 국모가 되기에 조금도 부족함이 없는 분이지. 네가 그리도 따지는 명문가 출신이기도 하고. 아니 그렇느냐?"

"진정으로 그리 여기시는 겁니까?"

"암, 그렇고말고. 나는 앞으로도 평생 황후 한 분만을 바라보며 살아갈 것이다."

도겸이 말 한 마디 한 마디를 뱉을 때마다 윤도의 미간에는 주름이 깊게 졌다. 이제 정말로 이 황궁에 아리의 흔적 따위는 조금도 남아 있지 않아 보였다.

"좋으시겠습니다."

"좋고말고. 윤도 너도 어서 좋은 이를 만나 혼인해야지. 아니 그렇느냐?"

억장이 무너지는 제 마음도 모르고서 황제는 뭐가 그리 기쁜지 잠시도 미소를 지우지 못했다. 황후가 직접 보냈다는 차를 마시고 서한을 검토하면서도 도겸의 시선은 종종 창 너머 황후궁 쪽을 바라보았다.

"측비는 이제 잊으신 겁니까?"

이미 물어보고 난 후에야 물어보지 말 것을 그랬다며 후회했다. 차라리 도겸이 정말로 잊어 준 거라면 그때는 제 손으로 어떻게든 찾아내 거둘 작정이었다.

얼굴은 닮았을지 몰라도 속이 전혀 다르다. 당당하던 황후와 달리 의기소침하던 아리는 제대로 피어 보지도 못하고 제 손에 내쳐져 궁 밖으로 쫓겨나야만 했다. 만약 그때 손을 쓰지 않았더라면 저 자리는 아리의 것이었을 텐데. 때늦은 죄책감이 밀려와 속이 쓰렸다.

"잊어야지. 지금 내 곁에 계시는 건 황후시니까."

너무나 쉽게 튀어나오는 황제의 말에 입을 다물 수 없다. 3년 동안 그토록 애가 달아 홀로 외로운 밤을 보냈다더니 그도 결국은 사내였나 보다. 황제가 미쳐 버렸다는 호륜 공의 말이 이제야 좀 이해가 갔다. 입만 열면 황후가 어쩌고저쩌고. 일부러 저를 놀리기라도 하는 것처럼 하는 말이 더욱 답답하여서 윤도는 그만하라 언성을 높였다.

"참으로 너무하십니다. 그이가 가엾지도 않으십니까?"

"그러게나 말이다."

마치 남 일을 말하는 것처럼 도겸은 윤도를 빤히 바라보았다. 황후에게 마음이 넘어간 지금이라면 제가 한 짓을 말할 수 있을까. 굳이 긁어 부스럼을 만드는 것 같아 윤도는 끝내 그 말만큼은 할 수 없었다.

"내가 싫어 떠난 거라고 했었지. 그이가 나를 떠나 행복한 거라면 그조차도 어쩔 수 없는 것을."

아리가 제 발로 떠난 거라고 말을 전한 건 윤도 자신이었다. 하지만 도겸의 입에서 그런 말이 나오고 나니 이제야 비로소 자신

300

이 무슨 짓을 저질렀는지 뼈저리게 느껴졌다.

"나라고 마음이 편했겠느냐. 밥은 잘 드시고 있을지, 잠은 잘 주무시고 계실지. 혹 다른 사내를 만나 마음을 주지는 않았을지. 하루하루가 피가 말랐던 것을."

"그건……."

아리가 사라지고 하루하루 말라 가던 황제의 모습을 보는 건 윤도에게도 고역이었다. 밀려드는 죄책감을 가릴 길이 없어 윤도는 결국 조정을 떠나 제 발로 교빙길을 떠났다. 본국의 사정을 들으면서도 일부러 아리에 대해서는 알려 하지도 않았다. 그녀를 나락으로 떨어트린 건 바로 자신이니까. 실상 누군가를 비난할 자격도 없는 주제라 윤도는 이를 악물고 아무 말도 하지 못했다.

도겸의 마음속에 아리의 존재가 지워진 거라면 차라리 잘된 걸지도 모른다는 생각이 들었다. 이율배반적인 제 모습이 참으로 초라하기 짝이 없다.

"정말로 얼굴이 닮아 황후로 삼으신 겁니까?"

"그럴 리가. 황후감에 적합한 분이니 모신 것이지."

도도하기 짝이 없는 표정과 화려한 장식이 자연스럽게 어울리는 기품까지. 어설프던 아리와 달리 대놓고 측비에 대해 물을 만큼 담이 커 보였다. 그 정도가 아니고서야 영 태후를 찍어 내는 것 따위 불가능하다지만, 그래도 어딘지 모르게 석연찮은 구석이 있다.

"호륜 공은 새 황후를 몹시 싫어하는 듯 보였습니다."

"나도 그이가 싫으니 그것은 참으로 공평하구나."

"형님!"

"이제는 폐하라 불러도 될 때가 되었거늘. 철 좀 들거라."

301

뭐가 그리 즐거운지 여전히 웃고만 있는 황제를 보고 있자니 속에 멍이 들었다. 일이 이 지경이 되고 나서야 제가 지은 업보가 고스란히 돌아왔다.

"그래서, 과거 제도를 실시할 작정이십니까?"

"암. 이제는 제발 좀 당파와 상관없이 제 몫을 할 능력 있는 인재가 필요하니 말이야."

호륜 공에게 빌붙어 궁정에 들어온 자들은 대부분 능력보다는 연줄의 힘으로 뽑힌 탓에 한 사람 몫도 제대로 하지 못하는 경우가 허다했다.

비리가 많다 해도 언제나 견제의 대상이었던 소씨 가문은 오랜 연륜을 통해 뒷돈을 교묘하게 빼돌렸다지만, 호륜 공의 수하들은 대놓고 나라 법을 어겨 가며 여기저기에 증거를 흘렸다.

이들을 견제하고 나라를 바로 세우기 위해서는 능력 있는 인재가 필요하건만. 조정에서는 그 사람의 됨됨이나 재주보다는 출신 가문을 먼저 따지는 풍조가 만연했다. 황제조차 서자라고 비웃는 오만방자한 중신들은 각자 타고난 가문만을 믿고서 제자리에 하염없이 안주했다.

"그 서자 놈의 손에 모가지가 날아가 보아야 정신을 차리려나."

싸늘한 미소를 지으며 도겸은 허영이 올린 보고서를 읽어 내렸다. 관아에서 시비가 털린 것은 물론, 국정 전반에 손을 뻗은 호륜 공은 벌써 자신이 국부라도 된 것처럼 기세가 등등했다.

앞에서는 싹싹한 척 훌륭한 명분을 내세우고 있지만 실상 호륜 공은 지금껏 조정을 장악한 그 누구보다도 뿌리부터 썩어 들어간 지 오래였다.

전쟁 통에 입수한 전리품도 빼돌리던 솜씨는 여전하고, 북방에서 부리던 수하들을 모조리 낙양에 불러다 높고 낮은 지위를 선심 쓰듯 흩뿌렸다. 그런 짓을 벌여 놓고서 대의를 논하며 그는 이 조정의 주춧돌 역할을 자처하고 나섰다.

"참으로 모순적인 일이지. 그토록 경멸하던 소 태사와 판박이처럼 닮아질 줄 누가 알았을까."

태생이 어떻다 하여 시비가 걸려도 병들어 누워만 있던 선황제와 달리 도겸은 모든 일을 제 손으로 관할했다. 다 알아서 하라 내던져 주던 황제에게 길들여진 관료들은 응당 그런 황제를 마음에 들어 하지 않았다.

"제대로 된 군왕 노릇 따위는 해 줄 생각도 없었는데, 호륜 공이 이리 나온다면야 나도 어쩔 수는 없지."

"뭘 어쩌려고 그러십니까?"

윤도의 물음에 도겸은 아무런 대답도 하지 않았다. 속내를 내보이지 않는 것만은 예나 지금이나 변한 것이 없다. 그가 속없이 구는 것은 기껏해야 제 여인에게 정도. 평생을 곁에 있었던 윤도에게조차 그는 쉽사리 모든 것을 알려 주지 않았다. 정무를 마무리 지으며 도겸은 아리의 일을 입에 담았다.

"그러니 이제 엉뚱한 짓은 그만두거라. 책무를 내버려 두고 희희낙락 구는 것도 더는 못 봐주겠다."

"하지만!"

"황후를 만나 보고도 그런 소리를 하는 것이냐."

대놓고 핀잔을 주는 탓에 더욱 혼란이 더했다. 새 여인을 들이고도 저리 눈 하나 깜짝하지 않는 도겸의 모습이 참으로 낯설기만 하다.

"몸이 좋지 않아 이만 물러나겠나이다."

아리의 존재 자체를 깡그리 잊은 듯한 황제를 보니 분이 치밀었다. 처음에는 잘된 일이라 여겼는데 그 가엾은 여인이 지금쯤 무슨 고난을 당하고 있을지 생각하니 속이 쓰리다.

"무슨 수를 써도 찾아야 한다."

황제의 만류에도 불구하고 윤도는 곧장 시종들을 시켜 아리의 행방을 찾으라 단단히 일렀다.

❋ ✻ ❋

내궁이 안정되고 윤도도 오랜만에 출샷길에 나섰다. 조정 신료들이 모두 모인 자리에서 황제는 그간 벼르던 과거제도 시행안을 내놓았다.

"국가의 근본은 인재라 하였으니, 능력이 있는 자는 신분고하를 막론하고 귀하게 쓰고자 하오."

"망극하옵니다. 부디 통촉하여 주시옵소서."

영 태후의 몰락 이후 노대신들은 대부분 낙향을 핑계로 조정을 떠났다. 그 빈자리를 메운 호륜 공 일파는 권력을 틀어쥐고서 황제의 뜻에 제대로 반기를 들었다.

"인재의 등용은 국정의 근간이라, 조정이 제각각의 목소리를 내면 어찌 대업을 이루리까."

"공이 말하는 대업이 무엇이오?"

"이 단월국에 뿌리 깊은 죄악을 들어내고 부강한 국가를 이루는 것입니다."

말은 번지르르한데 실제로 하는 짓은 형편없다. 황제는 허영에게 넘겨받은 인사 기록을 살펴 호륜 공의 앞에 들이밀었다.

"공이 말하는 부강한 국가가 이런 것을 말하는 것이오?"

잘난 부모 아래 태어나 연줄을 타고 자리에 올랐으니 할 줄 아는 것 없이 다들 제 욕심을 채우기에 여념이 없다. 그간 호륜 공 일파가 심어 놓은 자들이 벌여 놓은 패악질은 나라 곳곳에 뿌리를 내려 백성들의 삶을 어지럽혔다.

"가문을 살피는 것은 인품을 보는 근간입니다. 어디서 굴러먹은지도 모를 자들을 재주만 보고 귀하게 대접했다가 자칫 주제도 모르고 날뛸지도 모르는 것을요."

"……그렇단 말이지."

다른 말을 하는 듯하면서도 근간에는 황제를 향한 경멸이 깔려 있다. 아리가 없는 사이 줄곧 지켜만 봐 줬더니 위아래도 모르는 저들은 벌써 저들의 세상이 온 양 날뛰고 있다.

"능력이 조금 부족하다 하나 이들은 소 태사를 몰아낸 공신의 자식들입니다. 그러니 그에 응당한 상급을 내려도 부족할 터인데, 이런 사소한 실수를 트집 잡아 내치는 것은 옳은 일이 아닌 줄로 아뢰옵니다."

"나를 황위에 올려 준 자들이니 내 백성을 수탈한다 해도 모르는 척 내버려 두란 말인가?"

즉위 후 언성 한 번 높인 적이 없는 황제가 대놓고 노여운 기색을 표했다. 아무래도 심상치 않은 기세에 호륜 공은 황급히 꼬리를 내렸다.

"내버려 두라니. 천부당만부당한 말씀이옵니다. 문제가 있다 하더라도 엄히 다스리면 될 것을요."

"그러니 호륜 공의 말은, 문제가 있다면 엄히 다스리란 말이지?"

소 태사였다면 상황에 따라 필요하다면 제 아들뻘인 윤도에게도 깍듯이 예를 차렸을 테지만 호륜 공에게는 그런 깜냥조차 없다. 제 입으로 여지를 흘려 주니 도겸은 유유히 준비한 방안을 하나하나 중신들 앞에 들이밀었다.

"비록 돌아가신 선황제 폐하의 명을 받아 황위에 올랐다 하나 과인이 이 자리에 욕심이 없음은 누구보다 그대들이 잘 알고 있을 것이오."

"통촉하시옵소서."

"이 자리를 내려놓을 날만 손꼽아 기다렸건만, 사악한 술책에 황실의 기강이 무너지는 꼴을 더는 두고 볼 수 없을 터."

이번 기회에 제대로 기강을 세우겠노라 엄포를 놓는 황제의 말에 중신들은 모두 꿀 먹은 벙어리가 되었다. 한마디를 하자마자 기다렸다는 듯이 파죽지세로 나서는 황제의 엄포가 어쩐지 심상치 않다. 이대로 물러났다가는 황제가 더욱 세게 나설 터인데.

그때 윤도가 한발 앞서 황제에게 간언을 올렸다.

"엄한 것이 능사는 아니옵니다. 백마는 말이 아니라 논한다면 폐하께 누가 감히 충언을 올리겠나이까."

지록위마의 고사를 내세우는 그를 보며 호륜 공의 입가에 미소가 걸렸다. 군주가 충성심을 시험하려 드는 것은 도리어 조정을 망치는 법이니.

시의적절한 역공이 들어서자 황제가 윤도에게 되물었다.

"어사대의 기록이 이미 나왔거늘."

"허영은 과거 예부의 손에 좌천당한 전적이 있사옵니다. 그러니 이 조사는 다른 이에게 맡기는 것이 나을 성싶습니다."

도겸이 파 둔 함정에 빠지기는커녕 역으로 황제의 장기 말인

허영을 향해 시위를 겨눴다. 조사 자체의 진위를 흔들어 버리자 커지던 논란은 갈 길을 잃었다.

"그렇단 말이지."

당장에라도 모조리 내칠 것 같던 황제의 기세가 한풀 꺾였다. 당장 위태로운 고비를 넘긴 듯하나, 날로 제 목소리를 내는 황제의 존재가 호륜 공의 심기를 더욱 불편하게 했다. 단순히 황후를 내치고 제 딸을 올리는 정도면 충분하다 여겼는데 돌아가는 판을 보니 황제가 하는 짓이 범상치 않다.

때마침 돌아온 윤도가 또박또박 황제의 말을 받아치는 것을 보고 있자니 호륜 공의 마음속에 엉뚱한 욕심이 피어올랐다. 한낱 서자인 황제도 황위에 올랐는데 황제의 외손인 윤도가 황위에 오르지 말라는 법이 어디에 있단 말인가. 판이 뜻대로 움직이지 않으면 그 판을 깨 버리면 그만이다.

불순한 욕심을 가슴에 품은 채 그는 고고히 선 윤도를 바라보았다.

❀ ✱ ❀

"정말로 못 알아본 거라고?"

"예. 끝까지 알아보지 못했습니다."

하룻밤 별거를 통보받은 일로 뒤끝을 부려 대는 황제 탓에 송태의가 결국 백기를 들고 말았다. 당분간 욕탕도 동침도 삼가시라는 만류에 그는 사랑하는 황후의 옷고름도 풀지 않고 얌전히 앉아 하루 일과를 털어놓았다.

"어쩐지 유난히 반기를 들더라니. 완전히 오해했겠군."

당연히 알아본 줄 알고 한 말이었으나 윤도의 눈에는 쓰레기 중의 쓰레기로 보였을 거라며 도겸은 기가 막힌다는 듯 고개를 저었다. 저를 내치려고 안달이 난 줄만 알았는데 오늘 윤도가 보인 태도가 무언가 이상하긴 했다. 그래서 더 아리는 도겸에게 진실을 고할 수 없었다.

"그래서 앞으로 어찌하실 작정이십니까?"

"그대를 제대로 지키지 못한 게 괘씸하긴 하지만 그 녀석 덕에 잘 넘어가긴 했지."

직접 나섰다면 반발이 더욱 거셌을 테지만, 윤도가 저리 나서 준 덕분에 결과적으로는 도겸의 뜻대로 잘 넘어갔다. 어찌 됐든 내치지는 않을 모양이라 아리는 더더욱 윤도의 일을 고하지 못했다.

"그 녀석은 여전히 마음의 빚을 내려놓지 못한 모양이야. 아직도 그대를 찾아내라 여기저기 수소문하고 있다지."

"……못 잊기는요. 제 허물을 덮으려고 그러는 거겠지요."

못났다느니 형편없다느니. 면전에다 대고 폭언을 일삼는 통에 속이 뒤집어지는 걸 겨우 참았다. 무하가 말렸으니 망정이지, 아니었다면 진작 대놓고 나서 엎어 버렸을지도 모른다.

"윤도 공은 저를 정말로 싫어하나 봅니다."

"그건 아닐 텐데? 그대를 좋아하면 좋아했지, 절대 싫어할 리는 없어."

"그게 무슨 말씀입니까?"

토끼 눈을 한 아리를 앞에 두고서 도겸은 쓸쓸하게 웃어 버렸다. 제 아우의 속내는 진작에 눈치챘지만 정작 죄 많은 제 여인께서는 그 사실조차 모른 채 윤도가 저를 미워한다 확신하고 있다.

"내가 왜 그대를 윤도에게 맡겼겠어. 어린 시절부터 워낙에 철이 없는 녀석이라 여인이고 사내고 죄다 함부로 여기던 녀석이 그대만은 유난히 아끼는 기색이 역력했던 것을."

"말도 안 됩니다. 그럴 리가……."

"어릴 때부터 형님, 형님 하며 내 눈치만 보던 녀석이 그대의 일만 되면 내 말조차 귓등으로도 듣지 않더군. 분명 첫사랑일 텐데, 그대는 참으로 죄 많은 여인이야."

형님의 여인을 마음에 품은 탓에 내색조차 하지 못한 것이라며 껄껄 웃었지만 정작 아리는 웃음조차 나오지 않았다. 대체 왜, 어째서냐는 말이 목 끝에 걸려 좀처럼 입이 떨어지지 않는다.

"아리?"

"그럴 리가 없습니다. 윤도 공은 저를……."

끔찍이도 싫어한다. 그러지 않고서야 그럴 수는 없다. 유난스레 덧붙이던 말들의 잔재가 파편처럼 아리의 가슴에 날아와 박혔다.

밉다, 싫다, 못났다. 유독 얄미운 말을 늘어놓으면서도 윤도는 끝내 황제의 마음을 빼앗은 황후에게 마지막 한마디를 보탰다.

가여운 여인이라고. 이미 없는 사람이니 기억에서 지우라 하고서 홀로 남몰래 아리를 애타게 찾고 있단다. 이율배반적인 행태에 윤도의 속셈이 무엇인지 갈피가 잡히지 않았다.

"그 이야기는 그만하지."

불편한 기색을 읽은 건지 그가 먼저 말을 끊어 줬다. 속내를 숨기지 못한 제 탓인 줄 알았으나 어쩐지 도겸은 입이 댓 발로 나온 채 불만이 가득해 보였다.

"어찌 그러십니까?"

"아무리 아우라 해도 그대가 다른 사내 생각을 하는 건 기분이 좋지 않아."

"예?"

저만 바라보라며 도겸은 괜히 심통을 부리기 시작했다. 나잇값도 못 하고서 툴툴대는 사내의 역정에 기가 막혀서 헛웃음이 절로 나왔다.

"그대는 내 여인이야. 누구도 탐할 수 없는 나만의 여인이지."

"질투하실 것 없습니다. 사람을 면전에 두고도 처음 보는 사람처럼 구는 모습이 이상하여 그러는 것뿐이니까요."

호감을 보인다 여긴 것도 도겸의 오해일 것이다. 매번 툴툴대며 시비만 걸어오던 윤도가 제게 연심 따위를 품을 리 없다. 제발 제 눈앞에서 사라져 주기만 간절히 바란 거면서. 지금에서야 자신을 찾아다닌다 한들 손톱만큼도 마음이 흔들리지 않는다.

도겸의 곁을 떠나고 알았다. 어머니의 말대로 산 아래 세상은 하나도 즐겁지 않지만, 그래도 그의 곁에 붙어 있을 때는 그나마 숨이 트인다.

"제게는 폐하뿐인 것을요."

도겸의 무릎에 걸터앉고서 아리는 사뿐히 그의 품에 몸을 기댔다. 시간이 흐르며 발간 뺨과 통통한 젖살이 오른 어린 아리의 흔적이 사라지고 이젠 제법 일국의 황후다운 자태를 갖췄다 했다. 그래서일까, 윤도가 의심조차 안 했다는 사실에 조금은 속이 상했다.

"폐하께서 보시기에도 제가 그리도 많이 변한 것입니까?"

"그 녀석에게 보는 눈이 없는 거지. 내 눈에는 하나도 변하지 않으셨는걸."

"폐하는 많이 변하신걸요."

모든 것이 변했다지만 도겸의 일편단심 하나만은 저 붉은 동백처럼 변함이 없다.

어느덧 그에게도 조금은 여유가 생긴 듯 보였다. 호륜 공 일파에 윤도가 합류하며 앞으로 상황이 제법 까다로워질 듯 보이지만 도겸은 우는소리 한 번 하지 않고서 아리의 든든한 버팀목이 되어 줬다.

어쩐지 조급해 보이던 예전과는 사뭇 달랐다. 자신이 없는 동안 그는 어찌 지냈을까. 훌륭하게 국정을 운영한 것과 별개로 도겸의 속내를 더 알고 싶은데, 정작 도겸 본인은 싱글싱글 웃으며 요리조리 말을 돌렸다.

"나는 아무것도 변하지 않았어."

"폐하."

"괜찮아. 무리하지 않을 테니까."

입가에 미소가 맴도는 순간 무언가가 잘못됐다는 걸 알아차렸다. 송 태의가 그렇게 신신당부한 덕분에 더 큰 일은 막았다지만, 침상에 드는 마지막 순간조차 도겸은 아리를 놓아주지 않고 제품에 가둬 놓았다.

"전쟁이 왜 일어나는지 알아?"

"예?"

"방심하니까 그런 거야."

뭐 그런 억지가 다 있느냐고 항변하려던 소리조차 그는 입술로 틀어막아 버렸다. 손에 깍지를 끼고서 도겸은 화사하게 피어난 미소를 머금은 채 아리를 내려다봤다. 불빛이 그의 너른 어깨 너머로 후광처럼 비쳤다. 그 모습이 참으로 모란처럼 화려한 사내라, 그 모습을 마주하니 어쩐지 모를 웃음이 터져 버렸다.

"그런 것은 제 앞에서나 하셔요. 다른 이가 들으면 그게 무슨 소리냐며 혀를 찰 것입니다."

"그런가?"

이 사내에게 이런 타박을 놓을 수 있는 것도 분명 저뿐일 것이다. 곤하다는 핑계로 그의 손을 꼭 잡고서 아리는 일찌감치 눈을 감았다. 요즘 들어 이상하리만치 잠이 쏟아져서 속 타는 도겸의 마음도 뒷전이 되고 만다.

"그렇게 졸린 것이야?"

애타는 사내의 마음도 모르고 아리는 도겸의 품에 안겨 편안히 잠들었다. 며칠간의 불안조차 눈 녹듯이 녹아 버려서인지 오늘따라 이 밤이 다디달았다.

✱ ✱ ✱

깊은 밤, 첩보를 받은 윤도는 시종들과 함께 서둘러 아리의 행방을 찾아 나섰다.

"여기에 있다는 게지?"

"예. 분명 이 근처라 하였습니다."

도겸의 실망스러운 태도에 한 톨 정도 남아 있던 죄책감마저 완전히 사라졌다. 닮은 여인에게 빠져서는 마음을 모두 줘 버리고 이젠 가엾은 아리 따위는 깡그리 잊어버린 형님의 변모에 실망이 앞섰다.

"어찌 그럴 수 있단 말이더냐!"

"사내가 원래 다 그런 것이지요. 나으리는 안 그러실 것 같습니까?"

건방진 시종 녀석의 도발에 윤도는 버럭 소리를 지르려다 다시 삼켰다. 아직은, 아직은 그런 말 따위 입 밖에 꺼낼 수 없다. 주먹만 불끈 쥔 채 입을 다물고 윤도는 그저 제 기억 속의 아리의 모습을 더듬어 보았다.

눈물을 가득 머금은 채 하루하루 말라 가던 모습이 황궁 안에 갇혀 괴로워하는 작은 새 같았다. 그러니 자유롭게 날아다니라 꺼내 준 것이거늘. 이제는 행방도 모르는 처지가 되어 버렸으니 답답함에 속이 터졌다.

"에라이!"

괜히 앞에 가는 시종 놈의 엉덩이를 걷어차며 성질을 부렸다. 다시 만나게 된다면 무슨 원망을 들을지 두려움이 앞섰지만, 이제는 생사조차 알 수 없으니 그마저도 뒷전이 되었다.

"대체 어디에 있는 거야?"

겨우 수도로 이송되어 온 흔적까지는 찾았다며 시종은 으슥한 전각 쪽으로 안내했다. 사람의 흔적이라고는 조금도 보이지 않는 흉흉한 풍경에 윤도는 걸음을 멈추고 주변을 둘러보았다.

"오셨습니까."

"너는……."

기척을 느꼈을 때는 이미 늦었다. 검은 옷을 입은 황제의 수하들이 윤도 일행을 포위하고, 맞은편에서 익숙한 사내가 그를 향해 걸어왔다.

"황궁에서 호위나 서고 있어야 할 무하 공께서 여기는 어쩐 일이시오?"

"폐하께서 분명 알아듣게 설명하신 줄로 알고 있었습니다만."

아리를 찾는 것을 방해하려는 속셈인데 제 호위는 몇몇뿐이니 이래서야 중과부적이다. 어차피 이기지도 못할 싸움이니 백기부터 들고서 윤도는 대놓고 빈정거렸다.

"이제 와 폐하께서 버린 여인을 찾아다니는 것이 폐하께는 마음이 상하는 일인가 보지?"

"적당히 하시는 게 좋을 겁니다. 정말로 폐하와 척을 지고 싶으신 겁니까."

온종일 삐딱하게 굴며 황제의 말에 토를 다는 것도 모자라 정적인 호륜 공의 편을 들어 댄 것도 그 때문이었다. 대놓고 반대할 거라면 아예 적으로 간주하겠다는 속내인 모양이라 윤도는 버럭 소리를 질렀다.

"형님이 버린 여인을 내가 데려가겠다는데, 그것이 뭐가 그리 죄가 된단 말이냐!"

"돌아가시지요. 이러신다고 한들 그분을 찾으실 수는 없을 겁니다."

너는 절대로 그럴 수 없다고 단언하는 바람에 오히려 발끈했다. 그러나 언성을 높이려던 찰나, 무언가 이상하다는 사실을 알아차렸다. 처음 아리가 사라졌을 때 도겸은 당장에라도 죽을 사람처럼 혼이 빠져 있었다.

황위조차 걷어차고 나서겠다는 것을 무하와 윤도가 매달려 겨우 말렸다. 낮에는 멀쩡히 황제 노릇을 하면서도 밤만 되면 반쯤 정신이 나간 것처럼 그녀를 찾아 나서겠다 소란을 피웠다.

저러다 돌아가신 측비를 따라가시는 게 아니냐며 영수는 눈물까지 쏟았다. 그랬었는데, 적어도 윤도가 아는 도겸은 절대로 아리를 버릴 수 있는 사내가 못 된다. 그런 이가 이제는 새 여인을 들여 해맑게 웃고 지낸다는 사실이 아무래도 수상쩍다.

"형님은 지금 아리가 어디에 있는 건지 알고 있으니 그리도 여유로우신 거야. 내 말이 맞, 으아악!!!"

다그치는 윤도를 막기 위해 무하는 대뜸 그를 제 어깨에 둘러업었다. 있는 힘껏 발버둥 치면서도 결코 나쁘지 않은 윤도의 머리는 몇 가지 가능성을 포착했다.

"설마. 폐하가 아리를 벌써 황궁에 데려다 놓은 거지, 그렇지?"

유난히 심각하던 황후의 표정이 마음에 걸렸다. 만약 이 사실이 드러난다면 대파란이 일어날 테니 제게는 일부러 말해 주지 않은 것이리라. 야속함에 억울함을 마구 드러내며 윤도는 열심히 혼자 헛다리를 짚고 있었다. 하지만 무하는 아무 말도 하지 않고 끝내 침묵을 지켰다.

✿ ✽ ✿

"이런 젠장!"

황제가 전면에 나서며 호륜 공은 궁지에 몰렸다. 영 태후가 득세할 때만 해도 황제는 언제나 짐짓 한발 물러나 있던 탓에 적당히 거래하며 조정을 장악할 수 있었지만, 황후를 들이고 난 이후로 모든 일이 어그러졌다.

며칠 사이 비위 사실이 알려지며 조정의 안살림을 맡은 호부는 물론, 이번에 새로 천거한 병부령 후보마저 줄줄이 낙마했다.

그것도 모자라 벌써 열 명이 넘는 제 측근의 비리가 들통나는 바람에 호륜 공의 세력은 급속도로 축소되기 시작했다. 다급해진 그는 결국 궁 안에 든 제 딸을 불러내 한없이 다그쳤다.

"너는 대체 궁 안에서 뭘 하는 것이냐!"

"저는 제 할 일을 잘하고 있습니다."

독살을 하든 불임을 만들든, 황후 곁에 붙여 놓은 것은 어떻게 든 그것을 없애고 네가 그 자리에 들어가라는 뜻이었건만. 희미 는 오히려 충견 노릇을 하며 황후를 해치려는 자들을 제 손으로 막아 주고 있다. 덕분에 요즘 들어 황후의 얼굴이 유독 폈다는 소 식까지 들려와 호륜 공의 속을 뒤집어 놓았다.

"황궁이 저 요물의 치마폭 아래에 떨어졌거늘, 네 정녕 네 소임 을 다하지 않을 작정이더냐!"

"이미 새 황후께서 드셨거늘. 제가 왜 그래야 하는지 모르겠습 니다."

태연히 되묻는 딸 앞에 호륜 공의 얼굴이 붉으락푸르락 달아올 랐다. 그것만 사라지면 영광이 눈앞이건만, 무엇에 홀린 것인지 희미는 도리어 황후 편을 들고 나서며 제 아비의 말 따위는 귓등 으로도 듣지 않았다. 굳이 제 입으로 듣겠다는 무쇠 고집에 답답 함에 가슴만 쳤다.

"지금 내 앞에서 일부러 이러는 게냐? 가문의 앞날이 네게 달 렸거늘!"

"예. 그리 나오셔야죠. 아무리 입이 비뚤어졌어도 말씀은 똑바 로 해야 할 것 아닙니까."

뻔뻔스러운 제 아비의 행각에 희미도 적잖이 화가 났다. 평생 이 나라와 백성을 위해, 주인이신 황제 폐하를 위한 것이라 하여 그녀는 제 아비가 하라는 것은 뭐든 했다.

원치 않는 황후 후보 노릇도 하고, 심지어 황제에게 해악을 끼 칠 이라 하여 서문설아를 해칠 마음까지 먹었다. 만약 황제의 마음도 모르는 채 제 아비의 말만 곧이곧대로 믿고서 설아를 해쳤더라면 분명 크게 후회했을 것이다. 그렇게 시간이 흐를수록 희미는 무언가가 이상하다는 사실을 깨달았다.

"가문의 영달을 위하시면서 이유는 폐하를 위한다는 말을 대시고. 아버님의 말씀은 늘 그렇습니다. 얼핏 듣기에는 그럴싸하나 실상 하는 짓은 소 태사만도 못하시니."

"뭐, 뭐가 어쩌고 저째!"

"저도 눈이 있고 귀가 있습니다. 지금 아버님께서 하는 양태를 보시고도 그런 말씀이 나오십니까?"

쏟아지는 실망감에 불만을 토로하는 딸을 앞에 두고 호륜 공은 분노해 딸의 뺨을 때렸다. 강건히 키운 탓에 비틀거림 하나 없이 희미는 원망 어린 눈으로 그를 바라보고 있다. 저 눈빛이 싫어서 그는 언성을 높여 가며 딸에게 윽박질렀다.

"네가 그러고도 내 자식이더냐!!"

"낳아 준 부모라도 아닌 것은 아닌 것입니다. 지금 아버님께서 하시는 일은 어쩌면 소 태사보다 더 최악일 거라는 걸 왜 모르십니까."

"뭐라! 네가 감히!"

시퍼런 검을 뽑아 들고 죽이겠다 달려드는 통에 저택이 뒤집혔다. 고함치는 제 아비를 외면하고서 희미는 뺨이 퉁퉁 부은 채 저택을 나가 버렸다.

속 터지는 호륜 공은 홀로 남겨진 채 바닥에 주저앉아 가슴만 쳤다. 손발이 따라 주지 않으니 이대로라면 제 원대한 계획이 수포가 되어 버릴지도 모른다.

"영감, 이러고 있으실 때가 아니옵니다."

"너는 또 왜 그러는 것이냐."

수하 하나가 다가와 그를 부축했다. 허튼소리를 하면 당장에라도 죽일 기세라 수하는 눈치를 보며 살그머니 귀엣말을 속삭였다.

"지금 세간에 수상한 소문이 돌고 있습니다. 한번 알아보셔야 할 것 같습니다."

"수상한 소문이라?"

어지간한 일로는 눈 하나 깜짝하지 않을 호륜 공이지만 생각지도 못한 말에 그는 자리에서 벌떡 일어났다.

"서문 공의 여식이 사실은 몇 해 전에 벌써 죽었다는 말이 돌더이다."

"뭐라?"

"하필이면 그것도 소 태사와 연관이 있는 듯하옵니다."

죽은 소 태사가 천하의 난봉꾼이라 하나 상대는 서문 공의 여식이다. 더구나 몇 해 전이면 서문설아는 아직 관례도 치르지 못한 어린 나이였다.

"서문가에서 쫓겨난 시종 놈이 그런 소리를 하고 다녔다고 합니다."

서문설아가 소 태사의 손에 몹쓸 짓을 당한 후 죽었다고. 혹시나 그 일이 새어 나갈까 싶어 월 부인이 직접 시종을 불러다가 단단히 일렀다고 했다.

"그러고 보니 요양을 떠났다 했었지."

양가의 규수가, 그것도 어머니와 단둘이 남은 집안에서 굳이 저 먼 산골로 요양을 떠나야 할 연유가 뭐가 있을까.

서문설아가 두각을 나타낸 건 자수 대회 이후였다. 초반에는 유력한 후보도 아니었으니 어영부영 그냥 넘어가 버린 문제였는데, 돌이켜 생각해 보니 이상한 구석이 한두 개가 아니다.

"월 부인과 닮았다 했는데 엄밀히 말하면 별로 닮지 않았다는 이야기도 돌았습니다."

"그거야 그렇지."

"어르신께서는 아시잖습니까. 아비를 닮은 것입니까?"

호륜 공은 옛 전우의 얼굴을 열심히 더듬어 떠올려 보았다. 그도 어린 시절 설아를 본 일이 있었지만 분명 지금의 용모는 떠올리기 힘들 정도로 제 아비와 어미를 골고루 닮았었다. 그런 아이가 갑자기 죽은 측비와 판박이처럼 닮은 것은 대체 어찌 된 것인지 연유를 알 수 없다.

"월 부인의 소행인 듯싶습니다."

"아니. 그건 아닐 것이다."

황후를 뽑는 건 원래 영 태후나 소 태황태후의 소관이라지만 이번 간택은 유독 황제가 먼저 서문설아를 마음에 들어 한다는 이야기가 돌았다. 하필이면 제 손으로 주최한 사냥 대회 자리에서 황제는 소선양 옆에 선 그녀를 보고 잠시도 눈을 떼지 못했다. 만약 그것이 모두 저를 속이기 위한 작전이었다면?

완벽했던 그의 사냥 대회 계획이 이상하게 어그러진 것도 어떻게 숨어들었는지 모를 자객들 때문이었다. 황제는 그들이 어떻게 공격할 줄 알고 제 딸 대신 활을 맞아 쓰러진 거였을까. 의심이 꼬리에 꼬리를 물고 눈덩이처럼 커져만 갔다.

"만약 그놈이 일부러 그런 거라면."

황제가 제 욕심에 엉뚱한 여인을 서문설아로 둔갑해 황후로 삼은 거라면 이는 황제 자리에서 끌려 내려와도 좋을 기만행위다.

특히나 고지식한 윤도가 그 사실을 알게 된다면 절대로 그냥 넘어가지는 못할 터. 태생을 더 문제 삼을 수 없다면 더 큰 과실로 황제의 권좌에서 끌어내리면 그만이다.

줄곧 성질을 내다 갑자기 미친 사람처럼 껄껄 웃는 호륜 공의 모습에 지켜보던 시종들은 영문도 모르는 채 왜 저러시냐며 두려움에 떨었다.

❀ ✱ ❀

다음 날 아침, 업무에 복귀한 희미는 퉁퉁 부은 제 뺨부터 바라봤다.

"이대로 황후 폐하를 뵈었다가는 분명 걱정하시겠지."

평소에는 보지도 않던 거울을 몇 번이나 보고 힘겹게나마 분도 찍어 발랐다. 태어나 처음 제 손으로 화장이라는 걸 해 본 희미는 분을 적당히 찍어 바르고서 황후에게 귀환 보고를 올렸다.

"얼굴이…… 왜 그래요?"

"저도 화장이라는 걸 해 보았습니다."

퉁퉁 부은 뺨에 허연 분이 묻고, 그렇게 만지는 중에 입술이 터져 핏자국이 선연하다. 새가 대가리를 구덩이에 박은 채 저는 다 숨었다 아웅 하는 꼴이라 보다 못한 아리가 화장품을 가져오라 일렀다.

"이 고운 얼굴을 어쩌다 이런 겁니까. 다쳤으면 화장을 할 것이 아니라 치료를 받았어야지요."

"송구하옵니다."

"여기 좀 앉아 보세요."

연극에나 나올 법한 우스꽝스러운 몰골이다. 더운물에 적신 수건으로 분가루를 모두 닦아 내고서 아리는 장미 물을 희미의 뺨에 골고루 발라 주었다.

"제가 직접 하겠나이다."

"내 손은 약손이니 그냥 가만히 있어요. 이건 명령이에요."

생전 말 한 번 안 놓으며 예를 차리던 사람이 명령까지 들먹이는 통에 희미는 꼼짝도 하지 못하고 잠자코 그 명령에 따랐다. 영문도 모르는 채 희미는 눈을 감고서 아리의 손에 치료를 받았다.

황후의 손길이 닿을 때마다 뺨에 따스한 온기가 맴돌았다. 어딘지 모르게 좋은 향기가 코끝을 간질였다.

포근하고 다정한 내음이 퍽 어여뻐서, 황제가 그녀에게 죽고 못 사는 이유를 조금은 알 법도 했다. 잠시 그렇게 얼굴에 무언가를 발라 주고서 희미는 조심스레 눈을 떴다.

"오늘 저녁까지는 이 화장을 절대 지우지 말아요. 약과 함께 발라 놓았으니 절대 만져서는 아니 됩니다."

상관의 명령은 절대적이다. 거울을 보니 정말로 감쪽같이 붓기가 사라지고 마치 다른 여인처럼 변한 제 얼굴이 낯설기만 했다.

"대체 어찌 이리 하신 겁니까?"

"조반부터 드셔야지요. 식사가 이리 늦어지신 것을 알면 폐하께서 염려하실 겁니다."

말이 길어지려던 찰나 영수가 괜히 눈치를 줬다. 처음에는 너무나 허물없이 대하는 모습에 영수가 텃세를 부리는 줄 알았으나 어쩐지 황후와 영수는 무척 오래 알고 지낸 사이처럼 사이가 좋아 보였다.

"드셨습니까."

“예, 어머니.”

오히려 가족인 월 부인 쪽은 깍듯이 예를 차리는 모습이 신기했다. 친어머니가 황궁에 들어와 있으니 말이 나올 법도 한데. 이렇게 보면 오히려 영수가 가족 같고 월 부인 쪽은 스승처럼 보였다.

무리하지 마시라는 송 태의의 권고에 황후는 대부분의 정무를 검토만 했다. 조반을 들고 진맥을 본 송 태의는 황후의 안위를 면밀히 살폈다.

“어젯밤은 어찌하셨습니까?”

“어찌하기는요. 아슬아슬하긴 했지만 폐하는 제가 싫어할 일은 절대 하지 않으시는 분입니다.”

“그 화풀이는 모두 제게 돌아오는 것을요. 대체 왜 이러는 것이냐 잡아먹을 듯이 물어보시는데 연유를 말할 수 없으니 곤란할 따름입니다.”

전장만 떠돌던 희미에게는 도무지 이해할 수 없는 이야기가 오갔다. 한숨만 푹푹 쉬는 송 태의와 달리 황후는 미소가 만연한 채 기쁨을 숨기지 못했다.

“어디가 편찮으신 겁니까?”

“아무것도 아닙니다.”

영수가 나서 황급히 얼버무렸다. 아무래도 호륜 공의 딸인지라 소외당하는 처지인 만큼 누구 하나 왜 저러는 것인지 알려 주는 이가 없다. 대체 황후는 무슨 비밀을 숨기고 있길래 저러는 것인지.

어색한 화장을 얼른 지우고 싶지만 황후가 직접 해 준 것이기에 지울 수도 없다. 어서 처소에 돌아가 얼굴을 씻고 싶은 마음만 간절한데 문득 담벼락 너머로 웬 사내의 머리통이 보였다.

'암살자?'

그렇다고 보기에는 너무 허술한 데다 저렇게 대놓고 있는 건 오히려 저를 봐 달라는 꼴이다. 희미는 슬그머니 다른 일을 보러 가는 척 담벼락을 넘어서는 궁문에 붙어 엿보는 중인 사내를 발견해 냈다.

"힘들다니까요. 이제 좀 내려오세요!"

"잠시만. 아직 안 나왔어!"

"여기서 뭘 하시는 겝니까, 윤도 공."

으악, 하는 비명과 함께 바닥에 꿇고 있던 시종과 윤도가 무너져 내렸다. 드높은 담벼락이 윤도의 키보다 높으니 엎드린 시종의 등을 밟고 있었던 모양인데. 역시나 어린 시절부터 숟가락보다 무거운 건 못 들던 사내다웠다.

"누구야! 어, 희미?"

"왜 이렇게 못 알아보십니까."

고작 화장을 좀 했다고 이렇게까지 못 알아보는 건 너무한 일이다. 빈정이 제대로 상했는데 그것도 모르고서 윤도는 신기하다는 듯 희미의 얼굴을 조목조목 뜯어보기 시작했다.

"눈꼬리를 빼고 눈썹도 그렸고, 분도 제법 도톰하게 바른 데다 뺨에는 연지도 살짝 발랐구나. 웬일이더냐?"

"무슨 용무냐 물었습니다."

침입자는 상하를 막론하고 처분하라고. 황제의 명령이 그러했으니 그것은 따르는 것이 도리다. 시퍼런 검날을 들이밀자 혼이 나간 시종은 겁먹은 윤도를 부여잡고서 살려 달라 목숨을 구걸했다.

"제발 저희 나으리만은 살려 주십시오. 저희는 황후 폐하를 해하러 온 것이 아니라 사람을 찾는 것입니다."

"사람을 찾는다고?"

"분명 이 궁 안에 있을 거야. 틀림없어."

놀라운 힘으로 환자들의 상처를 낮게 하는 뛰어난 능력의 여인. 그 여인을 찾는다는 물음에 희미는 누구를 칭하는 것인지 금방 알아차렸다.

"송 태의를 말씀하시는 겁니까?"

"송 태의?"

"폐하의 전속 태의로 지금은 황후 폐하를 모시고 있습니다. 지난번 다 죽어 가는 폐하의 목숨을 구한 것도 분명 그이였지요."

"그게 사실이야?"

대체 그 여인과 무슨 연유이길래. 윤도는 희미를 잡고서 몇 가지 사실을 더 물어보았다. 황실의 종친이기도 하고, 송 태의에 대해서는 그다지 아는 바가 없기에 그녀는 황궁 안에 공공연히 떠도는 이야기 정도만 알려 주었다.

"분명 사람 사냥을 하던 자들의 손에 잡혀 있던 중 폐하께서 직접 목숨을 구하고서 태의로 삼으셨다 들었습니다. 생전 듣도 보도 못한 다양한 의술을 사용하는 통에 궁 안의 태의 누구도 송 태의를 따라가지 못한다 했습니다."

"그럼 그렇지!"

뭐가 그렇다는 건지. 혼자 그럴 줄 알았다는 윤도의 행동이 심히 수상쩍었다. 제 아비가 무슨 꿍꿍이를 품고 있는지 알고 있는 희미는 여전히 검을 거두지 않고서 윤도를 노려봤다.

"제 아비와 대체 무슨 음모를 꾸미고 계시는 겁니까."

"음모는 무슨 음모! 난 그냥 사람을 찾는 것뿐이야."

"그 여인을 왜 찾으시는 거냐 물었습니다."

사실대로 고하지 않으면 당장에라도 목을 벨 기세다. 마음만 먹으면 정말 그러고도 남을 위인이라는 걸 알기에 윤도는 눈물을 머금고서 제 마음을 실토했다.

"조…… 좋아하는 여자야."

"예?"

"내가 좋아한다고! 아, 몰라! 젠장!!!"

설마 윤도가 송 태의에게 그런 마음을 품고 있었을 줄이야. 생전 여인의 손 한 번 잡아 본 적 없이 형님 타령만 하던 윤도가 여인에게 흥미를 보일 줄은 몰랐다. 꽁무니를 빼고 달아나는 꼴을 보며 희미는 깊은 한숨을 내쉬었다.

"하필이면……."

아무리 종친이라 해도 송 태의는 혼인 따위는 죽어도 하지 않으리라 단단히 공언했었다. 하물며 허우대만 멀쩡하고 믿음직한 구석이라고는 손톱만큼도 없는 윤도에게 손톱만큼의 관심을 줄리도 만무하다.

"그이는 무하 공 같은 사람이 좋다 했으니 그만 접으시는 게 좋을 겁니다!"

"시끄러워!!!"

멀어져 가는 윤도의 뒤에다 소리를 지르자 뛰다 말고 윤도가 멈춰서 버럭 화를 냈다. 도와주려는 제 마음도 모르고 저리 오만방자하니 도무지 쓸 구석이 없다며 희미는 한숨만 절로 쉬었다.

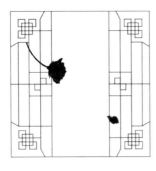

13.

　모든 것이 순조롭건만 도겸은 요즘 심기가 몹시 불편했다. 황후가 정식으로 책봉되고 어언 두 달. 여전히 깨가 쏟아져야 할 시기임에도 불구하고 황후의 손목 한 번 잡는 것조차 쉽지 않았다.

　'대체 왜 그러시는 건지.'

　사정이 있다 하여 당장은 내버려 두고 있지만 마음이 상하는 것까지는 어쩔 수 없다. 이상할 정도로 단둘이 있는 것조차 방해를 받는 통에 어쩔 수 없이 오늘은 늦게까지 남아 정무를 보기로 했다.

　그나마 벽 한 면에 걸어 둔 황후의 초상을 보며 위안을 얻었다. 정식 책봉을 받던 날, 화사하게 웃고 있는 그녀의 미소를 담아내려 애를 쓴 모양이지만 그러기에는 화공의 실력이 턱없이 부족하다.

"보고 싶다."

한 걸음만 내디디면 닿을 곳에 있는데도 이렇게 되어 버리니 더욱 애가 달았다. 울먹이는 그녀를 골려 줄 생각에 벌써 장난기가 샘솟지만 아쉽게도 당분간은 무리일 성싶다.

"호륜 공이 미끼를 물었습니다."

허영의 보고에 황제는 나른하게 기댄 채 고개를 끄덕였다. 정적들이 모두 사라지고 호륜 공 하나만이 남았으니 줄곧 그가 그려 오던 그림도 드디어 완성을 향해 달려가고 있다.

만에 하나 위협조차 남겨 두지 않기 위해 도겸은 기꺼이 마무리 봉합 작업에 나섰다.

"폐하. 윤도 공이 들었사옵니다."

"들라 하라."

윤도가 돌아온 이후로 아리의 태도가 점점 수상해졌다. 안절부절못하고 불편한 기색을 지우지 못하는 데다 남의 말은 일절 입에 담지 않는 이가 유독 윤도에게만 뻬딱한 태도를 보였다.

윤도가 줄곧 자신을 싫어했을 거라 호언장담하는 그녀의 태도가 퍽 낯설다. 분명 두 사람 사이에 자신이 모르는 무언가가 있을 거다. 그게 아니고서야 그럴 수는 없다.

"폐하."

깍듯이 예를 차리는 윤도의 모습이 낯설다. 독을 잔뜩 품은 채 원망 어린 시선을 보며 도겸은 차갑게 물었다.

"아직도 쓸데없는 짓을 하고 다니는 것이더냐."

아리를 찾는 일을 포기하라 그렇게 일렀음에도 저 녀석은 여전히 밤거리를 헤매며 아리의 흔적을 찾고 있다. 품어서는 안 될 마음을 품고서 내색하지 말아야 할 연심을 노골적으로 드러내며 윤도는 대놓고 도겸을 비난했다.

"참 짓궂으십니다. 등잔 밑이 어둡다더니 그렇게 숨겨 두셨을 줄은 몰랐습니다."

드디어 눈치를 챈 모양이다.

원망하는 녀석을 보면서도 도겸은 눈 하나 깜짝하지 않았다. 아리는 이미 황후 자리에 올랐고, 이제야 윤도가 알았다 한들 달라지는 것은 아무것도 없다.

"왜. 내가 그날 일에 대해 추궁이라도 할까 두려운 게냐?"

필사적인 윤도의 행동이 하도 수상쩍어 일부러 던져 본 도발이었다. 어차피 밑져야 본전이란 생각으로 슬그머니 던져 보았는데 참을성 없는 제 아우는 냉큼 미끼를 물었다.

"……그때는 그게 최선이었습니다."

"최선이라?"

"응달에 핀 새싹처럼 시들어만 가던 여인입니다. 폐하도 분명 잘 아실 텐데요."

소 태사를 치기 위해 분주히 움직이는 동안 아리는 매일 동궁에 홀로 남아 눈물로 세월을 보냈다. 억울함을 제대로 풀지도 못한 채 죄인이 되어 나날이 여위어 가던 모습은 도겸의 가슴에도 큰 상처로 남았다.

그래서 더욱 만인의 앞에 당당히 황후의 보관을 씌워 주고 싶었다. 참으로 오랜 시간 공을 들여 여기까지 왔건만 윤도의 시간은 여전히 그날 그대로 멈춰 있었다.

"그래서?"

"처음부터 폐하 때문에 황궁에 들어온 여인입니다. 억지로 잡아 두셨다 하나 그녀는 본래 이곳이 어울리지 않는 여인입니다."

잔뜩 겁먹은 주제에 윤도가 제게 이렇게 직언을 하는 모습은 처음 보았다. 매사에 가볍고 경솔하기만 하던 윤도가 제 일도 아닌 아리의 일로 이렇게까지 나설 거라고는 도겸도 예상치 못했다.

어설픈 풋사랑인 줄만 알았는데 이제 보니 그 마음도 뿌리가 제법 깊은 모양이다. 기실 다 듣고 나니 틀린 말 하나 없는 것만 해도 그렇다. 일리 있는 말이다.

버거워하며 힘겹게 저를 받아들이던 아리는 눈물을 뚝뚝 흘리며 태남산으로 돌아가고 싶다고 했다. 누구도 기다리지 않는 그곳으로 돌아간다 한들 더 나아지리라는 보장도 없는데. 다른 소원은 모두 들어준다 해도 그것만은 도저히 들어줄 수 없었다.

가엾은 여인이다. 저를 만나지 않았더라면, 그랬더라면 남매는 사람들을 피해 저 깊은 산에 숨어 단둘이 오손도손 즐겁게 살았을지도 모른다.

두 사람은 행복할는지 몰라도 정말로 그랬다면 도겸은 여전히 이 차가운 궁에 외톨이로 남았을 것이다. 제 안에 똘똘 뭉친 이기심이라 한들 도겸은 지금이 좋았다.

다른 이를 모두 차치하고, 아리가 제일 소중히 여기는 것은 도겸 자신이다. 도겸이 주는 사랑에 젖은 아리의 황금빛 눈동자가 제 모습을 가득 비출 때면 전율이 일었다.

그것이 설령 그녀를 상처 입힌다 해도 제 안에 꿈틀대는 독점욕은 도무지 가실 길이 없었다. 무간지옥 같은 황궁에 핀 한 송이 꽃, 제 인생에 드리운 한 줄기 구명줄이다.

제 어머니를 잡아먹고 인륜을 저버린 짐승들만 득실거리는 이곳에서 도겸에게도 숨 쉴 구멍이 필요하니까. 그에게 아리는 그런 존재였다.

"네가 뭐라 한들 그이는 내 여인이다."

설령 윤도마저 적으로 돌리게 된다 해도 그는 절대 아리를 놓아줄 생각이 없었다. 윤도의 말대로 저 때문에 아리가 괴로워한다 해도 그보다 더한 사랑을 퍼부어 웃게 만들 자신이 생겼다.

"예. 폐하의 뜻은 아주 잘 알았습니다."

평행선을 달리듯 윤도는 끝내 수긍하지 못하고 자리를 떴다. 원망 어린 저 아이의 눈빛이 도겸의 가슴속에 잠든 죄책감을 불러일으켰다.

달이 중천에 뜰 즈음이 되고 나니 상소도 눈에 들어오지 않았다. 그는 보던 것을 다 덮어 두고서 예고도 없이 황후궁으로 걸음했다.

"폐하?"

"쉿."

뉘에게도 알리지 말라 입단속을 시키고 서둘러 황후궁을 찾았다. 어둠이 내린 궁에서 그녀의 침소에는 작은 호롱불만이 흔들리며 그녀의 밤을 비추었다.

창 너머 비치는 그림자만 보아도 알아볼 수 있다. 인기척도 없이 들이닥치자 서책을 보던 아리는 깜짝 놀라 자리에서 일어났다.

"이 밤에 어인 일이십니까?"

"그대가 보고 싶어서 왔지."

성큼성큼 다가가서는 아리의 여린 어깨를 덥석 끌어안았다. 차갑게 식어 버린 제 몸이 그녀의 온기에 닿고 나서야 비로소 사람답게 사는 기분이 들었다.

꿈인지 생시인지, 보들보들한 그녀의 뺨을 몇 번이나 만지작거리며 도겸은 애가 달은 사람처럼 잠시도 가만히 있지 못했다.

"다정도 병이라더니. 매일 보는데도 그렇게 제가 그리우셨습니까?"

아마 아리는 평생 이런 제 마음을 모를 것이다. 영문도 모른 채 화사한 미소를 모금은 그녀를 앞에 두고 도겸의 애간장만 한없이 녹아내렸다. 그저 누가 뭐라 해도 이 미소만은 진실일 테니까.

도겸은 제 앞에 선 아리를 끌어안고서 더운 눈물을 떨궜다.

"폐하?"

"내게는 그대가 필요해."

사랑한다는 말만으로는 부족해서 쥐어짜듯 꺼내 보인 본심이다. 다른 사내를 바라볼 때마다 질투가 치밀고, 혈육인 동이의 존재가 가끔은 밉기도 했다.

가슴속 깊이 박힌 아우의 존재조차 뽑아 버리고 그 자리에 제 이름을 새기고 싶었다. 비가 오든 바람이 불든 그녀가 기댈 수 있는 곳은 오직 제 곁이기만을 바랄 뿐이지만 그런 말 따위는 죽었다 깨어나도 입 밖에 꺼낼 수 없다.

그 마음을 알면 또다시 떠나 버릴 테니까. 그러니 안온한 둥지를 만들어 그녀가 제 발로 머물 수 있게 했다. 월 부인도, 호희미도, 송 태의조차도 그걸 위한 수단에 지나지 않았는데 다행히 제 여인은 그들이 퍽 마음에 든 듯 보였다.

"뉘가 폐하를 괴롭히기라도 한 것입니까?"

"응. 윤도 녀석이 아무래도 내게 반기를 들 모양이야."

교활한 속셈을 품고서 도겸은 사랑하는 제 여인에게 어리광을 피웠다. 정이 많은 그녀는 힘겨워하는 도겸을 절대 그냥 내버려 두지 못한다. 지켜 주기보다는 스스로 지키려 드는 여인이니까. 그녀의 앞에서는 도겸 역시 안심하고 황제의 보관을 내려놓을 수 있다.

"언제나 강건하신 제 가군께서 오늘은 꼭 너덧 살 먹은 아이처럼 구시니 이 일을 어찌하면 좋을까요."

"사랑해, 아리."

집요하게 입맞춤을 이어 나가는 의미를 그녀가 모를 리 없다. 새벽녘에는 어차피 모두가 알게 될 테지만 지금은 그저 남몰래 단둘이 있고 싶은 마음만이 격했다. 아리는 송 태의 몰래 침상 한편을 내어 주며 선심 쓰듯 생색까지 냈다.

"오늘만 봐드리는 것입니다. 어서 이리 들어오세요."

말은 그리 하면서도 그녀 역시 내심 저가 오는 것을 기다린 것 같았다. 도겸의 너른 어깨에 머리를 베고서 아리가 먼저 도겸의 옷고름에 손을 얹었다. 장난기 섞인 미소가 퍽이나 귀여워 그는 그런 제 아내의 이마에 다정하게 입을 맞췄다.

"그런데 송 태의는 왜 우리를 이렇게 갈라놓는 것이야?"

"그것이……."

처음 며칠 정도야 그러려니 했다지만 어쩐지 둘이 함께 있는 모습만 보아도 눈치를 주는 게 심상치 않다. 정식으로 혼인도 하였겠다, 이제는 뉘의 눈치를 보며 몸을 사려야 할 이유도 없거늘. 이상하리만치 예민하게 구는 것이 심상치 않다.

"너무 무리하지 말라 그러는 것이지요. 중요한 시기라 그렇다 하였습니다."

"그야 그렇긴 하지만……."

호륜 공을 쳐 내는 것은 저가 할 일이긴 하다. 상투적인 대답만

하고서 도겸은 서둘러 아리의 앞섶을 풀어 버렸다.

"폐하……."

"쉬이. 착하지."

방해가 더해지니 더욱 애가 달았다. 비단 같은 검은 머리카락에 얼굴을 묻고서 도겸은 긴긴 밤 유독 집요하게 제 아내를 탐하고 또 탐했다.

✻ ✻ ✻

"빌어먹을!"

윤도는 주먹만 불끈 쥔 채 속이 터졌다. 뻔뻔한 도겸의 행태에 불만이 가득했지만 지금의 저로서는 할 수 있는 일이 아무것도 없다.

"얘, 그 얘기 들었니? 요즘 송 태의께서 아주 단단히 독이 오르셨다지?"

"나도 들었지. 폐하께서 황후마마를 찾으실 때마다 그렇게 역정을 내신다면서."

윤도는 황급히 나무 뒤에 숨어 이야기를 엿들었다. 물동이를 이고 가는 앳된 시녀들은 그것도 모르고서 하던 이야기를 마저 이어 나갔다.

"분명 송 태의께서도 질투를 하시는 게지. 평소에는 혼자 폐하의 시중을 들었는데, 이제는 대놓고 황후 폐하만 모시라 하시니 서운하신 거 아니겠어."

"네 이년들! 어디서 감히 헛소리를 하고 다니는 게야!"

함부로 입질을 하던 이들은 영수에게 들켜 실컷 혼쭐이 났다.

334

그 모습을 보며 윤도의 속에 피어난 오해는 더욱더 깊어져 갔다.

아리를 다시 데려와 태의로 둔갑시켜 놓고 정작 명문가의 여인을 데려다 황후로 삼고서 이제는 그 여인에게 푹 빠져 정신을 차리지 못하고 있다니. 그래 놓고 당당하게 아리는 여전히 제 것이라 호언장담하는 파렴치한 행태에 속이 끓었다.

"젠장."

애꿎은 가슴만 치며 투덜거리는데 마침 맞은편에서 호륜 공이 반갑게 달려왔다. 할 말이 있다며 그의 저택까지 끌려온 윤도는 사뭇 진지한 호륜 공의 말에 적잖이 놀랐다.

"그게 사실입니까?"

"예. 폐하께서는 지금 우리 모두를 속이고 계신 겁니다."

소 태사의 손에 이미 죽은 여인을 둔갑시켜 황후의 자리에 올려놓았다고, 호륜 공은 명백한 증인을 찾아냈다 호언장담했다. 무언가 미심쩍긴 하다지만 이 말이 사실이라면 아리를 밀어내고 황후 자리에 올라 도겸의 사랑을 가로챈 그 오만한 여인을 내칠 결정적인 증거가 된다.

'황후라…….'

도도한 눈빛과 위엄을 갖춘, 황실에 더할 나위 없이 잘 어울리는 여인이었다. 황실의 일이 얽혀 있다 보니 자칫 역모로 몰릴까 두려웠는지 호륜 공은 집요하리만치 윤도를 끌어들이려 안달이 났다.

"중신들의 뜻은 소인이 모을 터이니 윤도 공께서는 앞장서서 물꼬만 터 주시면 됩니다. 폐하께서 모두를 기만하고 있다는 사실이 드러나면 대의는 응당 공에게 있게 될 테니까요."

"내게 대의가 모여서 어쩌란 말씀입니까?"

친우의 아들이라 매번 말을 놓던 호륜 공은 어느새 윤도에게 깍듯한 태도로 경어를 쓰고 있다.

뒤늦게 이 사실을 알아차리고 나서야 윤도는 말속에 담긴 뜻을 알아차렸다.

"만백성을 기만하고서 여인의 치마폭에 싸인 폭군입니다. 선황제의 뜻을 거스르고 영 태후를 폐한 것도 모자라 소 태황태후를 쫓아내기까지 했지요."

정적을 제거하기 위해 자신이 한 일을 도겸에게 덮어씌우며 호륜 공은 잔뜩 날이 선 채 이를 갈았다. 아무래도 사고를 쳐도 단단히 칠 모양인 데다 이제는 희미를 황후로 세우겠다는 욕심도 포기한 듯싶었다.

"진정 그리 여기십니까?"

"출신을 어찌 속일까요. 미천한 어미 아래에서 태어나 여인의 치마폭을 벗어나지 못하니. 그런 이를 황제로 모시는 것은 불가하옵니다."

노골적으로 반역의 속내를 숨기지 않는 호륜 공의 모습에 윤도는 말을 아꼈다. 헛된 생각이라지만 고려하지 않은 건 아니다. 만약 그가 정말 도겸을 밀어내고 황제의 자리에 오르게 된다면 그때는 진정 누구의 눈치도 보지 않고 아리를 차지할 수 있을지도 모른다.

"뭘 원하시는 겁니까."

"제 딸을 황후로 삼아 주십시오. 황위를 제 딸이 낳은 아이에게 잇게 해 주신다면야 그 이후로는 무엇을 하든 관여치 아니하겠습니다."

윤도가 줄곧 어떤 여인을 찾아 헤매고 있다는 사실을 호륜 공도 진작 들었던 모양이다. 제 딸의 뜻은 고려하지도 않고서 권세만 누릴 수 있다면야 윤도가 무슨 일을 벌이든 관여하지 않겠다 단언했다.

"나는……."

한시라도 빨리 이 일을 공론화하겠다는 호륜 공을 앞에 두고 선택의 순간이 찾아왔다. 마지막으로 보았던 눈물 젖은 아리의 얼굴이 줄곧 눈에 밟혀서 더더욱 도겸을 용서할 수 없다.

"좋습니다."

윤도는 그렇게 잡지 말았어야 할 손을 잡고 말았다.

※ ✽ ※

모든 준비는 차질 없이 진행됐다. 사람을 풀어 면밀히 조사한 끝에 당시 서문설아의 시중을 들었다는 시녀 하나를 포섭할 수 있었다.

"네 이름이 미오라 했지?"

최근까지도 황후의 최측근에 머물렀던 그 시녀는 설아의 죽음에 대해 폭로하겠노라며 제 발로 호륜 공을 찾아왔다.

"참으로 서문설아가 소가 놈의 손에 죽었단 말이냐?"

"예, 그렇사옵니다. 부디 억울한 저희 아가씨의 죽음을 밝혀 주소서."

"암. 그럼 그렇지."

시녀는 그날의 일을 소상히 고해 바쳤다. 소 태사가 저질러 온 악행을 줄줄이 기입하고 제일 처음 고변한 시종을 앞장세우기로 했다. 차마 입에 담을 수 없는 잔혹한 처사를 낱낱이 읽어 내리며 호륜 공의 입가에 덩달아 미소가 번졌다.

"어찌하실 셈입니까?"

"영 태후를 보낸 식으로 처리해야지요."

불만스러운 윤도의 물음에 호륜 공은 껄껄 웃었다. 한 마디 발뺌도 할 수 없을 만큼 모든 증거를 갖추고서 진상을 파악할수록 월 부인의 속셈이 훤히 보였다.

제 딸이 죽은 후 가짜를 들여 황후로 만들고, 그것도 모자라 그런 소 태사의 잔재인 영 태후와 그 어린것을 내치는 데도 성공했다.

죽은 측비를 닮은 여인에게 눈이 돌아간 황제는 제대로 된 조사도 없이 월 부인의 복수에 동조했다. 황실의 중대사를 사적 감정을 담아 운용하고, 호륜 공 자신에게 명령을 하달한 것마저 모두 황제를 내치기에는 충분한 사유다. 하물며 그 소선양까지 내치고 황후 자리에 오른 그 계집은 누가 뭐라 해도 이 모든 일의 주축임이 틀림없다.

"역시나 그 계집이 제일 문제인 것을."

영 태후의 뒤통수를 친 것도 모자라 이제는 제 딸마저 홀려 버린 재주가 뭔지 참 궁금할 지경이다. 만약을 대비해 군사들까지 대기시키고서 그는 마지막 명 하나를 덧붙였다.

"행여 허튼짓을 하지 않도록 윤도에게도 사람을 붙이거라."

"예, 어르신."

이번 일만큼은 누구도 믿을 수 없기에 호륜 공은 철저히 홀로 입을 다물고서 모든 일을 제 손으로 처리했다. 거사는 만반의 준비를 갖추고서 단번에 처리해야 한다. 회심의 미소를 지으며 호륜 공은 손에 쥔 검을 휘두를 때만을 손꼽아 기다렸다.

✳ ✳ ✳

"희미, 이리 오세요!"

"저는 이런 것이 어울리지 않사옵니다!"

이른 아침, 여인들의 재잘대는 소리에 잠이 깼다. 오후 늦게나 정회를 연다 이르고서 도겸은 아예 황후의 침소에 누워 대놓고 늦잠을 잤다.

오랜만에 가지는 여유로운 시간이기에 귀여운 아내를 안고 뒹굴거릴 속내였건만, 야속하게도 제 옆자리는 차갑게 식어 버린 지 오래였다. 나른하게 잠든 그녀의 얼굴을 바라보는 건 도겸의 은밀한 취미 중 하나였다.

새근새근 입술을 오물거릴 때 살짝 입도 맞추고, 고이 감은 속눈썹을 엄지로 살짝 쓸어 보는 것도 여간 재미있는 것이 아닌데. 이 부지런한 황후님께서는 그런 저를 내버려 두고서 다른 이들과 노는 데 정신이 팔리셨으니 서운함이 앞섰다.

노곤한 몸을 이끌고 침소를 나서니 벌써 단장을 마친 아리가 신이 난 얼굴로 그를 반겼다.

"기침하셨습니까, 폐하."

"……지금 뭘 하는 거지?"

언제나 흑의를 즐겨 입는 희미 앞에 색색의 비단옷과 장신구가 가득 놓여 있다. 그중 반절 이상은 저가 선물한 것인데, 나란히 꺼내 놓은 걸 보아 호희미를 꾸며 볼 공산이었나 보다. 욕심 없는 그녀의 마음은 알고 있지만 옹졸한 가슴에 야속함이 몰아쳤다.

"오후에나 조회가 있으시다 들었습니다. 간만에 쉬시는 것이니 좀 더 주무셔요."

"암. 그래야지."

말은 그렇게 하고서 도겸은 아리의 손을 잡고 곧장 침소로 데려갔다. 그녀를 제 곁에 앉혀 두고서 도겸은 어디에도 가지 못하게 대뜸 아리의 허벅지를 베고 드러누워 버렸다.

"어찌 이러십니까?"

"나 없이도 행복해 보이니 속이 상해서 그러지."

너덧 살 먹은 어린아이나 할 법한 볼멘소리였다. 도겸은 아예 몸을 비틀어 아리의 허리를 꼭 안아 버렸다. 옆에 있어도 언제나 이렇게 독점욕을 보이는 황제라 아리는 잔뜩 골이 난 황제의 머리를 다정하게 쓰다듬어 주었다.

"모든 것이 순조롭거늘 뭐가 그리 불안하십니까?"

"……그러게나 말이야."

언제부터인가 말을 삼키는 나쁜 습관이 생겼다. 하지만 속에 있는 말을 하고 싶은 대로 다 하기에는 두려움이 앞섰다. 마지못한 듯 아리는 몸을 누인 도겸의 곁에 누워 고운 목소리로 위로를 건넸다.

"우리 폐하께서 많이 고되셨나 봅니다."

"나는……."

속도 모르고 환히 웃는 그녀를 보니 더더욱 속이 뒤틀렸다. 잠시라도 틈이 생길 때마다 제 안의 두려움이 멋대로 고개를 쳐들었다.

도겸의 마음속에 깃든 흉폭한 짐승은 언제나 제 욕심만 채우고자 이기적인 속내를 내보인다. 다른 이들이 저 고운 미소를 보는 게 싫고, 그녀가 다른 이에게 마음을 주는 것이 싫다. 아니, 그 모든 것을 차치하고서도 아리의 첫 번째는 자신이기만을 간절히 바랄 뿐이다.

"꿈에 동이 녀석이 보여서 말이지."

아픈 손가락을 건드리자 아리의 눈가가 촉촉이 젖어 들었다. 오직 두 사람만이 공유하는 기억만큼은 다른 누구도 범접할 수 없다.

이 불안을 해소하기 위해서는 제 손으로 종지부를 찍어야 한다. 도겸은 줄곧 고민했던 말을 어렵사리 꺼내 놓았다.

"조만간 종묘에도 들를 겸 태남산에 가자."

혹여 오해를 살까 차마 아리가 입 밖에 꺼내지 못할 말을 도겸이 대신 해 줬다. 어느새 아리의 눈가가 촉촉이 젖어 들었다.

"겸……."

"동이 녀석도 그대가 그리웠던 모양이지. 묘를 잘 써 두라 했으니 술이라도 한 잔 올리면 좋을 테고."

하나 남은 혈육마저 떠나보내고 외톨이가 된 처지라 아리는 결국 참지 못한 울음을 터트렸다.

목 놓아 우는 안해를 안고서 도겸은 흡족한 미소를 지었다. 날로 훌륭한 황후감이 되어 간다 하나 도겸에게 아리는 여전히 사랑스럽기만 한 작은 새였다. 그녀가 새장을 뛰쳐나가지 않도록 든든히 지키는 것은 제 책무다. 그리 생각하면 들끓는 독점욕도 잠시나마 잦아들곤 했다.

"내가 그대의 마음을 모를까. 희미를 보니 동이 생각이 나는 것이겠지."

"아닙니다."

"아니기는. 무심하고 뭉툭한 것이 동이 녀석과 판박이인 것을."

옷소매로 눈물을 닦아 주고서 다친 그녀의 마음을 어루만져 주었다. 바라보는 것만으로도 가슴이 벅차오르는 사랑이기에 더는 놓을 수 없다. 하늘 아래 오직 의지할 곳은 서로뿐이라 아리가 돌아온 후에야 그는 비로소 안심하고 깊이 잠들 수 있었다.

"폐하. 호륜 공이 벌써 입궁했사옵니다."

달갑지 않은 부하의 소식에 도겸은 한숨이 절로 나왔다. 온종일 사랑 놀음만 해도 하루가 짧거늘 아직 해결 보지 못한 일이 남아 그의 마음을 어지럽혔다.

"폐하?"

영문을 모르는 아리의 손등에 입을 맞추고 도겸은 아쉬운 듯 입맛을 다셨다. 아리가 영 태후를 정리했듯 도겸 역시도 제 손으로 끌어들인 호륜 공과 결판을 지어야 한다.

"오늘은 만월의 밤이니 송 태의도 다른 소리를 못 하겠지. 누가 뭐라 해도 오늘 밤에는 반드시 그대를 안을 것이니 일찌감치 준비하도록 해."

노골적으로 속내를 드러내는 그의 말에 아리의 두 뺨도 덩달아 달아올랐다. 마지막 전장에 나설 준비를 마치고 도겸은 곤란한 듯 웃기만 하는 아리를 꼭 껴안았다.

"미오가 휴가를 가고 나니 세상 조용해서 좋군."

"그러게나 말입니다. 오늘 밤에나 돌아온다 하였는데 그냥 푹 쉬고 내일 오라 일렀습니다."

"암. 그래야지."

언제나 감시의 눈빛만 보내던 이가 없으니 도겸은 안심하고 게

으름을 피울 수 있었다. 그렇게 모든 것이 순조롭게만 보였다.

❊　✳　❊

"분명 정회는 오후부터라 들었건만. 무슨 연유로 우리를 불러 모으신 것입니까? 호륜 공."

등청 시간을 앞당겨 달라 연락이 돈 탓에 대신들은 이유도 모르는 채 일찌감치 자리했다. 텅 빈 황제의 자리를 올려다보며 호륜 공은 회심의 미소를 지었다.

"단월국의 사직이 바람 앞의 등불이 되었음이니, 공들께서 반드시 아셔야 할 일이 있어 이렇게 뫼신 것이외다."

"그것이 무슨 말씀입니까?"

사정을 아는 윤도만이 굳게 입을 다물고 호륜 공은 기다리고 있던 시종 하나를 들라 일렀다. 느닷없이 나타난 초췌한 사내는 잔뜩 겁에 질린 채 대신들을 향해 머리를 조아렸다.

"소, 소인 홍 아무개. 나으리께 인사 올리나이다."

"이자가 누구이기에 감히 정회 자리에 발을 들인단 말입니까?"

경우에 없는 일이라 대신 하나가 앞장서 호륜 공을 질타했다. 그러나 눈 하나 깜짝하지 않고서 그는 대신들 앞에 모든 진실을 폭로했다.

"이자는 서문 공 댁에서 일하던 자요. 며칠 전, 이자가 나를 찾아와서는 가히 경악할 일을 고변하더이다."

"그것이 무슨 말씀입니까?"

"지난번, 황후 간택 자리에서 한번 말이 나온 적이 있었습니다. 분명 공들도 들으신 기억이 있으실 게요."

최종 간택이 발표되던 때에 애란은 설아를 비방했다 큰 벌을 받았다. 지금의 서문설아는 자신이 알던 그 아이가 아니라 울부짖었지만 제 허물이 드러날까 두려웠던 영 태후는 자세한 조사도 없이 그 일을 일방적으로 묻어 버렸다.

"이미 다 지난 일을 어찌 논하시는 겝니까!"

"지금 황후께서 서문 공의 딸을 자처한 가짜라 해도 말입니까?"

확언하는 호륜 공의 말에 웅성거림이 격해졌다. 어찌 그런 말씀을 논하느냐 격분하는 이부터 어딘지 모르게 짚이는 구석이 있는 이까지 종류는 참으로 다양했다. 혼란스러워하는 대신들을 진정시키며 호륜 공은 의기양양하게 제 옆에 선 시종을 앞에 내세웠다.

"네가 어디 고변해 보아라."

"그, 그것이. 설아 아가씨께서는 이미 돌아가셨습니다."

"돌아가셨다니?"

"소 태사의 손에 농락당하셨습니다!"

충격적인 폭로에 오히려 다들 입을 다물었다. 알음알음 소 태사가 했던 죄악들은 널리 알려져 있었지만 명문으로 손꼽히는 서문가의 딸마저 태사의 손에 농락당해 죽었다는 사실이 쉽사리 믿기지 않았다.

"어찌 그런, 말도 안 되는!"

"명백한 사실이오. 당시 황제 폐하께오서는 황태자의 외숙인 소 태사의 허물을 쉬쉬하며 덮고 넘어갔다 하나 그자가 저지른 악행은 서책 한 권을 다 채우고도 모자랄 지경이외다!"

입에 담을 수 없는 만행들을 나열하며 호륜 공은 희열을 머금었다. 그동안 벼르고 벼르던 소씨들을 모조리 파낼 수 있는 절호의 기회가 찾아온 데다 이 일을 빌미로 눈엣가시와도 같은 황제도 쳐 낼 수 있다.

"이른 시간부터 소란스럽군."

"폐하."

도겸의 등장에 신료들도 어찌할 바를 몰랐다. 오직 호륜 공만이 화색을 머금은 채 황제의 앞에 소 태사의 죄상을 들이밀었다.

"폐하께 여쭙겠나이다. 당시 황자셨던 폐하께서는 선선황제 폐하의 명에 따라 소 태사의 죄상을 묻으셨다 들었습니다. 그것이 사실이옵니까?"

"무례하오! 폐하께 어찌 그런!"

"그만. 내 한번 들여다보지."

분노하는 내관을 진정시키고서 도겸은 호륜 공이 올린 죄목들을 낱낱이 살펴보았다. 짧은 시간이었음에도 원한이 더해져서 그런지 그간 소 태사가 저질러 온 참상들이 소상히 쓰여 있었다. 서문설아의 이름 넉 자 역시 또박또박 쓰여 있다. 겁에 질린 시종을 힐끔 보고서 도겸은 소 태사의 비위가 적힌 서책을 호륜 공의 손에 들려 주었다.

"조사하느라 수고가 많았소."

"……예?"

"소 태사가 저지른 죄상이야 과인이 제일 잘 알고 있었지. 그래서 병사를 일으켰고, 그자를 처단했던 것이 아니오?"

모두가 다 아는 사실을 새삼스레 왜 언급하느냐는 황제의 물음에 호륜 공은 할 말을 잃었다. 수면 위에 올리기에는 너무나 끔찍한 비극이기에 도겸은 끝까지 예를 차리며 죽은 선황제에 대해 언급하고 나섰다.

"제아무리 죄인이라 하나 황국에는 법도가 있는 것이니, 이 죄상들이 아니라 하여도 천하의 역모를 지었으니 내 손으로 직접 처단하였소. 이미 모두 끝난 일을 굳이 들먹이는 이유가 무엇이오?"

"그것은 제가 말씀드리겠습니다, 폐하."

당황한 호륜 공의 앞에 윤도가 나섰다. 적개심 가득한 사촌 아우를 마주한 채 도겸은 흔들림 없는 눈빛으로 그 아이를 마주했다.

아리를 두고 사내 대 사내로 맞붙을 때가 왔다. 한없이 어린 줄만 알았던 아이가 저도 사내랍시고 잡아먹을 듯한 눈으로 황좌를 바라보고 있다.

모든 것은 계획대로다. 도겸은 속내를 알 수 없는 미소를 머금은 채 제 아래 모든 신료들을 내려다봤다.

언제부터였을까. 형님, 형님 하며 제 뒤를 졸졸 따라다니던 이가 저토록 흔들림 없는 눈을 하게 된 것은.

아우의 성장을 진심으로 기뻐하기에는 저 칼끝이 저를 가리키고 있다는 것이 문제다. 사뭇 진지한 윤도를 앞에 두고 도겸은 너그러운 미소를 지어 보였다.

"그래. 윤도 공께서 어디 말씀해 보시오."

황제의 윤허가 떨어지고, 윤도는 호륜 공의 앞에 나섰다. 군신의 예를 갖춰야 하는 호륜 공과 달리 같은 황손인 윤도는 황제를 똑바로 마주할 수 있다.

"폐하께 여쭙겠나이다. 소 태사의 난 이후 모습을 감추신 측비마마께서 실은 이 내궁에 머물고 계신다 하옵니다. 알고 계셨습니까?"

"무어라?"

한편인 줄 알았던 호륜 공 쪽이 도겸보다 더욱 놀란 얼굴로 입을 가렸다. 그가 던져 놓은 단서들을 물고서 윤도는 진실 앞에 맞서기로 한 모양이다.

"이미 죽은 측비가 황궁에 있다니. 그게 대체 무슨 말인지 통 모르겠군."

"예. 그것도 폐하의 가장 가까운 곳에 계시지요."

그간 전국을 누비며 조사한 내역을 황제 앞에 들이밀었다. 사라진 아리의 행적은 경매장에 끌려간 이후로 소식이 없었다. 그리고 그즈음 황제의 직속 어사대가 금정산의 불법 경매장을 쓸어버린 기록이 나왔다. 윤도의 예상대로 황제는 아리를 이미 되찾은 것이 분명했다.

"그 당시 돌아가신 줄만 알았던 측비께서는 문 태사 댁에 머무셨지요. 이후 학촌이 무뢰배들의 손에 불태워진 후로 행방이 묘연해지셨습니다."

"문 태사 댁에 계시다니요. 아뢰옵기 황공하오나 측비마마께서는 화재에 휘말려 돌아가시지 않았습니까?"

한 대신이 나서 윤도의 말을 부정했다. 그가 교빙을 떠난 후에도 어사대가 직접 나서 당시 불탄 흔적을 몇 번이고 낱낱이 살펴보았을 때 시신까지 나오는 바람에 측비의 죽음은 기정사실이 되었다.

"그렇지 않습니다."

명백한 물증에도 불구하고 윤도는 완곡한 부정을 표했다. 무하조차 장담할 수 없었던 그날의 일을 이렇게 단언할 수 있는 사람은 오직 하나. 아리를 직접 빼돌린 윤도 자신뿐이다.

"제가 폐하 몰래 측비마마를 빼돌렸습니다."

"윤도 공, 그게 무슨!"

경악하는 호륜 공은 안중에도 두지 않고서 윤도의 시선은 오직 용상에 오른 도겸만을 향했다. 아리의 행방을 알기 위해서는 우선 자신의 과오부터 인정해야만 한다.

"그러니까 네 말은, 이미 죽은 줄만 알았던 측비의 실종이 모두 네가 꾸민 짓이다. 그리 시인하는 것이냐?"

도겸의 물음에 윤도는 고개를 끄덕였다. 황제의 여인을 빼돌린 것은 종친이라 해도 용서받지 못할 중죄다. 하물며 황제가 죽은 측비를 잊지 못하고 얼마나 속앓이를 했는지에 대해서는 이 조정 안에 모르는 이가 없다.

"그래서, 측비마마는 지금 어디에 계신단 말입니까?"

"폐하의 가장 가까운 곳에 계시지요. 아니 그렇습니까?"

속이 타는 대신들 앞에서 윤도는 공개적으로 황제를 힐난하고 나섰다. 하지만 정작 당사자인 도겸은 뜻 모를 미소만 머금은 채 제 아우의 말을 단호히 부정했다.

"과인은 모르는 일이오."

"폐하!"

"모르는 일이라 하지 않았소. 과거야 어찌 되었든 내게는 이미 황후가 계시거늘. 불미스러운 일까지 꺼내 가며 무슨 소리를 하나 했더니 이미 죽은 이의 일을 어찌 들먹이는 것이야."

"미안하지도 않으십니까!"

폭발한 윤도의 외침이 터져 나왔다. 얼굴이 벌겋게 달아오른 아우를 바라보며 도겸은 태연히 되물었다.

"그러는 윤도 너는 그이에게 미안하지도 않은 것이냐?"

만약 측비가 황제의 곁에 남았다면 어떻게든 황후에 올렸을 것이다. 도겸을 비난하려 던진 말은 날카로운 비수가 되어 다시금 윤도의 가슴에 내리꽂혔다. 황제는 참으로 잔인한 사내라, 윤도는 제 손으로 저지른 과거에 발목이 잡힌 채 이를 악물었다.

"그래서 제 죄를 빌고자 함입니다. 기꺼이 이 모든 죗값을 치를 터이니 부디 그분만은 자유롭게 놓아주소서."

"놓아 달라? 내가 그이를 억지로 붙잡고 있기라도 하단 말이더냐?"

줄곧 웃음을 잃지 않던 도겸의 미간에 그늘이 졌다. 노골적인 황제의 적의를 본 호륜 공이 중재에 나섰다.

"폐하, 윤도 공의 말대로 측비께서 궁 안에 머무르고 있다는 말이 사실이옵니까?"

"과인은 모르오. 말을 꺼낸 이는 저기 있는데 왜 내게 물어보는 것이오?"

"그이의 힘으로 목숨을 구하고도 그렇게 말씀하시는 겁니까!"

사냥 대회에서 사경을 헤매던 황제가 하루아침에 목숨을 건졌다. 황제궁 마당에 꽃이 피고, 온 궁에 죽은 측비의 혼령을 보았다는 소문이 파다하게 퍼졌다.

그 일을 언급하고 나서자 대신들 가운데에서도 수군거림이 일었지만 막상 당사자인 황제는 눈 하나 깜짝하지 않고 코웃음을 쳤다.

"그래. 네 말대로 나를 살린 이를 들라 이르지."

틀린 말은 아니지만 결국은 거기까지다. 자신만만한 황제의 뜻을 따라 내관이 입을 열었다.

"송 태의가 들었사옵니다."

흰 천을 드리운 여인이 황제를 배알했다. 모로 보아도 아리를 닮지 않은 훤칠한 여인을 앞에 두고서 윤도의 얼굴이 한없이 일그러졌다. 모자란 아우가 판을 어그러트려 준 덕분에 판세는 이미 도겸에게 기운 지 오래다.

"송 태의, 보아하니 윤도 공이 그대를 과인의 빈첩이라도 된 줄 오해하는 모양인데. 어찌 생각하오."

"천부당만부당한 말씀이옵니다. 신의 결백함은 태의감의 모두는 물론, 황후궁에 머물고 있는 호 낭자도 충분히 증명해 줄 수 있사옵니다."

얼굴을 가린 천을 내려 보이며 송 태의는 윤도 앞에 제 얼굴을 드러냈다. 호언장담하던 윤도가 엉뚱한 소리를 한 탓에 호륜 공은 뒤늦게야 상황이 이상하게 돌아가고 있다는 사실을 눈치챘다. 분명 다 된 밥이었는데 코를 빠트렸으니.

어떻게든 수습을 해 보고자 그는 윤도를 밀쳐 내고 황제 앞에 머리를 숙였다.

"송 태의의 의술이 신통하여 윤도 공께서 잠시 오해를 하신 모양입니다."

"나는……."

"잘 아는군. 그런 호륜 공께서는 대체 무슨 말씀을 하려 황후의 아픈 상처를 건드린 것이오?"

"아픈 상처라니. 그 무슨……."

"황후마마 납시오."

황제의 물음에 말문이 막힌 틈을 타 장본인인 황후가 직접 정회 자리를 찾았다. 황금의 보관을 쓴 황후는 오늘따라 유독 화려한 차림새를 하고서 문무백관 앞에 모습을 드러냈다. 신하들은 바닥에 머리를 조아리고 호륜 공만이 힐끔 고개를 들어 뒤따르는 이들의 얼굴을 살폈다. 어미인 월 부인은 물론, 뒤에는 분명 미오라 했던 시녀마저 함께였다.

"황후께서 여기는 어인 일이십니까?"

"호륜 공께서 본후를 가짜라 몰아세우셨다 들었사옵니다."

발 없는 말이 어느새 황후의 귀에 들어가 본인까지 찾아오게 됐으니 이제 더는 물릴 수도 없는 판이 되었다. 궁지에 몰린 호륜 공은 허겁지겁 변명하기 바빴다.

"그, 그것은…… 분명 고변이 있었기에!"

"도둑질을 하고 쫓겨난 자가 꾸며 낸 말만 믿고서 우리 황후마마를 지금 서문가의 핏줄이 아니다, 그리 음해하시는 겝니까?"

뒤에 선 월 부인이 황후의 손을 꼭 잡고 되물었다. 길게 빠진 눈매가 모녀 모두 참으로 날카로워서, 나란히 세워 놓고 보니 노여움이 담긴 두 여인의 어조마저 참으로 닮음직했다. 터무니없이 당당한 두 사람의 태도에 누구 하나 선뜻 호륜 공의 뜻에 동참하는 이가 없었다.

"아무래도 공께서 오해를 하신 모양입니다."

"그러게나 말입니다."

"오해라니, 저 시녀가 분명!"

호륜 공이 황후의 뒤에 선 미오를 가리켰다. 분명 죽은 서문설아의 원한을 갚아 달라 눈물까지 쏟아 내며 일렀건만. 정작 황후는 그런 제 시녀를 감싸 안고서 호륜 공을 추궁했다.

"제가 그러라 일렀습니다. 몇 해 전, 몹쓸 짓을 당할 뻔한 저를 대신해 제 시녀였던 이 아이의 언니가 소 태사의 손에 목숨을 잃었지요. 본후의 뒷조사를 한다 하여 이 아이를 보내 실상을 파악하라 하였습니다."

명백한 증거를 잡았다 자신했는데 그마저도 황후의 함정이란다. 입을 다물지 못하는 그를 앞에 두고서 미오는 낯빛 하나 바꾸지 않고 태연히 거짓을 고했다.

"어떻게든 황후마마를 몰아내야만 호 낭자를 황후 자리에 올릴수 있다고, 제 두 귀로 똑똑히 들었나이다."

또랑또랑한 미오의 말에 다들 난처한 기색을 숨길 길이 없다. 호륜 공이 입버릇처럼 하던 그 말을 어지간한 대신들은 몇 번이고 들은 기억이 선명했던지라 그런 일이 없었다 부정하기도 어렵다.

"어찌 그런……."

"허허허, 호륜 공도 참."

분명 동조하기로 했던 대신들조차 행여 휘말리기라도 할까 애써 말을 돌렸다.

"혹여 그 추문이 제 이름을 더럽힐까 염려하여 덮은 일을 분명 누군가가 이렇게 들춰낼 줄 알았습니다만, 설마 호륜 공께서 그러실 줄은 꿈에도 몰랐습니다."

날카로운 황후의 추궁에 호륜 공은 용상에 오른 황제를 우러러봤다. 분명 제가 알아볼 때만 해도 모든 것이 완벽했건만 곤혹스러운 사실들이 하나둘 달려들어 그를 포위하고 나섰다.

잠자코 지켜보던 도겸은 일언반구 없이 용상에 앉은 채 어사대장 허영을 불러들였다.

"명부를 가져오라."

"예, 폐하."

황제의 명을 받들어 허영은 호륜 공의 앞에 서책 하나를 내밀었다. 그간 자신이 공들여 조정에 심어 놓은 수하들의 이름이 직위 고하를 막론하고 빼곡히 적혀 있었다. 태보부터 말단 서기까지 어디 하나 처음 보는 이름이 없다.

"홀로 남고 이들을 모두 내치겠소? 아니면 이들을 살리고 공 혼자 물러나시겠소?"

제 아들뻘인 황제의 계략에 당했다는 사실을 좀처럼 인정할 수 없다. 몇 번이나 고개를 저으며 호륜 공은 제 뒤에 선 수하들을 돌아보았다.

만약 여기서 저 혼자 살고자 한들 수하를 모두 잃은 장수에겐 더는 우두머리의 자격이 없다. 완벽한 패배 앞에 그는 입도 뻥긋하지 못하고서 무릎을 꿇었다.

"폐하."

"소 태사의 전횡으로 황후는 이미 한 번 죽을 고비를 넘겼소. 죽은 이는 황후의 동복아우나 다름이 없던 귀한 이라 내 친히 서문가의 족보에 올리도록 하라 윤허까지 하였건만."

"망극하옵니다. 부디 통촉하여 주시옵소서."

추상같은 황제의 명에 누구 하나 거스를 자가 없다. 호륜 공마저 짓밟은 황제는 위엄 서린 목소리로 명을 내렸다.

"추후 이 일을 다시 거론하는 자는 구족을 멸할 것이니, 공들은 부디 그 점을 명심토록……."

"우읍……!"

황제가 말을 다 잇기도 전에 갑자기 황후가 헛구역질하며 그 자리에 주저앉았다. 용상을 박차고 달려온 황제의 품에 기댄 채 황후는 부용화처럼 고운 미소를 머금었다.

"황후!"

"실은 송 태의에게 기쁜 소식을 들었나이다. 그 말씀을 전해 드리려 여기까지 걸음 했사온데······."

"경하드리옵니다, 폐하. 회임이시옵니다."

송 태의의 단언에 사방이 술렁였다. 황손을 배태한 황후 앞에 그깟 추문 따위는 사소한 시빗거리에 지나지 않는다는 것을, 영 황후의 경우를 보며 똑똑히 배웠다.

끝내 자신을 알아보지 못했던 윤도의 어리석음이 도리어 위태로운 아리의 처지를 공고히 만들 줄 누가 알았을까.

"경하드리옵니다, 폐하!"

호륜 공의 눈치를 살피던 신료들이 앞다투어 축하를 건넸다.

"설마."

이제야 제 정체를 알아차린 것인지 절망하는 윤도의 모습이 참으로 볼만하다. 참으로 아팠다 하나 이제 이 아이는 첩의 아이가 아닌 당당한 황후의 소생으로 그의 황위를 이어받을 수 있으리라.

함정에 빠진 호륜 공은 절규하고, 윤도는 허망한 눈동자로 그녀를 바라보았다. 이제 더는 누구도 저를 그의 곁에서 떨어트려 놓을 수 없다. 아리는 달게 웃었다.

"고생 많았어."

다정한 도겸의 위로에 가슴속에 들어찬 응어리가 녹아내렸다. 하고 싶은 말이 너무나 많지만 아리는 드넓은 제 사내의 가슴에 머리를 묻은 채 회랑 너머 푸른 하늘을 바라봤다.

'동이가 지금의 나를 보면 뭐라고 할까.'

맥도 못 추고 주눅만 들던 제 모습을 보며 가슴을 치던 아이이니 분명 이제는 조금은 안도했을 것이다.

"태남산에 가고 싶습니다."

"그럼. 동이를 만나러 가야지."

저 하늘 너머 제 아우가 저를 지켜보는 것만 같아서 가슴이 벅차올랐다.

그런 아리의 청을 기꺼이 들어주는 그를 보며 조금은 마음이 놓였다. 이제는 정말 그의 곁에서 마음을 붙이고 살 수 있을 것만 같았다.

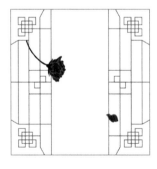

14.

호륜 공은 그 어떤 처벌도 받지 않은 채 북방으로 돌아갈 채비를 마쳤다. 눈에 보이는 형벌이 없다 하나 권력의 단맛을 모두 본 그를 변방으로 몰아낸 것은 실상 평생 오랑캐나 상대하다 죽으라는 황제의 벌이나 다름없었다.

"스스로 죄를 인정하였으므로 이 일은 불문에 부칠 테니 그리 알거라."

갓 수도에 돌아온 마당에 호륜 공의 꾐에 넘어갔다며 황제는 윤도가 저지른 모든 행각에 대해 그 무엇도 추궁하지 않았다.

뒤늦게 새 황후가 아리라고 폭로한다 한들 누구도 믿어 주지 않을 테니 더 말해 봤자 누구도 그의 말에 귀를 기울일 리 없다. 그야말로 완벽한 윤도의 패배였다.

도겸은 참혹한 심정을 감추지 못하는 윤도를 남방의 성주로 임명했다.

"돌아오신 지 얼마나 되었다고. 폐하께서도 참으로 너무하십니다."

또다시 도성을 떠나게 되었다는 사실에 유모는 서운함을 숨기지 못했으나 그는 불만 한 마디 품지 않은 채 묵묵히 떠날 준비에 나섰다.

'그랬단 말이지.'

이 궁에 어울리지 않는 여인이라 여겼던 것은 터무니없는 제 오산이었다. 황후의 회임 사실이 알려지고 얼마 후 영 태후의 처형이 잡혔다. 어린것은 죄가 없다 하여 목숨은 건졌지만, 아마 그 아이가 낙양에 돌아올 일은 다시는 없을 것이라 했다.

'대통을 바로잡기 위해서는 사약을 내리시는 것이 옳사옵니다.'

황실의 핏줄을 기만한 죄로 대신들은 영 태후의 소생을 죽이라 했으나 황제는 끝내 그들의 청을 완강히 거부했다. 호시탐탐 도겸을 밀어내고 어린것을 옹립하려던 전적이 있었던 탓에 대신 중 누구도 더는 황제에게 반기를 들지 못했다.

"이제야 속이 시원하시겠구나."

기어코 모든 것이 도겸의 뜻대로 된 셈이다.

인사도 올리지 않고 조용히 떠나려 했건만. 늦은 밤, 청하지도 않은 손님이 윤도의 저택을 찾았다.

"그것이……."

이름조차 밝히지 않은 귀한 손님이라 하여 윤도는 못마땅한 얼굴로 방을 나섰다. 느리게 달리는 우차를 타고서 굳이 황궁 밖까지 걸음 한 여인을 앞에 두고 그는 쉽사리 입을 열지 못했다.

"내일 떠나신다 들었습니다."

"……대단하신 황후마마께서 여기까지 어인 걸음을 하셨습니까."

애먼 원망 한 줄기를 품은 채 윤도의 입에서는 끝내 고운 말이 나가지 못했다. 호희미를 호위로 거느리고서 쓰개치마를 쓴 아리는 규중의 부인 행세를 하고 손수 윤도를 찾아왔다.

쓴 숨을 애써 삼키며 한숨이 나오려는 걸 꿋꿋이 억눌렀다. 목전에 두고도 알아보지 못한 한심함이 가장 큰 죄라 뒤늦게 변명한다 한들 이미 너무 늦어 버렸다.

여전히 모가 난 그를 앞에 두고서 아리는 화장기 없는 예전 모습 그대로 윤도를 마주 보았다.

"몇 해 후에는 돌아오실 수 있을 겁니다. 그때는 폐하를 위해 헌신해 주십시오."

"내가 왜!!!"

말을 하다 말고 윤도는 피가 날 정도로 입술을 깨물었다. 비릿한 맛을 입안에 머금으니 차오르는 울분도 조금은 가라앉았다.

무슨 말을 하려는 건지는 능히 짐작하고도 남았다. 제 손으로 저지른 죄를 속죄하라 그리 이르고 싶은 것일 테지만, 답을 알고 있음에도 이 잔인한 여인 앞에서는 원망밖에 차오르지 않았다.

"내가 누구 때문에, 형님을……."

혈육이기 이전에 주군이었다. 평생을 믿고 따르던 도겸이 황제가 될 수만 있다면 윤도는 기꺼이 제 손도 더럽힐 자신이 있었다. 처음에는 그런 각오로 아리를 멀리했지만 어느샌가 정신을 차려 보니 그의 마음속에는 품어서는 안 될 마음 한 조각이 자리했다.

"압니다. 저를 위해 그러셨다는 것을요."

분명 잠시 거리를 두고 황권이 안정될 때까지만 안전한 곳에 보호해 두고 시간을 벌 작정이었다. 물론 그 틈에 황제가 다른 여인을 마음에 두기를 바라지 않았다면 거짓말일 것이다. 분명 순식간에 불타오른 마음이니 금방 식기라도 하면 차라리 나을지도 모른다 여겼다. 버림받은 여인이 기댈 곳은 저뿐이니까.

내색조차 하지 못할 마음을 억누르며 윤도는 이 모든 것이 그녀를 위한 것이라 스스로에게 되뇌고 또 되뇌었다.

하지만 아리의 한마디에 맥이 풀려서 윤도는 그 자리에 주저앉고만 싶었다. 요괴라는 소리마저 들어 가며 문 태사에게 모진 괴롭힘을 당했다고 했다. 급기야 인간 사냥꾼들 손에 팔려 가기까지 한 그녀의 입에서 감사 따위 듣고 싶지 않았다.

"차라리 원망하십시오. 죽어 없어지라 저주라도 퍼붓는 편이 낫겠습니다."

"그리한다 한들 지나간 시간을 어찌 돌이킬까요. 저는 윤도 공을 원망하지 않을 겁니다."

도겸의 말을 들은 후에야 아리도 뒤늦게야 그의 마음을 알아차렸다. 시들어 가는 저를 살리고자 윤도는 그토록 믿고 따르던 도겸을 배신하고서 목숨을 걸고 아리를 탈출시켰다.

그렇기에 더욱 그 마음을 받아 줄 수 없다. 이미 갈기갈기 찢어진 그의 마음을 더 짓밟는다 한들 상처만 남을 뿐이다. 아팠던 기억을 가슴에 묻고서 아리는 조심스레 제 배에 손을 얹었다.

"많이 앓았던 탓에 또 아이를 잃을까 두려웠습니다."

"몸은……."

"괜찮습니다. 송 태의의 말로는 이 사람도, 아이도 건강하다 하더군요."

감정이 복받쳐 아리의 눈동자가 금빛으로 빛났다. 버거운 힘의 무게에 짓눌려 어찌할 바를 모르던 그녀도 이제는 조금씩 제가 걸어가야 할 길을 찾아 나갔다.

"저는 이제 그분의 곁에서 그분이 짊어진 짐을 함께 짊어져 볼까 합니다."

험난한 산 아래 세상은 여전히 버겁지만 그래도 사랑하는 이의 손을 잡고 함께 걸어갈 수 있다면 그것도 나쁘지는 않다. 홀로 힘을 숨긴 채 산속에 숨어 아우의 묘나 지키기에는 한번 맛본 사랑의 맛이 너무 달았다.

"하지만 그때는 분명……!"

"떠난 후에나 알았습니다. 폐하가 저를 놓지 못하시듯 저도 폐하를 놓지 못한다는 것을요."

애타게 저를 찾아 헤매는 사내를 원망하며 문 태사는 아리의 등에 매질을 했다. 그 고통스러운 시간을 견디면서도 여전히 그가 자신을 잊지 못한다는 사실만은 흉터처럼 선명하게 남아 아리의 마음을 뒤흔들었다.

"아무리 힘들어도 저는 앞으로 평생 그분 곁에서 살아가고자 합니다. 제 손으로 살린 목숨이니 제가 책임을 져야겠지요."

마음을 굳힌 그녀를 앞에 두고 윤도는 무어라 입을 열지 못했다. 첫사랑이라 쉽사리 잊히지 않을 테지만 아리는 굳게 마음을 먹고 그의 무운을 빌어 주었다.

"좋은 여인을 만나 행복하시길. 다시 뵐 날을 기다리겠나이다."

"아리!"

애처로운 윤도의 부름을 뒤로한 채 아리는 망설임 없이 몸을 돌려 마차에 올랐다. 오래 황궁을 비울 수는 없기에 여기까지 오는 것도 철저히 비밀에 부쳤다.

"돌아가자꾸나. 폐하께서 기다리신다."

"예, 황후마마."

희미의 손을 잡고 우차에 올라 아리는 익숙한 그의 곁으로 돌아갈 채비를 서둘렀다. 갑갑하기만 했던 황궁은 어느샌가 그녀의 안온한 둥지가 되었다.

"조만간 종묘에 제를 올리러 갈 참이니 그때는 태남산에도 함께 가자꾸나."

"태남산은 어떤 곳입니까?"

천진한 미오의 물음에 무어라 답할지 잠시 고민했다. 그곳이 어찌 꿈에야 잊힐까. 그간의 기억들을 가슴에 담으며 아리는 힘겹게 미소 지었다.

"좋은 곳이란다."

날이 풀리면 곧 봄이 올 것이다. 그리운 기억을 머금고서 아리를 태운 우차가 느리게 달리기 시작했다.

❊ ❊ ❊

어둠 속에서 잠자코 지켜보던 도겸은 아리 일행이 완전히 사라진 후에야 그림자 속에서 모습을 드러냈다.

"어찌하시겠습니까."

"내버려 두어라. 아리가 기다린다 하였으니 어쩔 수 없지."

제 발로 황궁에 돌아오는 모습을 보았으니 그녀가 바란다면 윤도도 기꺼이 용서할 수밖에 없다. 제 곁에 남겠노라 단언하는 그녀의 모습이 퍽 흡족했으니까. 그러니 이번 한 번은 넘어가 주기로 했다.

"어차피 그대가 내 곁을 벗어날 수는 없었음이니."

제 발로 황궁에 돌아오는 모습을 바라보며 도겸은 화단에 핀 꽃 한 송이를 꺾어 들었다. 만개한 이파리가 상하지 않도록 그는 꽃잎을 잘 여며 놓았다.

시간을 알리는 도성의 종소리가 세 번째 울릴 즈음 대로에는 어느새 어둠이 내렸다. 서둘러 말을 달리면 느리게 달리는 우차를 추월해 한발 먼저 궁에 돌아가서는 그녀의 손에 이 꽃을 쥐여 줄 수 있을 것이다.

"폐하."

"모두 잘된 일이 아니더냐. 이제 그이가 먼저 황궁을 떠나겠다 조르지 않을 테니 말이야."

평생 제 목을 옥죈 이 자리가 그녀의 발목을 잡을 유일한 동아줄이라는 사실에 그는 진심으로 감사했다. 버겁기만 한 황제 노릇도 그녀와 함께라면 기꺼이 해 볼 만도 하다.

"준비는 다 되었느냐."

"존명."

종묘에 인사를 올리고 나서 도겸은 아리의 손을 잡고 태남산을 찾을 것이다. 이미 인적이 끊겨져 폐허가 되어 버린 집을 보고 나면 그녀는 더더욱 제 곁을 떠나지 못할 것이다.

"그러게, 그날 날 살리지 말았어야지."

달빛이 비치는 밤길을 달리며 도겸은 홀로 중얼거렸다. 손안에 핀 꽃이 시들지 않도록 그는 말고삐를 고쳐 쥐고서 황궁으로 향했다.

도착하자마자 서둘러 금포로 갈아입은 후 아무 일도 없었던 것처럼 지루한 상소를 쥐었다. 몇 가지 사안을 처리하고 한시름 돌릴 즈음 익숙한 향기가 그의 코끝을 간지럽혔다.

"황후께서 드셨사옵니다."

"드시라 이르거라."

부용화마냥 활짝 핀 제 아내를 마주하고서 도겸은 아무것도 모르는 얼굴로 그녀를 반겼다. 서두른 탓에 뺨이 발갛게 달아오른 채 아리는 무어라 말도 없이 도겸의 가슴에 폭 안겼다.

"폐하."

"여기까지는 어쩐 일이십니까? 황후."

"황손이 아바마마가 보고 싶다 하여서요."

귀여운 핑계를 대는 아리의 말에 도겸은 너털웃음을 지었다. 일부러 윤도의 뜰에서 꺾어 온 꽃 한 송이를 그녀의 귀밑에 꽂아 주고서 그는 아무것도 모른다는 얼굴로 물었다.

"그래서 이리 행복한 얼굴을 하십니까?"

먼 옛날, 동이와 셋이 함께 지내던 시절의 그 미소가 그리웠다. 아무 걱정 없이 그저 서로만 보며 행복했던, 고운 추억만이 남았던 그때를 떠올리며 도겸은 보드라운 아리의 뺨을 어루만졌다.

"폐하의 곁에 있어 행복합니다."

기꺼이 제 발로 걸어 들어온 작은 새를 품에 안고서 도겸은 슬그머니 그녀의 허리에 손을 감았다. 분명 송 태의가 알면 무어라 잔소리를 할 테지만 당장은 개의치 않았다.

"그렇다면 상을 주셔야지요."

"하오나 폐하, 이곳은……."

황제의 눈짓 한 번에 곁에 선 내관들이 모조리 자리를 비웠다.

어찌할 바를 모르는 영수가 내관의 손에 끌려 자리를 비우고 어느새 아리는 상소문이 가득 놓인 탁상 위에 몸을 누이고 말았다.

"그리하시면 이 아이가 놀랄 터인데……."

"아직 배도 나오지 않으셨으면서 가군을 외롭게 하는 것은 좋은 안해의 도리가 아니라 하지 않습니까."

"하오나 이곳은……."

무어라 말하려는 그녀의 입술을 머금고서 도겸은 그녀의 옷고름을 풀어 헤쳤다. 원숙하게 여문 열매를 머금듯 도겸은 제 아내를 품에 안고 달콤한 신음을 집어삼켰다.

"이제야 비로소, 우리는 가족이 되는 거겠지."

"폐하."

"고마워, 아리."

자욱한 단내에 질식되어도 그녀의 품에 안긴 채 죽을 수 있다면 그 또한 기쁨이다. 아마 그녀는 눈감는 그 순간까지 그가 왜 고맙다 하였는지 알지 못할 것이다.

환희에 젖은 눈동자에 입을 맞추며 도겸은 거칠어진 호흡을 애써 골랐다. 더는 돌이키지 못할 아름다운 밤의 시작이었다.

〈完〉

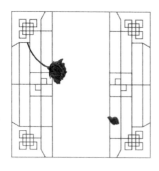

외전 2부

황후마마 실종 사건

깊은 태남산 자락. 이곳에 살던 인간들이 모습을 감춘 지도 몇 해가 지났다. 산중호걸 왕범의 자식 중 막내, 늦둥이도 벌써 태어난 지 두 해 반이 지나 드디어 홀로서기를 할 나이가 됐다.

형과 누이는 벌써 장성해 제 영역을 가지러 뿔뿔이 흩어졌다. 아비가 산천을 떠도는 동안 태남산에 남은 범이라고는 이제 제 어미와 저뿐이건만, 어린 시절부터 유난히 젖을 덜 먹고 자란 탓인지 성장이 느린 늦둥이는 두 살이 넘은 지가 한참인데도 아직 독립도 하지 않고 어미 옆에 꼭 붙어 있었다.

─너는 그 호기심이 문제이니. 함부로 낯선 것을 건드리다 인간들에게 혼쭐이 날 것이다.

─인간이 무엇이오?

어미는 다 썩어 가는 천 조각을 가져와 아들의 앞에 내밀었다. 갈기갈기 찢어진 천 조각에서는 퀴퀴한 피 썩은 내가 났다.

-날붙이를 부리는 자들은 무리를 지어 움직인다. 아직 반 푼어치도 못 하는 네가 맞닥뜨렸다가는 호된 꼴을 당하게 될 것이야.

　사냥꾼들의 몸에서는 특유의 피 냄새가 난다. 병사도 마찬가지였다. 쇠 냄새를 머금은 인간들은 수시로 산을 헤집으며 그들의 영역을 침범하곤 했다.

　몇 년 전, 몹쓸 것 하나를 물어 와 제대로 호된 꼴을 보여 준 이후로 인간들은 태남산 근처에 얼씬도 하지 않았다고 했다. 저가 태어나기 전의 이야기를 들으며 늦둥이는 한 번도 본 적 없는 '인간'이라는 것이 궁금해졌다.

　-그들이 아무리 강하다 한들 무엇하오. 나는 이 태남산의 산범인 것을.

　산이고 물이고 이 산에서 저를 거스를 자가 누가 있을까. 사슴도, 여우도, 개울가로 도망가는 고라니 녀석도 제 매서운 송곳니는 피하지 못한다.

　-철딱서니 없는 것 같으니라고.

　물론 다른 모든 짐승은 이겨도 산중왕인 어미는 이기지 못한다. 객기를 부리다 허벅지를 물린 일을 생각하면 지금도 오싹하지만, 다행히 지금 어미는 북쪽 산에 사는 누이를 보러 잠시 태남산을 비운 상황이다.

　그야말로 제 세상이라, 산중호걸이란 별호답게 늦둥이는 태남산 전역을 제 세상처럼 헤집고 다녔다. 등이 가려울 때는 꽃밭을 뒹굴고, 때로는 나뭇가지에 올라 낮잠도 청했다. 잔소리하는 어미가 없으니 이리 편하다. 느긋하게 누워 꼬리를 터는데 남쪽 산 아래쯤에서 푸드득 새들이 날아올랐다.

　-뭐지?

고요하던 산에 침입자가 나타난 것일까. 산의 주인인 어미를 대신해 늑둥이는 숨을 죽이고 수상한 냄새를 풍기는 요상한 것들의 행적을 쫓았다.

✳ ✳ ✳

"이곳이 태남산이란다."

녹음이 무성한 그리운 풍경을 바라보며 가슴이 벅차올랐다. 제법 배가 부른 황후, 아리는 영수의 부축을 받으며 조심스레 마차에서 내렸다.

"이리 험준한 곳에 사셨다니……."

낙양에서 태어나 줄곧 궁중에서만 살아온 영수는 인적 드문 산에서 하룻밤을 보내는 것이 처음이었다. 종묘에 제를 올린다는 핑계로 황제는 사랑해 마지않는 황후의 염원을 들어주었다.

하룻밤이라도 좋으니 태남산의 밤하늘을 보고 싶다고, 고운 황후의 바람에 따라 병사들은 황제 부부가 머물 막사를 설치했다. 최 대감 사건 이후 벌써 몇 년째 태남산에는 입산 금지령이 내려졌다. 이제는 사냥꾼들조차도 모두 떠나간 쓸쓸한 땅에서 아리는 능숙하게 제집으로 가는 길을 찾아냈다.

"마마, 천천히 가십시오!"

오랜만에 언덕을 오르는데도 숨이 차지 않았다. 꿈에도 잊힐 리 없는 제집을 보는 순간 저도 모르게 눈물이 고였다. 사람이 살지 않은 흔적이 만연한 탓인지 지붕이 온통 삭았다.

그래도 도겸이 뒷수습을 해 준 덕분에 그날 참극의 흔적은 거의 남아 있지 않았다. 주방에는 아리가 아끼던 그릇들 위로 먼지가 소복이 쌓여 있었다. 짐승들이 갉아 놓은 자국들이 만연한 것을 보니 이제 이 집은 산짐승들의 놀이터가 된 모양이었다.

"아직 있으려나."

설마 하는 심정으로 안방에 들어가 옷장 어귀를 뒤졌다. 다행히 두고 간 서책들은 모두 무사했다. 산 아래에서 지내는 동안 어머니의 비기가 담긴 기록들이 얼마나 그리웠던가. 제 아우의 방에 들어가니 겨우 참았던 눈물이 또 왈칵 쏟아졌다.

이리 보낼 줄 알았더라면 옷 한 벌이라도 번듯한 것을 지어 줬을 터인데. 이럴 줄 알았다면 매번 옷을 찢어 먹는다고 타박하지 않았을 것이다. 아우의 물건들을 챙기던 중 묵직한 나무 상자 하나를 찾았다. 허술하기 짝이 없는 자물통을 부수자 그 안에서는 손때가 묻은 엽전 무더기가 가득 나왔다.

"이 아이가 어찌 이런 것을……."

돈 관리는 언제나 아리 몫이었다. 그래도 사냥을 하다가 가끔 막걸리 한 잔이라도 얻어먹으라며 푼돈을 주긴 했는데, 이 아이가 어떻게 이렇게 큰돈을 모은 건지 알 수 없다.

[누이 혼수 비용]

상자 귀퉁이에 적힌 삐뚤빼뚤 못난 글자는 분명 동이의 필체다. 마냥 철이 없던 제 아우는 어떻게든 누이가 혼인하는 모습을 보고 싶었던 모양이다. 그만한 아이가 없는데 무심한 하늘은 그 아이를 너무 일찍 데려가시고 말았다.

"마마?"

"혼자 있고 싶구나."

흐느끼는 소리가 새어 나간 건지 영수는 얌전히 사람을 물렸다. 병사들이 곳곳에 배치되어 있으니 수상한 자가 이곳에 발을 들일 수는 없을 터. 아우의 물건들을 곱게 싸 들고 아리는 소매로 애써 눈물을 훔쳤다.

"이것을 마차에 가져다 놓고 준비한 것을 가져다주렴."

"괜찮으십니까?"

"나는 괜찮아."

개미 한 마리 얼씬하지 못하도록 저 멀리서 병사들이 보초를 서는 사이 아리는 영수가 챙겨 준 보따리를 들고 후원으로 나섰다.

아리가 도겸과 떠난 후, 아버지의 친구였던 웅이 아저씨는 동이를 묻은 땅 위에 큰 돌로 표식을 남겨 주었다. 비석 대신이라지만 이러면 짐승들도 함부로 그 아이의 유해를 파헤칠 수 없다.

큼직하고 투박한 것이 꼭 제 아우 같아서 아리는 조심스레 커다란 돌을 쓰다듬었다.

"잘 있었느냐."

하고 싶은 말이 참 많았는데 무슨 말부터 해야 할지 알 수 없다. 사람의 발길이 닿지 않은 탓인지 수풀 어귀에는 잡초만이 무성하다. 무덤 주변 풀들을 솎아 내고서 아리는 아예 엉덩이를 깔고 앉았다. 그러고는 보따리를 풀어 준비해 온 물건들을 주섬주섬 꺼냈다.

"그간 참으로 많은 일이 있었단다."

산 아래 세상은 참으로 요지경이라, 그간 있었던 이야기를 해 주어도 제 아우는 분명 거짓부렁하지 말라 쓴소리를 했을 것이다. 황궁에서 가져온 뽀얀 대접을 앞에 놓고 보니 어디에선가 정말 아우의 목소리가 들려오는 듯했다.

"그때 네 말을 들었어야 했는데."

차라리 그랬더라면 그 아이가 그리될 일은 없었을 터인데. 어리석은 누이를 둔 대가로 앞날이 창창한 아우가 불한당의 손에 의해 숨을 거뒀다.

준비해 온 술병을 꺼내 들고 아리는 제일 먼저 쌉쌀한 연엽주를 대접 가득 부었다.

"맛을 보렴. 이 나라 제일의 술도가가 바친 비장의 연엽주란다."

황제는 제 처남에게도 맛을 보여 주라며 전국에서 바친 진상품을 아낌없이 내어 주었다. 무엇을 가져갈까 고민하던 아리는 결국 아우가 그토록 탐을 내던 술을 종류별로 야무지게 챙겨 왔다.

이럴 때는 아주 조금, 복중의 태아가 원망스럽기도 하다. 괜히 부푼 배를 한 번 쓰다듬고서 아리는 세상 빛도 보지 못하고 떠난 제 아이를 떠올렸다.

'너도 나를 원망하겠지.'

모자란 누이와 모자란 어미를 둔 탓이다. 쏟아지는 눈물을 애써 닦으며 아리는 애꿎은 잡초를 짓이겼다. 문 태사의 집에서 핍박을 당하던 시절에는 동이의 이름을 부르며 참으로 많이 울었다. 이럴 거면 차라리 너를 따라 죽는 것이 나았다는 말이 목 끝까지 차올랐지만, 그 사람이 마음에 걸려 차마 입 밖으로 뱉을 수 없었다.

"참으로 질긴 것이 목숨이라더니. 너를 그리 보내고도 나 혼자 이리 영화를 누리는구나."

그러니 제 아우의 무덤에 술이라도 한 잔 올리고 싶다고, 도겸을 졸라 이 먼 태남산까지 손수 걸음을 했다. 그는 처음부터 함께 오고 싶은 기색이 역력했지만 일부러 몇 시간만 혼자 있게 해 달라 했다.

이렇게 우는 모습을 본다면 그가 또 상처받을 테니까. 제 몸에 생채기 하나라도 나면 도겸은 그 모든 것이 제 잘못인 양 슬퍼했다. 여리디여린 제 낭군 앞에서는 눈물 한 방울도 함부로 흘릴 수 없다. 무하가 들으면 기절할 소리라지만 도겸은 모든 것을 잃은 아리의 손에 남은 유일한 제 것이었다.

마지막 연엽주를 대접에 따르자 술 향기가 코를 찔렀다. 자리에서 일어나 무덤 뒤에 뿌려 주려는데 수풀 안에서 갑자기 부스럭하는 소리가 났다.

"응?"

처음에는 다람쥐라도 나타난 것인가 싶어 아리는 조심스레 한 발자국 더 다가갔다. 부스럭부스럭하며 수풀이 움직이는 것을 보아 사슴인가 싶기도 했다.

"너도 이것을 맛보고 싶은 것이냐?"

사슴이 술을 마신다는 소리는 들어 본 적이 없는데. 어리둥절하며 수풀을 들추는 순간 아리는 그대로 심장이 멎는 줄만 알았다.

"크르릉."

번뜩한 안광과 새하얀 송곳니. 집채만 한 덩치의 범은 숨을 죽인 채 저를 노리고 있었다.

그토록 고생해서 여기까지 왔건만, 아무래도 제 목숨은 여기까지인가 보다. 쨍그랑 소리와 함께 자기가 깨지고 연엽주가 사방으로 흩뿌려졌다. 외마디 비명도 지르지 못하고서 아리는 그대로 정신을 잃고 말았다.

✹ ✻ ✹

─저것들이 뭐라고, 그래 봐야 산중왕 앞에서는 한낱 미물인 것을.

북쪽 땅에 간 어미가 돌아오려면 며칠은 더 걸릴 텐데. 그전까지는 마음껏 구경해도 괜찮으리라. 어린 범 늦둥이는 안광을 빛내며 수상한 인간 무리를 유심히 관찰했다. 잠자코 지켜보니 고라니보다 연약해 보이는 자부터 곰만 한 자까지 다양한 종류의 인간들은 각자 흩어져 무리를 이루었다. 그러니 저들 근처에만 가지 않으면 아무 문제도 없을 것이다.

─뭐지?

인간들을 한참 관찰하던 중 늦둥이는 귀를 쫑긋하며 주변을 두리번거렸다. 코끝을 간질이는 알싸한 향을 따라 발소리를 죽이고 다가가자 저 멀리 인간 하나가 보였다.

저 인간에게는 다른 인간들에게서 나던 불쾌한 향 대신 저가 제일 좋아하는 유채꽃밭처럼 싱그러운 향기가 났다. 암컷 인간은 슬픈 눈을 하고서 정체 모를 물을 돌 위에 여기저기 흩뿌렸다.

쩝쩝, 냄새를 맡으니 저도 모르게 입맛이 돌았다. 저 인간이 가면 단 내음이 나는 물 한 방울만 핥아 봐야지. 순전히 그런 마음으로 숨을 죽이고 있었던 것이건만.

"너도 이것을 맛보고 싶은 것이냐?"

갑자기 인간이 다가오자 늦둥이는 서둘러 몸을 낮췄다. 얌전히 뒤로 물러나고 싶지만 제 덩치를 숨기기에는 이미 늦었다.

374

'망했다.'

수풀을 거둔 인간과 눈이 마주쳤다. 겁이 난 늑둥이가 그대로 물러서려던 찰나.

털썩.

아직 저는 아무 짓도 하지 않았는데 갑자기 눈앞의 인간이 바닥에 쓰러졌다.

─철딱서니 없는 것 같으니라고.

화가 난 어미의 얼굴이 제일 먼저 떠올랐다. 만약 인간을 해쳤다는 사실을 알게 되면 분명 어미에게 또 허벅지를 물릴 것이다.

'에라 모르겠다.'

증거만 사라지면 어미도 어쩌지는 못할 터. 생각만으로도 눈앞이 깜깜해져서 일단 쓰러진 인간의 목덜미를 물어 제 등에 업었다. 겸사겸사 술병이 담긴 보따리도 입에 물고서 늑둥이는 깊은 산속으로 냅다 달리고 또 달렸다.

❄ ❀ ❄

황후의 소원을 들어주기 위해 황제는 죽은 제 형을 당당히 팔았다.

"꿈에 형님 폐하가 보였소. 지난번 그 일 이후 형님의 원통함을 풀어 드리기 위해 내 친히 제례를 주관할 것이니 공들은 그리 아시오."

황궁의 한 축이었던 영 태후가 몰락하고, 그 기세를 몰아 국정

375

을 장악하려던 호륜 공 역시 실각했다. 평소 서자라며 황제에 대해 함부로 입을 놀리던 이들도 황제의 날카로운 그물망에 걸려 하나둘 설 자리를 잃었다.

"또한 관리들의 자질을 측정하기 위한 평가는 물론 본격적인 과거제 및 지방 인재 추천을 시행할 것이니."

"하오나 폐하!"

"과인이 돌아오기 전에 공들께서도 나름의 합의안을 올리시기를 바라오."

대규모 숙청을 통해 공백이 생긴 데다 무조건 반대를 하자니 다들 제 밥그릇을 걱정해야 할 상황에 내몰렸다. 함부로 나섰다가는 무슨 봉변을 당할지 모르니 고관들은 울며 겨자 먹기로 연일 회의를 이어 나갔다.

당분간은 저들끼리 기 싸움을 하느라 잠잠할 테고, 병권도 모두 회수했기에 한동안 낙양을 비우는 것도 문제가 없다.

낙양을 떠나기 전날 밤, 무하는 평소와 다름없는 주인을 바라보며 조심스럽게 입을 열었다.

"윤도 공은 어찌하실 참입니까."

"어찌하다니?"

"폐하의 치세에는 윤도 공이 필요합니다."

무하가 감히 황제의 검을 칭한다면 윤도는 장차 재상으로 키워내야 할 인재다. 비록 허물이 있었다 하나 몇 년씩이나 낙양에서 내치는 것은 황제에게도 딱히 득이 될 일은 아니다.

"낙양에 계속 두었다가는 두고두고 말들이 많을 것이니 지방에서라도 할 일을 다 하게 하는 것이 나을 게다."

무하의 거듭된 설득에도 도겸은 딱 잘라 이야기를 끊었다. 아리 일에 있어서도 윤도는 물론 무하도 절대 면죄부를 얻을 수 없다. 마음 같아서는 그들 모두 살려 두고 싶지 않았건만 아리가 먼저 그들을 용서했다.

'저들은 가군을 위해 그런 것입니다.'

그러니 호되게 부려 먹으십시오. 과한 충성심이 화를 불렀으니 그만큼 분골쇄신하게 부려먹으라는 너그러운 아내의 말이 타오르던 분노를 애써 잠재웠다. 무하도 윤도도 문 태사를 너무 믿었던 탓이었다.

그 꼬장꼬장하던 스승이 힘없는 여인에게 그런 짓을 했으리라고 누가 알 수 있었을까. 집안에서 있었던 일은 학촌을 벗어나지 않았으니 멀고 먼 낙양에서 문 태사의 진실에 대해 알 길이 없었다. 그렇게 애써 합리화를 하려 해 보아도 아리의 몸에 난 상처가 떠오를 때마다 또다시 분노가 차올랐다.

"그리고 국자감에서 이번에 문 태사의 석전(제사)을 지내겠다 하였습니다만."

"어림없는 소리."

제아무리 학문으로 명예를 드높였다 하나 자신을 기만한 상대는 절대 용서할 수 없다. 이미 도적들의 손에 삼대가 절멸되었다 하나 도겸은 문 태사의 이름 석 자를 역사 속에서 아예 지워 버릴 참이었다.

"사후에도 조정을 속이고 돈놀이를 한 것으로도 모자라 도적들을 끌어들여 무고한 백성들까지 죽게 하였으니. 그런 자들이 다시는 나오지 않도록 죄상을 낱낱이 밝혀 국자감 앞에 게시하라 이르거라.”

“예, 폐하.”

조정의 탐관오리들이나 권세에 찌든 국자감의 학자나 피차 일구지학一丘之貉이라, 평생을 나라를 위해 헌신하였다는 자부심에 스승은 제 모든 행동을 옳다 여겼을지 모르나 도겸의 눈에 그 모든 것은 위선이고 기만에 불과하다.

물론 적당히 정무는 부하들에게 넘기고 나라가 어떻게 돌아가든 상관하지 않고 아내의 품에 안겨 신선놀음을 하는 것도 제법 적성에 맞을지도 모른다. 그러나 산골의 촌부라 어찌할 바를 모르던 아리는 기꺼이 제 곁에 서기 위해 그 고된 간택조차 감내해 주었다. 그런 아내의 낯을 보아서라도 어진 황제로 길이 남을 업적을 쌓을 수밖에.

성군의 곁에 선 현명한 황후의 이야기가 자손들에게 길이 남을 수 있도록 도겸은 기꺼이 좋은 황제 노릇을 하기로 단단히 마음먹었다.

“이제 슬슬 출발해야겠군.”

도겸이 제를 지내는 동안 아리는 한발 먼저 태남산으로 떠났다. 호위 병력도 충분히 배치해 두었고, 애초에 그 산은 그녀가 평생 살아온 곳이니 아랫것들의 간섭 없이 마음껏 옛 추억에 빠질 수 있도록 만반의 준비 역시 마쳤다.

“그리움을 담고 병이 나는 꼴을 보느니 그게 낫겠지.”

제 발로 새장에 돌아와 주었으니 이 정도 외출이야 충분히 허락할 수 있다. 주는 만큼 돌려주는 여인이니까. 지금쯤 환하게 웃고 있을 아리의 모습을 떠올리니 도겸의 입가에도 절로 미소가 걸렸다.

"폐하."

오랜만에 말을 달려 태남산에 올랐는데 어딘지 분위기가 어수선하다. 병사들도 시녀들도 뿔뿔이 흩어져 무엇인가를 찾고 있는 것 같았다.

"무슨 일이냐?"

"그것이⋯⋯."

잠시 혼자 있게 해 달라 하였던 황후가 사라져 버렸다. 이 산에서 평생을 살아왔다는 말에 영수도 반신반의했지만, 수풀 근처의 깨진 대접이 아무래도 마음에 걸렸다.

"인간의 소행은 아닙니다."

"그런 것 같구나."

동이의 무덤 뒤 수풀이 흐트러져 있고, 텅 빈 연엽주 병과 깨진 사기그릇만 남긴 채 황후는 홀연히 모습을 감췄다. 예전 동이에게 배운 대로 나무 아래 흙더미를 살피자 예상대로 짐승의 발자국이 보였다.

"나머지 술병은 어디에 있느냐."

"황후마마께서 가져가셨습니다."

"그래?"

동이의 무덤에 뿌릴 술은 도겸이 직접 준비해 준 진상품이었다. 연엽주 말고도 국화주와 머루주를 비롯해 몇 병이 더 있었는데 그것들까지 같이 사라진 것은 아무래도 수상쩍다.

"어찌할까요."

"은밀하게 그림자를 풀어 범의 흔적을 쫓아라. 태남산의 범은 영물이니 아마 아리를 해하지는 않을 것이다."

동이가 죽은 날, 인간의 함정에 다친 산범은 아리에게 앞발을 치료해 달라 내밀었고 그 보답으로 최 대감을 물어 갔다. 그 일이 아무래도 마음에 걸려 인근 사냥꾼들을 불러 물어봤지만 다들 생전 그런 일은 없었다며 고개를 저었다.

평범한 사람이었다면 걱정해야 옳을 테지만 그녀는 향족의 후예. 완전히 힘을 각성한 지금도 눈동자의 빛깔은 숨길지언정 향기만은 여전히 포근하고 달콤했다.

황궁에서는 황후가 특별한 향낭을 쓴다 오해하고 있지만 향족의 힘이 더욱 강해지면 강해졌지, 약해지지는 않았을 터. 핏자국은커녕 옷자락 하나 흘리고 가지 않은 것도 그렇고, 아리 앞에 꼬리를 내리고 고양이처럼 굴던 그놈이 섣불리 제 은인을 해치지는 않았을 거란 확신이 들었다.

"범 사냥이라."

호랑이 가죽은 잡귀를 막아 준다 하니 장차 태어날 황손의 방에 장식하는 것도 나쁘지 않을 것이다. 단번에 숨을 거둘 수 있도록 도겸도 검 대신 활을 들었다.

❋ ❋ ❋

-뭐지?

순간, 오싹한 기분에 늦둥이는 푸르르 몸을 털었다. 쓰러진 인간을 업은 것까진 좋은데 막상 어디로 데려갈지 알 길이 없다.

'어미보다 오래 산 늙은 여우라면 이 인간을 어찌해야 할지 알 터.'

어미가 돌아오기 전에 어떻게든 없던 일로 만들어야 한다. 급한 마음에 여우 굴로 들어서자 어미 여우는 어찌할 바를 몰라 눈이 휘둥그레졌다.

그야말로 아닌 밤중에 날벼락이라, 겁에 질린 여우들은 늦둥이의 앞에 모여 목숨만 살려 달라 벌벌 떨었다. 그런데 늦둥이의 등에는 비단옷을 입은 인간 여인 하나가 혼절한 채 얹혀 있었다.

─저 인간 여인은 뉘요? 혹 호랑이님이 인간 신부를 들이신 게요?

─신부는 무슨! 거기 너희들, 어서 이 인간을 어떻게든 좀 해 보아라.

여우들이 털 뭉치와 잎사귀를 모아 침상을 마련하고 쓰러진 아리를 고이 눕혔다. 호기심 많은 어린 여우들은 괜히 코를 킁킁거리며 여인의 옷자락에 머리를 비볐다.

─좋은 향내가 납니다.

─그것은 이것의 향기일 것이다.

인간이 고이 누운 것을 확인하고 나서야 늦둥이는 입구에 잠시 내버려 둔 꾸러미를 물고 왔다. 급하게 달리다 대가리가 날아가 버리긴 했지만 날카로운 병 안에 찰랑이는 액체에서는 꽃과 과실 향기가 솔솔 풍겼다.

─여기 부어 보십시오.

큼지막한 잎사귀에 슬쩍 따르니 말간 액체가 또르르 흘렀다. 오묘한 향기에 너도나도 취해 맛을 보고 싶어 입맛을 다셨다.

"으응……."

갑자기 쓰러진 인간이 신음을 흘리자 겁먹은 아기 여우들이 서둘러 제 어미의 뒤로 숨었다. 잠자코 그 모습을 지켜보던 늙은 여우는 늦둥이가 부어 놓은 액체를 슬쩍 맛보고 껄껄 웃음을 터트렸다.

─분명 몇 해 전 산 중턱에 살던 인간 여인입니다. 이것은 인간들이 마시는 술이라는 것이고요.

─술?

─예. 다섯 해 전쯤, 제 딸아이가 이 인간에게 신세를 진 적이 있었습니다.

이제는 일곱 아이의 어미가 된 흰 꼬리 여우는 어린 시절 발을 다쳐 인간 손에 죽을 뻔한 적이 있었다. 하지만 사냥꾼은 그런 새끼 여우를 주워다가 제 누이에게 넘겼다.

저를 죽일 줄만 알았던 암컷 인간은 매일 정성 들여 흰 꼬리 여우를 보살펴 주었다. 상처가 다 아물 즈음 인간은 여우를 산에 풀어 주고서 뒤도 돌아보지 않고 집으로 돌아갔다.

─산 중턱에 사는 인간은 종종 다친 짐승들을 주워다가 낫게 해 준다 하였습니다. 산군께서도 분명 저 인간의 도움을 받으신 적이 있을 텐데요?

─내 어미가?

인간이 설치한 덫 때문에 생겼던 상처도 저 인간이 낫게 해 주었단다. 피 냄새가 유독 짙게 났던 그날 이후로 남매는 물론 인간들도 지금껏 이 태남산에 발을 들인 적이 없었다.

─산 중턱에 사는 인간이라.

분명히 그리운 말인데. 인간 따위는 본 적이 없지만 저 암컷에게는 유독 눈이 갔다. 고라니보다 낭창한 몸을 먹어 봐야 맛도 없을 터인데 그래도 괜히 보고 있으면 마음이 편안해진다. 금방 흐드러질 것처럼 덧없는 생명임에도 은은한 향기는 언덕에 핀 꽃처럼 함부로 꺾지 않고 지켜보고 싶은 마음이 절로 들었다.

─제가 보겠습니다.

아이들을 아비에게 맡겨 두고 흰 꼬리 여우는 여전히 의식을 차리지 못하는 아리 곁에 다가갔다.

"응?"

축축한 혀가 닿아 아리는 겨우 정신을 차렸다. 눈을 뜨자마자 털이 복슬복슬한 여우가 저를 보고 있는 것도 놀라운데 꼬리 끝에 하얀 털이 난 모습이 어쩐지 눈에 익었다.

"너는……."

비록 아우가 사냥해 온 것들로 먹고 산다 해도 아직 다 자라지 않은 새끼는 건드리지 않는 것이 사냥꾼들의 불문율이었다. 그러나 상처 입은 어린 여우 새끼를 그냥 내버려 뒀다면 분명 다른 짐승에게 잡아먹혔을 것이다.

"그 작던 아이가 이렇게나 크게 자랐구나."

마치 강아지처럼 꼬리를 살랑대는 여우를 쓰다듬으며 아리는 여기가 어디인지 확인하려 주변을 두리번거렸다. 삼삼오오 모여 있는 아기 여우와 붉은 털의 어른 여우 몇 마리. 그리고 커다란 덩치의 범 한 마리가 술병 보따리를 물고 있다.

'이 일을 어쩐다.'

급한 대로 흰 꼬리 여우를 품에 안고 아리는 서둘러 몸을 웅크렸다. 겁을 먹은 채 오들오들 떠는 인간에게서는 달콤한 냄새가 더욱 짙게 풍겼다.

크르르릉……. 송곳니를 드러낸 범이 가까이 다가오자 흰 꼬리 여우가 냉큼 품에서 달아나 버렸다.

저 배신자. 졸지에 잡아먹히게 생긴 아리는 제 배를 꼭 안은 채 그대로 두 눈을 질끈 감았다.

"……응?"

이대로 죽었구나, 분명 그리 생각했는데. 까칠한 혓바닥이 아리의 뺨을 핥았다.

─어여쁘다.

풀꽃 하나 꺾을 힘도 없어 보이는 가녀린 손목을 힐끗 보고서 늦둥이는 제 어미를 떠올렸다. 갓 태어나 형제들 사이에서 젖조차 제대로 빨지 못하던 시절, 어미는 차갑게 식어 가던 제 몸을 열심히 핥아 주었다. 모자라고 부족하지만 그래서 더 사랑스러운. 어째서인지 저것을 보고 있으니 어미가 어떤 마음으로 그리하였는지 조금 알 법도 하다.

"어?"

영문 모를 애틋함에 한 행동이라 사정을 모르는 아리는 까슬한 혀의 촉감에 정신이 번쩍 들었다. 부리부리한 눈동자도 다시 보니 그리 흉흉하지만은 않아서 필사적으로 기억을 되짚었다.

분명 동이의 무덤에 술을 뿌리던 중 수풀에 몸을 숨긴 범과 눈이 마주쳤다. 그리고 정신을 차려 보니 웬 짐승의 굴이라.

'설마.'

이건 여우에 홀린 것인지, 호랑이에게 홀린 것인지. 기이한 촉감에 살며시 눈을 뜨자 집채만 한 덩치의 범이 얼굴을 들이밀고서 아리의 뺨을 신나게 핥아 댔다. 마치 고양이라도 된 것처럼 구는 이 짐승을 어찌하면 좋을까. 아리는 여전히 얼어붙은 채 애써 용기를 내 호통을 쳤다.

"어, 어찌 이러는 것이더냐!"

언성을 높이자 범은 컹, 하며 겁을 먹고 서둘러 뒷걸음질을 쳤다. 이제 보니 바닥에 내동댕이쳐진 술병 근처에 여우 몇 마리가 달라붙어 술을 핥고 있다. 그 모습을 본 범은 괜히 컹, 하고 호통을 치고서 슬그머니 다가와 다시 그녀의 **뺨**을 몇 번 더 핥았다.

아무래도 분위기상 저를 해치려고 이러는 것은 아닌 것 같았다. 귀하디귀한 황손이 자라고 있는 배를 꼭 안고서 아리는 몸을 웅크린 채 깨진 술병 옆의 나뭇잎을 가리켰다.

"나를 해치려고 하는 것이 아니란 것이냐?"

아리의 물음에 범은 늙은 여우를 바라봤다. 긴 주둥이를 가진 여우는 꼬리를 내리고서 그녀 앞에 냉큼 머리를 조아렸다. 대체 이게 무슨 조화인 건지. 산속을 뻔질나게 드나들던 사냥꾼들에게서도 이런 경우는 듣도 보도 못했다.

"저것을 가져다주렴."

말귀를 알아들은 건지 제일 늙어 보이는 여우는 아리의 앞에 나뭇잎을 놓아 주었다. 아직 습기가 있는 잎사귀를 잘 접어 대접을 만들고, 아리는 입구가 깨진 술병에서 술을 가득 따라 주었다.

꿀꺽, 범이 군침을 삼켰다. 아까는 워낙 경황이 없어 몰랐는데 몇 해 전 제 앞에 나타났던 산범보다는 덩치도 훨씬 작고 이마의 무늬도 달랐다.

하는 짓도 무언가 어설픈 것으로 보아 아무래도 이 아이는 그 범의 자식인 듯한데. 혹시나 싶어 나뭇잎 잔을 들이밀자 산범은 개울물을 마시듯 향기로운 국화주를 날름날름 퍼마시기 시작했다.

"너희들도 이리 오렴."

나뭇잎을 몇 장 더 접어 얼마 안 남은 머루주를 부어 주었다. 보아하니 저 짐승들은 아리의 목숨보다 아리가 들고 있던 술병에 더 관심이 깊었던 모양이다.

크르릉. 어느새 국화주를 다 마신 범이 이제는 머루주를 달라

콧김을 뿜었다. 그 모습이 어쩐 심술을 부리던 아우를 닮아서 아리는 남은 술을 짐승의 앞에 가득 부어 주었다.

"이것이 맛보고 싶어 나를 여기에 데려온 것이더냐."

숨도 안 쉬고 술을 맛보던 범은 잠시 혀를 멈추고서 다시 아리의 코와 입술을 핥았다.

'이게 뭐람.'

독한 술 냄새에 고개를 휘휘 저었다. 잘 보니 붉은 머루주를 머금은 탓에 송곳니 근처가 벌겋게 물든 꼴이 우습다. 아리는 조심스레 범의 입가에 손을 뻗었다.

"산중왕께서 이리 묻히고 드시면 남들이 욕할 것이오."

제멋대로 만지는 데도 범은 손길조차 마다하지 않았다. 이상하리만치 우호적인 이 짐승들은 아무래도 아리에게 해를 가할 생각이 조금도 없어 보였다. 그러고 보니 험한 산속에 살면서도 아리만은 짐승들에게 해를 입어 본 적이 없긴 했다. 그렇다 해도 이대로 여기에 머물 수는 없는 노릇이다.

"나는 돌아가야 한단다."

얼마나 기절한 것인지는 몰라도 굴 밖이 슬슬 어두워지는 것을 보니 제법 시간이 많이 흐른 것 같은데. 황후가 갑자기 사라졌으니 지금쯤 영수가 눈물을 펑펑 쏟고 있을지도 모른다.

잠시 홀로 생각을 정리하겠다고 했을 때 도겸은 흔쾌히 그러라 했다. 물론 입으로는 그렇게 말했지만 내심 서운한 기색을 숨기지는 못했다.

간택을 치르며 어느 정도 생각이 정리된 저와 달리 그는 아직 지난 상처에서 벗어나지 못한 듯 보였다. 만약 아리가 윤도를 죽여 달라 청하였다면 도겸은 혈육의 정도 저버리고 그를 살려 두

386

지 않았을 것이다.

무하도, 윤도도 모두 내치고 이빨 빠진 호랑이로 만들어서 어디에 쓸까. 사랑하는 가군을 여인의 치마폭에 감싼 채 나라를 망하게 한 못난 사내로 만들 수는 없다.

컹, 컹!

동굴 밖에서 짐승이 짖는 소리가 들려왔다. 벌써 그득하니 취한 여우들은 꼬리를 말아 몸을 웅크렸고, 머루주 한 사발을 가득 비운 범은 아리 앞을 막고 서서 경계 태세에 들어섰다. 늑대라도 나타난 것일까.

취한 탓인지 범의 꼬리가 툭툭 아리의 다리를 쳤다. 어쩐지 범이라기에는 이상하리만치 제 비위를 맞추고 있는 이 짐승을 대체 어찌 봐야 할지. 아리도 치맛자락을 애써 여미고서 동굴 입구 쪽을 유심히 바라봤다.

해가 거의 지고, 어둑한 굴 밖 멀리서 횃불이 보였다. 반가운 마음에 나서려는데 이놈의 범은 무거운 궁둥이로 아리가 나서지 못하게 막아 대기 바빴다.

"이 녀석아, 나는 이만 돌아가야 하지 않겠니."

으르르릉. 뭐가 그리도 아쉬운 것인지 말을 듣지 않는 것이 꼭 동이 녀석을 닮았다. 그러지 말라고 기 싸움을 하고 있는데 입구 저편에서 은빛의 무언가가 번뜩였다.

'위험해.'

만약 병사들이 활을 겨눈 거라면 범이 다칠지도 모른다. 독주를 먹고 취한 짐승들은 저를 해치려 모인 것이 아닌데.

아리는 다급한 마음에 몸을 던져 범을 감싸 안았다. 집채만 한 등 위로 몸을 던지니 푹신푹신한 털이 참으로 포근했다.

"멈춰라."

굴 밖에서 가군의 목소리가 들렸다. 취한 범이 영문도 모르고 이것 놓으라 입을 벌리자 굴 밖 병사들의 웅성임이 더욱 커졌다.

"저는 괜찮습니다!"

이들을 살리기 위해서는 어떻게든 무사함을 증명해야 했다. 아리의 목소리를 들은 것인지 도겸이 한 손에 횃불을 든 채 제 아내를 찾으러 왔다.

"아리."

"이놈아. 제발 얌전히 좀 있거라."

함부로 이빨을 드러내는 범의 이마에 꿀밤을 먹였다. 필사적으로 저는 괜찮다 손짓하는 아리를 보고 그 역시 한숨을 쉬며 검을 다시 집어넣었다.

"괜찮은 건가?"

"이들이 제가 가지고 있던 술을 맛보고 싶었던 모양입니다."

"짐승이 술을 마신다고?"

사방에 널브러진 술병에 갈지자로 걷고 있는 새끼 여우들을 보니 거짓은 아닌 것 같은데. 그 와중에도 아리를 지키겠다 서 있는 범을 보며 도겸은 쉬이 입을 떼지 못했다. 아무리 아리가 특별하다 하나 저 두툼한 꼬리를 잘못 놀리기만 해도 귀한 옥체에 해가될 것인데.

크르르르릉.

산범은 무슨 연유에서인지 아리의 앞을 막고서 좀처럼 보내 줄 생각이 없어 보였다.

"곤란하게 됐군."

그냥은 물러나지 않을 것 같다지만 범 역시 제법 취한 것인지 앞발이 부들부들 떨리고 있다. 여기까지 왔으니 힘으로 제압하는 것도 쉬울 테지만, 복중 태아를 품은 아리 앞에서 괜히 피를 볼 일은 없다.

"너를 해치러 온 것이 아니다."

경계를 풀라며 도겸은 허리에 찬 검을 바닥에 내던졌다. 반가워하는 아리의 기색을 살피고서 범의 살기도 한풀 꺾였다.

'다른 범이군.'

예전에 최 대감을 물어 갔던 범은 성체였는데 이 범은 아직 하는 짓이나 외양이나 아직 덜 자란 애송이로 보였다. 아리의 향기에 홀린 거라면 그녀를 해칠 염려는 없다지만 그렇다고 동굴에 이대로 내버려 둘 수는 없다.

"저분은 내 가군이시란다. 나를 해치려는 것이 아니야."

"짐승에게는 이편이 더 낫겠지. 게 있느냐."

토굴 안에서 일어난 기묘한 일에 병사들도 서로의 눈치를 살피기 바빴다. 여전히 경계를 늦추지 않는 무하를 불러 도겸이 당당히 최종 비기를 썼다.

"어서 산 아래로 내려가 술과 고기를 가져오거라."

"예, 폐하."

명을 내리고 병사들을 물리자 범도 지친 기색을 보였다. 그때를 놓치지 않고 도겸은 한 보 한 보 걸어가 조심스레 아리에게 손을 뻗었다.

"폐하."

"이리 와."

방심한 범의 곁을 피해 아리는 살포시 사랑하는 낭군의 품에 안겼다. 콩닥대는 심장 소리를 들으며 도겸은 아내의 동그란 뒤통수를 만지작거렸다.

"잠시 눈을 뗐다고 이제는 호군에게 납치까지 당하시다니. 그대는 매번 이렇게 나를 놀래지."

"일부러 그런 것이 아니옵니다."

정말로 깜빡 죽는 줄 알았다며 아리는 제 곁에 선 범을 힐끗 바라봤다. 도겸의 품에 안겨 있는 와중에도 아리는 저만 보고 있는 범이 여전히 신경 쓰였다. 그럴 리는 없겠지만. 정말로 그럴 리는 없겠지만.

'동이야.'

도겸의 품에 안긴 것이 퍽 서운했는지 어린 범은 아리의 치맛자락에 머리를 비비며 괜히 시선을 끌었다. 아우 몰래 정인에게만 알감자를 넣어 주는 못된 누이를 두고 내심 서운해하던 바로 그 아우가 살아 돌아온 것만 같아서. 아리는 좀처럼 이 범이 밉지 않았다.

✼ ✼ ✼

ㅡ이게 지금 뭐 하자는 거지.

먹음직스러운 고기와 큼지막한 대접에 술까지. 저가 데려온 꽃 같은 인간의 향내가 묻은 수컷 인간은 늑둥이 앞에 호화로운 먹을거리들을 펼쳐 놓았다. 군침을 흘리는 여우들을 힐끔 보고서 늑둥이는 수컷의 눈동자를 매섭게 살폈다.

ㅡ함부로 덤비시면 아니 됩니다.

ㅡ나도 알아.

늙은 여우의 잔소리를 듣지 않아도 늑둥이는 본능적으로 알아차렸다. 미약하기 그지없는 인간들과 달리 저것은 분명 제 어미와 호각을 다툴 만큼 강한 기운을 뿜어내고 있다. 피 냄새를 풍기는 날붙이를 선뜻 바닥에 던진 것으로 보아 저를 해칠 생각은 없다고 시인하긴 했지만, 그렇다고 순순히 보내 줄 수는 없다. 늦둥이는 여전히 궁둥이를 여인의 치맛자락 끝에 가져다 대고서 질겅질겅 날고기를 씹었다.

"배가 고팠던 거구나."

유채꽃처럼 환한 미소로 여인은 제 머리를 쓰다듬어 주었다. 저가 핥아 주는 것만큼이나 이 여인이 제 머리를 쓰다듬어 주면 기분이 좋다. 사내가 가져온 알싸한 술을 세 대접이나 마시고 얼큰하게 취기가 올랐다.

"이만 갑시다."

줄 것은 주었으니 다시 제 여인을 데려가려는 모양인데 그렇게 곱게 보내 줄 수는 없다. 남은 고기와 술은 여우들에게 넘기고 늦둥이는 가벼운 걸음으로 곧장 여인의 곁에 따라붙었다.

"응?"

―내 등에 올라타.

새끼를 밴 암컷이 걸어 내려가기엔 이 산은 너무나 험준하다. 처음 데려올 때처럼 태워 주겠노라며 늦둥이는 여인의 다리 아래로 머리를 넣어 그대로 제 등에 올라타게 했다.

"술을 마신 녀석이라 영 미덥지 않은데."

"천천히 걸으면 될 것입니다. 그래 줄 것이지?"

도움닫기를 하려고 발에 힘을 주자마자 사내의 몸에서 살기가 피어올랐다. 제 걸음이라면 한달음에 중턱까지 뛰어갈 수 있지만, 아무래도 이 여인이 맨정신에 가기에는 역부족인 모양이다.

나란히 걸음을 옮기며 늦둥이는 제 아비를 떠올렸다. 태남산을 호령하는 어미와 달리 아비는 산천을 돌아다니다 어쩌다 한 번 얼굴을 비출까 말까 했다. 아비에 대한 기억은 거의 없지만 그래도 젖먹이 시절 아비는 꼭 저런 눈으로 젖을 먹이는 어미를 보곤 했었다.

누이는 저 멀리 북방의 백호와 짝을 맺었으니 어미는 이제 늦둥이도 곧 짝을 맞이해야 할 것이라 했다. 만약 나도 어여쁜 암컷을 만나면 저런 눈빛을 가지게 될까. 얌전히 탈것 노릇을 하며 범은 곁에 선 사내의 심기를 살폈다. 여인과 뭐라 뭐라 떠드는 와중에도 저 사내는 잠시도 저를 향한 경계를 늦추지 않는다.

"이렇게 타고 있으니 제법 편합니다. 이 아이가 저를 이렇게 따르니 참으로 신기한 것을요."

"그대가 바란다면 궁으로 데려가지."

"에이, 고양이면 몰라도 범을 어찌 기릅니까. 산짐승은 산에서 자라야 하는 것을요."

부드럽게 머리를 쓰다듬는 손길을 즐기며 어느새 일행은 산 아래에 도착했다. 범을 타고 온 것을 본 인간들이 비명을 지르며 기겁했지만 여인은 살포시 늦둥이의 등에서 내리고서 북슬북슬한 머리를 쓰다듬어 주었다.

"나를 태워 줘서 고맙구나."

일부러 몸을 낮춘 여인은 이제 겁도 내지 않고 눈도 맞췄다. 인간의 말을 알아들을 수는 없지만 적어도 이별을 고하는 것이라는 것만은 확실히 알 수 있었다.

크워어어엉!

산꼭대기에서 거대한 포효가 들려왔다. 딸의 출산을 보려 자리를 비웠던 산군이 돌아왔다는 소식에 잠들었던 새들도 놀라 하늘 위로 날아올랐다.

"가족이 부르는 모양이로구나."

어미가 알아차리기 전에 어서 돌아가야 하는데 어쩐지 좀처럼 발길이 떨어지지 않는다. 산 중턱까지 내려오자 늙은 여우의 말대로 인간이 살았던 흔적들이 곳곳에 남아 있었다. 어딘지 모르게 눈에 익은 풍경과 애틋한 여인을 마주한 순간 늦둥이의 속에서 뜨거운 무언가가 울컥 솟았다.

"왜 그러는 것이야?"

어미에게 허벅지를 물리게 되더라도 이대로 돌아갈 수는 없다. 늦둥이는 여인의 앞섶 저고리에 달린 노리개를 물어뜯었다.

"아리!"

깜짝 놀란 도겸이 뒤로 넘어가는 아리를 안아 들고, 범은 아리의 노리개를 입에 문 채 그대로 산으로 뛰어 달아나 버렸다. 실컷 술과 고기를 먹이고 그 보답으로 여기까지 데려다줄 때는 언제고 갑자기 칠보로 장식한 노리개를 물고 달아나 버리는 변덕이라.

"저 아이는 대체 저를 왜 데려간 것일까요?"

"그러게."

어안이 벙벙한 아리를 품에 안은 채 도겸은 멀어져 가는 범의 뒷모습을 지그시 바라보았다.

❊ ❊ ❊

밥값을 하기 위해 사냥을 다니던 시절, 도겸은 동이와 제법 많은 이야기를 나눌 수 있었다. 아리는 모를 테지만 그녀의 아우는 유독 제 누이 앞에서만 이상하리만치 철없는 흉내를 내곤 했다.

'우리 누이는 내게 잔소리를 하는 것이 낙인 사람이니, 내가 너무
일찍 철이 들어도 서운해할 것이 분명하오.'

도겸이 병약했던 형, 도림의 속을 훤히 읽었듯이 동이 역시 누
이인 아리의 속내를 훤히 꿰뚫고 있었다.

그저 산에서 사냥만 하고 살아도 아쉬움이 없는 저와 달리 누
이는 알게 모르게 산 아래 세상에 관심이 많아 보였다.

아비가 살아 있던 시절에 동이는 간간이 산 아래에 내려가 본
적이 있었다고 했다. 그리 유쾌한 기억은 아니었다. 아비가 용돈
을 하라 찔러 준 엽전은 금세 소매치기에게 털린 데다 산 아래 깡
패들은 덩치가 큰 동이에게 어떻게든 시비를 못 걸어 안달이 났
다.

'나는 다음 생엔 이 태남산의 범으로 태어나고 싶소.'
'산범이라?'
'누이는 야무지니 산 아래에서도 충분히 살 수 있을 것이오. 하지
만 나는 산 아래 세상과는 맞지 않으니 지금이 좋소.'

그러니 아리를 데려가라고. 도겸 역시 아리를 마음에 품고 있
었으니 거절할 이유는 없다.

'내 비록 변변치 않아도 혼수를 마련할 엽전을 제법 모아 놓았으
니 혹 부족하거들랑 그것은 도령의 목숨값이라 생각하고 누이의 체

면은 살려 주셔야 하오.'

그래도 그렇지. 남매가 이렇게 헤어지면 그리울 터인데. 말로
만 애틋한 황궁의 우애와 달리 아리와 동이 남매는 서로를 참으
로 끔찍이 아꼈다.

그를 따라가고 싶음에도 홀로 있을 동생이 눈에 밟혀 쉬이 따
라나서지 못하는 아리도, 자신이 혼자 남게 되더라도 누이의 행
복을 먼저 바라는 아우의 마음도. 황궁에서는 좀처럼 볼 수 없는
남매의 애틋함이 남달랐다.

평생을 거짓과 가식이 난무하는 황궁에서 자란 도겸은 어설픈
동이의 거짓말에 속지 않았다. 누이를 선뜻 보내겠다 하면서도
동이의 눈동자에는 어딘지 모를 서운함이 군데군데 스며들었다.

사실은 보내고 싶지 않을 테지만, 같은 피를 나눈 혈육의 정이
라 아우는 그리도 누이의 행복만을 빌고 또 빌고 있었다.

'이리 못난 동생이 있으면 산 아래에서는 흠만 될 것이오. 그러니
차라리 귀한 집안의 규수라 하고 내 얘길랑 입도 벙긋하지 말아 주
시오.'

'어찌 그럴까.'

'미천한 사냥꾼의 딸이라고 못난 자들이 떠들어 대는 꼴을 보고
싶지 않소. 그러니 그 댁 집안에서도 가장 귀한 자리에 앉게 해 주
시오.'

도겸의 정체를 모르는 동이는 집안에서 무시당하지 않을 정실
로 삼아 달라는 뜻으로 말했을 것이다. 하지만 결과적으로 도겸

은 동이와의 약속을 지켜 무사히 아리를 황후의 자리에 앉혀 놓았다.

"폐하. 저 달 좀 보십시오."

모포를 가득 덮은 채 아리는 해맑게 웃었다. 그리운 옛 기억에 도겸은 달 대신 아리를 보며 은은한 미소를 머금었다. 욕간을 다녀오던 무방비한 소녀는 만월처럼 빛나는 눈동자로 사내의 마음을 빼앗아 갔다. 촉촉이 젖어 있던 머리카락을 움켜쥐고 덜 피어난 꽃을 함부로 꺾었다면 이 여인은 지금 이리 제 품 안에서 미소 짓지 못했으리라.

"이 풍경이 그리웠던 거지."

"그리웠습니다."

살짝 고개를 끄덕이고서 아리는 든든한 지아비의 품에 어린아이처럼 머리를 묻었다. 갑자기 범이 나타나 난리가 나긴 했지만 그리운 이 밤하늘만큼은 조금도 달라지지 않았다.

"인적이 드물어 안심했더니 이제는 산범이라. 이제 어디를 가든 어찌 그대를 홀로 보낼까."

"참으로 이상한 산범이었습니다."

산 위에서 컹컹거리는 소리가 들리는 것으로 보아 지금쯤 술을 마신 것을 들켜 혼이 나고 있을 것이다. 그래도 마냥 울기만 하던 아리도 이제는 어딘지 홀가분한 마음에 웃을 수 있었다.

"매년 동이의 기일에 술과 고기를 올리라 이르지."

"다정하십니다."

태남산의 산범이 지켜 주는 한 동이의 묘는 누구도 건드리지 못하리라.

제법 부푼 배를 안고서 아리는 사랑하는 지아비의 위에 올라 조심스레 입을 맞췄다. 오늘따라 유독 적극적인 아내의 공세가 도겸은 참으로 흡족하기 짝이 없었다.

"태의는 뭐라 하였어?"

"슬슬 안정기이니 무리만 하지 않으면 괜찮다 하였습니다."

힘들게 얻은 아이라 걱정이 많았는데 복중의 태아는 호랑이를 만나고도 무탈할 만큼 강건했다. 진득하니 풍겨 오는 달콤한 향기를 가득 머금고서 도겸은 동그랗게 부푼 배를 다정하게 쓰다듬어 주었다.

"모후의 소원도 들어 드렸으니 이제는 네 차례다. 아비의 마음을 아프게 하지 않도록 얌전히 놀다 나와야 할 것이야."

"배 속의 아이가 어찌 알아듣는다고 그런 말씀을 하십니까."

"첫째는 의젓하여 아우들의 본이 되어야 할 테니까. 산범도 저리 자식을 보았으니 우리도 힘을 내야 하지 않겠어?"

"하오나 폐하, 잠깐만!"

어쩐지 주객이 전도되어 버린 감을 지울 수가 없지만 그래도 마음속 응어리는 많이 가셨다. 도겸의 큰 손에 뺨을 기댄 채 아리는 살며시 눈을 감았다. 겁먹은 제 뺨을 핥아 주던 범의 눈동자가 제 아우를 닮았다. 설령 제 억측이라 해도 그렇게 믿고 싶었다.

'그러니 이제 나도 행복해져도 되는 거겠지?'

어쩌면 그 범은 제 아우가 보낸 사자였던 걸까. 오랜만에 찾아온 무정한 누이가 보고 싶어서 범의 탈을 쓰고 찾아온 아우는 그녀의 든든한 지아비를 보고서야 안심하고 돌아간 것일지도 모른다. 그리 생각하니 어느새 눈시울이 젖어 들었다. 울먹이는 아리의 눈물을 닦아 주며 도겸은 다정하게 속삭였다.

"분명 동이도 그대가 행복하기를 바라고 있겠지."

"정말 그럴까요?"

"그럼. 물론이지."

아마 황도에 돌아가 얼마 후면 새로운 가족이 태어날 것이다. 먼 길을 달려와 피로가 밀려왔지만 아리는 눈부시게 빛나는 달빛 아래에서 제 밑에 몸을 누인 지아비의 뺨을 조심스레 훑었다.

"앞으로도 저를 소중히 여겨 주시지 않으면 범이 또 저를 데려 갈지도 모릅니다."

"그건 곤란해."

괜히 부려 보는 심술이라는 걸 알기에 도겸은 한껏 미소를 머금고 가냘픈 아내를 품에 안았다. 멀리서 산새 우는 소리가 들리고 반딧불이들이 어른어른 빛을 발했다. 그 아래에서 손을 잡은 황제와 황후가 나눈 밀담은 아무도 모를 두 사람만의 비밀이 되었다.

외전 3부

황실 비록

황궁에 들어온 지 5년 차인 시녀, 미화는 오늘도 스스로에게 다짐했다.

'오늘은 절대, 절대로 그냥 넘어가선 안 돼.'

그녀에게는 막중한 사명이 있다. 황궁의 총 시녀장 영수 님께서는 동생이 일곱 있는 미화의 사정을 듣고서는 그녀를 단숨에 중요한 보직에 올려 주었다.

'네 두 손에 이 황궁의 평화가 달려 있음이니.'

영수는 미화의 손을 꼭 잡고서 몇 번이고 신신당부했다. 불타는 사명감을 안은 그녀는 심호흡을 한 번 하고서 단번에 굳게 닫힌 문을 열어젖혔다.

"황녀마마, 이제 일어나실 시간입니다!"

사방에 흩어진 베개만 보아도 간밤에 무슨 일이 있었는지 훤히 보였다.

분명 한 아이만 누워 있어야 할 침상에 앙증맞은 발 네 개가 삐죽 나와 있다. 누구의 소행인지는 굳이 물어보지 않아도 뻔하다.

"황녀마마!"

단월국 황제의 정궁인 황후 다음으로 고귀한 신분을 지닌 여인, 여섯 살짜리 황녀 아란은 황실 역사에 길이 남을 장난꾸러기였다.

돌보던 시녀들이 모두 한 달을 넘기지 못하고 나가떨어졌지만 악랄한 동생들을 여럿 둔 미화는 벌써 넉 달째 꿋꿋이 황녀를 돌보고 있었다.

"우웅, 미화로구나."

"어젯밤에 또 황자궁에 쳐들어가셨다면서요!"

"그런 적 없는데?"

잔뜩 헝클어진 머리의 어린 소녀는 장난기 가득한 눈동자를 빛내며 아무것도 모른다는 얼굴로 시치미를 뗐다. 그러거나 말거나 호되게 이불을 걷어 내자 이불 안에는 아란의 아우, 황자 립이 녹초가 되어 잠들어 있었다.

"그럼 어째서 황자님이 여기에 계시는 겁니까?"

"그거야 간밤에 커다란 황새가 물어다 주었지."

"황녀마마!"

아란은 저보다 두 살 어린 아우를 끔찍이도 아꼈다. 어디까지나 좋게 말하면 그렇단 거고, 실상은 장난감 취급에 가까웠다. 대체 무슨 재주를 지닌 것인지 아란은 매번 시녀들의 눈을 피해서 황자의 궁에 잠입해 립을 꼬여 냈다.

그렇게 제 방에서 밤새도록 놀고 나면 다음 날 아침에는 무조건 늦잠이라, 매일 아침 두 남매를 깨우는 일이 모든 시녀가 피하는 업무가 됐다.

"졸려어……."

누이의 손에 잡혀 와 오늘은 밤새도록 베개 싸움을 한 모양이다. 공부가 하기 싫은 누이는 언제나 이런 식으로 죄 없는 아우를 공범으로 끌어들이곤 했다.

"거봐. 립이도 이렇게 졸려 하는걸. 그러니 오늘 수업은 아니 들을 것이야."

"안 됩니다. 어서 일어나십시오."

얌전한 황자는 조금 더 재우더라도 황녀의 수작질에 쉽게 넘어간다면 미화가 이 자리를 맡아야 할 이유도 없다. 소셋물을 가져오라 이르고서 미화는 엉망진창이 된 황녀의 머리카락부터 빗기 시작했다.

"살살 해! 아프단 말이야!"

"매번 이렇게 제 속을 썩이시니. 어째서 이리도 말썽을 부리십니까!"

"흥! 공부 같은 건 하기 싫은걸."

"스승을 붙여 달라 하신 것은 황녀마마시잖아요."

장차 황제가 될 아우 립은 세 살이 되던 해부터 글공부를 시작했다.

황후를 닮은 덕분인지 천성이 유순하고 온화한 립은 비상한 재주를 돋보이며 물을 흡수하듯 학문을 익혀 나갔다. 스승이 한 마디를 하면 열 마디를 깨우치니 황제는 이를 높이 사 전국의 이름난 석학들을 불러 모았다.

　'저도 공부를 할 것입니다. 스승을 붙여 주십시오!'

　그것을 질투한 아란은 황후궁 앞에 드러누워서는 삼일 밤낮을 울고불고 떼를 썼다. 그렇게 글공부를 시작한 지 일 년이 지났다.

　비몽사몽 중인 립은 황녀의 침소에 그대로 재워 두고, 아란은 홀로 스승이 기다리는 방으로 갔다.

　"매듭을 다시 묶어 다오."

　"충분히 곱습니다."

　곱다는 말에 아란은 언제 난동을 부렸다는 듯 해맑은 얼굴로 배시시 웃었다. 꽃의 현신이라 불릴 만큼 아름답기로 소문난 황후의 소생답게 아란은 어린아이임에도 남다른 미모를 자랑했다.

　언제나 치마를 동여매고 황녀궁을 뛰어다니는 주제에 글방에 들어서자 아란은 치마를 곧게 펴고 자세를 가다듬었다.

　"황녀 전하께서 도착하셨습니다."

　"드시라 이르거라."

　스승의 허락이 떨어지고 아란은 사뿐한 걸음으로 별궁에 들었다. 황녀와 황자를 위해 특별히 초빙한 스승이 머무는 이곳 정원에는 커다란 버드나무가 서 있었다. 아란의 눈에는 스승이 꼭 그 버드나무를 닮은 것 같았다.

　"소녀 아란, 스승님을 뵈옵니다."

　"신 윤도, 황녀 전하를 뵈옵니다."

어린 아란의 눈에 황실의 종친인 윤도는 참으로 신기한 이였다. 궁녀들이 수군거리는 소리를 들어 보면 제 아비의 눈 밖에 나서 그동안 낙양에 줄곧 돌아오지 못했다 하였다.

그러나 학식으로 치면 이 단월국에서 누구도 따라가지 못할 인재라고 하여 작년에 특별히 별궁에 들어와 립의 스승 노릇을 하고 있었다.

처음 윤도를 보았을 때는 대나무가 걸어 다니는 줄 알았다. 비쩍 마른 몸에 제 발차기 한 번이면 그대로 꺾여 주저앉아 버릴 것처럼 유약한 어른은 처음 보았다. 죄를 지었다는 말을 들어서 그런지 윤도는 제 아비인 황제 앞에서는 유독 허리를 숙여 정중한 태도를 취했다.

'소신은 이런 중한 임무를 맡을 자격이 없습니다.'
'이것은 임무가 아니라 벌인 것을. 네게 거부할 자격이 있느냐.'

인자하기로 소문이 자자한 황제 아바마마는 유독 스승 앞에서는 날을 세웠다.

저희를 가르치는 것이 벌이라는 말에 아란은 이유 없이 윤도가 참으로 싫었다. 골탕 좀 먹어 보라며 개구리를 잡아다 책 위에 올려놓았을 때, 저런 샌님이라면 비명을 지르고 그대로 나가떨어질 줄 알았다.

하지만 제 스승은 그러지 않았다. 웃지도 울지도 않는 알 수 없는 표정을 하고선 개구리를 두 손으로 쥐고 그대로 창밖으로 돌려보내 주었다.

'황녀 전하께서는 이런 것이 즐거우십니까?'

스승이 말하기를 인간에게는 감정이 있어서 때로는 기쁘고 때로는 노하며 때로는 슬프고 때로는 즐겁다 했다. 그래서인지 아비인 황제가 안아 주면 기쁘고, 미화의 잔소리를 들으면 화가 나고, 어미인 황후에게 혼이 나면 슬프고, 아우인 립과 놀 때는 마냥 즐거웠다.

사람으로 태어난 것은 모두 그러하다 하였는데 어쩐지 스승인 윤도에게서는 그러한 감정들이 전혀 보이지 않았다.

이쯤 하면 화를 낼 법도 하다 싶은 장난을 수없이 쳐 봐도 그는 굳어 버린 밀랍처럼 표정 하나 변하지 않고서 묵묵히 수업을 이어 나갔다.

'스승님은 요괴가 분명해.'

철없는 미화는 제 큰 뜻을 알지 못한다. 매일 공부하란 잔소리에 시달리는 아우 립이 가여워서 아란은 기꺼이 악역을 자처하고 나섰다.

윤도는 평소 오전 수업만 하니 립이 늦잠을 자는 날에는 자연스레 아란 혼자 스승을 독차지할 수 있다.

"그럼 오늘 수업을 시작하겠습니다."

"예, 스승님."

립이 오든 오지 않든 윤도는 아란에게 아무것도 묻지 않았다. 일부러 수업을 빠지게 하고 있다는 걸 알면서도 그는 제게 주어진 시간 동안 주어진 수업을 이어 나갈 뿐이었다. 아비가 굳이 벌을 내린 이유는 능히 짐작하고도 남았다.

스승은 무미건조한 목소리로 아란이 알고 싶어 하는 모든 것을 알려 주었다.

"하늘의 별은 어째서 아침이 오면 사라지는 것입니까?"

"빛의 밝기는 모두 다른 법입니다. 별빛의 밝기가 한결같다 하더라도 더 큰 빛 아래에서 작은 빛은 금방 사라져 버립니다."

호기심 많은 아란은 알고 싶은 것이 많았고, 끝없는 질문 공세에 어지간한 어른들은 모두 지쳐 나가떨어졌다.

그러나 윤도는 수업 시간에 한해서는 그녀가 알고 싶어 하는 모든 것에 대한 지식을 일말의 망설임도 없이 줄줄 읊어 댔다.

비록 황제의 미움을 사긴 했지만 그가 뛰어난 학자라는 사실은 어린 아란조차도 충분히 알 수 있었다.

"스승님은 어째서 아바마마의 미움을 산 것입니까?"

"그것은 소신이 죄인이기 때문입니다."

아란이 알고 싶어 하는 모든 질문에 답을 주는 스승도 무슨 죄를 지었냐는 질문만은 끝내 대답하지 않았다.

"언젠가 황녀 전하께서 어른이 되시면 알게 되실 겁니다."

"내 나이가 올해 여섯이거늘. 얼마나 더 기다려야 어른이 된단 말입니까?"

"어른이 되고자 하지 않을 때가 오면 비로소 어른이 되실 것입니다."

"대체 무슨 소리인지 도통 알아들을 수가 없소이다."

스승이 이럴 때마다 아란은 답답해서 가슴을 쳤다. 영명하기 짝이 없는 스승의 말은 가끔 도무지 이해할 수가 없다.

아무도 모르면 차라리 다행일 텐데. 천재라 손꼽히는 아우 립은 스승이 저런 소리를 할 때마다 고개를 끄덕이며 입을 다물어 버렸다.

'야속한 것 같으니라고.'

세상에서 제일 귀여운 동생이긴 하지만 그럴 때마다 뺨을 꼬집어 주고 싶은 마음을 지울 수 없다. 입이 댓 발로 나온 채 아란은 오늘도 정좌를 하고 스승의 가르침에 귀를 기울였다.

�֍ ✱ ✱

"황후마마, 영수입니다."

황녀궁의 사정을 보고받은 영수가 황후궁에 발을 들였다. 늦게까지 잠을 못 이룬 탓인지 황후는 아침 늦게야 겨우 일어나 몸을 추슬렀다.

"요즘 들어 잠이 늘어서 큰일이야. 아이들은?"

"황녀 전하께서는 수업에 드셨고, 황자 전하께서는 오늘도 조금 늦으실 듯하옵니다."

"아란이가 또 장난을 친 모양이로구나."

대체 누구를 닮아서 저리도 천방지축인지. 의젓한 황제와 온순한 황후 아래에서 저런 왈가닥이 나온 것은 황궁 안에서도 희대의 의문점으로 자리 잡았다.

하지만 아리 본인만은 진실을 알고 있었다. 어머님이 돌아가시기 전, 아리는 동이를 못 잡아먹어 안달이었던 태남산 제일의 장난꾸러기였다.

"폐하는 오늘 연무장에 나서신다고 하였지."

"예. 나가 보시렵니까?"

"그래야겠지."

늦은 아침 식사를 마치고 아리는 다과상을 준비해 황제가 있다는 연무장 쪽으로 걸음을 옮겼다. 근처에 다가가자 벌써 사내들의 기합 소리가 들려왔다.

"오늘은 폐하라 해도 봐 드리지 않을 것입니다."

"암. 그러라고 장군 자리를 준 것이니 한번 덤벼 보시오."

자존심이 센 도겸은 황제임에도 불구하고 부하들과 대련을 즐겼다. 병사들과 고된 훈련을 함께하며 황제는 군부와 튼튼한 신뢰 관계를 구축해 냈다.

"이러실 줄 알고 다과를 가져왔음이니 다들 쉬엄쉬엄하십시오."

사랑하는 아내의 목소리에 방심한 틈을 타 대장군의 다리가 황제의 명치를 가격했다. 윽, 하는 소리와 함께 황제가 쓰러졌지만 누구도 달려들지 않았다.

"이런 불경한 자를 보았나!"

"봐주지 말라 하신 건 폐하 아니셨습니까?"

황제는 대련 중 몸이 상해도 다음 날만 되면 멀쩡히 돌아다녔다. 비결은 간단했다. 욱신거리는 배를 문지르며 도겸이 저를 기다리는 아내 곁에 바짝 다가갔다.

"저놈에게 당해 몹시 아파. 황후, 이 일을 어찌하면 좋을까?"

"그러게 좀 잘하시지 그러셨어요."

한없이 약은 남편의 수작질이라 괜히 눈을 흘기면서도 아리는 살짝 그의 배에 손을 얹어 상처를 치료해 냈다. 아이를 낳은 후로 아리의 힘은 더욱 강력해져서 함부로 향기를 흩뿌리지 않고도 상처를 치료할 수 있게 됐다.

"황후 폐하께서 준비해 주신 다과입니다."

병사들이 다과를 즐기며 오늘의 대련을 마쳤다. 땀투성이가 된 황제의 욕간 준비를 하라 이르고 아리는 곧장 황녀 궁으로 향했다.

지금쯤이면 립도 깨어났으리라. 엉망진창이 된 침상에 웅크려 있는 아들을 보며 아리는 그만 웃음을 터트리고 말았다.

"어마마마."

"그래. 늦잠을 자는 바람에 수업을 빠졌다면서."

살며시 침상 곁에 앉아 머리를 쓰다듬자 졸린 눈을 한 립은 어미의 무릎을 베고서 어리광을 부렸다.

"누이가 먼저 베개 싸움을 하자 졸랐습니다."

곧 죽어도 제 탓이 아니라는 립의 깜찍함에 모두 속아 넘어가도 아리는 제 배로 낳은 자식의 속내를 훤히 읽었다. 정말로 싫었다면 애초에 어울리지도 않았을 거면서. 이런 식으로 오리발을 내미는 것은 제 아비를 빼다 박았다.

씨 도둑질은 못 한다고 했던가. 도겸을 빼닮았으면서도 군데군데 동이의 모습이 보이는 것을 보면 핏줄이라는 것은 숨길 수 없다. 모로 보아도 귀엽기만 한 아들이 사랑스러워서 아리는 그만 오늘도 어리광을 받아 주고 말았다.

간단히 아침을 먹이고 옷을 챙겨 입힌 후 아리는 직접 립의 손을 잡고 별궁으로 향했다.

아이들의 수업을 위해 특별히 지은 이 별궁의 주인은 그녀를 마주하는 것을 극도로 꺼렸다. 그러니 이럴 때가 아니면 좀처럼 얼굴을 보기 힘들다.

"황후 폐하께서 드셨습니다."

문이 열리자 아란은 윤도 앞에 정좌까지 하고서 집중해 수업을 듣고 있었다. 생각지도 못한 어머니의 등장에 제 발 저린 탓인지 아란은 자리에서 벌떡 일어났다가 다시 엉덩방아를 찧고 말았다.

"발이, 어마마마, 으아앙!"

참을성 없는 아이가 오랜 시간 정좌를 한 것으로도 모자라 갑자기 일어나자 발에 쥐가 나 버렸다. 발버둥을 치는 딸의 다리를 주무르며 아리는 참 오랜만에 윤도와 눈을 마주했다.

"오랜만에 뵙습니다, 윤도 공."

"말씀을 낮추십시오, 황후 폐하."

몇 년의 세월이 지나고 황궁에 돌아온 윤도는 그야말로 다른 사람이 되어 있었다. 그간 마음고생이 심했던 탓인지 예전의 오만함과 유쾌함이 사라진 윤도는 창백한 얼굴로 애써 시선을 피했다.

이제는 좀 봐줄 법도 한데. 도겸은 윤도가 이러고 있는 걸 알면서도 끝내 그를 용서하지 않았다.

그렇게 좋아하는 형님에게 미움받는 와중에도 윤도는 황녀와 황자의 교육에 최선을 다했다.

"황자 립이 스승님을 뵙습니다."

"황자님께서는 대학을 펴십시오."

아직 소학도 떼지 못한 아란과 달리 립은 진즉에 대학을 뗐다. 코에 먹물을 묻히고 작문을 하는 아란과 어려운 구절을 능히 해석해 내는 립을 보며 아리는 괜히 마음이 쓰였다.

"오늘은 이만하지요."

윤도가 입을 떼자 약속이라도 한 듯 물시계가 미시를 알렸다. 두 아이가 옆방에서 식사하는 사이, 아리는 윤도와 차를 마시며 아이들의 학업에 관해 물었다.

"공께서 보시기에 두 아이가 어떠합니까?"

"두 분 모두 훌륭한 자질을 갖추고 계십니다."

흰 천이 먹물을 흡수하듯 립은 자신이 보고 듣는 모든 것을 탐욕적으로 수집했다. 그에 비해 아란은 관심이 가는 것을 부여잡고 그 원리를 파악하고자 애를 썼다. 어느 쪽이든 훌륭한 자질이기에 배움의 속도를 벌써 단정할 필요는 없다. 차분히 대답하는 윤도의 모습은 참으로 예전의 그 사람이 맞나 싶을 만큼 고요했다.

"요즘 몸이 불편하시다 들었습니다만."

"귀한 분의 염려를 받을 만큼은 아니옵니다. 걱정하지 마소서."

아리의 능력을 알면서도 윤도는 아무 일도 아니라 대답을 회피했다. 슬며시 송 태의를 보내 진찰해 보라 일렀지만 재주 많은 그이도 윤도의 병은 고치지 못했다.

'이는 마음의 병입니다. 윤도 공 스스로 짊어지고 계신 짐이니 다른 이가 어찌할 수 있는 것이 아니옵니다.'

희희낙락거리며 살기를 바란 것은 아니라지만, 이제는 아주 사람이 아주 달라져 버렸다.

매사에 가볍기만 하던 언행이 진중해지고 노상 웃고 있던 얼굴에 표정도 사라졌다.

불편한 기색을 숨기지 못하는 윤도를 앞에 두고 아리는 살며시 정과를 내밀었다.

"서운해서 이러시는 겁니까."

"망극한 말씀을 거두어 주십시오."

바람이 불어 마당의 버드나무가 흔들렸다. 눈 밑에 그늘이 진 그는 몸이 불편하다는 핑계로 자리에서 물러나 침소로 향했다. 사람이 저 꼴이 되었으니 혼사 이야기도 사라진 지 오래다.

사람의 피를 말려 죽인다는 게 어떤 건지 저걸 보니 조금은 알 법도 하다. 응당 죄값을 받기를 바란 것은 사실이라 하나 그렇다 해도 이 정도로 망가져 버릴 줄은 몰랐다.

무거운 마음을 안고 아리는 식사를 마친 두 아이를 꼭 안았다.

"어마마마!"

"말썽은 적당히 부려야 할 것이야."

아이들의 일이라면 그저 오냐오냐하는 황제와 달리 아리는 엄하게 아이들을 다스렸다. 그래도 두 아이에게 모두 향족의 힘이 스며든 덕분인지 그 흔한 병치레 한 번 않고 건강히 자라 주었다.

지금은 그것만으로도 더 바랄 것이 없다. 과욕이 어떤 결과를 낳는지 아리는 이미 제 눈으로 똑똑히 보았다.

❊ ❋ ❊

황후궁에 돌아와 내궁 일을 살피고 나자 어느새 늦은 저녁이 되었다. 일과를 마친 황제와 아이들은 모두 황후궁에 모여 함께 저녁을 먹었다.

"아바마마!"

"요 녀석들. 오늘 아침에도 말썽을 부렸다지?"

긴 일과를 마친 두 아이는 이 시간만을 손꼽아 기다렸다. 엄격한 모후와 달리 황제는 두 아이를 황손이 아닌 여염집 아이처럼 대했다.

든직한 아비의 양팔에 하나씩 대롱대롱 매달리는 걸로도 모자라 도겸은 두 아이를 양손에 안고서 하늘을 날게 해 주겠노라 신이 났다.

"내가 이러니 아이를 셋 키우는 기분입니다."

"폐하께서는 저것이 하루의 낙이시니 내버려 두십시오."

"무하 공."

몇 년 사이 무하도 제법 나이가 들었다. 어린 나이에 어머니를 잃고 황궁 안의 외톨이였던 도겸은 가족의 정을 제대로 나누어 본 적이 없었다.

참으로 힘들게 얻은 두 자식이 마냥 귀여워서 그는 아이들이 해 달라는 건 뭐든 다 들어주려 애를 썼다.

그렇다 보니 그 뒤치다꺼리를 하는 것은 전적으로 무하의 몫이었다. 자나 깨나 그저 충성심 하나뿐인 사내는 예나 지금이나 변함없이 도겸의 곁을 묵묵히 지키고 있었다.

"내일 아침에는 호박 정과를 줄 것이니. 둘 다 일찍 잠들어야 한다."

"네, 어마마마!"

"대답은 잘하지."

윤도를 독점하고 싶어 하는 아란도, 그런 제 누이의 마음을 알고 땡땡이를 치는 립도 호박 정과의 유혹에선 벗어나지 못했다.

아이들의 학업까지 꼼꼼하게 살피고 나서야 아리도 겨우 무거운 황후의 짐을 내려놓을 수 있었다.

더운물을 가득 채운 욕탕에서 눈을 감고 아리는 내일의 일과를 살폈다.

오전에는 고관들의 부인들과 다과를 나누고, 오후에는 희미와 새로 지을 후궁 정원 공사에 관해 논의하기로 했다.

"잠든 건가?"

"폐하."

드넓은 욕탕은 장정 열 명이 들어와도 남을 만큼 넓다. 립을 낳기 위해 산실청에 들어가 있는 사이 황제가 직접 설계해 지어 준 선물이라지만 그것이 진정 누구를 위한 것인지는 도겸 본인이 더 잘 알 터였다.

그가 들어서자 언제나처럼 시녀들은 알아서 자리를 피해 주었다. 백색 침의가 바닥에 떨어지고, 도겸은 더운물을 가르며 나른하게 젖은 아내를 품에 안았다.

"오늘도 수고 많았어."

"그럼요. 참으로 수고가 많았지요."

슬그머니 어깨를 내미니 곧 사내의 더운 숨결이 와 닿았다. 낮에는 제법 쓸 만한 황후 노릇을 하던 아리도 이 시간만은 모든 것을 내려놓고 얌전히 그의 품에 몸을 맡겼다.

"아까는 왜 그러셨습니까?"

"대장군의 무예가 대단한 것을. 내 솜씨가 부족하여 그런 것이지."

"거짓말하지 마십시오."

일부러 아내의 관심을 끌고자 하는 수작질임을 어찌 모를까. 뾰로통한 아내의 화를 풀어 주기 위해 도겸은 정성스러운 손길로 피로를 풀어 주었다.

"아직도 윤도 공을 용서하지 않으신 겁니까."

"그대의 바람대로 궁으로 불러들였어. 내가 더 무엇을 하라고."

"마음의 병이 깊어서 그런지 안색이 파리하고 기운이 없어 보였습니다."

"그래 봐야 그대만 했을까."

이제는 흉터 하나 없는 등을 보듬으며 도겸은 이를 악물었다.

아란의 나이가 벌써 여섯 살이니 이제는 누그러질 법도 하다지만, 그는 여전히 자신을 속인 윤도를 용서하지 못했다.

"다 지난 일입니다."

아리 자신조차도 이제는 기억 속에서 애써 지워 버리려고 한 일이다.

많은 것을 잃었지만 그 자리에는 소중한 기억들이 어느덧 보석처럼 쌓여 갔다. 처음 아란이 걸음마를 했던 날, 립이 어마마마라 불러 줬던 날.

아이를 낳고 아파 울먹이던 제 손을 잡고 저보다 더 서럽게 울던 그의 모습을 보며 깨달았다. 아무리 깊은 상처도 언젠가는 결국 낫게 된다는 걸.

"저는 이렇게 행복한 것을요. 당신은 아니 그렇습니까?"

"행복하지. 너무 행복해서 오히려 두려운 것을."

황제궁이 번듯이 있음에도 그는 언제나 황후궁에서 잠을 청했다. 행여 잠결에 그녀가 사라지기라도 할까, 도겸은 매일 밤 아리를 꼭 안고 잠들곤 했다.

"저는 언제까지나 폐하 곁에 있을 것입니다."

"알아. 하지만……."

"저는 괜찮습니다."

설령 도겸이 그를 용서한다 해도 윤도는 평생 마음의 짐을 짊어져야 할 것이다.

죄책감에 시달리는 그를 꼭 안고서 아리는 몇 번이고 귓가에 속삭여 줬다.

"저는 행복한 사람입니다."

"아리."

"폐하를 만나 행복할 수 있었습니다. 폐하는 저의 전부이신 것을요."

함께하기 위해 참으로 험한 길을 돌아왔지만 그 모든 길을 걸었기에 비로소 여기까지 올 수 있었다. 다정한 아내의 위로에 도겸은 쓴웃음을 지었다.

"나는 그대의 부탁은 뭐든 들어줄 수밖에 없는 것을."

"제 지아비는 언제나 너그러운 분이시니까요."

"조만간 윤도를 부를 터이니 이만 침수 들지."

은근히 질투하는 모습이 귀여워 아리는 그만 웃음을 터트리고 말았다.

아마 도겸이 직접 불러 타이르게 된다면 윤도도 지금처럼 해골상을 하고 돌아다니지는 않을 것이다. 그리고 시간이 더 많이 흐르면 그때는 아무 일도 없었던 것처럼 웃을 수 있는 날이 올지도 모른다.

"달빛이 아름답습니다."

"그대가 눈부셔서 달빛 따위는 보이지도 않는걸."

제게 흠뻑 빠진 사내의 품에 안겨 아리는 오늘도 침상에 몸을 뉘었다.

뺨을 간질이는 사내의 숨결을 오롯이 느끼며 아리는 살며시 눈을 감았다. 내일은 분명 오늘보다 더 행복한 날이 될 터.

그렇게 황궁의 밤은 고요히 깊어만 갔다.